著†秋
illustration†
しずまよしのり
魔王学院の不適合者6
MAOH GAKUIN NO FUTEKIGOUSHA
～史上最強の魔王の始祖、
転生して子孫たちの
学校へ通う～

Keyword

MAOH GAKUIN NO FUTEKIGOUSHA

地底世界

ディルヘイドとアゼシオンを合わせたほどの広さがある巨大な大空洞。ジオルダル・アガハ・ガデイシオラという３つの大国により、せめぎ合いながらも安定して統治されている。

竜人

地底世界に住む、人間とも魔族とも近いようで異なる種族で、その名の通り竜を祖先に持つと言われている。中でも竜から直接産み落とされた一世代目の者たちは“子竜”と呼ばれ、他の竜人に比べ絶大な力を持つ。

神竜の国ジオルダル

地底世界に存在する３つの大国のひとつ。教皇を頂点とするジオルダル教団によって治められ、《全能なる煌輝》エクエスという神を信奉している。竜人の暮らす国だが、魔族や人間にも寛容で治安も悪くない。

聖都ガエラヘスタ

地底の３大国いずれにも属さない聖なる都。円形に広がった街の中心には神代の学府エーベラストアンゼッタが鎮座する。“不戦の盟約”により、エーベラストアンゼッタの城内を除く場所ではいかなる争いも禁じられている。

盟珠

古来より“召命の義”と呼ばれる儀式に用いられてきた神具。これを用いることで神や竜を召喚し、盟約を結んでその力を借りることが可能となる。選定審判に用いられる“選定の盟珠”のほかに、選定者以外の者が使える盟珠も存在する。

背理神ゲヌドゥヌブ

かつて神々の秩序に反旗を翻したとされる“まつろわぬ神”。ジオルダルにおいてその名は忌避され、神でありながら信仰の対象とはなっていない。融合したミーシャとサーシャを見た竜人は、彼女こそが背理神だと口にしたが——？

「お兄ちゃんはわたしが必要なんだね」

アルカナ

夢の中に登場した、神と同じ名を持ったアノスの妹。

シン・レグリア
二千年前、《暴虐の魔王》の右腕として傍に控えた魔族最強の剣士。

「ああ。たった一人の家族だからな」

アノス・ヴォルディゴード

夢の中に登場した、幼く、力もまだ未成熟な頃のアノス。

「行かなきゃっ！」
アノス・
ファンユニオン
アノスに心酔し、彼に命を捧げる覚悟で従う愛と狂気の集団。

魔王学院の不適合者 6

MAOH GAKUIN NO FUTEKIGOUSHA

〜史上最強の魔王の始祖、転生して子孫たちの学校へ通う〜

著 秋
illustration しずまよしのり

§プロローグ【～魔王と妹～】

それは、誰かの夢だった——

月明かりが降り注ぐ森。キィィン、キィィインッと竜鳴が鳴り響く中、小さな女の子が必死に走っていた。魔族である。六歳か七歳だろうか。その年齢にしては強い魔力を持っている方だが、竜と戦うには一〇年早い。

彼女は泣きじゃくりながら、木々の間をくぐり抜けていく。それらをなぎ倒し、凶暴な牙を剥《む》き出《だ》しにしながら、竜はどこまでも追ってくる。

「や、やだっ……！」

少女が走っている途中で靴は脱げ、手足は所々血が滲《にじ》んでいる。無我夢中で逃走を続けていたが、大きな木の根に足を取られ、彼女は体を地面に打ちつけた。

「う……ぁぁ……」

痛みを堪えて、少女は身を起こす。獰猛《どうもう》な呻《うめ》き声に振り向けば、そこに竜の頭があった。

「あ……」

腰が抜けて立てず、少女は尻餅をついたまま、じりじりと後ろへ下がる。竜の瞳は獲物を捉えたまま、決して離れなかった。

「………た、助けて……」

巨大な顎《あぎと》が大きく開かれた。

「グオオオオオオオオオオオオオオオオオオオォォォォォォォッッッ!!!」

「助、けてっ……お兄ちゃ……んっ……!!!」

けたたましい咆吼《ほうこう》とともに竜の牙が少女に迫る。ガゴンッと顎が閉じられたが、しかし、彼女は食べられていなかった。

「ふむ。竜が忌避する森だと聞いていたのだがな」

現れたのは魔族の少年である。その長い牙を片手でつかみ上げ、足で下顎を踏みつけている。

年齢は十歳ほどか。黒髪と黒い瞳。見る者が見れば、確かにそうとわかるほど常軌を逸した魔力を秘めている。

名はアノス・ヴォルディゴード。まだ暴虐の魔王と呼ばれる以前の姿だった。

「《灼熱炎黒《グリアド》》」

灼熱《しゃくねつ》の黒き炎を喉奥にぶち込まれ、竜が悲鳴を上げる。されども、体内につけられた炎を消すことはできず、そのまま内臓を焼かれて地面に伏した。

「こんなところか」

アノスは半死半生の竜を《拘束魔鎖《ギジェル》》でがんじがらめに縛り上げると、そのまま収納魔法の中に閉じ込めた。

そうして、少女を振り返った。ほっとして気が緩んだのか、彼女は先程以上に涙をこぼし、嗚咽《おえつ》を漏らした。

「泣くな。お前をいじめる竜はこの兄が退治してやった」

アノスは妹の頭に手をやり、穏やかに笑ってみせる。

「もう心配はない」

「……ぐす……えぐっ……お兄ちゃん……」

少女はアノスに抱きつき、また一段と大きな泣き声を上げた。

「……恐《こわ》かったよぉ。お兄ちゃんっ……！」

アノスは少女の背中をよしよしと撫《な》でる。だが、妹は一向に泣き止《や》む気配がない。見かねた彼は手の平に魔法陣を描いた。

「見るがいい」

アノスが手を開けば、そこに紅《あか》く輝く宝石が現れた。

「わぁ……」

少女は瞳を輝かせ、その宝石をじっと見つめる。

「今朝、《創造建築《アイリス》》のコツをつかんでな。お前にやろう」

「いいの？」

「ああ」

花が咲いたような笑顔で少女は笑った。

「ありがとう。お兄ちゃん」

「宝石一つで現金なものだ」

「わたしはお金じゃないよっ。魔族だもん。お兄ちゃんの妹だもん」

幼い反論を、アノスは笑顔でいなし、彼女をお姫様のように抱えた。回復魔法の光が少女の傷を癒《いや》していく。

そのまま《飛行《フレス》》で浮かび上がり、アノスは森の奥を目指した。

「どうやらこの場所も竜に嗅ぎつけられたようだ。明日、日が昇れば早々に引っ越すとしよう」

「あのね、お兄ちゃん。いい場所があるよ」

アノスの腕の中で少女が言う。

「ほう。どこだ？」

「街って知ってる？　街には沢山人が住んでてね。魔法の防壁もあって、竜が来ても大丈夫なんだって」

妹は笑顔で言う。

「だから、街に行けばきっともう逃げなくても大丈夫だよ」

「どこで知った？」

「あのね、拾った本に載ってたの。だから、この近くにも人が住んでて、どこかに街があるんだよ」

アノスはしばし口を閉ざし、それから答えた。

「残念だが、街には行けぬ」

「どうして？　お兄ちゃんも街を知らないの？」

「……お前には、竜は獲物を追いかけてくるのだと教えたな」

少女はうなずく。

「それは事実だが、本来、竜のいない土地にまで追いかけて来ることはない。特にこの森の土壌は、奴《やつ》らが忌避する魔力で満ちている。俺が竜を引きつけているのだ」

「……お兄ちゃんだけ、竜に追いかけられてるの？」

「ああ。だから、街に行くわけにはいかぬ。そこにいる魔族を巻き込むことになるからな。それに、竜が俺を追ってくるとわかれば、歓迎はされまい」

アノスはそう説明したが、実際に狙われているのは妹の方だった。逃亡を余儀なくされている責任を、彼は幼い妹に負わせたくはなかったのだ。

「俺のために、住処《すみか》を転々とする羽目になってすまぬ。お前一人を街に預けることもできただろうが、それでも、俺はお前と一緒にいたかったのだ」

すると、少女はぱっと表情を明るくした。

「大丈夫っ。だって、お兄ちゃんのこと大好きだもん。街でお留守番をしているより、お兄ちゃんとずっと一緒にいたいよっ！」

そう言って、少女はぎゅっとアノスにしがみつく。

「ふふっ」

「どうした？」

「あのねあのね。わたし、ずっと役立たずだなって思ってたの。お兄ちゃんに守ってもらってばかりで、なんにもできない愚図だなぁって」

嬉《うれ》しそうに少女は言う。

「でも、お兄ちゃんはわたしが必要なんだね」

「ああ。たった一人の家族だからな」

温かい微笑《ほほえ》みを浮かべ、アノスがうなずく。

「じゃ、お兄ちゃんはもっともっとわたしに甘えていいんだよ？」

「十分に甘えている」

「えへへ……」

少女は照れたように笑った。

「あのね、わたし、大きくなったら、お兄ちゃんと結婚するんだ」

「結婚がなにかわかっているのか？」

「うん。ずっと一緒にいられる約束なんだよ。お兄ちゃんが大好きだから、結婚するの。お兄ちゃんは、わたしと結婚してくれる？」

くすり、とアノスは笑った。

「そのときに、お前が望むのならばそうしよう」

ふふっと少女は笑った。

「絶対、絶対、約束だよ？　ずっと、ずーっと一緒なんだよ？」

「ああ。それだけは違えぬ」

やがて、彼らの目の前に木造の家が見えてきた。二人が地面に足をつくと、少女はとことこと家へ駆けていく。扉を開けようとして、ふとアノスを振り向いた。

「あ、汚れたけど……水浴びはもう、無理かな？」

彼女は土埃《つちぼこり》や泥で汚れた自分の体を見る。

「狭いが、これで我慢せよ」

アノスが魔法陣を描き、その場に水の球を作った。周囲を覆うように木を生やし、枝と葉をカーテン代わりにする。即席の風呂《ふろ》だ。

「ありがとう、お兄ちゃんっ」

纏《まと》っていた服を脱ぎ捨て、彼女は風呂《ふろ》に飛び込んだ。そうかと思えば、ひょっこり顔を出す。

「お兄ちゃんも一緒に入る？」

「先に済ませた。明日の準備をしておく」

アノスは家の中に入っていく。家具や日用品を次々と収納魔法の中に放り込み、寝具以外のものが殆《ほとん》どなくなった。

彼はまたすぐに外へ出る。地面に魔法陣を描き、収納魔法から《拘束魔鎖《ギジエル》》で縛った竜を取り出す。そうして、《根源擬装《ナーズ》》の魔法をかけた。

それは妹の根源に擬装するものだ。どういう理由か、竜は匂いでも姿でもなく、妹の根源を追いかけてくる。そのため、引っ越した後、他の竜をこの場所へおびき寄せるようにしているのだ。

アノスの《根源擬装《ナーズ》》はまだ未熟だったが、竜の魔眼《め]》を多少は誤魔化すことができる。時間をかけて、《根源擬装《ナーズ》》の精度をできる限り高めていく。

それが終わり、家の中に戻ると、風呂《ふろ》から上がった妹がタオルで髪を拭いていた。

「これぐらいでいっかな？」

「風邪を引く」

彼女の頭に魔法陣を描き、温風で髪を乾かしていく。妹は頭を撫《な》でられる風の感触に嬉《うれ》しそうにしていた。

「明日は早い。寝るとしよう」

アノスは自らに魔法陣を描き、寝衣に着替えた。

「はーい」

二人は寝室へ移動する。ベッドが二つ横に並んでおり、アノスが右に妹は左のベッドに寝転がった。

ランプの明かりを消せば、室内には僅かに月光が降り注ぐばかりだ。アノスは目を閉じて、明日の行き先に考えを巡らせていた。

竜はどこまでも追ってくる。彼ら兄妹《きょうだい》は竜の牙が届かぬ場所を探し、ディルヘイドを転々としていたが、未《いま》だに安住の地は見つからない。

今いる森も、数百年以上、竜が現れたことがないはずだったが、それも彼らが引っ越してきて、ものの一ヶ月ほどで覆《くつがえ》されてしまった。最早《もはや》、竜を根絶やしにするしかないと思うぐらいだが、幼いアノスにはまだそれだけの力はなかった。

一時間ぐらい経《た》った頃だろうか。隣のベッドから声が聞こえた。

「お兄ちゃん、起きてる？」

ごろんと転がり、妹がアノスの方を向いた。

「ああ。眠れないのか？」

「……うん」

か細い声が響く。

「……あのね、今日もお兄ちゃんの隣で寝てもいい？」

「仕方のない」

アノスが返事をすると、妹が彼の寝床に飛び込んでくる。嬉《うれ》しそうに彼女はアノスに足を絡《から》ませ、頬を寄せた。

「お兄ちゃん。次行くところは寒い？　暑い？」

「北へ向かおうと思っている。多少は寒くなるだろう」

「じゃ、冬のお洋服が着れるねっ」

嬉《うれ》しそうに少女が言う。そうして、アノスの目を至近距離で覗《のぞ》き込《こ》んだ。

「あのね、お兄ちゃん」

にっこりと彼女は笑みを浮かべた。

「わたし、竜なんて全然恐《こわ》くないよ。だって、お兄ちゃんの方が強いんだもん」

目を細め、アノスは言う。

「すぐ嘘《うそ》をつく妹だ」

「……う、嘘じゃないもんっ。嘘じゃないもん……」

「さっきまで泣きべそをかいていた者が、そう強がるな」

少女はぐうの音も出ないといった様子だった。

「それはちょっと嘘だけど……すぐ嘘はつかないもん」

「家の中にいると言って、こっそりと抜け出しはするがな。夜はあまり出歩くなと言ってあっただろう」

「……ごめんなさい………」

しょんぼりしながら、彼女は俯《うつむ》く。その頭にアノスは手をやった。

「そう落ち込むことはない。お前の嘘など、可愛《かわい》いものだ」

すると、少女は嬉《うれ》しそうにアノスに抱きついた。

「……あのね、あのねあのねあのねあのねっ！」

「どうした？」

「わたし、お兄ちゃんが大好きっ」

「そうか」

「うんっ……だって、お兄ちゃんといたら、竜も恐《こわ》くないし、夜も眠れるしね。お兄ちゃんがいたら、他にはなんにもいらないよ……」

ぎゅっと妹がアノスに抱きついてくる。

「できた妹を持ったものだ」

「それ、褒められたのっ？　わたし良《い》い妹っ？」

「ああ。寝つきがよければもっといいがな」

「わたし寝つきもいいもんっ。お兄ちゃんが、いつものおまじないしてくれたら、すぐに寝られるんだもんっ」

妹がアノスの目の前でにっこりと笑う。

「仕方のない妹だ」

アノスは妹の後頭部にそっと手を回し、彼女の額に優しくキスをした。嬉《うれ》しそうに彼女は目を閉じる。

「えへへ……おやすみ、お兄ちゃん」

そのまま妹の頭を撫《な》でながら、彼は囁《ささや》く。

「おやすみ、アルカナ」

§1.【魔眼の謎】

日の光を浴び、微睡《まどろ》む意識が次第に戻ってくる。

夢を見ていた気がする。幼い頃の夢を。

コンコン、とノックの音が響いた。

「アノス？　入るわよ？」

サーシャの声がした。

目を開くと、白銀の髪が視界に映る。俺の額に自らの額を当て、すやすやと寝息を立てている少女は、選定の神アルカナだった。

「アルカナ」

声をかけると、彼女はぱちっと目を開けた。

「いつ寝床に潜り込んだ？」

「あなたが寝た後」

ガチャ、と部屋のドアが開く音がした。足音が二つ、こちらへ近づいてくる。

「まだ寝てる？」

ミーシャの声が響く。

「アノス？　起きなさいよ。話があるっていうから、わざわざ寝坊しないように徹夜したんだから」

そう言いながら、サーシャは俺の体を揺さぶる。アルカナがもぞもぞと体を動かし、むくりと起き上がった。

「……え？」

ちょこんとベッドに座ったアルカナから、シーツがするりと滑り落ちる。透明なその神は一糸まとわぬ姿で、清浄な輝きを放たんばかりであった。

「な……な……」

サーシャが目を見開いて、驚きをあらわにした。

「なんで、あなたがアノスと一緒に寝てるのっ⁉」

その問いに、アルカナは物憂《ものう》げな瞳を返す。

「この国では、神と魔族が共に寝るのは罪なのだろうか……？」

「い、一緒に寝たのっ⁉」

自分で尋ねておきながら、動転したようにサーシャは声を上げる。

「ふむ。サーシャたちが来たということは、もうけっこうな時間か。すまぬ。俺としたことが、珍しく朝寝坊をしたようだ」

「わたしの責任。あなたに負担をかけすぎた」

アルカナは裸体のままこちらを向く。

「どうだった？」

「どうとは？」

「初めてだから、うまくいったかはわからない」

サーシャが顔面を蒼白《そうはく》にして、ミーシャにすがりついた。非常に、混乱している様子だ。

「……あ、あ、あ……アノスが優しいからってつけこんで、なにをおねだりしたのよっ⁉ 神様だってやっていいことと悪いことがあるでしょっ……⁉」

「おねだり？」

覚えがないといった風にアルカナが俺に視線で問いかける。

「……じゃ、じゃあ……アノスから……？」

恐る恐るといった風にサーシャが尋ねる。アルカナは首を左右に振って否定した。

「わたしがよかれと思ってやったこと。彼はそれを望んでいると思った」

言質《げんち》を取ったとばかりにサーシャが切り込む。

「あ、アノスはそんなこと望んでないわっ！」

「誰もが望むことだと思う。わたしは神として、彼に救いを与えたかった」

「お、男ならみんなそうみたいに言って……おあいにくさまっ！」

一瞬怯《ひる》んだサーシャだったが、しかし、キッとアルカナを睨《にら》みつけた。

「わたしの魔王様はそんなことにちっとも興味なんかないんだからっ！」

アルカナは曇りなき清浄な瞳でサーシャを見返す。

「なによ、神様は神様でも、ふしだらな神様だわっ。そんなのが救いになるなんて思ったら大間違いよっ」

「なぜそう思うのだろう？」

素朴な疑問といった風にアルカナが言う。

「……だ、だって……わたしだって……そんなの、誘われたことも……」

疑問の表情でアルカナはサーシャを見据える。

「だ、だからっ……会ったばかりのあなたに頼むぐらいなら、わたしに言うはず……」

「あなたにはできない。だから、わたしがした」

サーシャはカーッと顔を赤くした。

「で、できるわっ！　アノスがしてくれって、アノスが欲しいって言うなら、わたしはなんだって……できないことなんてなにもないんだからっ！」

「彼の隙間を埋めることは、簡単じゃない。この神の体ですらもたない」

「もっ、もたないっ⁉　そんなにっ……⁉」

サーシャが羞恥に染まった視線で、ちらりと俺を見た。だが、ますます顔を赤くし、そっぽを向いてはアルカナを睨《にら》む。

「な、なによっ、怖《こわ》いの？　わたしは怖くなんかないわ。めちゃくちゃにされたっていい。わたしは、アノスがしてくれるなら、なんだって嬉《うれ》しいもの。それに、ミーシャの《創造《そうぞう》の魔《ま》眼《がん》》でうんと強くしてもらうんだからっ！」

ミーシャが首をひねり、一人ぽつりと呟《つぶや》いた。

「なんの話？」

「と、とにかく、そもそもアノスは望んでないのっ！　そうよね、ミーシャ」

ぎゅっとミーシャに抱きつき、サーシャは彼女をすがるように見た。ミーシャはぱちぱちと瞬《まばた》きをすると、俺に視線を向け、僅かに首を傾ける。

誤解の連鎖？　と言っているようだったので、俺はうなずいた。

「アルカナはアノスになにをした？」

ミーシャが問う。

「今言った通りのこと。わたしは彼の欠損した記憶を蘇《よみがえ》らせようとした」

アルカナが答える。サーシャはきょとんとした。

「転生の際に記憶が失われたと聞いた。この身は記憶を司《つかさど》る神、リエノ・ガ・ロアズを食らっている。その秩序を使い、彼の記憶に働きかけた。しかし、生まれ変わる以前の記憶をすくい上げるのは簡単ではない」

それで俺の体に負担がかかり、アルカナも体がもたないというわけか。

「……ま、まぎらわしいことしないでよね……」

サーシャが恥ずかしそうに呟《つぶや》く。

「大体、それなら、わざわざアノスのベッドに潜り込まなくてもいいじゃない」

「夢からこぼれて、記憶はたゆたう。リエノ・ガ・ロアズは夢の番神。夢の中がもっとも秩序

る」

「分け隔てなく、境を挟まず。そうして神と人が触れ合うとき、秩序の恩恵をもっとも受ける」

「……せめて服ぐらい着なさいよ……」

を発揮する」

アルカナは俺の衣服に視線をやった。

「リエノ・ガ・ロアズの秩序を発揮するなら、本来は、彼の服を脱がすのが正式」

「だっ、だめに決まってるでしょっ。なんで神様の魔法ってそんなにふしだらなのよっ⁉ あなた神の名を忘れたって言ってたけど、ふしだらの秩序を司《つかさど》る、ふしだら神なんじゃないのっ⁉」

「魔族の子。この身は神であり、人ではない。神の裸は神聖であり、邪《よこしま》な心を抱く者はいない。気にすることはない」

サーシャは助けを求めるようにミーシャを見る。

「今は服を着た方がいいと思う」

普通だった。だが、それでアルカナは納得したのか、自らの体に魔法陣を描いた。

「神の衣が現れいづる」

その小さな神の体に、ジオルダルの衣服が纏《まと》わされた。

「夢からこぼれて、記憶はたゆたう、か」

俺が言葉を漏らすと、アルカナがこちらを見た。

「どうだった？」

先程の問いを、アルカナが繰り返す。

「夢を見た。暴虐の魔王と呼ばれる以前の――幼い頃の夢だ」

つい先程まで見ていた夢を、俺は思い返す。

「妹と暮らしていた」

「……アノスって、妹がいたの？」

サーシャが不思議そうに訊《き》く。

「いないって言ってた」

と、ミーシャも俺に視線を向けた。

「いないはずだがな。そもそも二千年前の俺は両親すら知らぬ。母は俺を産んだときに亡《な》くなっている」

「記憶が違う？」

改竄《かいざん》されているなら、少々厄介なことだがな。

「あるいは忘れているのか。腹違いの妹かもしれぬし、魔法で産まれたのかもしれぬ。父親の記憶もないわけだからな。それに、血がつながっているとも限らぬ」

妹は竜に追われているようだった。だが、竜が特定の者だけを追いかけてくるなど、二千年前にも聞いたことがない。

あの記憶が確かならば、妹だけが特別だったということになる。

なぜ、竜に追われていたのか？

「……ふむ。しかし、まるで実感がない。妹がいたという気はせぬな」

妹の名がアルカナだったというのは、なんとも偶然だがな。

いや、それとも――偶然ではないのか？

「夢にたゆたう記憶を見ただけ」

アルカナが言う。本当に思い出すまで実感はないということだろう。

「神の名を忘れる前のわたしが、夢の番神と相反する秩序を持っていたのか、リエノ・ガ・ロアズとは相性が悪い。秩序を制御しきれないから、一度で思い出すことはできなかっただけなのかもしれない」

夢に相反する秩序か。それはなんなのだろうな？　気になるところではある。

「続けていけば、思い出すかもしれない」

「またやるのっ⁉」

サーシャが声を上げる。

「俺の記憶が欠けているのは、何者かの企《たくら》みやもしれぬ。アルカナの言う通り、思い出しておくに越したことはあるまい」

「そ、そう……そうよね……」

「夢の番神リエノ・ガ・ロアズよりも、広く記憶を司《つかさど》る神もいる。その秩序を使えば、すぐにすべてを思い出せるかもしれない」

「その神に都合よく会えればいいがな。心当たりはあるのか？」

アルカナはうなずく。

「では、それは後ほど聞こう。わざわざミーシャとサーシャに来てもらったのだ。まずは先に確かめておきたいことがある」

「確かめておきたいことって？」

サーシャが訊《き》く。

「まつろわぬ神。背理神《はいりしん》ゲヌドゥヌブについてだ」

竜人の兵たちはサーシャとミーシャが融合した姿、その魔眼を見て、そう称した。二人は魔族だが、神に関わりがある可能性も皆無というわけではあるまい。

「アノスに言われて、あいつらに訊《き》いてみたんだけど、全然教えてくれなかったわ」

「怯《おび》えと怒りを抱いていた」

ミーシャが言う。

「まつろわぬ神は、神に敵対する神、秩序を滅ぼそうとする神のこと指す。背理神ゲヌドゥヌブは、最初に秩序に弓を引いた神。《背理《はいり》の魔眼《まがん》》はあらゆる魔法を滅ぼし、あらゆるものを造り替える。理《ことわり》を乱し、世界を創り替えるとさえ言われる背理神の権能」

アルカナの説明に、サーシャが首を捻《ひね》る。

「でも、あれよね？　わたしたちのって、《背理の魔眼》じゃなくて、《創造の魔眼》と《破滅《はめつ》の魔眼《まがん》》を同時に使ってるだけだわ。融合してるから、一つの魔眼の効力みたいに見えるかもしれないけど」

こくりとミーシャがうなずく。

「実際に見ればわかるか？」

アルカナに尋ねる。

「……背理神には、出会ったことがない。しかし、それが秩序なら神の力はある程度わかる」

「では、やってみるか」

サーシャとミーシャがうなずく。二人は互いに両手を組み、それぞれ半分の魔法陣を描いては、一つにつなげる。更にその上からもう一つの魔法陣を描き、魔力を送った。

「「《分離融合転生《ディノ・ジクセス》》」」

魔法陣から光の粒子が立ち上り、室内を明るく照らす。その目映《まばゆ》い光の中、二人の体が溶けるように、すうっと交わった。やがて、見えてきたのは一人の少女の姿。銀の髪と、銀の瞳を持った女の子がそこにいた。

「魔眼を見せればいいのよね？」『……ん……』

サーシャの問いに、ミーシャが答える。彼女は疑似デルゾゲードを、この家の上空に創り出す。そうして、銀髪の少女は《破滅の魔眼》と《創造の魔眼》を同時に使った。

アルカナは、その魔法陣が描かれた魔眼をじっと見つめる。しかし、すぐにはなにも口にしなかった。

「どうした？」

「……覚えがある気がする……」

少女の魔眼を見つめたまま、アルカナが呟《つぶや》く。それを知っているということに、彼女自身が驚いているようだった。

「恐らく、名もなき神となる前、わたしはこの魔眼をどこかで見たのだろう」

§2.【三つの記憶】

「ふむ。それはまた奇妙なことだな」

《破滅の魔眼》を使えるのはサーシャだけではない。

《創造の魔眼》にしてもそうだ。ミリティアも、その魔眼を持っていた。まあ、彼女は創造の秩序を持った神だ。創造魔法に関連するすべての力を有していたところで不思議はない。

いずれにせよ、その二つの魔眼はミーシャとサーシャ固有のものではない。

だが、《分離融合転生《ディノ・ジクセス》》となると話は別だ。

「融合魔法で同化できる二人が、たまたま《破滅の魔眼》と《創造の魔眼》を持っているケースというのは希《まれ》だろう。その上、《分離融合転生《ディノ・ジクセス》》はネクロンの秘術だからな」

一般に広まっている魔法ではない。

「アルカナ。お前が記憶を忘れたのはいつだ？」

「一千年は前」

「《分離融合転生《ディノ・ジクセス》》はミーシャとサーシャに初めて使われた魔法だ。それが一五年前。少なくとも地上では、それ以前に《破滅の魔眼》と《創造の魔眼》が融合した記録は残っていない」

アルカナが見たのだとすれば、地底でと考えるのが妥当だろう。

「背理神ゲヌドゥヌブは銀の髪と、《背理の魔眼》を持っていたと言われる。秩序を滅ぼそうとする神と、わたしはかつて相見《あいまみ》えたことがあるのかもしれない」

アルカナが言う。

「つまり、融合したサーシャ、ミーシャが……ふむ、名がないと不便だな。アイシャでどうだ？　他の名がよければそれでもよい」

銀髪の少女がうなずく。

「アイシャでいいわ」『良《い》い名前。嬉《うれ》しい』

サーシャとミーシャの声が響く。

「《創造の魔眼》と《破滅の魔眼》を融合し、同時に発現したものを《創滅《そうめつ》の魔眼《まがん》》としよう。アルカナ。お前が言いたいのは、アイシャが背理神ゲヌドゥヌブだったかもしれぬ、ということか？」

「そう。背理神ゲヌドゥヌブは秩序に背き続けた神。神は転生しても神といえど、背理神はそれにすら抗《あらが》うのだろう。死したゲヌドゥヌブは転生し、魔族になった。神を滅ぼす暴虐の魔王の配下になり、秩序を打倒するために」

あくまでも予想にすぎぬが、しかし可能性としては確かに否定できぬ。

「《創滅の魔眼》は《背理の魔眼》。それを《分離融合転生《ディノ・ジクセス》》で分離させたため、《創造の魔眼》と《破滅の魔眼》になったのかもしれない」

つまり、サーシャとミーシャが融合して初めて《創滅の魔眼》が生まれたのではなく、その逆だ。

「サーシャは《分離融合転生《ディノ・ジクセス》》を使わなければ、《創滅の魔眼》を持っていた？」

ミーシャが尋ねる。

「一つの根源を二つに割った。根源が有する力は均等に割られたのではなく、創造と破壊、二つの特性毎《ごと》に分かれていたのならば、考えられる話だ」

《分離融合転生《ディノ・ジクセス》》で分離したことによって、《創造の魔眼》を持つミーシャと、《破滅の魔眼》を持つサーシャに分けられたと考えても不自然なことはない。

「わたしたちが神様？」『うーん、全然そんな気がしないわ。記憶なんて欠片《かけら》もないし』

アイシャは首をかしげ、頭に手をやった。

「転生すれば、記憶が残らぬこともある。神の名を忘れる前に、アルカナがその《創滅の魔眼》を見ている以上、背理神でなくとも、アイシャがかつて地底にいた可能性はあるだろう」

「竜人として？」『あ、そっか。元が竜人で転生して魔族になったってことも考えられるわね』

ミーシャが疑問を向けると、サーシャが納得したように言った。

「アルカナ。一つ尋ねるが、お前は神の名を捨てたと言ったが、その方法は覚えているのか？」

「それは忘れた記憶の中にある」

覚えてはいないか。

「夢の番神リエノ・ガ・ロアズの力でも思い出せぬのだな？」

「そう」

気にはなっていた。神はどのようにして名を捨てるのか。いかにして記憶を捨て、心を手に入れるのか。

「お前は転生したのではないか？」

俺の言葉を、吟味するように考え、アルカナは言う。

「神は転生しても神。記憶は忘れられても、神は秩序のまま、心は手に入らない。しかし――」

「背理神ゲヌドゥヌブならば、それができる。魔族にさえ転生できる神ならば、名を奪い、心を与えることぐらいは容易《たやす》いだろう」

アルカナの推測が間違っていなければ、そう考えられる。

「それは正しい」

「お前は背理神ゲヌドゥヌブに会った可能性がある。そのときに《背理の魔眼》を見た。あるいはそれが、お前を名もなき神に転生させたのかもしれぬ」

アイシャに視線を移し、続けて言う。

「そして、その背理神はアイシャかもしれぬ。彼女はサーシャという魔族に転生した。この時代に転生してくる暴虐の魔王の配下となるために。アイシャは背理神であったときの記憶を忘れ、《分離融合転生《ディノ・ジクセス》》によってミーシャとサーシャに分かれてしまった」

アイシャがぱちぱちと目を瞬《まばた》かせる。あるいは転生直後に根源を二つに分けられるという予定外の出来事が起きたために、失われるはずのない記憶が失われてしまった可能性もあろう。

「だとすれば、俺はアイシャと、背理神と会ったことがあるのかもしれぬ」

「わたしたちと？」『二千年前に？』

ミーシャとサーシャが言う。

「覚えているか、ミーシャ。ミッドヘイズの地下に俺が作った街をお前が初めて見たとき、あれをどこかで見た気がすると口にした」

あの地下街は、二千年前のミッドへイズを再現している。

「お前たちの記憶の片隅に、転生前の出来事が僅かに残っている証明とも言える」

アイシャは遠い過去を思い出そうとするように考え込む。

「そして、俺は転生したことによって背理神ゲヌドゥヌブのことを忘れている。ゆえに、お前たち二人とこの時代で再会しても気がつくことはなかった」

あるいはアルカナとも、どこかでつながっている。

今朝見たあの夢では、妹の名がアルカナであった。ただ同名の別人というわけではないのかもしれぬ。

そうだとして、神がいかなる経緯で俺の妹になったのかは、まったく見当もつかぬがな。

「俺たち三人は二千年前にどこかで会っていたのやもしれぬ。そして、転生する際に、それをすべて忘れてしまった」

だから、誰も最初に会ったときに気がつかなかった。

「果たしてそれは偶然か？」

アルカナが神の名を捨てるために転生したのだとすれば、記憶がないのもうなずける。

背理神ゲヌドゥヌブは魔族に転生した。神は転生しても神、その秩序を覆《くつがえ》した代償に記憶を忘れたのだとしてもおかしくはない。

しかし、俺の記憶がないのはどうにも不可解だ。ならば、アルカナやアイシャのことも、ただの偶然で片付けられるものか？

「そうは思えぬ。何者かが俺たちの記憶を奪った可能性があるだろう」

「何者かって……？」『神族？』

「俺を目の敵にしている存在としては神族が筆頭だがな。まだ断定できるほどではない。もしも俺に敵対している何者かが俺の記憶を奪えたのだとすれば、その者につながるような記憶をすべて奪うはずだ」

つまり、俺は俺に敵対していた存在のことを覚えていないことになる。

「……アノスの記憶を奪える敵……？」

「それを覚えてないって、けっこうヤバいんじゃないかしら？」

不安そうにミーシャとサーシャが言う。

「なに、問題はあるまい。そいつにとって都合の悪い記憶を消したのならば、この忘れている記憶を辿《たど》っていけば自《おの》ずとその正体が見えてくるだろう」

頭の中にある記憶の空白こそが、なによりの手がかりだ。

「選定審判のついでだ。地底を探れば、なにかわかるかもしれぬ」

「そういえば、選定審判をどうにかするって言ってたけど、それってどうやるの？」

サーシャが尋ねる。

「選定審判は、審判の秩序により成り立つと言われている」

アルカナが答えた。

「じゃ、その審判の神を滅ぼせばいいってこと？」

「そう。ただし、選定審判の秩序を有する神は、神の前にすら姿を現したことがない。誰も見たことのない神」

　アイシャは小首をかしげる。

「どうやって探す？」

「わからない。神はいないのに審判の秩序だけが存在している。このことから、地底の人々と一部の神は《全能《ぜんのう》なる煌輝《こうき》》エクエスという存在を導き出した。すなわち、すべての神は《全能なる煌輝》エクエスの手である。選定審判は、《全能なる煌輝》エクエスが自らもたらす秩序であるため、その存在が誰にも見えない、と」

「……えっと、つまり、《全能なる煌輝》エクエスは、本当にいる神様じゃなくて、竜人たちが考えた概念みたいなものってこと？」

　サーシャの言葉に、アルカナはうなずく。

「それはある意味正しい。《全能なる煌輝》はいるかもしれない、いないかもしれない。信じるも信じないも、その者次第」

「ふむ。その《全能なる煌輝》が俺の記憶を奪ったのだとすれば、手っ取り早いのだがな。すべて一度に方がつく」

　アイシャが唖然《あぜん》としたように俺を見る。

「方がつくって、でも、本当にそのエクエスがいるなら、すべての神の力を使えるってことでしょ？　どうするのよ？　そんなの世界そのものじゃない？」

「そうだな」

　不敵に笑い、俺は言う。

「ならば、世界を滅ぼしてやるか」

アイシャがドン引きといった風に身を引いた。

いかぬな。少々顔が嗜虐《しぎゃく》的だったか。

「冗談だ。さすがの俺も、そんなことはできぬ。なにか、うまい方法を考えればよい」

「全然冗談に聞こえなかったわ……」『鬼畜……』

俺はアルカナに視線を向ける。

「先程、夢の番神よりも、広く記憶を司《つかさど》る神がいると言ったな。その秩序を使えば、俺だけではなく、アルカナとアイシャの記憶も戻せよう」

今のところ、すべては憶測にすぎぬ。記憶が戻れば、事実ははっきりするだろう。

「かの神は、世界の足跡を刻む秩序、痕跡神《こんせきしん》リーバルシュネッド。神竜の国ジオルダルに眠ると言われている」

神竜の国ジオルダルか。アヒデの国だな。

「では、そこへ行こう」

「じゃ、あれよね？　さすがに授業に出てる場合じゃなさそうだわ」

『お休みする？』

サーシャとミーシャがそう口にした。

「なに、そうとも限らぬ。地底世界の存在が明らかになった今、将来ディルヘイドを治めるであろう魔皇の卵たちが、それを肌身に感じぬというわけにはいかぬだろうしな」

「……悪い予感がするわ」

『……する……』

「お前たちは、先に学院へ行くがいい。俺はエールドメードとシンに話を伝えてから行こう」

こくりとアイシャはうなずき、自分たちに魔法陣を描く。

光とともに、《分離融合転生《ディノ・ジクセス》》が解除され、アイシャの体はミーシャとサーシャに分かれた。

「じゃ、後でね」

サーシャがそう言い、ミーシャは小さく手を振る。

二人はそのまま部屋を出ていった。

その数十分後――

デルゾゲード魔王学院、第二教練場。

授業開始の鐘の音が鳴り響いていた。扉が開き、軽快なステップを踏みながら、愉快痛快とばかりに教室に入ってきたのは熾死王《ししおう》エールドメードだ。

魔王の右腕シンが、静かに教室のドアを閉め、エールドメードの隣に立った。

「カッカッカ、朗報、朗報だ、朗報だぞ、オマエらっ！」

両手を上げ、ぐっと拳を握りながら、上機嫌に熾死王は言った。

「今日はかねてから計画していた特別授業を急遽《きゅうきょ》行えることになったっ！」

跳躍し、ダンッと足を踏みならすと、くるくると杖《つえ》を回転させては、ダ・ダ・ダ・ダ・ダと黒板を突き、魔法陣を描いていく。それが光ったかと思えば、十数羽《わ》の鳩《はと》が飛び出し、リボンと紙吹雪を宙に舞わせた。

「今日の授業は、なんとぉっ‼」

くるくるとその身をそこで高速回転させた後、エールドメードは、ビシィッと生徒たちを杖《つえ》で指した。

「大・魔・王・教・練・だぁっっっ!!!」

教壇に《転移《ガトム》》の魔法陣が出現する。

そこに俺は、いつもの白服を纏《まと》い、アノス・ヴォルディゴードとして姿を現した。

すっとシンが跪《ひざまず》き、エールドメードがそれに続いた。

ガタガタガタガタガタガタガタッとものすごい勢いで椅子が引かれていき、生徒たちは床に頭を突っ込まんばかりの勢いで我先にとひたすら下を目指し、跪《ひざまず》く。

教壇に立った俺は泰然と口を開く。

「本日から始まる特別授業、大魔王教練を担当する臨時講師、暴虐の魔王アノス・ヴォルディゴードだ。まあ、堅苦しいことは抜きとしよう」

俺はかつての旧友たちに挨拶するように、朗らかな笑みを見せた。

「みんな、久しぶりだな」

生徒の半数は絶望的な表情を浮かべていた。

§3.【大魔王教練】

教室はシーンと静まり返っていた。

いつもなら、この辺りで私語が始まるところだが、生徒たちは身を硬くし、黙りこくったままである。

「どうした？　今日はやけに静かだな。この教室はざわついているのが普通だと思ったが？」

そう口にした途端、生徒たちが一斉に口を開く。

「……かっ、かんに障《さわ》られたみたいだぞっ……！」

「と、とりあえず、ざわつこうっ……！　みんな、アノス様に聞こえない声量で、ざわつくぞおっ……！」

いつもの調子で教室がざわつき始めた。

「……ていうか、やべえ……マジでやべえよ…………」

教室の後ろの方にいた黒服の生徒たちが呟《つぶや》く。

「俺……何回アノス様のこと呼び捨てにしたかわかんねえぞっ……」

「馬鹿っ。呼び捨てだけなら可愛《かわい》いもんだろ。俺なんか、不適合者だって馬鹿にしまくってたぜ……」

「俺の方がヤバイって！　お前の血には尊さがないって調子に乗りまくってたんだぜっ……！」

「なあ……もしかして、授業にかこつけて、俺たちを始末しに来たんじゃ……？」

「…………殺すだけなら、シン先生に任せればいいだろ……わざわざ来たってことは、俺たちが苦しむ姿を直《じか》に見たいってことなんじゃ……？」

「いや、でも、暴虐の魔王だぜ。あの暴虐の魔王だ。俺たちなんか、そもそも眼中にないんじやないか？」

「あ、ああ。だよな。きっと忘れてるだろう。ていうか、頼む……忘れててくれ……！」

ふむ。どうやら緊張しているようだな。

「面を上げよ。普段通りにするがいい」

シンとエールドメードが顔を上げ、生徒たちがそれに倣《なら》い、不安そうにしながらも椅子に座る。

続いて、生徒たちがそれに倣い、立ち上がった。

「そう硬くなるな。暴虐の魔王であることがわかったからといって、俺が変わったわけではない。お前たちとこのクラスで過ごした日々は、今でも鮮明に覚えている」

ともに授業を受けた一人の学友にすぎないことを思い出させるため、俺は爽やかな笑みを向けてやった。

「誰がいつ、どこで、なにを言い、なにをしたか、お前たちとの思い出はなに一つ、欠片《かけら》さえも忘れてはおらぬ。楽しい学院生活だった。そうは思わぬか？」

びくんっと黒服の生徒たちが体を震わせる。

「……ややや……やっべえよ……！　なに一つ忘れていらっしゃらないみてえだ……!!」

「あの顔……俺たちをどんな風に苦しめようか考えるあまり、爽やかすぎる笑顔になられていらっしゃるんじゃねえかっ！」

「暴虐の魔王だもんな、暴虐の魔王……神よりも深き慈悲と、悪魔よりも残虐な二面性を持った、完璧なる存在……確か伝承じゃ、笑ってるときが、一番恐ろしいって話だったか……」

「あ、あぁ……！　なんて親しみのある笑みをされて……いったい、どんな残虐なことを考えていらっしゃるんだ⁉」

ふむ。どうにも誤解がひどいようだな。仕方のない。ここは率直に否定しておくとしよう。

「一つだけ言っておく」

生徒一人一人の顔を見て、俺は静かに口を開く。

「不適合者だからと生意気な口を利《き》いてきた者もいたが、なんとも思ってはおらぬ。俺とお前たちは学友だった。ならば、立場は対等、言いたいことを言えばよい。それしきのことを咎《とが》めるほど俺は狭量《きょうりょう》ではない」

俺たちの間に遺恨などないということを皇族の生徒たちにはっきりと示す。

「……なんとも思っていないってことは、だ……」

「相当根に持たれていらっしゃるよ！　完全に手遅れだ！」

「なんとも思ってないなら、そもそも言及するわきゃねえもんな……」

「立場は対等って、つまり手加減しねえってことか⁉」

「俺も思ったことをやらせてもらうぞってやつか……終わった……」

「……命だけで許してくだされば、いいんだが……」

ふむ。なるほどな。

「サーシャ、なんとかせよ」

「いきなり来ておいて、なに無茶ぶりしてるのよっ！　自分でやりなさいっ！」

サーシャの台詞《せりふ》に黒服の生徒たちが皆縮み上がる。ごくり、と彼らは唾を飲み込んだ。

「……あのサーシャ様が……尻込みするほどの……？」

「いったい、なにをおやりになられるおつもりなんだ……？」

「……一つだけ。一つだけ、予言しておいてやるよ……これが地獄の始まりってやつだ……」

サーシャが唖然《あぜん》とした表情で、彼らに視線を向けている。

「くはは。サーシャ、悪化させているではないか」

「なに笑ってるのよっ。あなたが誤解させてるのっ、あ・な・た・がっ！」

犬歯を剝《む》き出《だ》しにしてサーシャが反論してくる。

「では、ミーシャ。ふがいない姉に代わって、どうにかしてくれるか？」

ふがいない、と言われたことにサーシャは不服そうにしている。

ミーシャがすっと立ち上がった。

「聞いて欲しい」

珍しいミーシャの主張に、生徒たちの視線が釘付《くぎづ》けになる。

「アノスはこう見えて、キノコグラタンが好き」

なるほど。庶民的な食べ物が好きだとアピールすることで、親近感を湧かせ、暴虐の魔王としての畏怖を軽減するつもりか。

「わたしはアノスのために、よくキノコグラタンを作った。一生懸命、練習した。失敗もした。でも、アノスはいつも美味《おい》しいって褒めてくれた。アノスはそういう人。優しい」

日常的なエピソードを語れば、それだけ暴虐の魔王への恐怖は薄まる。むしろ、庶民派の魔王として認識されるだろう。

これならば――

「……き、キノコグラタン…………⁉」

皇族の生徒たちは、これまでにないほど恐怖の表情を浮かべていた。

「……なんなんだ、それは……いったいどんな恐ろしい拷問のことだ……⁉」

「おい……まさか、まさか……俺たちを生きながらにキノコグラタンみたいにしてやるってことか……⁉」

「ばっ……ドロッドロじゃねえかっ……⁉　原形がないほどにっ……⁉」

「待てよ待てよ。よく作ったたって……まさかミーシャちゃんにそんなことをやらせて……練習までさせて……なんて……暴虐な……⁉」

「それで食うっていうのかっ⁉　美味《おい》しいってっ⁉　生きながらにキノコグラタンにして、俺たちを食うのかよっ……⁉」

「いや、問題はそこじゃない。いいか、一番の問題はだ」

生徒たちがごくりと喉を鳴らす。

「そこまでやっても、まだ優しい方だってことだよ……」

「じゃ……本当に、怒ったら……どれだけの…………」

「……逆らうんじゃなかった……知らなかったとはいえ、俺はなんてことを…………！」

生徒たちは顔面を蒼白《そうはく》にし、ぶるぶると体を震わせて机に額を押しつけている。

ミーシャはぱちぱちと瞬《まばた》きをして、俺をじっと見た。

「悪化した」

「よい。そういうこともある」

　ミーシャは静かに着席する。

「ミーシャちゃんはがんばったぞ」

　若干、気落ちしたミーシャをエレオノールが励ます。ゼシアが、後ろから彼女の頭を撫《な》でていた。

「……よしよし……です」

　まあ、いいだろう。暴虐の魔王という名が一人歩きし、時としていらぬ恐怖を生んでしまうことは二千年前にも度々あった。むしろ、これぐらいならば、軽い誤解にすぎぬというものだ。

　泰然と構えていれば、彼らにもいずれ真実がわかるだろう。

「大魔王教練の概要を説明しよう」

　俺がそう口にすると、エールドメードが杖《つえ》で黒板を指す。魔力で描かれたのは、世界の概略図だ。俺たちのいる地上と、その内側にある地底世界だった。

「つい先日、この地上の下に広がる地底世界の存在が確認された。地上と同程度の広さを持つそこには、竜より生まれた者を先祖とする竜人たちが住んでおり、神を祀《まつ》り、盟約を交わし、召喚するなど、独自の文化を築いている」

　生徒たちは皆真剣に俺の話に耳を傾けている。

「アゼシオンやディルヘイドへ竜が群れをなして襲ってきたことは記憶に新しいが、それはこの竜人たちが首謀者のようでな。今回の大魔王教練では地底世界にあるその竜人の国へ向かう」

　驚いたように生徒たちが目を見開く。

「あの、アノス様。ディルヘイドを侵略しようとした国に、あたしたちが行くんでしょうか？」

エレンが手を挙げ、恐る恐るといった風に尋ねた。

「そうだ。とはいえ、竜人すべてがディルヘイドに敵対しているかはまだわからぬ。魔族にも人間にも、悪い者もいれば、良《よ》い者もいる。竜人とてそうだろう。未知の国へ行き、お前たちがその者たちをどう判断するのか、それを見させてもらおう」

心配そうにしている生徒たちの、更に不安を煽《あお》るように俺は言った。

「死の危険はあるだろう。滅び蘇《よみがえ》らぬやもしれぬ。だからこそ、学ぶ価値があるというものだ」

「で、でも、アノス様がいるんだから安心……」

「今回の大魔王教練は、所用のついでてでな。四六時中、お前たちに構っていられる保証はない。学友たちと力を合わせ、自力で生き延びることだ」

無論、相応の備えはする。しかし、いつでも俺が助けてくれると思えば、なんの進歩もない。これぐらい脅しておくのがいいだろう。

見れば、生徒たちはなんとも行きたくなさそうな表情を浮かべている。

「まあ、自信のない者には無理強いせぬ。未知の世界、未知の国だ。危険も数多く存在するだろう。自分の力を正確に計ることも肝要だからな。無理だと思えば、欠席を申し出るがよい」

ファンユニオンの少女たちが目配せをして、ひそひそと話し始める。

「……ど、どうしよう？」

「……あたしたちは、正直、まだ竜も倒せないし、厳しいよね……？」

「欠席した方がいいのかな？」

「だよね。みんなにも迷惑かけちゃうかもしれないし」

「ちょっと待って！　あたし、わかっちゃったっ！」

「わかったって、アノス様のお考えが？」

「あたしたちを試してるとか？」

「ううんっ。そうじゃなくて、未知の国ってことは、アノス様も行ったことないんだよね？」

「う、うん。それは、そうだと思う」

「じゃ、これって一緒に行けば、間接初体験旅行じゃないっ⁉」

「「「あぁ――っ‼」」」

エレンの言葉に、全員が声を揃《そろ》える。

「しかも、もしあたしたちが滅んだら、アノス様のお考えのもとに滅んだようなものだから――」

「かっ、間接初体験旅行滅ぼされっ⁉」

「「「ほっ、滅びたぁぁぁぁぁぁぁぁぁぁぁぁぁぁぁぁぁぁぁいっ……‼」」」

地底世界のことなど頭から吹き飛んだかのように、ファンユニオンの少女たちがきゃあきゃあと騒いでいる。

相も変わらず、腹の据わり方は見事なものだな。滅んだと思えば、恐怖も消え、逆に滅ばぬものだ。

クラスの中では弱い部類の彼女たちが行くと宣言したからか、他の生徒たちは欠席するとは言わなかった。まあ、ファンユニオンよりも明確に魔法が不得手と言えるのはナーヤぐらいだからな。ある程度のプライドがあれば、そうそう口にはできまい。

「ふむ。まあ、気が変わったらいつでも申し出るがいい。出発は明日だ」

とりあえず猶予ができたことに、生徒たちはほっとした様子だ。

「さて。こんな逸話を知っているか？」

俺は生徒たちに問いかけるように切り出した。

「ある魔族の城が人間と精霊の精鋭たちに取り囲まれ、危機的状況に陥った。偵察したところ、明日にも人間の軍は襲撃をしかけてくるだろう。敵の数は二〇〇〇。一方で味方は五〇〇。その上、新兵ばかりだった。増援はなく、切り札もない。だが、勝利したのは魔族の方だった。たった一人の男が彼らを勝利に導いたのだ。彼は、いったいなにをしたのか。考えてみよ」

エレンを見ると、彼女は頭を悩ませて言った。

「……なにか、すっごい作戦を考えて倒したんでしょうか？」

「作戦と言えば作戦だが、少し遠いな」

うーん、とエレンは考え込む。なかなか思いつかない様子だ。

「他の者はどうだ？」

すると、ミサが手を挙げた。

「具体的にはわからないんですけど、地の利を生かしたとかですか？」

「いいや、地の利は関係ない」

「はい、はーい、次はボクが答えるぞっ」

エレオノールが何度も手を挙げている。

「聞こう」

「がんばったんじゃないかな？」

「無論、がんばったはがんばっただろうがな」

エレオノールの真似《まね》をするように、今度はゼシアが手を挙げた。

「では、ゼシア」

「もっと……がんばりました……沢山です……！」

両手をぐっと握り、ゼシアは堂々と答えた。

「正解と言えば正解だ」

「……正解……です……！」

「あー、アノス君、ゼシアにだけ甘いぞっ」

エレオノールが唇を尖《とが》らせる。他に手が挙がらなかったので、他人事《ひとごと》のように微笑《ほほえ》みながら授業を聞いている男に視線をやった。

「では、レイ。正解を述べよ」

彼は即答した。

「一日で魔族の兵を鍛えに鍛えて、一人で四人分の働きができるようにした。それによって、人間と精霊の軍を撃退した、かな」

「ちょっと、レイ、それ真面目に答えてるの？」

サーシャが呆《あき》れたようにレイを睨《にら》む。

「正解だ」

「……嘘《うそ》っ、本当にっ？」

驚いたようにサーシャが声を上げる。

「僕も、敗走した当事者じゃなかったら、そう思っただろうね」

苦笑しながら、彼は言う。

「それ、なんかずるいわ……」

机に突っ伏しながら、サーシャがぼやく。

「そのとき、城を守ったのは、急遽《きゅうきょ》派遣された一人の魔族。他でもないお前たちの担任、熾死王エールドメードだ」

カカカ、と彼は笑った。

「古い話をするではないか。結局その後、そこの男に城は落とされてしまったがね」

エールドメードがレイを見ると、彼は爽やかに微笑《ほほえ》んだ。

一日で兵を鍛え上げたエールドメードに対して、レイは戦っている最中に己の限界を超え、それを打倒した。一度退却したのは、浮き足だった他の兵の態勢を整え直すためだ。

「君が城を放棄して退却を選ばなかったら、わからなかったよ」

ニヤリ、と熾死王が笑い返す。

二人のやりとりを半ば呆然《ぼうぜん》と眺めている生徒たちに、俺は言った。

「明日にも、絶望的な戦力の敵が攻めてくるかもしれぬ。そんなときに、もう一日しかないと思うのか、まだ一日あると思うのか。心がけ一つで戦況は大きく変わる。増援がないのならば、力を増やせばいい。そうすれば、数で劣っても戦力では上回れる。これが、二千年前の——いいや、熾死王エールドメードの籠城《ろうじょう》戦だ」

そんな馬鹿な、といった表情を生徒たちは浮かべている。

「論より証拠だ。これから行う教練は、そのとき熾死王がやったものよりも幾分か危険が多い。うまく行けばお前たちの実力は桁違いに向上するが、気を抜けば、あっという間に滅ぶことになろう。心して挑め」

§4. 【魔王の授業は阿鼻叫喚《あびきょうかん》】

魔王学院裏手——魔樹《まじゅ》の森《もり》。

次々と《転移《ガトム》》の魔法陣が現れたかと思うと、そこへ生徒全員が転移してきた。

「では、始めよう」

俺は生徒たちの体に魔法陣を描く。対象は彼らの根源である。

「潜思《せんし》せよ」

生徒たちとつないだ魔法線を通して、その根源へ俺の魔力を叩《たた》き込《こ》む。

「己が目指し、そして辿《たど》り着《つ》くべき未来を。深く、深く、深く潜ってはその深淵《しんえん》を覗《のぞ》け。お前たちの根源の遙《はる》か底に眠る未来を叩《たた》き起《お》こし、その理想をここに具現化する」

言われた通りに、彼らは自らの深淵《しんえん》を覗《のぞ》き、その理想の形を思い描いていく。次第に一人、また一人と生徒たちの体が光に包まれていった。

彼らの頭に目指す未来がはっきりと描かれれば、それは成る。輝き始めた生徒たちのその輪郭に歪《ゆが》みが生じ、光が二つに分かれ始める。理想の深淵《しんえん》を覗《のぞ》き、潜思すればするほどに、その分裂はみるみる進んでいくのだ。

やがて、生徒たちの大半はその体と根源を二つに分けた。

「《理創像《エドニカ》》」

一際目映《ひときわまばゆ》い光に包まれた後、生徒たちの目の前には、成長したもう一人の自分がいた。

「……なっ、なんだってんだ、こいつっ……。俺そっくりじゃねえか……！」

ラモンが仰《の》け反《ぞ》りながらも、声を上げた。

彼の目の前には、同じく《理創像《エドニカ》》で作ったラモンがいる。身長は彼よりも高く、体は筋肉の鎧《よろい》を纏《まと》っている。顔つきは本人とは比べものにならぬほど精悍《せいかん》だ。

「《理創像《エドニカ》》はお前たちが、これから目指す将来の姿。その潜思した理想とお前たちの根源の一部を元にし、俺の魔力を加えることで、お前たちの可能性を具象化した」

目の前にいる《理創像《エドニカ》》は、彼らの一つの到達点である。

「戦い、その技を盗み、その力を盗め。そして、その上で再び潜思せよ。お前たちが目指す理想の形が変われば、それに従い、《理創像《エドニカ》》は常に変化し、そして深化する。ただし、己の手に余る理想には届かぬ。その魔眼《めめ》で《理創像《エドニカ》》の深淵《しんえん》を覗《のぞ》き、その限界を見極めよ。自らにないが相応《ふさわ》しく、なにが不要なのか、その身をもって知るがいい」

生徒の《理創像《エドニカ》》たちが、彼らを導くように一斉に走り出す。

「おっ。おいっ、どこ行こうってんだよっ……！」

ラモンが自らの《理創像《エドニカ》》を追いかけた。

「通常の《理創像《エドニカ》》は力と技の理想を具現化するが、さすがに思考までは再現できぬ。いくら魔力を与えてやっても、頭が良くなるわけでも知識が蓄えられるわけでもないからな。それは純粋な闘争本能の塊だ。しかし――」

俺は地面に手の平をかざす。

背後にあるデルゾゲードから膨大な魔力の粒子が立ち上り、その一切が足元へ集まった。剣の形をした影が現れる。それは静かに宙へ浮かび上がり、俺の前に柄を差し出した。

手にすれば、理滅剣《りめつけん》ヴェヌズドノアが実体化する。地面に突き刺し、魔力を込めた。

「その理を破壊する」

ヴェヌズドノアから幾重にも影が伸び、それは《理創像《エドニカ》》たちにつながった。

「おい、ラモン」

理滅剣により思考が宿り、《理創像《エドニカ》》のラモンが言う。

「な、なんだっ……？」

「おめえ、自分が賢いと思ってんじゃねえのか……？　言っとくがよ、おめえは馬鹿だ。未来永劫《えいごう》馬鹿でしかねえ」

「な……なんだとぉ。やってみなきゃ、わかんねえじゃねえかっ」

「教えてやんよっ。馬鹿には馬鹿の戦い方があるってことをな」

《理創像《エドニカ》》のラモンが魔法陣を一門を描く。そこから、漆黒の太陽が出現した。

「……まっ、マジかよっ……!?　俺が《獄炎殲滅砲《ジオ・グレイズ》》を使うってのかっ!?」

ラモンが木の陰に隠れるようにして、後退していく。

「んなもんで、防げるわきゃねえし、目くらましにもなんねえよっ。おめえは頭を使わず、常に全力出して防御すりゃいいんだ。馬鹿なんだからよっ!!」

《獄炎殲滅砲《ジオ・グレイズ》》が木々を燃やし尽くし、ラモンに直撃する。

「ぎゃっ、ぎゃあああああああああああああぁぁぁっ……!!」

ラモンは燃え尽き、灰と化す。

すぐさま《蘇生《インガル》》で蘇生《そせい》してやった。

「何度死のうと構わぬ。蘇生《そせい》される感覚を覚えておけ。コツをつかんだならば、自分で《蘇生《インガル》》を使ってみるがいい。できなくとも、三秒後には蘇生《そせい》してやる」

ラモンが目の前にやってきた《理創像《エドニカ》》の自分を見つめる。

「おらっ、《獄炎殲滅砲《ジオ・グレイズ》》はこうすんだよっ。わかんねえんなら、体で覚えなっ!!」

「……ちっきしょうっ……!!　お前誰だよっ！　ぜってえ俺じゃねえだろっ!!」

彼は決死の覚悟で、《理創像《エドニカ》》に突っ込んでいった。

魔樹の森のそこかしこで、同じように生徒たちが《理創像《エドニカ》》の自分と戦っている。圧倒的に自分よりも格上の敵。それも、自らの手の内を知り尽くしている。

到底敵《かな》うはずもなく、彼らは次々と死んでいく。死の淵《ふち》のぎりぎり、滅びの一歩手前まで追い詰めることで、根源は更に強く、輝きを放つ。だからといって、悪戯《いたずら》に苦しめればいいというわけではない。成長するに相応《ふさわ》しいだけの経験を積まねばならぬ。

自らが目指す理想と、今の自分にどれだけの差があるのかを肌身に感じ、その理想に鍛え上げられる。更にはその理想そのものを鍛えるのが《理創像《エドニカ》》である。

理想の自分にアドバイスを受け、導かれるように、生徒たちはその力と技を習得していく。幾度となく滅びかけ、幾度となく死にながらも。

そうして、《理創像《エドニカ》》に使っていた根源が彼らの体に戻ったとき、それは血となり、肉となり、更なる飛躍を見せるだろう。

授業中の光景に相応《ふさわ》しく、森は阿鼻叫喚《あびきようかん》の地獄絵図となっていた。

ふと俺は一人の少女に視線をやる。エールドメードが二つ名をつけた、居残りのナーヤだ。

彼女の目の前には、ぴくりとも動かぬ《理創像《エドニカ》》がいた。姿形は今の彼女とほぼ同じである。

「カカカ」

愉快そうな顔で生徒たちの激闘を見ていた熾死王が、ナーヤのもとへ歩いていく。

「浮かない顔をしているな、居残り」

エールドメードは杖《つえ》をつき、ナーヤの顔を覗《のぞ》き込《こ》む。

彼女は俯《うつむ》いたまま、ぽつりと言った。

「……だめですよね、私は……魔王様の《理創像《エドニカ》》さえ、動いてくれないんですから……」

熾死王は黙って聞いている。

「みんなと違って、《理創像《エドニカ》》の私は、今の私と魔力も殆《ほとん》ど変わってません……。伸びしろがないってことなんですよね……」

「カッカッカ、伸びしろがない？　なぜそう思う？」

「だって、魔王様の魔法で、魔王様の魔眼《め》で見て、そう判定されたってことは、そういうことなんじゃありませんか……？」

落ち込んだように、ナーヤは言う。

「確かに、確かに。魔王の魔眼《め》は絶対であり、魔王の《理創像《エドニカ》》は完璧だ。その判定から漏れた者は、すなわち才能が欠片《かけら》もないのだと誰もがそう思うだろうな」

容赦のない言葉に、ナーヤは更に気落ちした。

杖《つえ》に体重をかけ、熾死王は舐《な》めるような視線で彼女を見つめる。

「だが、この熾死王は違う」

ナーヤは瞳に疑問を浮かべ、熾死王を見た。

「こんな話を知っているか。魔王学院の入学試験で、魔力測定を行い、その数値がゼロと判定されたある魔族がいた。彼は学院始まって以来の不適合者となり、学院中から白い目で見られたのだ」

人を食ったような表情でエールドメードが言う。

「それって……」

「そう、暴虐の魔王アノス・ヴォルディゴードだ。彼ほどの魔力の持ち主でさえ、魔力がまったくないと判定されたことがある」

ナーヤは考え、それから怖《お》ず怖《お》ずと反論した。

「……だけど、それは魔力測定の方法が間違っていただけで、アノス様の力を今の時代の魔族では計ることができなかったってことじゃ……？」

「そう、そうだ、その通りだ、居残りのナーヤ。つまり、それと同じことが言えるのではないか？」

「同じことって、なんでしょう……？」

ニヤリ、とエールドメードが笑う。

「つ・ま・り、暴虐の魔王が間違っていた！　オマエはかの偉大な魔王にさえ未来が見通せぬほどの強大な力を秘めているのだと」

ナーヤがぶるぶると勢いよく頭を振った。

「そっ、そんな恐れ多いことは、ありえません……！」

彼女は不安そうに、俺の様子を窺《うかが》っている。燠死王は続けた。

「恐れ多い？　ありえない？　なぜだ？　魔王ならば、この学院から自らを超える者が生まれることを、喜ばしく思うはずだ。もっとも、あの男ならば、超えた者を更に超えようというものだがな！」

カッカッカ、とエールドメードは愉快そうに笑う。

「《理創像《エドニカ》》など、たかだか一つの測定方法。あくまで一つの訓練にすぎないではないか。オマエは暴虐の魔王にさえ未来が測定できなかったのかもしれない。素晴らしいではないか！」

そう饒舌《じょうぜつ》に語る熾死王は心の底から楽しそうだった。

「オマエには伸びしろがないのか、それとも誰にも見えないだけなのか。わからぬのだ。わからない、不確かだということは、素晴らしい。それは、可能性なのだ。たとえ一縷《いちる》の望みにすぎないと言ってもな。この熾死王は、そんな不確かなものにこそ、心躍らされる！」

力強く、上機嫌にエールドメードは言った。そして、それに勇気づけられるかのように、ナーヤの瞳に僅かながらも力が宿る。

エールドメードはシルクハットを手に取り、そこから、一本の杖《つえ》を取り出す。《知識の杖《つえ》》と呼ばれる魔法具だ。

「コイツの使い方を教えてやる。限界を知るにはオマエはまだ若すぎる。せめてオレぐらいの歳《とし》になってから口にしたまえ」

ナーヤは目を拭うように指をやって、それから《知識の杖《つえ》》を手にした。

さっきまでとは違う、吹っ切れた表情で彼女は言う。

「はい。よろしくお願いします、熾死王先生っ」

相も変わらず、俺の敵になりそうな可能性には目聡《めざと》いものだ。まあ、ナーヤのことは奴《やつ》に任せておけばいいだろう。

「ねえ、アノス」

サーシャが俺に声をかけた。隣にはミーシャがいる。

「わたしたちだけ、《理創像《エドニカ》》が出ないんだけど……？」

レイやミサ、エレオノールとゼシアもそうだった。

「当然だ。お前たちは《理創像《エドニカ》》で訓練する領域をとうに超えている」

「じゃ、どうするの？」

「ちょうど良《い》い訓練相手を用意してある」

俺は選定の盟珠《めいしゅ》を取り出し、そこに魔力を込めた。盟珠の中に魔法陣が現れ、それがみるみる積層されていく。

「《神座天門選定召喚《グアラ・ナーテ・フォルテオス》》」

召喚の光を伴い、その場に白銀の髪の少女、選定神アルカナが姿を現した。

「地底に行くのならば、神との戦いに慣れておかなくてはな」

サーシャがげんなりしたような顔で俺を見つめる。

「……いつも思うんだけど、訓練の方が過酷だわ……」

こくこくとミーシャがうなずく。

「《分離融合転生《ディノ・ジクセス》》を使え。いくらお前たちとて、そのままではアルカナの相手にならぬ」

アルカナは周囲をゆるりと見渡し、その後、空を見上げた。

「訓練の場所はあそこ」

他の生徒を巻き込まぬように、遠くでやろうということだろう。

三人はそのまま空を飛んで場所を移動していった。

「エレオノール、ゼシア、しばらく二人で訓練をしていてくれ」

「わかったぞ。じゃ、ゼシア、ボクたちはあっち行こう、あっちだぞ？」

「……がんばり……ますっ……」

二人は魔樹の森の奥へ走っていった。

「さて。レイ、ミサ」

二人がこちらを向く。俺の背後にすっとシンが姿を現した。

「王竜に使った愛魔法はなかなかのものだった」

「あ……あはは━……あのときのことはまったく思い出したくないっていうか……今すぐ穴に入りたくて仕方がないんですけど……」

顔を真っ赤にしながら、ミサが俯《うつむ》く。ギリッと後ろから奥歯を噛《か》みしめる音が聞こえた。

「愛魔法が、どうかしたのかな？」

「もしやと思ってな。あの魔法は、神族全般に有効なのかもしれぬ」

アルカナの話によれば、愛と優しさは秩序を乱す。ならば、愛魔法は神にとって天敵といった可能性もあろう。

「ゆえに、ここしばらく愛魔法の深淵《しんえん》を覗《のぞ》いた。お前たちの愛はまだ伸びるだろう。それを鍛えておこうと思ってな。それには、愛魔法同士で競う実戦が手っ取り早い」

「実戦はいいんだけどね」

言いながら、二人は愛魔法発動のため、互いに手を取り合う。《聖愛域《テオ・アスク》》の光が彼女たちに集い、天に昇る勢いで立ち上った。

「《聖域《アスク》》はともかく、愛魔法はアノス様には使えないはずじゃ……？　ほら、だって、愛と愛を重ねないと……」

レイとミサは、不思議そうな表情を浮かべている。

するとシンが歩み出て、鉄の剣を静かに鞘《さや》から抜く。それを丁重に俺に手渡した。彼は跪《ひざまず》き、頭を下げる。俺は厳かに彼に剣を向け、その剣身で肩をそっと叩《たた》く。

途端に俺とシンから、膨大な光が溢《あふ》れ、天を突く勢いで膨れあがった。

「……え……これ……って……!?」

「まさか……？　アノス。君って奴《やつ》は……」

驚きを発する二人に、俺は言った。

「恋人同士でなければ、《聖愛域《テオ・アスク》》を使えぬと思ったか」

半ば呆然《ぼうぜん》としていた二人は、一転、気を取り直したかのように、緊迫した雰囲気を漂わせる。

この訓練の趣旨を理解したのだ。

「……授業だと思ってのんびりしていたけど、どうやらこの戦い、負けるわけにはいかないようだね」

「……ですね。絶対に、負けられません……！」

愛魔法と愛魔法の戦いは、愛情の深さが勝敗を決する。恋人同士である二人の愛が、シンと俺に及ばなかったとなれば、その傷は計り知れない。だからこそ、より愛は伸びる。

「俺の愛は加減が利《き》かぬ。本気で来るがいい」

レイとミサが挑むような表情で、こちらを見る。

一方で俺とシンは肩を並べ、迎え撃つが如《ごと》く、悠然と立ちはだかった。

「お前たちに、様々な愛の形を見せてやろう」

§５．【愛の形】

魔樹の森から天高く二本の光が立ち上る。

魔法陣を描き、レイは右手に霊神人剣《れいしんじんけん》を召喚した。アヒデとの戦いで一度、全能者《ぜんのうしゃ》の剣《つるぎ》リヴァインギルマと化したそれは、アルカナによって再び元に戻されていた。

レイとミサ、二人の愛を魔力に変換した《聖愛域《テオ・アスク》》が、霊神人剣を覆い、長大な刃と化す。

数歩、レイは前へ出る。

「ミサ」

彼は優しく微笑《ほほえ》み、後ろで見守る彼女に言った。

「君の言葉が欲しい」

「……え、えーと……ですね……」

恥ずかしそうに俯《うつむ》き、上目遣いでミサは言う。

「……だ、大好きなレイさんが勝つところを、見たいです……」

瞬間、光が爆発するかの如《ごと》く膨れあがり、《聖愛域《テオ・アスク》》を纏《まと》った霊神人剣はかつてないほどの輝きを放った。アヴォス・ディルヘヴィアと戦ったときよりも、王竜を倒したときよりも、二人の愛は今一番光り輝いている。

それもそのはず、彼らの前に立ちはだかっているのは他でもない、俺とシンだ。たとえ魔法や剣の勝負に負けたとしても、《聖愛域《テオ・アスク》》では負けるわけにはいかない。なればこそ、二人はその絆《きずな》を、その愛を、熱く燃えたぎらせた。

だが、燦々《さんさん》と煌《きら》めくその愛の結晶を、まるで親の仇《かたき》でも見るようなような魔眼《め》で睨《にら》みつける一人の男がいた。彼もまたすっと歩み出て、レイと対峙《たいじ》する。

「我が君に願い奉《たてまつ》る。まずは私が彼らに真の愛を示したく存じます」

「許す。存分に示すがよい」

俺はシンに鉄の剣を渡す。剣身を覆うが如《ごと》く、輝く光が集っている。その愛を俺が魔力に変換し、《聖愛域《テオ・アスク》》を発動しているのだ。

「あなたと立ち合うのは何度目でしょうね、レイ・グランズドリィ」

「さあ。もう数え切れないぐらいだよ」

数歩前に出た両者は、光の剣を静かに構え、視線を交錯させた。

「あの剣術教練以来、僕は考えたことがあってね。心に誓ったんだ」

常に微笑《ほほえ》みを絶やさぬレイが、刃を交えぬ内から今日はいつになく真剣な表情をしている。

俺を守るために行かせてもらうと口にしたあのときと同じ、いや、それ以上の気迫だ。

それほどまでに訴えたいものがあるというわけか。

「今度君と立ち合うときは必ず一本取ってみせる」

「大言を吐きますね。私はその間に十本頂きましょう」

シンの瞳が冷たく、まるで刃のように研ぎ澄まされている。

奴《やつ》と初めて会ったときのような抜き身の殺気。それでいて、かつて死を望み、俺と対峙《たいじ》したときのように胸の内に相反する想《おも》いが渦巻いている。シンもまた本気だ。

二千年前もそれ以降も、彼らがこれだけの想《おも》いで戦いに臨んだことはないだろう。挑むのはレイ、迎え撃つはシン。両者は絶対に負けられない想《おも》いと、大きな愛をその剣に込める。

「行くよ」

「返り討ちにして差し上げます」

レイとシンは互いに愛の剣を上段に構えた。小細工はない。技で逃げることもしないだろう。これは愛と愛、想《おも》いと想《おも》いの一騎打ち。僅かでも退けば、それが彼らにとっての敗北だ。

「……ふっ……‼」

軽く息を吐き、先に動いたのは、レイだった。

長大な光の剣を振りかぶり、真っ向からシンへ突っ込んでいく。

「はあああああああああぁぁぁぁぁぁぁぁぁぁあっっっ……‼!」

彼の想《おも》いが、その愛が、全身から滲《にじ》み出《で》るように光の粒子を撒《ま》き散《ち》らす。魔眼《めめ》を凝らせばそれは、雄弁に彼の意志を語っていた。

――僕が勝ったら、聞いてもらいたいことがあります、お義父《とう》さんっ！――

「吠《ほ》えたところで、愛が強くなるわけでもないでしょうっ……‼!」

レイの想《おも》いを真っ向からはね返すべく、シンが地面を蹴り、爆発する光の剣を大きく振り上げる。

——戯《ざ》れ言《ごと》は一本取ってから吐くがいいわっ！　小僧っ！——

バチィイイインッと光の剣と光の剣が衝突し、愛と愛が激しく鬩《せめ》ぎ合う。

——必ず聞いてもらいますっ！——

——聞かぬっ！——

——いいえっ！　聞いてもらいます。大事な話です。お嬢さんの話ですっ！——

ドッガアァァァアンッとけたたましい光の爆発が起きる。その剣爆《けんばく》に押され、シンはその足をすりながらも吹き飛んだ。

「……お父さんっ…………！」

ミサが心配そうに声を発する。まさに極限まで練り上げた《聖愛剣爆裂《テオ・トレアロス》》。娘の恋人の言葉に耳を貸そうともしない頑固な父親に、粘り強く迫り、そして自らの愛の大きさを示す、嘆願の一撃だ。

さすがのシンといえども無事では済まないと思ったか、ミサがその爆発の中心へ魔眼を向ける。ゆっくりと光は収まっていき、人影が見えた。

シンは生きている。否、渾身《こんしん》の《聖愛剣爆裂《テオ・トレアロス》》を、その愛の剣で完全に受けきっていた。

「あなた方二人の愛は、その程度でしょうか？」

「まだ、まだぁっ……‼」

想《おも》いを振り上げ、愛を振り下ろし、レイは《聖愛剣爆裂《テオ・トレアロス》》を幾度となくシンに叩《たた》きつける。だが、それらを尽《ことごと》く、シンは真っ向から受けとめていく。

——大事な話なんですっ。必ず聞いてもらいます。この愛にかけてっ‼——

——きかぬきかぬきかぬきかぬきかぬっ‼　その程度か、小童《こわっぱ》！——

まるで聞いておらず、まるで効いていなかった。

「……はぁ……はぁ……」

再び鍔《つば》迫り合《あ》いの格好になり、レイの呼吸が荒くなる。刃を激しく交え、視線の火花が散っていた。

「わかるか、レイ。なぜお前の《聖愛剣爆裂《テオ・トレアロス》》がシンの剣に尽《ことごと》く防がれるのか。これこそ、一つの愛の形——」

話を聞かない娘の父親に対し、家の軒下で粘り続けるかのように、レイは何度も何度も《聖愛剣爆裂《テオ・トレアロス》》を爆発させる。それはまさに、降りつもる雪の中、何度も何度も頭を下げては嘆願を続ける、愛の土下座が如《ごと》き一閃《いっせん》。

しかし、シンの剣はそれを真っ向から叩《たた》き落《お》とす。軒下で土下座を続ける娘の恋人を見た父親が、やがて娘を奪っていくであろう男に抱く底知れぬ憎しみ。娘に嫌われると知りつつも、玄関に入れてやることのできぬ不器用で大きな愛、まさしくそれは溺愛の門前払いが如《ごと》き切り払い――

「――《聖魔愛憎剣爆撃《ディオ・グレゼアス》》」

俺の声とともに、レイの根源が次々と爆発していく。吹き飛ばされながらも五度死んで、五度蘇《よみがえ》り、再び五度死んで、同じ数だけ蘇《よみがえ》った。

地面にひれ伏す一瞬の間に、レイは合計十本取られていた。

「い、今のは……？」

「新しく開発してな。《聖魔愛憎剣爆撃《ディオ・グレゼアス》》は、愛と憎しみを爆発させる一撃。元来は二人の愛を一つに重ねる《聖愛域《テオ・アスク》》だが、これは愛と憎しみを一つに重ねることにより、《聖愛域《テオ・アスク》》を発動している」

「憎しみって……もうそれ愛魔法じゃないんじゃ……？」

ミサが不思議そうな顔をした。

「ただの憎しみならばな。だが、ときとして愛が一線を越え、憎しみに変わるときがある。それこそが愛憎だ。娘の恋人に対するままならぬ想《おも》い、決して退けぬという不器用な愛、その親心こそが、恋人同士の《聖愛剣爆裂《テオ・トレアロス》》を打ち砕く刃、《聖魔愛憎剣爆撃《ディオ・グレゼアス》》」

娘への大きな愛ゆえにシンは、娘を奪おうとするレイに並々ならぬ憎悪《ぞうお》を燃やす。だが、それは決して心底憎いわけではない。憎悪《ぞうお》の深淵《しんえん》を覗《のぞ》いてみれば、その根底には愛がある。憎悪《ぞうお》もまた愛なのだ。

レイの《聖愛剣爆裂《テオ・トレアロス》》をいとも容易《たやす》くねじ伏せるほどのこの魔法に欠点があるとすれば、行使できる条件が、シンがレイと対峙《たいじ》したときに限るということぐらいか。

平たく言えば、敵には使えぬ。

「さて。これでわかっただろう。お前たちのその愛の形では、まだまだ親の愛には及ばぬ。手加減は不要だ。《双掌聖愛剣爆裂《リガロ・ティル・トレアロス》》で来い」

ミサは倒れたレイに肩を貸しながらも、彼に視線を向ける。

「……情けない話だけど、君の力を貸してくれるかい……？」

俯《うつむ》きながら、ミサは「……はい……」とか細く言った。静かに手を頭上に掲げると、そこから暗黒が溢《あふ》れ出《だ》し彼女の身を包んだ。

「……貸してだなんて、水臭いことは言わないでくださいな……」

ミサを覆った暗黒に、無数の雷が走った。それは闇を斬り裂くようにして、彼女の姿をあらわにする。檳榔子黒《びんろうじぐろ》のドレスと、背には六枚の精霊の羽。彼女が首を捻《ひね》れば、深海の如《ごと》き髪がふわりと揺れた。

あらわになったのは、彼女の真体。暴虐の魔王の伝承をその身に宿した、大精霊の姿だった。

「この身も心も、とうの昔にあなたのものですわ」

優雅にミサが差し出した手を取り、レイが再び前を向く。

大きな、大きな、愛の障害を。

「お父様」

ミサのまっすぐな視線に、シンは僅かに目をそらす。

「お父様、聞いてくださいな。わたくしの目をちゃんとご覧になっていただけませんこと？」

「今は授業中です。お父様ではありません」

ぴしゃり、とシンは言葉を発した。

「……わかりましたわ。でしたら、力尽くでも聞いてもらいます」

レイは霊神人剣を魔法陣の中に消すと、今度は一意剣《いちいけん》を取り出した。

二人はその剣を共に握り締める。

「この愛で、お父様を倒して。縛りつけてでも、今日という今日は聞いてもらいますわ」

寸分違わず呼吸を合わせ、彼女たちは切っ先をシンへ向けた。身も心も重ねたレイとミサの《聖愛域《テオ・アスク》》が、先程よりも数段強く、光を爆《は》ぜさせるかのように煌々《こうこう》と燃え上がる。

「受けて立ちましょう」

シンの体から、愛憎の《聖愛域《テオ・アスク》》が激しく溢《あふ》れ、渦を巻くように巨大な光の柱と化す。

「レイ。今日はわたくしが……。わたくしに、合わせてくださいますか……？」

「愛しているよ」

かーっとミサの頬が紅潮する。顔を背けながら、恥じらうように彼女は言う。

「…………そんなこと、言われなくてもわかっていますわ……」

二人の《聖愛域《テオ・アスク》》の輝きが一段と増し、光が竜巻のように立ち上っていく。ミサの動作に、レイは完璧に同調する。

身も心も一つとなりて、今、恋人たちは父親という偉大な存在に挑む。

「「《双掌聖愛剣爆裂《リガロ・テイル・トレアロス》》」」

突き出された愛情溢《あふ》れる剣撃を、シンは足を踏ん張り、歯を食いしばって、《聖魔愛憎剣爆撃《ディイオ・グレゼアス》》で受けとめる。

光と光が衝突し、愛と愛が唸《うな》りを上げる。

「……ミサ、いつかはあなたも巣立っていくのかもしれません。しかし、今はまだまだ子供です。教えて差し上げましょう。あなた方のそれは、ただ恋にのぼせ上がっているだけで、この親愛に届かぬ程度のごっこ遊びだということを……」

僅かにシンが、ミサとレイの《双掌聖愛剣爆裂《リガロ・テイル・トレアロス》》を押し返す。

「くっ……!!」

レイが歯を食いしばる。これだけの威力の魔法だ。僅かでも形勢が傾けば、一気に押しやられる。

咄嗟《とっさ》に、ミサは言った。

「……あ、お母様っ……」

ばっとシンがもの凄《すご》い勢いで振り向いた。

そこには無論、誰もいない。

「今ですわっ！」

「君には負けるよ、ミサっ！」

シンの一瞬の油断。戦いの最中によそ見をするなど、魔王の右腕にあってはならない一生の不覚。それを生み出した一言こそが、どんな卑《ひ》怯《きょう》な手を使ってでも認めてもらいたいという彼女の健《けな》気《げ》な恋心だ。

それに応えてやらねば、男ではない。熱く、熱く、その愛の剣が燃え上がる。

「愛しているっ!!」

「わたくしも愛していますわっ！」

その圧倒的な光の爆発、二人の愛の熱量に、愛憎の剣もろとも、シンは飲み込まれていった——

§6.【愛の深淵《しんえん》は、一線を越え】

魔樹の森全体を目映《まばゆ》く照らすほどの光が、シンの体に集中し、激しく膨張する。隙をついたあげく、二人の愛は本物で、頑《かたく》ななシンの親心をぐいぐいとこじ開けていく。怒濤《どとう》の如《ごと》く押し寄せる光の大爆発を前に、彼の持つ愛憎の剣が今にも折れようという、ちょうどその瞬間——

「なかなかの愛魔法だ。しかし、それではまだ合格点はやれぬ」

俺は《創造建築《アイリス》》で魔剣を作り、その切っ先をシンの愛憎の剣と同じ方向へ向けた。

二本の剣が生み出す《聖愛域《テオ・アスク》》の光が、二倍、三倍へと膨れあがり、《双掌聖愛剣爆裂《リガロ・テイル・トレアロス》》を押し返していく。

「……なにっ…………!?」

「……信じられませんわ……」

驚愕《きょうがく》の視線を向けながらも、レイとミサは足を踏み締め、腰を入れ、互いの想《おも》いと呼吸を愛の剣に集中する。

衝突する光の剣と光の剣の力はほぼ互角——いや、僅かに俺たちが優《まさ》っていた。

「……いったい、なんですの……？　わたくしとレイの愛に優《まさ》るほどの《聖愛域《テオ・アスク》》をお父様とアノス様はどうやって作り出していますのっ……？」

「わからぬか、ミサ。愛とは恋人同士の専売特許ではない。親の愛あらば、友としての愛、主君と臣下の愛もある。この友愛と敬愛が俺とシンの愛の形、もう一つの《双掌聖愛剣爆裂《リガロ・テイル・トレアロス》》だ」

二本の剣をまっすぐ、俺とシンは前に突き出した。

迸《ほとばし》る膨大な光に押され、ミサとレイの足が地面にめり込む。

「……本当に、信じられないことをするね、君は……。友愛と敬愛で《聖愛域《テオ・アスク》》を使っただけじゃなくて、それを恋愛の域まで高めて、《双掌聖愛剣爆裂《リガロ・テイル・トレアロス》》を放つなんて……そんなことは勇者の魔法の常識ではありえなかった……」

恋する男女の愛は、いかなる愛にも優《まさ》る。それが愛魔法の術式が示した不文律だったが、しかし、俺はその構造の欠陥を見つけた。

「思い込みにすぎぬ。愛とはそのような不自由なものではない。見よ、俺たちの友愛は、恋愛を超えたぞ」

俺とシンが放つ《双掌聖愛剣爆裂《リガロ・テイル・トレアロス》》はますます輝き、竜巻のように吹《ふ》き荒《すさ》んでは、レイたちの愛剣を押し込んでいく。

「我が主君への愛に優《まさ》るものなし」

俺と同じ方向へ剣を向けながら、泰然とシンが言い放つ。

「ミサ、そしてレイ。これで思い知ったでしょう。そんな子供騙《こどもだま》しの愛では、決して幸せはつかめません。魔族の寿命は長い。その程度の熱では、いずれは冷めるというものです」

シンの言葉にハッパをかけられたように、レイとミサは心を一つにし、愛の前に立ちはだかる巨大な壁に立ち向かう。

「お父様、アノス様。お二人の友愛が恋愛を超えたというのでしたら」

「僕たちはこの子供騙《こどもだま》しの愛のまま、恋愛を超えてみせる！」

負けられない想《おも》いが、二人の心から溢《あふ》れ出《だ》し、襲いかかる俺たちの愛の光を、真っ向から受けとめ、押し返そうとする。

「見て見て、ゼシア、向こうですっごいことしてるぞ。あんな大きな愛、初めて見たぞ！」

「……友愛が……《聖愛域《テオ・アスク》》です……」

「ちょっとこれはまずそうだから、少し離れてよっか」

「……了解。退避……です……」

勇者の魔法に習熟したエレオノールとゼシアには、その凄《すご》さがはっきりとわかっただろう。

そして、《双掌聖愛剣爆裂《リガロ・テイル・トレアロス》》同士の衝突は、地獄の訓練の真っ最中だった生徒たちの《理創像《エドニカ》》にも異変をもたらしていた。

「あっ、おいっ……！　どこに行くんだっ!?」

「あれっ、俺の《理創像《エドニカ》》も……？」

「これってまさか……？」

生徒の《理創像《エドニカ》》たちが我先にと競うように魔樹の森を駆け、光の爆発の中心部から離れていくのだ。

「逃げろってことじゃねえかっ⁉」

「やべえ、《理創像《エドニカ》》が逃げるんじゃ相当だぞっ‼」

「見ろよっ、あんだけ離れたのに、まだ足を止めずに逃げてる。下手したら余波だけでも滅びかねないんじゃねえかっ……⁉」

「ていうか……なあ、あれ、これ本当に授業なのかっ？　アノス様とシン先生が、勇者カノンとアヴォス・ディルヘヴィアを滅ぼそうとしてるんじゃ⁉」

「だ、だよなぁ……！　こんな大魔法の撃ち合い、授業でやるわけねえ……」

「やべえぞっ。できる限り離れて、反魔法を張らないと……」

生徒たちは恐れ戦《おのの》いたように、全力で退避していく。そんな中、光の爆発を呆然《ぼうぜん》と見つめている八人の少女がいた。

「……ねえ、みんな……さっきアノス様が、ときとして愛が一線を越えるって、言ってたよね？　それが愛憎だって……」

ぽつり、とエレンが呟《つぶや》けば、ファンユニオンたちは皆、はっとしたような表情を浮かべた。

「言ってた……」

「あたしも聞いた」

「間違いないよ……」

「じゃ、あれっ！　今のシン先生とアノス様の友愛が、一線越えちゃってるんじゃないっ⁉」

「見て、あたしたちの《理創像《エドニカ》》がっ⁉」

「ああーっ……！　光に向かって走っていってるっ！」

「きっと、ついてこいって言ってるんだよっ！」

全力で逃げる生徒たちの《理創像《エドニカ》》とは真逆、ファンユニオンの《理創像《エドニカ》》は、あろうことか、光の爆心地へと突っ込んでいく。

「行かなきゃっ！」

ファンユニオンたちは決意を固めたかのように、走り出した。

「あー、エレンちゃんたち、そっちは危ないぞっ。巻き込まれたら、根源も残らないかも」

エレオノールが呼び止めるが、振り向いた彼女たちは言った。

「でも、見届けないとっ！　これはあたしたちの使命だからっ！」

「あたしたちは魔王聖歌隊として、うぅんっ、アノス・ファンユニオンとして、アノス様の愛を誰よりも近くで拝見して、それを歌にする義務があるからっ！」

「でも、滅んじゃったらなんにもならないぞっ！」

「アノス様の愛で滅ぶんなら本望だよっ！」

「しかも、一線を越えちゃってる友愛っ！」

「今世紀最大の滅び時っ！　ここで命をかけなきゃ、他にかけるところなんてないもんっ！」

「ここが、あたしたちの戦うべき場所なんだよっ！」

エレオノールの制止をものともせず、ファンユニオンたちは突き進んでいく。

「あー……どうしよう、全然理解できないぞ………」

「……無事を……祈ります……」

エレオノールとゼシアは、木々の間に消えていったファンユニオンたちを見送った。

「なんか、下でとんでもない魔法使ってる人たちがいるわ……」『危ない……』

そう声を発したのは上空にいたアイシャである。彼女は《双掌聖愛剣爆裂《リガロ・テイル・トレアロス》》の衝突に視線を向けている。

「魔族の子数人が魔法の中心に向かっている」

アルカナがファンユニオンたちを指さす。

「なにやってるのよ、あの子たち」『……勇敢？』

「彼女たちを守るといいだろう。アイシャの訓練にもなる」

アルカナはすっと両手を上げ、くるりと天に裏返す。

「夜が来たりて、昼は過ぎ去り、月は昇りて、日は沈む」

彼女が発した神の魔力に秩序が従い、闇が光を覆いつくす。

瞬《またた》く間《ま》に昼が夜へと変わり、温かな光を放つ、幻想的な《創造の月》が空に浮かんだ。

「雪は舞い降り、地上を照らす」

アーティエルトノアから、ひらひらと雪月花が降り注ぎ、魔樹の森を覆っていく。それは、生徒たちを護《まも》る加護と化した。

「アイシャ。《創造の月》を見るといい」

アルカナの言葉に、銀髪の少女は天を仰ぐ。

「《背理の魔眼》は、神の秩序さえ造り替えたと言われている。その魔眼に同じ力があるのなら、あの《創造の月》を三日月から半月に造り替えられるのだろう」

アイシャは《創滅の魔眼》に魔力を込めて、三日月のアーティエルトノアを見据える。

一瞬、月の輪郭がぼやけたように思ったが、変化はなかった。

「さすがにあれは無理じゃないかしら……？」『魔力が足りない』

アイシャはその魔眼に魔力を集中しているが、《創造の月》を造り替えるだけの力はない。

「アーティエルトノアが三日月なのは魔力の多寡ではなく、神の秩序に従っているだけ。《背理の魔眼》であれば、秩序に逆らえるはず」

「そう言われても、この魔眼《め》が《背理の魔眼》かどうかはまだわからないわけだし……」『難しい……』

アルカナは手をかざし、雪月花を舞い上がらせた。

「では、魔力を与える」

キラキラと雪月花は白銀の光を放ち始める。

「雪は儚《はかな》く、溶けては消える。あなたの心に名残を残し」

ひらひらと雪月花がアイシャの体に降り注ぎ、それが溶けては、彼女の魔力に変わっていく。

《創滅の魔眼》に映るアーティエルトノアは、僅かに輝きを増し始めた。

「……いける気がするわ……よくわからないけど、半月にすればいいのよね……」『――上弦の月――』

全魔力を《創滅の魔眼》に込め、じっとアイシャが月を睨《にら》む。その輪郭が一瞬ぼやけたかと思うと、三日月のアーティエルトノアの姿が次第に変化していく。

キラキラと幻想的な白銀の光を放ちながら、それは上弦の月と化した。舞い落ちる雪月花の力が増し、地上に立つ者たちをよりいっそう堅固に守護する。

魔樹の森では、半月のアーティエルトノアを見上げ、ファンユニオンの少女たちが仰天していた。

「なにこれっ、いきなり夜になっちゃったっ⁉」

「アノス様とシン先生の友愛が一線を越えすぎて、昼夜がおかしくなっちゃったんじゃないっ⁉」

「二人の世界に、昼はいらないってことっ⁉」

「ねえっ、あれっ！　見たこともない白銀の月が、アノス様たちの友愛を祝福してるっ！」

「もうすぐ決着が近いんだよ。ほら、アノス様たちの愛の剣があんなに光り輝いてるっ‼」

光と光が衝突し、愛と愛がぶつかり合う、その凄《すさ》まじい鬩《せめ》ぎ合いに、耳を劈《つんざ》くような爆発音が、何度も何度も鳴り響く。

まさにここは愛の爆心地。敬慕と愛念が狂おしく絶叫する真っ直中だ。

「……ミサ……愛しているよ……」

「……わたくしも……愛していますわ……」

言葉を重ね、愛を重ねる毎《ごと》に、二人の《双掌聖愛剣爆裂《リガロ・テイル・トレアロス》》が熱く燃え上がる。

「……僕たちは、負けないっ……‼　ミサが誰よりも好きだからっ。アノスッ、君がどれだけ強くても、今日だけは、この愛だけは譲れないんだぁぁっっ‼‼」

俺とシンの愛の剣を、レイとミサが押し返す。

「それでいい、レイ、ミサ。愛とは困難が大きければ大きいほど燃え上がるもの。その想《おも》いに限界などない。だが――」

激しい愛の鬩《せめ》ぎ合いの最中、俺は僅かにシンと視線を交わす。

俺たちの間に、言葉はいらぬ。それだけですべてを通じ合った。

ゆるりと手にした剣を動かす。

俺たちの二本の剣は、その先端を重ね合わせ、V字《ブイじ》を作った。

「まだまだ一線の越え方が足りぬ。お前たちの愛には欠点がある。致命的と言えるほどに、その愛は隠されてしまっている」

レイとミサの《双掌聖愛剣爆裂《リガロ・テイル・トレアロス》》を、再び俺たちは押し返す。

「……ぐっ……まさか……!!」

「……どこにこんな愛が残っていましたの……」

歯を食いしばりながら、レイとミサはその愛の一撃を必死に堪えている。

「お前たちの愛が、俺とシンに劣っているとは言うまい。だが、決定的に覚悟が足りぬ」

「……覚……悟……？」

呆然《ぼうぜん》とレイが呟《つぶや》く。

「そうだ。レイ、ミサ。お前たちは、愛が恥ずかしいものだと思ってはいないか？」

「今更……恥ずかしがって……なんか…………！」

「そのような浅い部分の話ではない。もっと自らの深淵《しんえん》を覗《のぞ》いてみよ。深く、深く、深く潜れ。心の奥底に、愛の深淵《しんえん》に、隠しきれぬ羞恥がある。それがお前の愛に躊躇《ためら》いを作り、鈍らせてしまっているのだ。友愛や敬愛にはさほどないその羞恥こそが、恋愛の欠点」

レイがはっとしたような表情を浮かべる。

「理解したか。愛魔法の深淵《しんえん》を。羞恥心を克服して初めて、愛はその深奥《しんおう》に至る。ならば、方法は一つ」

友への愛を込め、俺は言った。

「さらけ出せ。お前たちの真の愛を。どこにいようと誰が見ていようと、二人きりだと思えばいい」

一歩足を踏み出す。まるで俺がそうすることが事前にわかっていたかのように、シンはまったく同じタイミングで、足を踏み出していた。

「見せてやろう。シン」

「御意」

V字を描いた剣が、愛魔法の光で漆黒に染まり、膨張した。

「「《双剣聖魔友愛爆裂砲《ヴァヴィロ・ヴァーチエ・トライアス》》」」

二本の黒き愛魔剣が切っ先を交える。その先端から、純白の光が膨大な塊と化して、弾丸の如《ごと》く発射された。

空間を破裂させる愛の弾丸は、レイとミサの愛剣を次々と爆発させては吹き飛ばしていく。

「くっ……ぐぁっっ……!!」

「あっ、きゃあああぁぁぁっ……!!」

まるで洪水のような光の大爆発に飲み込まれ、レイとミサが弾《はじ》け飛んだ。爆風とともに次々と木々を薙《な》ぎ倒《たお》しては、巨大な岩山に衝突し、二人はようやく止まった。

アルカナとアイシャが降らせていた雪月花の加護のおかげで、命に別状はないようだ。

「これが、俺たちのさらけ出した愛の形だ」

§7.【竜の歌声が響く国】

翌日——

魔王学院一回生二組の生徒たちは、ミッドヘイズから東に位置するレデノル平原にいた。

今日の明け方まで、《理創像《エドニカ》》による戦闘訓練をみっちり行ったため、個人差はあるものの、全体的には見違えるほどの成長を果たしている。

強制的に死を乗り越え続けたため、体力的にはともかく精神的には疲弊し、生徒たちの表情は少々やつれきっているが、まあ、許容範囲だろう。

むしろ、あの訓練が頭に残っている今が絶好の機会といったところだ。地底世界では、なにが待っているかわからぬからな。

「さて。これから、地底へ向かおう」

「あの～、アノス様」

居残りのナーヤが手を挙げる。

「どうした？」

「アノシュ君がいないみたいなんですけど……？　どうしたんでしょう？」

不思議そうに彼女は言う。

「あれ、本当だな」

「そういえば、《理創像《エドニカ》》の訓練のときに見たか？」

「いや……見てないかも……ていうか、それどころじゃなかったし……」

生徒たちがざわざわと騒ぎ始める。休みにしておいてもいいが、大魔王教練のときに限って

アノシュが休むと思われれば、勘繰る者が出てくるかもしれぬ。

かといって、わざわざアノシュの体を魔法で作って動かすというのも面倒だ。それなりの精度にしなければ、見抜かれるだろうしな。

ならば――

「くははっ。なにを言っている。アノシュなら、ずっとそこにいるだろう」

俺はなにもない空間に視線を向けた。

「え……？」

「そこにアノシュ君がいるんですか？」

「ああ」

俺はそこまで歩いていき、言葉をかけた。

「《幻影擬態《ライネル》》と《秘匿魔力《ナジラ》》か。俺から隠れようとするとは、なかなか悪戯《いたずら》好きのようだが、まだまだ深淵《しんえん》には届いておらぬ。この際、大魔王教練の間はそれで通してみるのだな。一度でも俺の魔眼《めめ》を欺いたならば、合格点をくれてやる」

生徒たちは、俺の視線の方向に、じっと魔眼《め》を凝らす。

「全っ然見えねえ……。魔力の欠片《かけら》すらないぞ……」

「やっぱり、アノシュ君って天才少年なんだ……」

「でも、なんだかんだで、魔王様の前じゃ子供扱いだよな。こんだけ完璧に姿を隠したようでいて、あっさり見抜かれてるんだからな」

さて、これで一応アノシュのことは問題あるまい。

「では、地底へ向かうぞ」

俺の後ろに立っていたアルカナが静かに前へ出る。

「紹介が遅れたが、彼女はアルカナという。地底世界の者でな。とはいえ、竜人ではない。簡単に言えば神だ。ジオルダルへの道案内をしてもらう」

アルカナはふっと消えると、生徒たちから数百メートル離れた場所に現れた。

「……今のなに？　《転移《ガトム》》？」

「いや、全然魔法陣が見えなかったぞ……？」

「ていうかさ、神って、本当に神なの？」

「……信じられねえけど、エールドメード先生じゃなくて、アノス様なんだから、本当に神なんじゃないか。ほら、あのアルカナって子が手をかざしてるだけで、昼が夜になってるし……」

「つーか……なんだありゃ？　尋常じゃねえ魔力だぞ」

「なんか、これまでの授業と全然スケールが違うんだけど……俺たち生きて帰れんのか？」

そうこう言っている間に空には三日月のアーティエルトノアが昇っている。

「大地が凍りて、氷は溶けゆく」

《創造の月》から、白銀の光がアルカナを中心に降り注ぐ。

その輝きは大地をあっという間に凍《い》てつかせた。次の瞬間、パリンッと薄氷の如《ごと》くその氷が割れ、地面に広大な穴ができていた。地底世界へ続くトンネルである。

「雪は舞い降り、翼となりて」

無数の雪月花が降り注ぐ。それがアーティエルトノアに照らされたかと思うと、何体もの雪の竜へと変化する。

キラキラと白銀の光を撒《ま》き散《ち》らしながら、雪の竜は生徒たちのもとへ移動した。

「地底世界まではなかなかの距離がある。《飛行《フレス》》が苦手な者は乗れ」

俺がそう口にすると、大半の生徒たちが雪の竜に乗った。

「行くぞ」

アルカナが先導し、地底へ続く穴へ降りていく。すぐ隣を俺は《飛行《フレス》》で飛び、その後ろには、エールドメードとシンが続いた。

「わーお、楽しいぞっ！　飛んだっ、飛んだね、ゼシアっ」

「……快適……です……」

エレオノールとゼシアが二人で雪の竜に乗っている。その横をミーシャとサーシャが《飛行《フレス》》で並んだ。

「というか、エレオノールとゼシアはついてこれるでしょうに」

サーシャが苦言を呈すると、ミーシャは首をかしげた。

「ずる？」

「……ち、違うんだぞっ。ほら、雪の竜に乗ってみたかったから」

などと、エレオノールは言い訳になっていない言い訳を口にしている。じーっとミーシャが無表情に彼女を見つめる。

「それにほら、この雪の竜を参考にして、新しい魔法を作れるかもしれないし……」

と、自分で口にして、エレオノールは、はっと思いついた。

「そうだっ。新しい魔法ができるかもしれないぞっ」

「……大発見……です……」

ぱちぱちとゼシアが小さく拍手をし、ぱちぱち、とミーシャが瞬《まばた》きをする。

「……ずる、じゃない？」

「いや、どう考えてもズルでしょ。最初は完全に下手な言い訳だったわ」

サーシャがぴしゃりと言う。

エレオノールが人差し指を立てると、その真似《まね》をするようにゼシアが人差し指を立てる。

「サーシャちゃん、世の中には、終わりよければすべてよしって言葉があるんだぞっ」

「……だぞ……です……」

呆《あき》れたようにサーシャが二人を見る。

「ミーシャ、あれになにか反論できる言葉知らない？」

ミーシャが小首をかしげる。

「終わりがよければ、うまくいったと思ったか」

「それね」

思い思いの会話をしながら、地底へ続く穴の中を俺たちは飛んでいく。

しばらくすると、遙《はる》か遠くに地底の大地が見えてきた。トンネルを抜け、ぱっと視界が広がる。頭上には天蓋が、眼下には広大な地底世界が広がっていた。

「もうすぐジオルダルの領空。首都ジオルヘイゼを目指す」

アルカナが飛んでいく方向へ、俺もついていく。後ろからはシンやミーシャたち、そして生徒を乗せた雪の竜がついてきている。

「ねえ、思ったんだけど、ジオルダルって、アゼシオンとディルヘイドを竜の群れで襲撃した奴《やつ》らでしょ？　こんなに目立って大丈夫なの？」

追いついてきたサーシャが言った。

「アルカナの話では、アヒデの独断だったそうだ」

「そう。王竜も本来はジオルダルの教義に反する。あれは王竜の国アガハの教え」

そうアルカナが補足する。

「ジオルダルはディルヘイドに敵意はない？」

ミーシャが訊《き》く。

「……わからない。ジオルダルを治めているのは教皇ゴルロアナ・デロ・ジオルダル。彼は八《はち》神選定者《しんせんていしゃ》の一人。救済者の称号を与えられし竜人。ディルヘイドに敵意がなくとも、アノスの敵ではある」

「あるいは、アヒデの独断ということにしたかったのやもしれぬしな」

無表情でアルカナを見つめ、ミーシャは再び訊《き》いた。

「痕跡神リーバルシュネッドは？」

「ジオルダルの教皇には、代々、口伝でのみ受け継がれてきた教典があると言われている。痕跡神の居所も伝えられている可能性がある」

サーシャが頭に手をやった。

「どっちにしても、その選定者の教皇に会わなきゃ話にならないってことよね。頭が痛いわ」

「なに、俺たちが選定審判をぶち壊すのならば、いずれ相見えることになる。挨拶ぐらいはしておくべきだろう」

「……本当に挨拶だけなんでしょうね………？」

「それは向こうの出方次第だ。教皇もちょうど選定審判を壊そうと思っていたところで、是非協力しよう、という話になるやもしれぬ」

絶対ならない、と言いたげな目でサーシャが睨《にら》んでくる。

「ねえ、アルカナ。ちょっとアノスに神託をいただいていいかしら？」

「彼は正しい」

「神様って嘘《うそ》ついていいのっ⁉」

アルカナが振り返り、後ろ向きに飛びながら言う。

「人の心は秩序を外れてたゆたい、彷徨《さまよ》う。行きつく先が何処《どこ》であるか、神にもわからぬ混沌《こんとん》なのだろう」

「確かにどうなるかなんてわからないけど、可能性ってものがあるでしょ。どっちかと言えばどうなのよ？」

「人の心で言えば、ありえないとわたしは言うだろう」

「最初からそう言いなさいよっ！」

ほんの少しだけアルカナは微笑《ほほえ》みを見せる。

「神に物怖《ものお》じしない魔族の子」

「そいつは俺にさえ物怖《ものお》じせぬ。面白い奴《やつ》だ」

そう言うと、サーシャは不服そうにぼやく。

「なんだか、からかわれてる気がするわ」

気を取り直すように、彼女はアルカナの方を向き、改めて聞いた。

「で？　結局、大丈夫なのかしら？」

「今の時期は、ジオルダルの各地から多くの巡礼者がジオルヘイゼへやってくる。わたしたちは、それに紛れることになるだろう」

「教皇がわたしたちに気がついても、他の人たちからはわたしたちが巡礼者に見えるから、目立つところでは手が出せないってこと？」

「そう。堂々と行った方が安全」

姿を隠し人気のないところを行けば、秘密裏に始末する機会を与えることになる。

もっとも、教皇がまだなにを考えているかは定《さだ》かではないがな。

「……あれ……？」

「どうしたの、エレン？」

「なにか聞こえない？」

雪の竜に仲よく乗っているファンユニオンの少女たちが、耳を傾けている。

「あ……そう言えば……？」

「……これ、音楽じゃない……？」

「そう、だよね。聞いたことのない音色……」

「なんの楽器かな？」

「でも、こんな高いところまで聞こえてくるなんて、どこで演奏してるんだろ……？」

「ねえ、これ歌じゃない？　うまく言えないけど、歌っている気がする」

エレンが言うと、ジェシカが改めてその音色を聴く。

「そう言われてみれば、そんな気もするよね……」

不思議そうに少女たちは、聞こえてくる調べに耳をすます。

「それは正しい、聖歌隊の子。ジオルダルの領空に入った。これは神竜の歌声」

その言葉に少女たちは驚いたように声を上げる。

「やっぱり、歌なんだっ」

「エレンすごいじゃんっ。よくわかったね」

「アルカナ様。竜が歌ってるってこと？」

アルカナがうなずく。

「地底世界の三大国、ジオルダル、ガデイシオラ、アガハでは、それぞれ竜を神の使いとして祀《まつ》る。ジオルダルが祀《まつ》るのは神竜。神竜は音の竜であり、その歌声はジオルダル建国以来、絶えることなく国中に響いている」

「どこかで竜が歌ってる？」

ミーシャが首をかしげる。

「そう言われている。神竜の姿は歴代の教皇と盟約を交わした神以外は見ることができない。わたしも知らない」

そう口にすると、アルカナはゆっくりと下降を始めた。眼下には大きな都が見えている。

「ここが首都ジオルヘイゼ。竜着き場《りゆうつ》に降りる」

アルカナが足をつけたのは、街の中に設けられた広い平原だ。周囲は防壁で囲まれており、辺りには、何匹かの竜がいた。人に慣れているのか、特に襲いかかってくる気配はない。ジオルヘイゼを訪れた巡礼者の駆る竜なのだろう。

雪の竜たちは平原へ次々と着地し、生徒たちを降ろしていく。ちょうど、そのときだった。

地割れのようなけたたましい音が頭上から鳴り響いた。

「なによ、この音……？」

「見て」

ミーシャが彼方《かなた》にある天蓋を指さす。また大きく頭上から地響きがした。

「見てって言われても、ミーシャほど魔眼《め》はよくないんだけど……」

「天蓋が落ちてきてる」

「はぁっ……⁉」
ガ、ガガ、ガガァァンッと一際《ひときわ》大きい音が鳴り響き、天蓋が下に降下する。それは、まるで空が落ちてきているかのような光景だった。

§８．【神竜の国ジオルダル】

天から響く地鳴りが収まり、天蓋の落下が停止する。

僅かに音の余韻が残っていた。

「地底の空は震え鳴く。これを震天《しんてん》という」

高みにある天蓋を見つめ、アルカナが言う。

「ふむ。地上でも地震が起こることだしな。しかし、あれでは天蓋が徐々に落ちてくることになろう」

「地底世界は神の柱に支えられている。落ちた天蓋はその柱が持ち上げる」

支障はないということか。

「なかなか珍しい。地上では空が落ちてくることなどあるまいしな。その神の柱とやらも、機会があれば見ておきたいものだ」

「神の柱は秩序の柱。常人には見ることもできないが、あなたならば見られるかもしれない」

秩序の柱か。この地底世界の空洞は、魔法で支えられているようなものというわけだ。

「その秩序の柱は、どの神が創った？」

「最初の子竜が生まれる前に、地底は創られたとされる。神の名は失伝しているが、創造を司《つかさど》る神が創ったことは間違いないのだろう」

「創造神ならば、ミリティアだがな」

「わたしはその名を知らない」

《創造の月》を使えるならば、アルカナがその創造神といった可能性はある。自らの神の名を忘れたために、知らぬということは考えられよう。

とはいえ、選定審判においては、他の神の秩序を食《く》らうことができる。名を忘れる前のアルカナが、当時の選定審判に参加していたかは定《さだ》かでないが、創造の秩序を食らっていないとも言い切れまい。

地底に別の創造神がいるといったことも考えられるしな。まあ、記憶を思い出せればはっきりする話か。

「では、行くか」

アルカナに案内されながら、俺たちは街の賑《にぎ》わう場所へと歩いていく。竜の骨などの素材で作られた風変わりな建築や、見慣れぬ衣服であること以外は、ジオルヘイゼの街並みは概《おおむ》ねアゼシオンやディルヘイドのものと変わりない。

往来があり、店が軒を連ね、屋台が出ている。神を祀《まつ》っているであろう教会は至るところにあり、その周囲には蒼《あお》い法衣《ほうい》を纏《まと》った者たちがいた。

「この国は教皇、すなわち、ジオルダル教団が神の名のもとに治めている。あの法衣を纏《まと》った者たちは皆、教会の聖職者。鎧《よろい》を着ていれば聖騎士」

歩きながら、アルカナが街の説明をしてくれる。生徒たちは皆物珍しそうに、周囲を見物していた。

耳には微《かす》かに、神竜の歌声が響いている。意識を傾けなければ気にならぬほどの音量だ。このジオルダルでは小川のせせらぎのように、一般的なものなのだろうな。

「ねえねえっ、あっちから歌が聞こえないっ？」

「聞こえる聞こえるっ。人の歌だよねっ。この音なにかな？　弦楽器？　綺麗《きれい》な音色」

ファンユニオンたちが遠くに視線を向け、耳をすましている。

「アノス様、歌を聴きにいってもいいですか？」

エレンが俺に尋ねてくる。

アルカナを見ると、彼女は言った。

「ジオルヘイゼの治安は良《い》い。ここに住む者には厳しい戒律が課せられるが、旅人には比較的緩い。いたずらに神を否定することがなければ、戒律に反しても、教団に身柄を拘束されるだけ。異端審問にかけられるまでには猶予がある」

問題なさそうだな。

「では、三時間ほど自由行動としよう。各々《おのおの》見聞を広めてくるがよい。なにをしていても構わぬが、俺のそばにはあまり近寄らぬ方がいい。ここの教皇に狙われているやもしれぬ」

エレンに言うついでに、他の生徒たちにも《思念通信《リークス》》で伝えた。

「ありがとうございますっ！」

「行ってきますっ、歌も覚えてきますねっ！」

そうカーサが言う。

「ふむ。では、聞かせてもらうのを楽しみにしていよう」

「きゃーっ、やったやったっ！　ご褒美《ほうび》ご褒美《ほうび》ーっ！」

カーサが嬉《うれ》しそうに拳を振りながら走っていく。

「あー、ずるいっ、カーサッ。抜けがけ禁止っ」

「間接ご褒美《ほうび》しなさい、間接ご褒美《ほうび》っ！」

カーサがきりりと表情を引き締めて言った。

「ふむ。では聞かせてもらうのを楽しみにしていよう」

それを聞いたノノが同じ表情で振り向く。

「ふむ。では聞かせてもらうのを楽しみにしていよう」

それを聞き、今度はマイアがキメ顔で言った。

「ふむ。では聞かせてもらうのを楽しみにしていよう」

それを人数分繰り返し、ずらりと並んだファンユニオンの少女は、魔王の表情をばしっと決めて、声をハモらせながら言った。

「「「ふむ。では聞かせてもらうのを楽しみにしていよう」」」

きゃーきゃーっとはしゃぎ回りながら、少女たちは駆けていく。

「アノス様のお耳に、あたしたちの歌が入っていくぅっ……！」

まるで歌劇のように、彼女たちは歌う。

「ああ、それはどんな感動を孕《はら》むというのでしょうっ？」

「孕《はら》ませることができるのでしょうかっ？」

道行く竜人たちが足を止め、即興で歌っている彼女たちをちらちらと見ている。

「「「感動を、孕め――っ！」」」

ビブラートを利《き》かせながら、少女たちは歌の響く場所へと去っていった。

「……なんで、あんなに危機感ないわけ……ねえ、ミー……」

もぐもぐとミーシャは屋台で買ったばかりの串竜カツを食べている。通貨は、見聞を広める費用として事前に配ってあった。

「サーシャの言う通り」

はふはふ、と熱いカツに苦戦しながら、ミーシャは食べる。

「けいかいはひふよう」

「なに食べてるのよっ⁉」

「くひりゅうかふ」

「串竜カツなのは、見ればわかるわよっ！　なんで食べてるのって聞いてるのっ？」

「屋台のおじさんが美味《おい》しいって」

「ここ、敵地よ。敵地。敵地のど真ん中だわ。毒でも入れられたら、どうするのよ？」

ごくん、とカツを飲み込み、ミーシャは言った。

「見たから」

ミーシャの魔眼ならば、大抵の毒は容易《たやす》く看破できるだろう。

「ちゃんとサーシャの分も残した」

ミーシャが串竜カツの残りをサーシャに差し出す。

「別にわたしの分がないと思って怒ったわけじゃないんだけど……」

「いらない？」

ミーシャが小首をかしげて、訊《き》いた。

「……もらうわ」

サーシャは串竜カツを、美味《おい》しそうに頬張った。

「カッカッカ、実に興味深い街ではないか。竜の力、神の力で生活をしているとは、面白い。心躍る出会いがありそうだ」

カツンカツン、と杖《つえ》をつきながら、エールドメードは迷わず教会の方へ向かっている。これまで見た中で一番大きく、豪奢《ごうしゃ》な造りだった。

「あの、熾死王先生、どちらへ行かれるんですか？」

彼の後ろからナーヤがついてきた。

「カカカ、教会に興味があるのだ。この地底世界に生きる竜人たちは、竜や神、その他、魔力に優れた魔法生物を召喚することに長《た》けている。特に教会の聖職者ならば、盟珠を持ち、誰でもそれが扱えるそうでな。召喚魔法は地上にもあるにはあるが、やはり彼らの方が一日の長があるだろう。実に興味深い」

「そうですか」

立ち止まり、くるりと振り返ると、熾死王は言った。

「オマエも一緒に来るか、居残り」

「……でも、先生の邪魔をしてしまうんじゃ…………？」

「カッカッカ、このオレが学ぼうとする生徒を邪険にするわけがないではないか。だが、気をつけろ。地底では、なにが起こるかわからない」

エールドメードはナーヤをつれて、教会の前に立った。

ノックをすると、やがて扉が開き、優しげな表情の竜人が姿を現す。纏《まと》っている法衣は、アルカナから聞いたところによれば、司教のものだ。

「見慣れぬ顔の御方ですな。いかがなさいましたか？」

エールドメードは杖《つえ》をつき、堂々と言った。

「地上から来たのだが、入信したい。コイツも一緒だ」

「えぇぇっ――むぐぅっ……!!」

ナーヤが声を上げた瞬間、エールドメードが手でその口を塞いだ。

「んっ、ん――っ？」

「おいおい、そう驚くな、居残り。今気をつけろと言ったばかりではないか。地底では、なにが起こるかわからない。そうだな？」

戸惑いながらも、ナーヤはこくこくとうなずいている。

「カカカ、聞き分けの良《い》い生徒だ」

ナーヤから手を放し、エールドメードは司教を振り向いた。

「待たせてすまなかった。なんの問題もない」

「一言に入信といっても、それほど簡単なものではありません。厳しい戒律、過酷な修行が待ち受けています」

エールドメードは余裕の笑みを浮かべている。承知の上と言わんばかりだ。

「一つ尋ねましょう。あなたの前には今、いばらの道と平穏な道が分かれています。あなたが選ぶのはどの道でしょうか？」

「カッカッカ、このオレが選ぶのは、いばらの道にサソリを放ち、猛獣を呼んできては、邪悪なる者と正義を信ずる者を連れ回す。あらゆる危険な可能性に満ちた修羅の道だ」

「………」

一瞬、司教がぽかんとした表情を浮かべた。しかし、すぐに気を取り直したように、今度はナーヤに尋ねた。

「それでは、あなたが選ぶのは、いばらの道と平穏な道、どちらでしょうか？」

「……その、私は……平──」

「カカカカカカカカッカッカッカッカッカーッ！」

平穏な道と言おうとしたナーヤの声を、エールドメードが笑い飛ばす。

「……平穏な──」

「カ──カッカカカカカッッッ!!!」

ナーヤは沈黙し、一瞬エールドメードを見る。

「この熾死王と共に歩むいばらの道か、それとも一人で行く平穏な道か。オマエが選ぶのは、どちらだ、居残り」

俯《うつむ》き、ナーヤは言った。

「……い、いばら……？」

すると、神妙な顔つきで司教はうなずく。

「神に命を捧《ささ》げるために門を叩《たた》いたものに、我々は救いの手を差し伸べるでしょう。どうぞ、中へお入りください。まずは盟珠の洗礼を受けてもらいましょう。祈りが通じ、召命《しょうめい》を受けることができたなら、あなたたちにも聖職が与えられます」

司教が教会へ入っていく。

「カカカ、うまくいったではないか。盟珠を手に入れるには入信し、聖職者となるのが手っ取り早い」

「……で、でも、どうするんですか、先生？　本当にジオルダルの信徒になってしまったら、色々と問題があるような気がしますが……」

「おいおい、居残り。このオレをなんだと思っている？」

「え、えーと……熾死王先生ですよね……？」

「その通り。神など恐れていては、あの魔王とは到底戦えなかったぞ。完膚無きまでやられたがな。カッカカッ！」

迷いなく彼は教会の中へ入っていく。

呆然《ぼうぜん》とナーヤは、その背中を見つめていた。

「なにをしている、居残り。早く来たまえ」

ニヤリと笑う熾死王の後を追って、ナーヤも教会へ入っていった。

ふむ。なにを考えているのやら？　今のところ、おかしな動きを見せていないとはいえ、油断するわけにもいかぬ。

その気になれば、熾死王の方が教皇などよりもよほど厄介だろうからな。無論、奴《やつ》のことだ。ただの好奇心ということもあるだろうが、一応、釘《くぎ》を刺しておくか。

「どうしたの、アノス？」

「サーシャ、ミーシャ。ともに来い」

こくりとミーシャがうなずく。

「それは、いいけど」

歩き出すと、エレオノールとゼシアが寄ってきた。

「みんなでどこ行くの？　ボクたちも行っていい？」

「構わぬ」

エールドメードが入っていった教会の前に立ち、扉を叩《たた》く。

しばらくして、先程の司教が姿を現した。

「……旅の御方、いかがなさいましたか？」

「入信したい。いばら」

§9.【盟珠の使い方】

俺たちが通されたのは、教会の地下に設けられた円形の一室だった。等間隔にかがり火が焚《た》かれ、厳かな儀式の雰囲気を醸《かも》し出している。

先に入った二人もそこにいた。

「あっ、アノス様っ……!?」

やってきた俺を見るなり、ナーヤが驚いたように声を上げる。

「おや？　お知り合いでしたかな？」

司教の問いに、エールドメードは唇を吊《つ》り上《あ》げた。

「カカカ、知り合いもなにも、その男はオレたちの国の魔王なのだからな」

「……魔王？」

聞いたことがないといった風に司教は首を捻《ひね》る。

「不勉強で申し訳ございません。なんという国からいらしたのでしょうか？」

司教がそう俺に尋ねる。

「ディルヘイドだ」

「それ、言っちゃうんだ……」

サーシャが小声でぼやいている。

「遠いところから、ようこそはるばるいらっしゃいました。これも神のお導きでしょう」

地底世界にある小国とでも思ったか、特に司教は気にした素振りを見せない。

ディルヘイドのことを知っているのは枢機卿《すうききょう》など教団の一部の人間と、あの侵略作戦に関わった者たちだけということだろう。

「これから、いばらの道を歩まれる信徒に、《全能なる煌輝》エクエスは盟珠の洗礼をお与えくださいます。皆の前にある、神のかがり火をご覧くださいますよう」

厳かな口調で司教が言う。

かがり火に視線を向ければ、その炎の中には、透明の水晶がついた指輪が浮かんでいた。

「おわかりでしょうか？　神のかがり火の中にある、それは盟珠と呼ばれる指輪です。ご存知かとは思いますが、盟珠とは、古来より我々竜人が神や竜などと盟約を交わす際に用いられたもの。ジオルダルの教えでは、神へ祈りを届ける神具なのです」

司教は右手につけた盟珠の指輪を左手で覆うようにして祈りを捧《ささ》げる。

「その神のかがり火に手を伸ばし、炎の中の盟珠を手にすることが、信徒の洗礼となります。天命に選ばれしものは、火傷《やけど》を負うことなくそれを手にすることができるのです。その者は、召命の儀へと進むことができるでしょう」

ふむ。魔力で作られた火か。多少の反魔法が張られれば、火傷《やけど》を負うことはない。召命の儀に進める者は、魔力の有無でふるいにかけられるというわけだ。

「召命の儀へ進める者は一〇人に一人と言われています。この中にも、天命に選ばれし信徒がいらっしゃるかもしれません。どうぞ、祈りとともにお試しくださいますよう」

召喚魔法を使うための魔力を持つ者が、竜人でも一〇人に一人ということか。割合としては人間以上、魔族未満といったところだな。

「誰か失敗した方がいいのかしら？」

サーシャが言った。

「なに、構わぬ。可能性としてないわけでもあるまい」

無造作にかがり火に手を突っ込み、盟珠の指輪を手にした。

「おお……！　素晴らしい。火傷《やけど》一つ負わないとは。あなたは紛れもなく天命に選ばれし――んんっ？」

　エレオノールが無傷で盟珠の指輪を手に入れる。

「簡単だぞっ」

「……ゼシアも……天命、選ばれました……」

　司教が唖然《あぜん》と二人を見つめる。

「……一度に三人も今日はなんという──なぁっ……!?」

　ミーシャとサーシャがやはり火傷《やけど》を負わず、盟珠を手に入れる。

「……ご、五人も……」

「カカカッ、簡単なことではないか」

　エールドメードが盟珠を手にする。ナーヤも思いきって、かがり火に手を伸ばした。

　彼女は魔王学院の中では劣等生だが、しかし、そもそも魔王学院へ入学できる生徒だ。この程度の火で火傷《やけど》を負うわけもなく、容易《たやす》くその盟珠の指輪を手にした。

「……やったっ……」

　ほっとしたようにナーヤが言う。

　俺たちが盟珠を手にした光景を、司教はまさに驚愕《きょうがく》といった有様《ありさま》で見つめていた。

「ぜ、全員、天命に選ばれるとは……なんという日なのでしょうか……。かような奇跡をこの目で見る日が来ようとは。おお、神よ、《全能なる煌輝》エクエスよ。この素晴らしき巡り合わせに感謝を捧《ささ》げます」

　興奮を隠せぬ様子で、司教は神に祈りを捧《ささ》げる。あたかも数百年に一度の奇跡の場に立ち会ったと言わんばかりであった。

「それでは、召命の儀に移りましょう。こちらをご覧くださいますよう」

司教は自らの右手をかがり火に入れる。彼がその手で円を描けば、盟珠の指輪から炎が溢《あふ》れ、それは魔法陣の形状を象《かたど》った。

「これは盟珠を使うための基礎、《使役召喚《リテルデ》》の魔法陣です。この魔法を使うことで、信仰に厚い聖職者は、竜や神をこの地に降ろし、使役することすら可能となります。とはいえ、神というのは完全なる力を持つ《全能なる煌輝》の御手。そうそう盟約を結ぶことはかないません」

地上の召喚魔法に近くはあるものの、根本的な仕組みが少々異なる。《使役召喚《リテルデ》》の魔法術式だけでは召喚は成立しない。これは予《あらかじ》め、盟珠があることを前提とした魔法だな。

「どうぞ、こちらへ。まずは神の使い、竜の召喚について説明します」

司教が床に描かれた魔法陣の上に乗る。俺たちがそこへ移動すると、魔力が込められ、ふっと転移した。

場所は、先程の部屋よりも更に地下に設けられた一室だ。天井が高く、広大な空間である。

「こちらが召命の儀を行うための召命の間です。その盟珠を使い、《使役召喚《リテルデ》》の行使がかなったならば、あなた方はその日から、召命を受ける——すなわち神によって、神のために働く使命を得られるのです」

この広い空間は、召喚魔法を使うためのものか。狭い室内で竜を喚《よ》べば、部屋に入りきらぬだろうしな。

「太古の昔、この地底にもたらされた盟珠は、神の秩序により、六つの竜を喚《よ》ぶ力を有しているのです。力と炎の《力竜《ディロ》》、飛行と転移に優れた《飛竜《シータ》》、堅牢《けんろう》なる《堅竜《ガロン》》、癒《いや》しと恵みの《恵竜《フロン》》、隠れ忍ぶ《隠竜《ビスタ》》、縛り拘束する《縛竜《ドグ》》」

司教は丁寧に盟珠の説明を行っていく。

「《使役召喚《リテルデ》》で竜を喚《よ》ぶとき、この地底にいる竜を喚《よ》ぶわけではなく、盟珠により神界と門がつながると言われています。神のもとにいる竜がその使いとして、この地底へ降り、そして相応《ふさわ》しい血肉を得るのです」

司教は盟珠の指輪を見せながら言う。

「《使役召喚《リテルデ》》により、神の使いである竜が地底に現れる。それは人々の暮らしに恵みをもたらすでしょう。竜は我らの生活を支える使者。我らを護《まも》る家となり、我らを育む血肉となり、我らを運ぶ足ともなる。神の使いをこの地に降ろす、その門の鍵を握る者こそが、すなわち召命を受けし、聖職者なのです」

竜そのものというよりは、その根源を喚《よ》んでいるのだろうな。それゆえ、《憑依召喚《アゼプト》》で竜の力を宿らせることが可能というわけか。

《使役召喚《リテルデ》》では、根源に応じた血肉を盟珠が与えるといったところか。盟珠は最初の代行者、つまり神の秩序を持つ者が与えたそうだから、不可能なことではあるまい。

絶滅しかけていた竜が、また数を増やしたのはこれが原因だろう。竜が完全に滅びぬよう、あるいは竜人が滅びぬような秩序を担《にな》っているのが、盟珠と地底の召喚魔法というわけだ。

「召喚魔法は、魔力の多寡ではなく、魔力の器を広げることで、より強大な竜が喚《よ》べると言われています。まずは見本をお見せしましょう」

司教は盟珠の指輪に魔力を込める。すると、その水晶の内側に魔法陣が次々と描かれ、積層されていく。司教の目の前に大きな炎が立ち上った。その中には、うっすらと竜の影が見える。

「《使役召喚《リテルデ》》・《力竜《デイロ》》」

ぱっと炎が霧散すると、そこに一体の巨大な竜がいた。

司教の支配下にあるのか、竜は暴れ出すような気配もなく、そこでじっとしている。

「さあ、まずは、お試しくださいますよう。なにもわからないかとは存じますが、どうぞご安心を。召命の儀は何度でも行うことができます。今日は、一度で成功できる者は、一〇〇人に一人と言われているほど、特に難しい儀式なのです。召命の始まりの日として、神聖なる神の御手に少し触れるのだと考えていただけ――」

司教が啞然《あぜん》としたように言葉を失った。

ミーシャとサーシャが盟珠の内側に魔法陣を描くと、炎が立ち上り、そこに竜の影が浮かんでいたのだ。

「初めての魔法だけど、これでうまくいってるのかしら？」

「大丈夫だと思う」

炎が散り、現れた竜は司教が召喚したものより、一回り以上大きかった。

「……これ、は…………!? まさか、初めての召喚で、私の竜を上回るとは……しかも二人も――!?」

驚愕《きょうがく》の表情を浮かべた司教が、次の瞬間、それ以上に目を見開く。

更に二つの炎が立ち上り、竜が召喚されたのだ。エレオノールとゼシアの《使役召喚《リテルデ》》だ。

やはり、司教のものよりも、竜は巨大だった。

「くすくすっ、うまくいったぞ」

「……大きい……竜です……」

満足そうに二人は竜を見上げる。

「……よ、四人も……今日はなんという……なんという日なのでしょうか、《全能なる煌輝》エクスよ……あなたは私をどこへ導こうというっ――!?」

目の前の光景に、彼はただ立ちつくした。エールドメードが召喚した竜が、広大な部屋の天井に頭をつくほどの大きさだったのだ。

「……なんと巨大な竜……これは、千年を生きた竜と同じぐらいの……」

「さあ、居残り。オマエもやってみたまえ」

「…………はい……！」

ナーヤが盟珠に魔法陣を描き、《使役召喚》《リテルデ》を使う。

彼女の目の前に小さな炎が立ち上った。

その中心には、竜の影が浮かんでいる。しかし、幼体の竜にしても、かなり小型だ。召喚の炎が霧散すると、そこには猫ほどのサイズの竜が浮かんでいた。

「……ち、小さいですけど、なんとかできました……」

他の竜とサイズが違いすぎるからか、少し恐縮したようにナーヤが言う。

だが、エールドメードは、興味深そうにその竜に近づいていく。小さな竜の至近距離で立ち止まると、彼はその全身を舐《な》めるように見た。

「見たことのない竜ではないか」

彼がそう呟《つぶや》いたときだ。クゥッと小さな竜が鳴き、口を開いた。

「えっ……？」

瞬間、この場に召喚された六体の竜が透明な魔力の球に体を囲まれていた。その魔力球の内側がぐにゃりと歪《ゆが》むと、みるみる小さくなっていき、それに伴い竜の体が縮んでいく。

あっという間に、ボールぐらいの大きさと化した魔力の球が、吸い込まれるように、小さな竜の口元へ飛んでくる。

キュウッとひと鳴きし、小さな竜は魔力の球を食べてしまった。緑色だったその竜の鱗《うろこ》が、僅かに赤みがかった。

「……竜を、食べた……？　いや、竜が竜を食べるなど……見たことも聞いたことも……」

まるで事態についていけないといった風に、司教が愕然《がくぜん》としている。

「ふむ。変わった竜が召喚されるものだな」

俺はナーヤが喚《よ》んだ竜を見つめる。確かに他の竜とは毛色が違う。

二千年前にもこんな個体はいなかったな。それに竜を食べたことで、鱗《うろこ》の色が変わった。

「俺の召喚する竜も食らってみよ」

《使役召喚《リテルデ》》の魔法陣を盟珠の内側に描きながら、棒立ちのままの司教に警告する。

「ジオルダルの司教よ。そこは危険かもしれぬぞ。何分、初めて使う魔法だ。加減ができるかわからぬ」

「……ああ……あ……」

ようやく正気を取り戻したように、司教は言った。

「い、いいえ、召喚の炎とは、すなわち血肉を与えるための授肉の炎、我々聖職者が燃えることは決してないのです」

「決してか？」

「ええ。決してです。神の秩序により、それは護《まも》られております」

そうは思えぬが、しかし、俺の知らぬこともあるだろうしな。

「念のため、用心しておくがいい。死ぬかもしれぬぞ」

「ご安心くださいますよう。神のご加護がありますので。そして、どうか、あなたにも理解していただきたい。それを疑うことは、ジオルダルの信徒として、死よりも避けなければならないことなのです」

「そうか。余計なことを言ったな」

郷に入っては郷に従えという。それだけ信仰が厚いのならば、これ以上はなにも言うまい。

魔法陣に魔力を込めれば、目の前に炎が立ち上る。それは激しく勢いを増していき、瞬《また》く間《ま》に膨大に膨れあがった。

「こ、こんなことが……召喚の炎がこんなに激しく立ち上るところなど……う、お、うおおおおおおおおおおおおおおおおおぉぉぉぉっっっっっ！！！」

室内すべてを覆うほどに火勢を増した召喚の炎を見て、司教は絶叫した。

俺は彼の周囲に反魔法を張り、それを防いでやった。

「大人しくしていろ。やはり、燃えるようだ」

忠告するも、司教は反魔法の外側へ恐る恐る足を踏み出す。

「……ご安心ください。燃えるはずがないのです。火勢が強く見えても、召喚の炎は、聖職者を裁くことなき、授肉の炎っ」

「ちょ、ちょっと……アノスッ！　室内ぜんぶは危ないわよっ……」

「少々、地底の魔法は勝手が違うな。魔力を調整しても、あまり加減が効かぬ。死なぬようう まく防げ」

「カカカカッ、さ・す・がではないかっ！　つくづくオマエは暴虐の魔王。それでこそ、アノス・ヴォルディゴードだぁっ!!」

「司教のおじさんが燃えた」

ミーシャが呟《つぶや》く。

大人しくしていろと言っただろうに。

「《蘇生《インガル》》使ったぞ」

エレオノールはすかさず蘇生《そせい》する。

そのとき、極限まで膨れあがった炎がふっと霧散した。

目の前に現れたのは真紅の竜――の脚だった。巨大すぎるその体軀《たいく》は地下の天井を破り、教会を破壊しては、地面から頭を出している。

ガラガラと破壊された岩盤や建物の瓦礫《がれき》が、次々と頭上から降り注いでいた。

「ではナーヤ、こいつをその竜に食わせてみよ」

「え？　こ、この大きい竜をですかっ？」

全貌がつかめぬほど巨大な竜をナーヤは呆然《ぼうぜん》と見上げる。

「小さくできるのなら、これも食えるだろう」

「……あ、はい……でも、その、すみません。どうすればいいか……」

召喚竜の扱い方が、ナーヤはよくわからぬ様子だ。

彼女が困ったような表情を浮かべると、小さな竜はクゥッと鳴いた。透明な魔力の球が真紅の竜を覆っていくが、しかし、途中で泡のように弾《はじ》けて消えた。

キュウゥ、と小さな竜は少々悲しげな鳴き声を上げる。

「ふむ。さすがに無理か」

真紅の竜が僅かに体軀《たいく》をひねれば、ドガラガァァンッとけたたましい音を立て、教会が更に破壊され、無数の瓦礫《がれき》が落下してきた。

「ちょっ、ちょっとアノスッ、なんとかしなさいよっ。このままじゃ、ぜんぶ崩落するわっ」

「そう心配せずともよい」

真紅の竜を見据え、俺は命令を下した。

「邪魔にならぬ場所へ飛んでいけ」

「ガアアアアアアアアアアアアアアアァァァァァァァァァァァァァァッッッ!!!」

大きな咆吼《ほうこう》を轟《とどろ》かせると、その震動で地下の天井とその上の建物部分が粉々に砕け散る。地盤を砕きながら、荘厳《そうごん》な翼を広げ、その真紅の竜は地底の空に飛び立っていった。

「ふむ」

教会は跡形もなく消滅し、地下までは完全な吹き抜けとなってしまっている。

「見よ。これで崩落しまい」

「馬鹿なのっ！」

§10.【神の器】

クゥルルッと、竜が鳴き、ナーヤの周囲を飛び始めた。

「えっ、きゃっ、きゃあぁっ……や、やめてくださいっ……やめてっ……」

ナーヤは怯《おび》えて逃げ惑うが、小さな竜は彼女にじゃれつくように離れない。

「そう怯《おび》えるな、居残り。それはオマエの召喚した竜ではないか」

エールドメードが言う。

「でっ、でも、先生、この竜、全然言うこと聞きませんよっ」

「カカカ、とりあえず、止まりたまえ」

「ええっ……で、でもっ……」

「いいから、止まってみたまえ。見たところ、敵意はないではないか。それとも、そのまま一生逃げ続ける気か？　ん？」

意を決したようにナーヤは足を止める。小さな竜が自分に向かって飛んでくると、彼女はぎゅっと目をつぶった。

クゥルルッとひと鳴きして、竜はナーヤの肩にとまった。

「あ……」

ほっと彼女は息を吐き、胸を撫《な》で下《お》ろす。

「面白い竜を喚《よ》んだではないか、居残り。竜を食う竜、魔王でさえも見たことのない竜だ」

エールドメードは竜に近寄り、じっと魔眼《めがん》を凝らす。そうして、その口に自らの指をやった。

「魔族も食うのか？　先程の魔法球を出してみたまえ」

「えっ、ええっ⁉　あ、危ないですよっ、先生っ」

「カッカッカ、指を食わせてみるだけではないか」

熾死王が指先で竜の口を軽く叩《たた》くと、ペロリと小さな舌がそれを舐《な》めた。

「そうかそうか、魔族は口に合わないのだな、トモグイ」

「と、トモグイって、なんですか？」

「コイツの名だ。オマエがつけたいか？」

ぶるぶるとナーヤは首を左右に振った。

コン、とエールドメードは杖《つえ》をつき、彼女の顔を覗《のぞ》く。

「いやいや、面白くなってきたではないかっ。居残り、今度は神の召喚を試してみようではないか？」

「え、あ、はい…………えっ？　か、神？　神様ですかっ？」

戸惑ったような顔でナーヤは熾死王を見返した。

「お、お待ちなさい。召命はかないました。あなた方は晴れて、このジオルダルの聖職者たる資格を得たのは事実です。しかし、神の召喚となると、そう容易《たやす》いことではありません」

呆然《ぼうぜん》としていた司教が、慌てたように声を発した。先程まで死んでいた自覚も、まだはっきりとはしていないだろうが、彼は職務を全うするため、説明を始める。

「入信後、様々な教義を学び、試練を乗り越え、そうしてようやく神を召喚するための《使役召喚《リテルデ》》の術式を知り、盟約の儀を受けることがかなうのです。その盟約の儀に進んだとて、実際に神を召喚できるものはほんの一握りの選ばれた信徒だけ。今のあなた方には、神の召喚について知ることさえ許されてはいないのです」

祈るような仕草をしながら、司教は説明を続ける。

「あなた方がいかに神に愛されているか、ということは十分にわかりました。これより信仰を重ねていくことで、必ずや神との盟約がかなうことでしょう。ともに学び、ともにこの信仰の道を歩んでいきましょう」

敬虔《けいけん》な表情を向ける司教。

熾死王はカッカッカと愉快そうに笑った。

「構わん、構わんぞ。盟珠がもらえたのだから、後はこちらでどうとでもしようではないか。神を喚《よ》ぶ《使役召喚《リテルデ》》の魔法術式を教えてもらえないというのならば、一から作ればいいだけのことだ」

「……そのようなことが、できるはずが……」

司教は驚き混じりに言う。

「無論、無理だ！　この熾死王にそんなことができるわけがない！」

司教はほっと胸を撫《な》で下《お》ろす。ニヤリとエールドメードが笑った。

「だが、魔王ならば話は別だぞ」

言いながら、熾死王が俺の方を向く。

「気になっているのではないか？　ん？」

横目で奴《やつ》はナーヤに視線をやった。

確かに、熾死王の言う通り、気になるところではある。

あの共食いの竜。明らかに普通の竜とは異なる性質を有している。ならば、それを喚《よ》んだナーヤは、召喚魔法に適したなにかを持っている可能性が高い。

「では、試してみよ」

俺はそこに魔法陣を描いてみせた。

「これが神を喚《よ》ぶ《使役召喚《リテルデ》》の魔法術式だ」

それを見た途端、司教が驚愕《きょうがく》と言わんばかりに目を見開いた。

「……ま……ま、さ、か…………」

絞り出すような声が漏れる。

「……どこでその術式を……いえ、知られるはずが……では本当に、この場で作りあげたと、いやそんなことが………？」

困惑したように、司教は自問自答を繰り返す。

「大したことではあるまい。この盟珠と竜を喚《よ》ぶ《使役召喚《リテルデ》》の魔法術式、それから盟約が必要ということが分かっていれば、自《おの》ずと術式の最適解は導き出せる」

アルカナを召喚する《神座天門選定召喚《グアラ・ナーテ・フォルテオス》》も、術式の基本構造は変わらぬようだしな。

「ついでに、これが《憑依召喚《アゼプト》》だ」

別の魔法陣を描いてみせる。

「……あ…………《憑依召喚《アゼプト》》まで…………!?」

息を呑《の》むように司教は言葉を漏らす。

「こんなことが……まさか本当に召喚を……ああ、いや、しかし、いくら魔法術式がわかっていようと、神を喚《よ》ぶためには、その前に神と盟約を交わしていなければならない。竜の召喚と違い、魔法を使えば、現れるというものでは……」

俺はまっすぐエールドメードのもとへ歩いていく。

軽く右手を上げ、そのまま奴《やつ》の左胸を貫いた。

「……かっ……!」

「あ、アノス様っ……え、ど、どうして先生を……」

混乱したようにナーヤが俺を見る。

「……カカカ、騒ぐな、居残り。この熾死王の神体は、秩序に危機が及ばねば発揮できぬようでな……」

血を吐きながら、エールドメードが笑う。

「天に唾を吐く愚か者よ。秩序に背いた罰を受けろ。神の姿を仰ぎ見よ」

それは、かつてノウスガリアが口にした奇跡を起こす神の言葉。熾死王の体が目映《まばゆ》い光に包まれ、魔力が桁外れに膨れあがった。

「カカカカッ!!」

エールドメードの体が変化していく。その髪が黄金に染まり、魔眼《め》は燃えるような赤い輝きを発する。背中には魔力の粒子が集い、それは光の翼を象《かたど》っていく。

けたたましい地響きを立て、地底が震撼《しんかん》し始めた。ただ彼がそこに存在するだけで、空気が爆《は》ぜ、世界を揺るがす。

膨大な魔力が質量を持ったかの如《ごと》く、真なる神の姿がそこに現れていた。

「……これは、いったい……《憑依召喚《アゼプト》》……いや、違う……。彼は魔法を使っていない……」

司教がその姿に魔眼を向けて、恐れ戦《おのの》くように声を発する。

「まさか、まさか、まさかまさかまさかまさかっ……!?」

途方もない衝撃が彼の心を貫いていた。

「まさか神だというのでしょうか……！　天から使わされた神が、この地へ降臨したと……おお、なんという奇跡……！　なんという僥倖《ぎょうこう》っ……！　《全能なる煌輝》エクエスよ……彼がいかなる神なのか、どうぞお教えくださいますよう……」

今日一番の奇跡を目の当《ま》《あ》たりにしたとでもいうように、司教は跪《ひざまず》いては、ただ祈りを捧《ささ》げた。

「せっ、先生っ、羽生えてますけどっ……」

ナーヤがエールドメードを見て、そんな感想を漏らす。外見だけに着目したのは、彼女の魔眼では、熾死王の今の魔力を見極めることができぬからだろう。

「カカカ、居残り。オレはとある神の力を簒奪《さんだつ》してな。早い話、この熾死王が神のようなものなのだ」

「……え、熾死王先生が、神様……ですか……？」

ナーヤは話についていけない様子だった。

「その通り。証拠を見せてやろうではないか」

エールドメードがシルクハットを手にし、それでお手玉をする。すると、シルクハットが四つに分裂した。

「カカカッ、行くがいい」

彼はそれを次々と飛ばしていく。しばし飛行した後、シルクハットはぴたりと宙に停止した。

「天父《てんぷ》神《しん》の秩序に従い、熾死王エールドメードが命ずる。生まれたまえ、四つの秩序、理を守護せし番神よ」

四つのシルクハットから、紙吹雪とリボンのような光がキラキラと大量に降り注ぐ。まるで手品のように、それらはみるみる神体を形作っていく。

生まれたのは、四名の番神だった。

二本の杖《つえ》を手にした異様に長い髪の幼女。再生の番神ヌテラ・ド・ヒアナ。

翼を持つ人馬の淑女。空の番神レーズ・ナ・イール。

巨大な盾を背中に背負う屈強な大男。守護の番神ゼオ・ラ・オプト。

槍《やり》、斧《おの》、剣、矢、鎌など十数種類の刃を持った黒い影。死の番神アトロ・ゼ・シスターヴァ。

「……か……か……ぁ………」

畏れと崇敬を抱くあまり、司教は最早口すらうまく回らぬ様子だ。

「……秩序を生む秩序……《全能なる煌輝》エクエスの光を最も放つ神……天父神ノウスガリア………!!!」

ふむ。あの虫が、この地底ではずいぶんと格上扱いされているようだな。

「おお……おおおぉぉっ……なんということでしょう……!!　生きて、生きて、この目で拝める日が来ようとは………おおおぉぉぉぉっ!!」

感極まったように司教は膝をつき、その目から涙をこぼした。

「カッカッカ、うまくいったではないか。では、居残り、盟約を交わしてみたまえ」

「め、盟約って、この……これ、と……？」

恐る恐るナーヤが番神に目を向ける。

死の番神アトロ・ゼ・シスターヴァに赤い目が現れ、びくっと彼女は身を震わせる。逃げるように、ナーヤはエールドメードの背中に隠れた。

「む、無理だと思うんですけど……」

「いやいや、できる、オマエはできるはずだ。なぜなら、このオレの教え子なのだからな。この番神どもは、言わばオレの子供だ。よく言い聞かせてある。オマエの盟約に応じぬわけがない。さあ、騙《だま》されたと思ってやってみるがいい」

怖《お》ず怖《お》ずとナーヤはうなずき、盟珠の指輪を番神たちに向ける。

「ど、どうすれば……？」

「コイツらは言葉を解さない。念じたまえ。盟約を交わし、自らの召喚神となるようにな。なにか条件を出してくるかもしれないが、まあ、とりあえず二つ返事で引き受けておけ」

「……わ、わかりました……」

ナーヤは数歩前へ出て、番神たちに念じながら言う。

「……な、なんでも言うことを聞きますから、私の召喚神になってくれません、か？」

数秒の沈黙。

その後、バチバチと番神たちから膨大な魔力が立ち上り始めた。光とともに、四名の神の輪郭が歪《ゆが》み、天に召されるようにすぅっとその場から消えてなくなった。

「……え、えーと……？」

なにが起きたのかわからず、ナーヤは呆然《ぼうぜん》としている。一方で熾死王は満足そうに笑った。

「成功ではないか。喚《よ》んでみたまえ」

こくりとうなずき、ナーヤは盟珠の指輪に魔力を込めた。

「りっ、《使役召喚《リテルデ》》ッ……！」

彼女の盟珠にぼっと火が灯《とも》る。その内部に描かれた《使役召喚《リテルデ》》の立体魔法陣が、盟約を交わした番神をこの場に喚《よ》びよせる。バチバチと音を響かせながら、四つの光が目の前に集った。

「……こ、これはっ…………!?」

今日一日で一生分の驚きを使い果たそうとでもいうのか、司教はまたしても激しく驚愕《きょうがく》していた。

「なんと……四名の神と盟約を交わしたのみならず、同時に召喚するというのですか……そんなことは、選定神に選ばれた八神選定者ぐらいしかできないはずでは……そもそも、盟珠は一名の番神を召喚するのが限界、それ以上は石がもたずに砕け散るはず……!?」

司教の予想とは裏腹に光はみるみる実体化していき、そして、ナーヤの目の前に先程盟約を交わした四名の番神が現れていた。

「……奇跡が……神よ……今日一日で、私に何度奇跡を見せるというのでしょうか……おおぉ、おおおぉぉぉぉっ……」

天啓でも下ったかのように、司教はまた号泣している。

「……で、できたんでしょうか…………？」

「なるほど。なるほどなるほど、なるほどな。わかったぞ、居残りっ！」

エールドメードがこれまでにないほど活《い》き活《い》きとした表情を浮かべ、ナーヤを杖《つえ》でビシィッと指した。

「な……なにがですか……？」

「オマエの可能性がだ。確かにオマエは魔力に乏しい。根源を器とし、魔力を水とするならば、オマエの器はそう、まさに空っぽ同然だ！　本来、根源から溢《あふ》れるべき水がこれっぽっちも溢《あふ》れてこないのだからなっ！」

「…………はい……」

ナーヤが気落ちしたような表情で、俯《うつむ》く。熾死王はその下顎に手をやって、彼女の顔を無理矢理上向かせた。

「カカカ、なにを落ち込んでいる？　わからん奴《やつ》だ。褒めているではないか。確かにオマエの根源からは魔力が溢《あふ》れてこない。しかし、その根源の器は、この上ないほど広く、大きく、そして上等だ。四名の番神を喚《よ》んでなお、隙間があるほどにな」

「えーと……」

「召喚魔法に向いていると言っているのだ。自分の魔力は乏しいが、それだけの器があるのならば、外からたっぷりと注いでやればいい」

熾死王の言う通り、地底の召喚魔法に必要なのは、根源の隙間のようだ。ゆえに、俺が先程竜を召喚した際、魔力を調節しても大した変化がなかった。

俺の器の大きさが変わらなかったからだ。

《使役召喚《リテルデ》》や《憑依召喚《アゼプト》》では、魔力が満ちていないその根源の器、言わば余白を、神との盟約や召喚の際の術式で埋める。だが、大抵の者にはそんな空きがないために、盟珠を器にしているのだ。

盟約を重ねるほど、召喚すればするほどに、器の空きはなくなり、限界を超えれば石は砕ける。だが、ナーヤには盟珠を使わずとも受け入れるだけの根源の空きがあったというわけだ。

「ナーヤ、この熾死王と盟約を結べ。オマエがオレの配下となるならば、オレはオマエの神となり、願いを叶《かな》えてやろう」

「ふむ。面白い試みだな、熾死王」

奴《やつ》の前に歩み出て、俺は言った。

「確かに、そうすれば、俺の《契約《ゼクト》》からは逃れられるかもしれぬ」

《使役召喚《リテルデ》》、あるいは《憑依召喚《アゼプト》》を使い、奴《やつ》の力がナーヤのものになれば、天父神の秩序は彼女の思うがままとなる。

ナーヤには《契約《ゼクト》》が働かぬため、俺に逆らおうとも問題ない。

「カカカ、なにか問題があるか、暴虐の魔王。オレの力がナーヤのものになったとして、彼女は魔王学院の生徒ではないか」

挑発するように燬死王が言う。ナーヤがディルヘイドや暴虐の魔王を裏切らぬ限り、天父神の秩序を彼女が召喚できるようになろうと、なんら問題はない。

「ふむ」

魔王には敵が必要だと燬死王は再三にわたって口にしている。奴《やつ》は《契約《ゼクト》》に反しないように、ナーヤを俺の敵に育てようと考えたのかもしれぬ。

しかし――

「ナーヤ」

「……は、はいっ……」

緊張したようにナーヤがびしっと姿勢を正す。

「お前は燬死王をどう思う？」

一瞬考え、それから彼女は答えを口にした。

「……その、とても良《い》い先生だと思います……。燬死王先生についていけば、こんな私でも、もしかしたら、ディルヘイドの役に立てる日が来るのかなって……」

うなずき、俺はナーヤに言い聞かせた。

「その通りだ。燬死王ほど優れた教師はディルヘイドにはおらぬ。死にものぐるいでついていけ。必ず、お前の目指す場所へ導いてくれるだろう」

彼女は嬉《うれ》しそうに頬を綻ばせた。

「彼を信じ、生徒として励め。そして恩を受けたと感じたならば、成長をもってそれに報いてやるがいい」

「……はいっ……」

ナーヤは明るく声を上げた。

その様子を見て、熾死王は愉快千万とばかりに唇を歪《ゆが》める。

「……カカ、カカカ、クカカカカッ！　カーカッカッカッ‼」

彼の笑い声が、地底の空に遠く響き渡る。

「さすがは、さすがは暴虐の魔王ではないかっ！　まさか、見過ごすどころか、この熾死王の背中を押そうとはっ！　ああ、それでこそ、それでこそ、この神の力さえ容易《たやす》く凌駕《りょうが》する、この世界の王の言葉だっ‼」

ぐっと拳を握り、彼は意気揚々と声を上げる。

「決して退かず、決して怯《ひる》まず、すべてを真っ向からねじ伏せ、そして勝利する。まさに暴虐、まさに魔王だ、アノス・ヴォルディゴードっ！　そう、そう、そうだ、そうこなくてはなぁっ、やはり、オマエは最高だ‼」

背中に集う光の翼を輝かせ、エールドメードは神々《こうごう》しく俺を褒《ほ》め称《たた》える。

「ならばこの熾死王、全力をもって、その期待に応えてやろうではないかぁっ‼」

エールドメードは杖《つえ》をつき、ナーヤを見た。

「さあ。さあさあさあ！　ナーヤ、その番神たちを引っこめろ。さすがにオレと盟約を交わすのに、ソイツらを召喚したままでは無理がある」

「え、えーと、か、帰ってっ」

ナーヤはそう口にするが、番神はぴくりとも動かない。

「……あ、あれ？　か、帰ってくださいっ……」

神を召喚する器はあれど、それを操る魔法はまだまだ未熟といったところか。

「神の言葉を授けよう、居残り。オマエはできる。オマエにできないわけがないではないか」

燬死王の言葉が魔力を持ち、それがナーヤを祝福する。すると、途端に盟珠が輝き始め、先の命令を実行するように番神たちは光に飲まれていった。

「さあ、これでいい。願いを言え。盟約を交わそうではないか」

「……え、ね、願いって言われても……？」

困ったように俯《うつむ》き、ナーヤは笑う。

「カカカ、遠慮せずに言いたまえ。オマエの望みをすべて叶《かな》えてやろう」

「……えーと、じゃ……」

ナーヤは顔を上げ、燬死王に言った。

「……その、じゃ……先生は、いつまでも私の先生でいてくれますか……？」

ニヤリ、とエールドメードが笑う。

「引き受けよう。ナーヤ、この燬死王がありとあらゆる真理から、なんの役にも立たぬ雑学に至るまで、オマエのその脳髄と体と、いたいけな心にとくと叩《たた》き込《こ》んでやろうではないかっ！」

大げさな身振りで燬死王がそう言うと、彼の体が光に包まれる。

次第にそれが収まっていけば、神体から元の姿に戻ったエールドメードがそこにいた。

熾死王とナーヤの盟約が、完了したのだった。

§11. 【聖歌の祭礼】

「ところで、一つ尋ねたいのだが」

エールドメードとナーヤを呆然《ぼうぜん》と見つめている司教に、俺は声をかける。

「ジオルダルの教皇に会うにはどうすればいい？」

しかし、それが聞こえていないのか、司教はすっと俺の目の前を通り過ぎていく。

「おお……偉大なる天父神……。そして、かの神と盟約を交わす、選ばれし聖人よ……」

ナーヤとエールドメードの前に跪《ひざまず》き、彼は二人に祈りを捧《ささ》げた。

「あなた方に出会えし、天命に深く感謝を捧《ささ》げます。願わくば、神を信じるこの憐《あわ》れな信徒の言葉に、ひととき耳を傾けてはいただけないでしょうか？」

ナーヤが不安そうに、エールドメードを見る。彼はいつもの調子で言った。

「おいおい、勘違いするなよ。頭を下げるべき相手が間違っているのではないか？」

虚を突かれたような表情で、司教は呆然《ぼうぜん》と熾死王を見返した。

「オレの国を統《す》べるのは、あそこにいる魔王だ。オレもあの男に仕える身。主君をさしおいて、その配下に頭を下げるのが、オマエたちの礼儀か？　ん？」

戸惑いを顔に貼り付け、司教は言う。

「……し、しかし、神とは王の上に立つ至上の存在。彼が王だというのならば、あなた様がその王権を授けたのでございましょう。盟約を交わしているのもその乙女なれば、信徒たる私はまずあなた方に頭を下げるのが、神への礼儀と思った次第でございます」

「カカカ、では覚えておけ。魔王とはその神の上に立つ存在だ。そもそも、天父神の秩序もあの魔王、アノス・ヴォルディゴードがノウスガリアから簒奪《さんだつ》し、このオレに与えたのだからな」

「なんと……」

畏れるような表情で司教は俺を見た。

「神の上に立つもの。神の力を奪い、そして与えるもの。それでは、まるで《全能なる煌輝》エクエスではございませんか……」

司教は俺の前に歩み出て、うやうやしく跪《ひざまず》き、祈りを捧《ささ》げる。

「蒙昧《もうまい》な私には、真実が見えません。ゆえに神のお言葉をただ信じましょう。神の上に立つ御方、魔王アノス・ヴォルディゴード様。申し遅れました。私はジオルダルの司教ミラノ・エム・シサラドと申します。先程の非礼をどうかお許しくださいますよう」

「構わぬ。だが、楽にするのだな。俺はエクエスではない。お前が信仰するには値せぬ、ただの地上の魔族だ」

静かにミラノはうなずいた。

「左様でございましたか。しかし、たとえ、あなた様が《全能なる煌輝》でなくとも、神より上に立つ御方に変わりますまい。神の言葉を疑うわけには参りませぬ」

「ならば、好きにせよ」

「魔王アノス様、ジオルダルの教皇には私が話を通して参ります。盟珠なしに神を統《す》べるあなた様がお会いしたいとおっしゃるのでしたら、教皇とて快諾なさることでしょう。しかし、その前に、どうかこの憐《あわ》れな信徒のお言葉に耳を貸してはくださらないでしょうか？」

「言ってみるがいい」

祈りを捧《ささ》げながらも、司教は口を開く。

「神を信仰し、神を敬い、神に歌を捧《ささ》げる、この信仰の国ジオルダルに、邪教に堕《お》ちた愚者がいるのです。彼は神を冒瀆《ぼうとく》するかの如《ごと》く、教皇を貶《おとし》め、信徒を嘲笑《あざわら》い、《全能なる煌輝》エクエスの存在を否定して回ります。それを真に受けるような不信心な者はこの都にはおりませんが、様々な祭礼の邪魔をされ、最早《もはや》捨ておくことはできません」

「ふむ。その邪教に堕《お》ちた者の名は？」

「ジオルダル元枢機卿《すうききょう》、アヒデ・アロボ・アガーツェ。邪教に堕《お》ちたため、教皇より洗礼名を剝奪され、今はただのアヒデと呼ばれています」

やはりか。洗礼名を剝奪されたということは、最早《もはや》聖職者ではなくなったのだろうな。

「彼は祭礼の度に現れては、神を冒瀆《ぼうとく》します。一度は捕縛され、罪人として投獄されました。しかし、そのときの様子は思い出すだけでも恐ろしい」

ミラノは身震いしながら言った。

「なにがあった？」

「まるで取り憑《つ》かれたかのようでした。夢から覚めろ、なぜ覚めぬと譫言《うわごと》のように繰り返し、顔つきは狂気に染まった悪魔の如《ごと》し。その異様さ、不気味さを信徒たちは忌《い》み嫌《きら》い、目を向けることすら憚《はばか》られたのです。そうして、目を離した隙に、逃走してしまいました」

「監視が緩んだとはいえ、さすがに自力で逃げられるとは思えぬが？」

司教はうなずく。

「ご明察でございます。愚かなるアヒデは、ガデイシオラに入信した様子。奴《やつ》らはまつろわぬ神を信仰する邪教の徒。なにをしでかすかわかったものではございません」

なるほど。神がいないことを吹聴するために、異教徒と手を結んだというわけだ。しかし、俺が奴《やつ》に首輪をつけてから、この短期間でそんなことができたとは思えぬ。以前から奴《やつ》はガデイシオラと内通していたと考えるのが妥当だろう。

「アヒデの行方は、ジオルダル教団が追っております。この街から逃れることはおろか、人前に姿をさらすことすら困難でしょう。食べるものもなく、泥をすすりながらのたれ死ぬのが罰となるはず。しかし、この街では、明日、大きな祭礼があるのです」

アヒデを追い詰め、捕らえることはできるが、祭礼の邪魔をされたくはない、か。

「力を貸してほしいというわけか？」

「……滅相もないことでございます。あくまで祈り、願いにすぎません。すべては偉大なる神の思《おぼ》し召《め》し。この祈りが届き、願いが叶《かな》うも叶《かな》わぬも、《全能なる煌輝》の御心次第でございます」

しかし、思ったよりアヒデ一人に手こずっているな。教皇が選定者ならば、神を失った奴《やつ》などすぐに方がつけられるだろうに。

協力しているガディイシオラの竜人がそれほどまでに厄介なのか？　それとも、教皇が動けぬ事情でもあるのか？

「大きな祭礼というのは？」

「このジオルダルでは、一〇〇日毎《ごと》に行われる聖歌《せいか》の祭礼《さいれい》というものがございます。神に聖なる歌を捧《ささ》げ、地底の繁栄を祈願するジオルダルで最も神聖な神事の一つです。これだけはなにがあろうとつつがなく行わなければならないのですが……神を冒瀆《ぼうとく》することに異様な執念を燃やしているあの愚か者めは、危険を顧みずに、またやってくるはず……」

「場所は？」

「ジオルへイゼの各地で行われますが、聖歌が歌われる場所は、神竜《しんりゅう》の霊地《れいち》です。ここからすぐでございますが、ご案内いたしましょうか？」

アルカナに聞けば、場所はわかるだろう。

「よい。教皇との会談は任せた」

言って、俺はこの地下と全壊した教会を丸ごと覆う魔法陣を描いた。《創造建築《アイリス》》で、建物すべてを作り直し、完全に修復する。

「お……おお……なんという奇跡……これこそ、神の御業《みわざ》……」

司教はまたその場で祈りを捧《ささ》げた。

「《全能なる煌輝》の御心のままに」

いま一つ言葉に慣れぬが、会談の機会を作ってくれるということだろう。

「では、また明日、アヒデを教皇の手土産に引きずって来るとしよう」

教会を後にしようとし、ふと思い立って足を止める。

「そういえば、この辺りに良さそうな宿はあるか？」

司教は恐縮しながら答えた。

「……明日は聖歌の祭礼ということで、多くの巡礼者がジオルヘイゼに訪れております。教会や宿はすでに満員となっているでしょう。しかし、ご要望とあらば、なんとか部屋を空けて参ります。何名分必要でございましょうか？」

ふむ。空けるとなれば、他の巡礼者や教会の人間を追い出すことになろう。

「それには及ばぬ。どこか空き地でも借りられるか？　地中でも構わぬ」

「この近くの竜着き場でございましたら、私が管理している土地です。どうぞ、ご自由にお使いくださいますよう」

「それは助かる。ありがたく使わせてもらおう」

「《全能なる煌輝》の御心のままに」

うやうやしく頭を下げ、司教は祈りを捧《ささ》げる。

俺たちが教会を後にすれば、外では一人の少女が大人しく待っていた。

「アルカナ」

声をかけると、彼女は俺の方を向く。

「神竜の霊地とはどこだ？」

「ついてきて」

彼女の後を歩いていくと、微《かす》かに響いていた竜人の歌が、次第にはっきりと聞こえ始める。

辿《たど》り着《つ》いたのは、盛り土のされている広場だった。

中央には浅く広い穴が空いており、そこに大かがり火がある。数十メートルはあろうという
その炎は、長く立てられた柱を燃やしているものだ。竜の骨だろう。

その大かがり火を取り囲むようにして、聞き慣れぬ聖歌を歌っている者たちがいる。

「あれ？　エレンちゃんたちだぞ」

エレオノールが指をさす。

「ほんとだわ。なにしてるのかしら、あの子たち」

サーシャが疑問の表情を浮かべた。

祭壇の前で、恐らくはジオルダルの聖歌など今日聞くのが初めてだろうに、ファンユニオンの少女たちが歌を歌っている。ジオルダルの聖歌隊に混ざり、見事にそれを歌い上げていた。

やがて、曲が終わると、彼女たちはあちらの聖歌隊と握手をする。

「素晴らしい歌声でした、エレン。あなたたちも聖歌隊と聞きましたが、どちらからいらしたのでしょうか？」

「ディルヘイドです。あの天蓋の向こうにある国なんだけど……」

「天蓋の向こう？」

ぴっとエレンが頭上を指す。

聖歌隊の女性は不思議そうな表情を浮かべる。

「馬鹿っ、エレン、それ言っていいの？」

「あ、あ、そっか。えーと……あははっ……」

エレンが笑って誤魔化すと、聖歌隊の女性は微笑《ほほえ》みを浮かべた。

「面白い方ですね。私はジオルヘイゼ聖歌隊隊長、イリーナ・アルス・アミナ」

「魔王聖歌隊のエレン・ミハイスです」

ファンユニオンの少女たちは口々に名を名乗り、握手を交わしていく。

「あなたたちがもう少し早くジオルヘイゼにいらしていれば、明日の聖歌の祭礼、来聖捧歌《らいせいほうか》をお願いしたかったところですよ」

「来聖捧歌《らいせいほうか》……？」

「ご存知ありませんか？　聖地ジオルヘイゼで行われる聖歌の祭礼では、外から訪れた巡礼者に、新しい歌をこの地に捧《ささ》げてもらう儀式があるのです。それを、来聖捧歌《らいせいほうか》というのです」

うんうんとうなずくエレンたちに、イリーナは説明を続けた。

「かつて、この地にやってきた聖人の歌が神となり、災いを払ったことを始まりとする、聖歌の祭礼で最も重要な儀式なのです。外から新しい歌が絶えることなく入ってくるということは、神が私たちをお守りくださるということであり、それは《全能なる煌輝》エクエスの御心なのです」

「難しいですけど、歌が神様なんて素敵ですね」

エレンの答えが気に入ったのか、イリーナはにっこりと笑った。

「街のどこにいても、聖歌は届くと思いますが、よかったら明日はここに見にいらしてください。あなた方に《全能なる煌輝》のご加護がありますように」

イリーナはそう祈りを捧《ささ》げる。

ファンユニオンの少女たちは恐縮したように頭を下げ、祭壇のある舞台の上から降りてきた。

「面白いことをしているな」

声をかけると、ファンユニオンの少女たちが恐縮したように身を縮める。

「あっ、アノス様っ……も、申し訳ございません。勝手なことをして……」

「なに、自由行動に口は出さぬ。しかし上手《うま》いものだな。初めての曲だっただろう」

「はい……でも、歌いやすい曲だったので。今のイリーナさんたちは、この街の聖歌隊の人みたいなんですけど、すごく綺麗《きれい》な歌を歌う人だなぁって見てたら、一緒に歌わないかって誘ってくれたんです」

それで一緒に歌っていたというわけか。

「ジオルヘイゼでは歌が盛ん。歌を通して、竜人たちは様々な交流を行っている」

アルカナがそう説明した。

「あの、明日も自由時間って、ありますか？」

「聖歌の祭礼を観《み》にきたいのか？」

こくりとファンユニオンの少女たちがうなずく。

「あ、でも、できたらで、ほんと、他にやることがあるんでしたら、全然かまわないんですけど」

「ジオルダルの文化を体験できるまたとない機会だ。明日は全員で観《み》に来《こ》よう」

エレンはぱっと表情を輝かせた。

「やった！　ありがとうございますっ！」

ファンユニオンの少女たちは嬉《うれ》しそうにそれぞれハイタッチを交わしている。

「だが、一つ、気をつけることだ」

エレンが不思議そうに俺の顔を見つめる。

「よからぬ輩《やから》が祭礼の邪魔をしに来るという話だからな」

§12.【たゆたう記憶は、夢を重ねて、水面に浮かぶ】

自由行動が終わった後、魔王学院の生徒たちとともに、ジオルヘイゼの街並みを見て回った。

神竜の霊地以外にも、かがり火が焚《た》かれている場所はいくつもあり、そこでも聖歌隊が歌を神に捧《ささ》げていた。

外から巡礼者が多く入ってくる時期だからか、明らかによそ者だろう俺たちにも不審な目を向けられることなく、むしろ温かい歓迎を受けた。

適当な店に入り、食事をとった後、竜着《りゅうつ》き場に戻ってきた。

俺はそこに魔法陣を描き、《創造建築《アイリス》》で魔王城を建てる。聖歌の祭礼の時期だ。司教から許可を貰《もら》ったとはいえ、あまり目立つことのないように殆《ほとん》どの階層を地下に埋める。表に出ているのは、正門のある一階部分のみとした。

「最下層は教師用だ。それ以外の部屋は各自話し合い、好きに使うがよい」

正門を開ければ、生徒たちは魔王城へ入っていく。

「ジオルヘイゼの治安は良いようだが、夜は人気も少なくなるだろう。外出はするな。助けにはいかぬ。それでも構わなければ、好きにすればよいがな」

それだけ釘《くぎ》を刺し、俺も正門をくぐった。

一階部分に設けられた魔法陣の上に乗る。ついて来たのは、シン、エールドメード、アルカナだ。魔法陣に魔力を込め、最下層へ転移する。

「奥の部屋は俺が使う。残りは好きにするがいい」

「御意」

短く言葉を発すると、シンは迷いなく歩いていき、奥の部屋の手前に位置するドアを開けた。そこならば、万が一、敵の襲撃があった際に俺の部屋への侵入を阻《はば》むことができる。

「では、あちらの部屋を借りようではないか」

エールドメードは俺の部屋から一番離れた部屋に入っていった。

「お前はどうする？」

アルカナに尋ねると、すっと奥の部屋のドアを指した。この城に不釣り合いな木造である。

「あの部屋は、なにか意図している？」

「ほんの余興だ。作ってみれば、なにか思い出すかとも考えてな。見せてやろう」

ゆるりと奥の部屋まで歩いていき、そのドアを開けた。

中も木造になっており、さほど広くはない。調度品や家具も上等なものではなく、ごくごくありふれた一品だ。

あの夢の中で見た、妹とともに森で暮らしていた家を再現してみたのだ。あれが俺の記憶だとすれば、そのときも《創造建築《アイリス》》で作ったのだろう。ふと思いついたので戯《たわむ》れで再現してみたが、しかし特に引っかかるものはない。

「これが、あなたが夢で見た記憶？」

「妹と暮らしていた家のようだがな」

じっとアルカナはその家を見回す。

「どうしてだろう？　覚えがある気がする」

彼女はすっと歩いていき、別室へ続くドアに触れる。

「ここは、寝室？」

「そうだ」

「ベッドが二つある」

アルカナが扉を開ける。そこに並んでいた二つのベッドを、彼女は不思議そうに見つめた。

「そういえば、妹の名を教えてなかったな」

アルカナの後ろに立つと、彼女は顔を倒し、見上げるように俺に視線を向ける。白銀の髪がふわりと揺れた。

「アルカナだ」

一瞬口を噤《つぐ》み、それから彼女は言った。

「……どうして、わたしと同じなのだろう？」

「さてな。二千年前、お前が俺と会ったことがあるというのなら、あるいは俺の妹だったのかもしれぬ」

アルカナは一瞬、不思議そうな表情を浮かべた。すぐにまた前を向き、寝室へ入っていく。

ベッドに視線を落とした後、俺を振り返った。

「名もなき神となる前に？」

「可能性があるとすれば、それしかあるまい。まあ、疑問に思うのは道理だ。どういう経緯でそうなっているかは、俺も見当がつかぬ」

言いながら、ベッドの方へ歩いていき、そこに腰かける。

「とはいえ、同名の別人だとしても、ありえぬ話ではない。夢の妹はお前とはずいぶんと性格が違った」

じっと考え込んでいるアルカナに、俺は目を向ける。

「アルカナ。一つ確認しておくが、お前は記憶を取り戻したいのか？」

「……それが、あなたの救いになるのなら」

ふむ。それが前提か。

「お前はつくづく神のようだな」

ベッドに寝転がり、天井を見上げる。

「お前は自ら名を捨てたはずだ。あるいは記憶も捨てたかったのかもしれぬ。思い出してしまえば、また名もなき神に戻れるとは限らぬぞ」

「……名を捨てたことは、わたしの罪なのだろう。わたしは彼に絶望を与えてしまった」

彼とは、アルカナが名もなき神となった後、救えなかった男のことだろう。

「その過去がどんなものであれ、わたしは忘れてはならなかったのだと思う」

「名を捨てねば、お前は心を手に入れられなかった」

「それは正しい。けれど、感情を手に入れた今、わたしは思う。神の名と記憶を取り戻したい。それは、忘れてはならないものだった」

感情がなかったからこそ、名と記憶を捨てられた。

そして、それと引き換えに感情を手に入れたからこそ、再び失った名と記憶を求める。

ままならぬものだな。

「あなたが教えてくれた。きっと、神の名と記憶を取り戻し、なお感情を失わない方法があるのだろう。そうして、人々を救い続けることが、わたしの贖罪《しょくざい》になるのだと思う」

「心が決まっているのならば、それでよい」

アルカナは俺のもとへ歩いてきて、ベッドの上に乗った。

「たゆたう記憶は、夢を重ねて、水面に浮かぶ」

「どういう意味だ？」

「わたしがあなたの妹だったなら、わたしの夢とあなたの夢を重ねれば、強く記憶を想起できるかもしれない」

なるほど。

「あなたへの負担は大きくなる」

「構わぬ。それで記憶が戻るものなら、やってみるがいい」

「ありがとう」

アルカナは俺の体に跨《また》がるように膝をつき、そっと胸に手をおいた。

そうして、額と額を重ねてくる。彼女の体に魔法陣が浮かび、纏《まと》った衣服が光り輝き、うっすらと消えていく。

そのとき、バゴンッと勢いよくドアが開け放たれた。

「ちょ、ちょっと待ちなさいよっ！」

アルカナが振り向く。サーシャとミーシャがそこにいた。

「嫌な予感がして来てみれば、このふしだら神っ。わたしがいる限りは、そういう不埒《ふらち》なことはさせないわっ！」

「魔族の子。これは記憶を取り戻すのに必要なこと。ふしだらではなく、神聖。不埒《ふらち》ではなく、清浄」

「知ってるわ。でも、記憶を取り戻すのに、一緒に寝る必要があると思ったかって、アノスなら言うんだからっ！　絶対、言うんだからっ！」

真っ赤な顔でサーシャがまくし立てる。

「まあ、できなくはないがな。しかし、正式ではない魔法の使い方は精度が落ちる上に魔力の消費が大きい。別段、寝るのを避ける意味はあるまい」

そう口にすると、サーシャは押し黙った。

「そんな顔をするな。配下の忠言を聞かぬ俺ではないぞ。なにか問題があったなら、言ってみるがいい」

「……問題は…………」

サーシャは俯《うつむ》く。

「だって……」

真っ赤な顔で、か細い声を絞り出すかのように、彼女は言う。

「だって、嫌なんだもん……」

「なぜだ？」

困り果ててサーシャが口を閉ざすと、助け船を出すようにミーシャが言った。

「サーシャはアノスが心配」

「アルカナが俺になにかすると？」

ミーシャが首を左右に振る。

「アルカナは良い子。でも、心配は心配」

まあ、わからぬ話ではない。万が一にも、主君になにかあればと考えるのは配下としては当然のことだろう。

「ならば、ちょうどいい。お前たちも夢の番神に過去を見せてもらえ」

「……はい？」

サーシャがきょとんして俺を見返す。

「心配ならば、そばで見張っていろ。そのついでに夢を見させてもらえばいい。夢の番神の秩序に直接触れていれば、なにか不審な動きがあったときにもわかるだろう」

「……で、でも……それって……」

サーシャがもじもじとしながら、俺の意図をうかがうように視線を向けてくる。

「一緒に寝る？」

ミーシャが訊《き》いた。

「それで問題あるまい」

「も、問題あるまいって……」

「不服か？」

「……そ、そういうわけじゃないけど……」

サーシャは真っ赤な顔で俯《うつむ》いた。

「ならば、来い。俺もお前がそばにいてくれるのならば安心だ」

「……そ、そうなの……？」

「ああ」

「……そっか。そうなんだ。そっか……」

考えをまとめるように、サーシャはうんとうなずいた。

「……アノスがそう言うなら……し、仕方ないわ……」

ぎこちなく歩きながらも、サーシャはベッドの方までやってきた。その後ろにとことことミーシャが続いた。

「えと、ど、どうすればいいのかしら……？」

「アノスの左右に」

アルカナが言う。

その言葉に従い、ミーシャが俺の左にちょこんと座り、ぱたんと倒れた。サーシャは俺の右に来て、身を硬くしながらも寝転がる。

ミーシャがこちらを向き、柔らかく微笑《ほほえ》んだ。

「どうした？」

「家族みたい」

「そういうものか？」

「ん」

アルカナが再び俺の額に額を寄せ、口を開く。

「分け隔てなく、境を挟まず」

アルカナが全員に魔法陣を描く。衣服が光に包まれた。

「まっ、待って、ねえ、これって裸になる奴《やつ》じゃないっ？」

「反魔法を止めて。あなたたちの収納魔法に入れるだけ」

「そっ、そうじゃなくて。布団《ふとん》は？　布団《ふとん》くらいかけてもいいんじゃないっ？」

アルカナはうなずく。

「温かな雪は寝床に変わる」

ふわりと舞った雪月花が、俺たちの下にあった布団《ふとん》を光らせ、薄い一枚の布に変化させる。

それが全員を覆うようにかけられた。

そのままアルカナの魔法が発動し、光とともに全員が一糸まとわぬ姿になる。

ミーシャがぱちぱちと瞬《まばた》きをすると、ふっと照明が消える。壁にかけられた小さなランプにだけ、彼女は魔法で火をつけた。

ミーシャの顔に視線をやれば、小さな声で彼女は囁《ささや》く。

「見ないで」

彼女ははにかむ。動じぬミーシャにしては珍しく、恥ずかしがっているようだ。

「わかった」

俺は上にいるアルカナの方を見たが、ミーシャは横になったまま、じっとこちらに視線を向けている。一方で、サーシャはそっぽを向くようにして、身を硬くしていた。

「魔族の子」

アルカナがサーシャを呼んだ。

「な、なによ?」

「体を楽に。それでは夢に入れない」

「……そ、そんなこと言われても……こういう感じかしら……?」

サーシャは自然体になろうと試みるが、そうすればするほど、体にはますます力が入り、がちがちになっていく。

「そう気負わずともよい」

手を伸ばし、サーシャの頭をつかんではゆるりとこちらへ向ける。

「きゃっ……え、えと……あの……あのっ……?」

「俺の目を見よ」

じっと彼女はその瞳を俺に向ける。

「…………はい……」

「俺のために来てくれたのだろう？」

こくりとサーシャはうなずく。

「嬉《うれ》しく思うぞ。だが、それほど気負わず、いつも通りにしていればよい。どうせ何事も起こらぬ。ただ昔の夢を見るだけだ」

「……うん」

そう口にすると、サーシャは俺を護《まも》ろうとでもするように、額を俺の体にぴたりとつけてきた。まだ幾分か硬さは残っているが、だいぶ気負いはとれたようだ。

「これでいいか？」

アルカナはうなずき、また俺の額に額を重ねた。

「夜は訪れ、眠りへ誘《いざな》い、たゆたう記憶は、夢を重ねて、水面に浮かぶ」

全員の体が、淡く透明な光に包まれる。誘うような眠気に身を委ねれば、すうっと意識が遠のいていった。

§13．【嘘《うそ》つきドーラ】

それは、夢の続きである――

アルカナは重たそうに薪を両手で持ち上げ、よろよろと暖炉の方へ歩いていく。

大人なら簡単な作業も、六、七歳ほどの小さな体では一苦労だった。

「よいしょ」

と、声を上げ、熱く燃える炎の中へ、薪をくべる。

外は吹雪《ふぶ》いており、家の中でもかなりの寒さだ。アルカナは毛布にくるまりながら、暖炉の前で火に手をかざす。

ガッガッ、と玄関のドアを叩《たた》く音がした。

アルカナはぱっと目を輝かせる。

「お兄ちゃんっ」

喜び勇んで玄関へ向かい、鍵を外すと、ドアを開けた。

「え……？」

そこにいた男の顔を見て、アルカナが後ずさる。

「……だれ？」

蒼《あお》い法衣を纏《まと》った中年の男だった。やつれ、狂気に満ちた目で、そいつはアルカナを睨《にら》む。

「……見つけたぞ。生贄《いけにえ》の子……」

男が呟《つぶや》くと、その後ろに同じく蒼い法衣を纏《まと》った男二人が姿を現す。

まるで幽鬼かなにかのようだ。

「……捧《ささ》げるのだ……」

「……神の生贄《いけにえ》を……」

「……さあ、その身を供物《くもつ》として捧《ささ》げるのだ……」

アルカナが後ずさる。男たちは家の中へ入ってきた。

「や、やだ……こないでっ……！」

アルカナが叫ぶも、男たちはまったく意に介さず、彼女に手を伸ばした。

そのとき――

「がっ……!!」

薪が宙を飛び、空気を切り裂く勢いで男たちの後頭部に直撃した。彼らはがくんと膝を折る。

「ふむ。俺の妹になにか用か？」

玄関に十歳ほどの少年が現れる。黒髪に黒い瞳。アルカナの兄、アノスであった。

「お兄ちゃんっ……！」

アルカナがアノスの胸に飛び込み、ぎゅっとしがみついた。

「下がっていろ、アルカナ。並の魔族ならば起き上がれぬ威力で叩《たた》いてやったが、どうやら、なかなか頑丈なようだ」

頭を押さえながら、よろよろと男たちが身を起こす。

「……教えに逆らうのか、小僧」

「その娘は生贄《いけにえ》の子。彼女を神に捧《ささ》げねば、竜たちは鎮《しず》まらぬ」

「なにも知らぬよそ者めっ！　お前がその娘をさらったせいで、各地で竜が暴れ、国が荒れているのだぞ！」

男たちの怒気に、アルカナがびくんと体を震わせる。

「わからぬことを言う。竜が暴れるならば押さえればよい。いい大人が雁首揃《がんくびそろ》えて、ありもせぬ責を俺と妹に押しつけるな」

「ほざけっ、この愚者めがっ！　道理を説いてもわからぬ阿呆《あほう》が、偉そうな口を叩《たた》くかっ!!」

男たちが次々と剣を抜き、それをアノスに振り下ろす。彼がすっと手をかざし、魔法障壁を展開すれば、その剣がバキンッと折れた。

反撃とばかりに、アノスは《灼熱炎黒《グリアド》》で男たちを燃やす。しかし、肌に鱗《うろこ》のようなものが現れ、それが黒き炎を防いでいる。

「ふむ。しかし、お前らは見たこともない魔族だな。そんな鱗《うろこ》を持つ者など、話にも聞かぬ。魔力の波長も少々違うな」

アノスは魔眼で男たちを睨《ね》めつける。

「本当に魔族か？」

「愚者に教えることなどないわっ！　死ぬがいい、小僧」

男たちが口を開けば、鋭い牙が覗《のぞ》く。その喉奥から、灼熱《しゃくねつ》の火炎が吐き出され、アノスを焼いた。

「お、お兄ちゃんっ……！」

「なに、今日は冷える。ちょうどいい温かさだ」

反魔法でそのブレスをかき消すと、アノスは魔法陣を三門描いた。小さな漆黒の太陽が僅かに覗《のぞ》く。

「覚えたての魔法だ。食らってみるがいい」

《獄炎殲滅砲《ジオ・グレイズ》》が至近距離で発射される。男たちは、その小さな太陽を弾《はじ》き飛《と》ばそうと、鱗《うろこ》のある手の甲で払う。途端に全身が黒く炎上した。

「ぐぉぉぉぉっ、ば、馬鹿なっ……」

「俺が、この俺が燃えるだとぉぉぉっ……!?」

「こんな、小僧に、なぜ、これほどの力があぁぁっ……！？」

先程、《灼熱炎黒《グリアド》》を防いだ鱗《うろこ》さえもまるで役に立たず、彼らは漆黒の太陽に包まれ、瞬《また》く間《ま》に消し炭と化した。

「ふむ」

ぶるぶると震えているアルカナの肩を、彼は優しく抱きしめた。

「脅《おび》えさせてすまぬ。もう大丈夫だ」

アノスの胸にぎゅっと顔を埋めながらも、アルカナは小さく首を横に振った。

「あのね……全然恐《こわ》くなかったよ……」

「ほう？」

「……だって……だってね……お兄ちゃんが助けてくれるって信じてたもん」

震えながらも、健気《けなげ》にアルカナはそう口にした。

「すぐそうやって嘘《うそ》をつく」

「……嘘《うそ》じゃないもん、本当に信じてたもん……」

アルカナの頭を優しく撫《な》で、アノスは言う。

「そうか？」

「う、うん……そうだよ？」

「強い子だ」

アノスは魔法陣を描き、消し炭を綺麗《きれい》に掃除すると、ついでに傷んだ家屋を修復する。

続いて、別の魔法陣を描くと、その中心に手を入れ、パンを取り出した。

「食事にしよう」

キッチンでスープを温め、コップに移すと、暖炉前の小さなテーブルに並べる。

「この寒波のせいで作物は不作のようでな。近くの街まで行ってみたが、これぐらいしか食べ物が手に入らなかった」

「大丈夫。わたし、お腹《なか》小さいもん」

言いながら、アルカナは両手でコップを持ち、スープを飲んでいる。

「後でもう少し遠くまで行ってみよう」

「……またどこか行くのっ？」

不安そうにアルカナは言う。兄と離れたくないようだ。

「すぐに帰ってくる」

「そっか」

ほっと胸を撫《な》で下《お》ろしながら、アルカナはパンとコップを持ったまま、暖炉の近くに寄っていく。そうして、自分の隣をトントンと手で叩《たた》く。

「仕方のない妹だ」

「……だって、だって、寒いんだもん……」

アノスはパンとコップを持ちながら、アルカナの隣に座る。彼女は兄にぴたりとくっついた。

「あのね、お兄ちゃん。また本を読んでほしいな」

「もう読めるようになったと言ってなかったか？」

「違うのっ。お兄ちゃんに読んでほしいのっ」

アノスの顔を覗《のぞ》き込《こ》むようにしながら、彼女は言う。

「だめ？」

「いつもの本か？」

「うんっ、いつものがいいっ」

アノスが指でくいっと手招きすると、本棚にあった本が一冊、彼の手元に飛んできた。

タイトルは『嘘《うそ》つきドーラ』だ。何度も読み返したせいか、装幀《そうてい》はところどころ剝げ、ボロボロになっている。

アノスは妹に語り聞かせるように、読み始めた。ディルヘイドではない、架空の国を描いた物語である。

ある村に、ドーラという少女がいた。彼女はある貴族の令嬢だという。どんな魔法も使いこなす才能があるため、悪い奴《やつ》らに狙われないように、辺境の村で暮らしている。

だが、時折、有名な魔法使いが訪ねてきては弟子にして欲しいと言ってくる。人知れず不治の病を治したりもしている。貴族の両親は、誰も見ていないところでこっそりと会いに来る。母も父もドーラを溺愛していて、一刻も早く彼女と暮らせる日を夢見て、頑張っているのだ。

――というのは、すべてドーラが作りあげた嘘《うそ》である。

いつもドーラがつく大小様々な嘘に、村人たちは右往左往するのだが、あるとき、同じ歳《とし》の少年がドーラの嘘を暴いてしまう。嘘がバレたドーラは一人ぼっちで寂しく暮らした。

彼女は嘘を認めることができず、いつか、いもしない両親が迎えに来るのを待っていた。嘘をつき続けた彼女は、とうとう自分自身にさえ嘘をつき、いつしか、それを本当のことと思ってしまった。

彼女は結局、最後まで誰にも信じてもらえることなく、その生涯を終えてしまうのだった。

「ふむ。相変わらず、なにが面白いのかわからぬ話だ。これのなにが好きなのだ？」

「うーんとね、ドーラが嘘をつくのが楽しそうなのっ。あとね、小さな嘘ですっごく大変なことになって、みんなが大慌てして、わーっ、どうしようーって感じなんだよっ」

だから、嘘が好きなのか。幼子の趣味はわからぬ、とアノスは思う。

「そのようなことを言っていると、ドーラのような末路になるぞ」

「やっ、やだもんっ。ドーラは好きだけど、ドーラみたいになるのは嫌っ」

正直なことだ、とアノスは思う。

「ならば、あまり嘘《うそ》はつかぬことだ」

不服そうにアルカナは頬を膨らませる。

「わたしはお兄ちゃんがいるから大丈夫だもん」

「確かにな」

そう口にすると、えへへ、と嬉《うれ》しそうにアルカナが笑う。

「続き読んで、続き読んでっ」

そう催促され、アノスは本の続きを読んでいく。

「あっ……」

アルカナがうっかり手からパンを落とす。それがてんてんと床を跳ね、暖炉の火の中に飛び込んだ。

その光景をアルカナは悲しそうに見つめた。

「どうした？」

アノスが振り向くと、彼女は手を振った。

「あっ、え、えっと、一口でパンを食べたら苦しかったのっ！」

「それはまたがっついたものだな」

「えへへっ。ほら、続き、続き、続き読んでっ」

そう言われ、アノスは再び本の続きを読む。

アルカナがほっとすると、彼女のお腹《なか》がぐうと鳴る。ひもじそうに彼女は、暖炉の火の中に入ったパンを見つめるが、最早《もはや》食べられそうになかった。

仕方がなく、彼女はちびちびとスープを飲んだ。その様子をアノスは本を読みながら、ちらりと窺《うかが》っていた。

「アルカナ」

アノスが自分のパンを彼女に差し出す。

「え……？」

「今度は落とすな」

怖《お》ず怖《お》ずと彼女はそのパンを受け取る。

「お兄ちゃんは？」

「なに、実は街で珍しいものを食べてきてな。あまり腹は空いておらぬ」

「えー、ずるいずるいーっ」

ぽかぽかとアルカナはアノスを叩《たた》く。

「許せ。お前にも今度買ってきてやろう」

「絶対、約束だからね。お兄ちゃん一人で食べたら、いけないんだよ？」

こくりとアノスがうなずくと、アルカナは嬉《うれ》しそうにパンにかじりついた。

「お前の嘘はドーラとは違う」

もぐもぐとパンを頬ばりながら、アルカナがアノスを見る。

「俺がまた食べ物を探しにいくのが大変だろうと思って、気遣ったのだろう？」

「……だって、お外は寒いし、お兄ちゃんが可哀相《かわいそう》だから……」

アノスはアルカナの頭を撫《な》でる。

「誰も傷つけぬ優しい嘘だ。お前は決してドーラのようにはならぬ」

嬉《うれ》しそうにアルカナは笑い、彼女はアノスの肩に頭を傾けた。本の続きを読みながら、二人はドーラの巻き起こす大騒動に、ああでもないこうでもない、と楽しげに感想を言い合っていた。

§14.【来聖捧歌《らいせいほうか》】

意識が微睡《まどろ》む中、小さな手が俺の体を優しく揺さぶっていた。

「起きられる？」

淡々とした声が耳朶《じだ》を叩《たた》く。

目を開ければ、ふわふわとした縦ロールのプラチナブロンドが目に映った。

ミーシャがほんの僅かに微笑《ほほえ》んだ。

「朝か」

「ん」

身を起こすと、ミーシャはすっとそこから離れた。先に起こされたのか、サーシャは椅子に座り、ぼーっと眠たそうな瞳を虚空《こくう》に向けている。二人ともすでに魔王学院の制服を着ていた。

「あなたの夢を一緒に見た」

ベッドにちょこんと座っているアルカナが言った。

「竜人らしき者どもが、俺の妹を狙っている夢か？」

「そう」

あれも妙だったな。二千年前に地底世界はない。竜人はまだいなかったはずだ。それとも、彼らの先祖はすでに地上にいたのか？

「なにか思い出したか？」

「わからない。けれど、あの夢をどこかで見たような気がするのは、なぜだろう？」

自問するように彼女は呟《つぶや》く。

「やはり、わたしが、あなたの妹だったからなのだろうか」

アルカナと俺の夢を重ねて見たのがあれならば、そう考えるのが妥当ではある。

「あの先も見たいところだがな」

「次の夜に」

俺はうなずく。

今日は予定もあることだ。昼間から夢を見てはいられぬ。

「ミーシャとサーシャはどうだった？」

アルカナが二人に問う。

「アノスと同じ夢を見た」

ミーシャの答えに、アルカナが考え込むように俯《うつむ》く。

「その後は？」

ふるふるとミーシャは首を横に振った。

「そちらの魔族の子は？」

アルカナが問うが、サーシャはぼーっとしている。ミーシャがとことこ彼女のそばにより、
優しく訊《き》いた。

「サーシャ、夢は見た？」

「……うん……あのね、小さい可愛《かわい》いアノスと、妹の夢を見たわ……」

ぼんやりとした口調でサーシャが言う。

「他には？」

「……他に？　うーん……うーん……見てない……」

眠たそうにサーシャは言う。

「二人にはわたしたちの夢を監視してもらった後に、彼女らの転生前の夢を見るようにした」

「なにも見ていない理由は？」

俺はアルカナに問う。

「……記憶がない。そもそも転生していないか、あるいは、わたしたちよりも忘却が強いのだろう」

どちらもあり得る話だな。少なくとも、ミーシャとサーシャは夢の番神の力では、記憶を思い出しそうもないということか。

「仕方あるまい。二人については、痕跡神など別の方法で記憶を探るとしよう」

ベッドから降りて、ゆるりとドアへ歩いていく。

視界の隅で虚《うつ》ろだったサーシャの目が、急にカッと見開かれた。

「ちょっ、ちょっとアノスっ……服っ！　ま、丸見えだわっ……！」

唐突に覚醒したサーシャが俺を指さす。

とはいえ、シーツを纏《まと》っているから、丸見えというわけではない。まあ、半裸で生徒たちの前に出ては威厳をたもてぬと言いたいのだろう。

「心配せずとも、このまま上に行くつもりはないぞ」

魔法陣を描き、俺は白服を纏《まと》った。

「しかし、今日はずいぶんと目覚めがいいようだな」

そう口にすると、サーシャは顔を真っ赤にして、そっぽを向く。

「……べ、別に、そういうわけじゃ……そんなんじゃ、なくて……その、だから、そ、そういえば、アノスってなんで今も魔王学院の制服着てるのっ？」

唐突にサーシャは話題を変えた。

「魔王を不適合者として扱ったことを、皆が戒めとして忘れぬように」

「そっか。確かに、大事なことよね」

「――という建前になっている」

「はい？」

サーシャはきょとんとした。

「仕立屋がひっきりなしに服を勧めてくるのが億劫《おっくう》でな。そう通達を出しておけば、断る手間が省けてよい」

「でも、そうしたら、ずっと制服しか着られないじゃない？」

「構わぬだろう。お前たちとて同じことだ」

「……それはそうだけど……」

サーシャは椅子の上で身を縮め、ごにょごにょと一人呟《つぶや》いている。

「すぐに朝食だ。支度をせよ」

そう口にして、部屋を後にする。

魔王学院の生徒たちと合流し、街に繰り出して朝食を取った。

食休みをすれば、まもなく聖歌の祭礼が始まる頃合いだ。俺たちは神竜の霊地を訪れる。

辺りには多くの巡礼者が訪れており、皆、中央の大かがり火に祈りを捧《ささ》げていた。

アルカナより習った作法に従い、右手を左手で隠すようにし、その大かがり火に祈りを捧《ささ》げる。隣にいたサーシャが意外といった表情で、俺に視線を向けてきた。

「なんだ、その顔は？」

「……だって、アノスは神様なんて信じてないんだし、大嫌いでしょ？」

「否定はせぬ。とはいえ、害を及ぼさぬなら信仰など人それぞれだ。これは神を信じる彼らの祭礼だからな。参列するなら、彼らのために祈りを捧《ささ》げるのが相応の礼儀というものだろう」

「魔王のくせに、常識人みたいなこと言うわ」

言いながら、サーシャも俺の隣で祈りを捧《ささ》げる。

「アノスは気にしてる」

ミーシャが言う。

「なにを？」

と、サーシャが訊《き》き返した。

「アヒデが祭礼の妨害をしようとしてること」

「うーん、でも、別にアノスのせいじゃないわ。それは、《羈束首輪夢現《ネドネリアズ》》をかけてなければ、あからさまに神はいないって吹聴することはなかったかもしれないけど。でも、あいつがやってたのってもっとひどいじゃない。神の言葉だって嘘《うそ》をついて、信徒を思うように操ってたわけでしょ」

《創造の月》を強化するために、多くの竜人を自害させもしていた。

「アノスに会ってなかったら、今頃、誰にも気づかれずに、もっとひどいことしてたんじゃないかしら？」

くはは、と俺は笑った。

「な、なんで笑うのよっ」

「なに、心優しい配下を持ったものだと思ってな。確かに俺のせいではないな。わざわざこの国のためにアヒデを始末してやる義理もない。ガデイシオラと内通しているところを暴いてやったのだから、感謝してほしいぐらいだ」

「わかってるんなら、いいんだけど……」

サーシャは気恥ずかしそうに俯《うつむ》いた。

「愚か者を生みだした責任は、その国にとって貰《もら》うのが筋というものだろう。あの男が敬虔《けいけん》な信徒と思われたままならば、それを倒した俺が逆恨みされないとも限らぬ。いくら選定審判と言ってもな」

アルカナを俺に奪われたのだから、十分に力を削《そ》がれていただろうに、まさか一度捕まえておきながら、逃げられる体たらくを曝《さら》すとは思わなかった。

「まあ、もう少し捕まえやすいように、枷《かせ》でもつけておけばよかったのかもしれぬが」

「心苦しい？」

ミーシャが無機質な瞳でじっと俺の顔を覗《のぞ》く。

「俺がか？」

「ちょっとだけ？」

「今しがた言った通り、元々彼らが抱えていた火種だ。俺がご丁寧に消してやる義理もない。神のものは神へ、ジオルダルの愚者はジオルダルに返せというものだ」

ふふっとミーシャが笑う。

「サーシャが言ったから」

心を見透かしたように彼女は言う。

「アノスのせいじゃないって」

「お前はすぐに俺を買いかぶる。それほど優しくはない」

ふるふるとミーシャが首を横に振った。

「優しい」

「ねえ。なに、こそこそ話してるの？　わたしに言えない話？」

俺とミーシャは同時に答えた。

「世間話だ」「世間話」

ますます怪しいといった目でサーシャが見てくる。

「あ、なんか始まるみたいだぞっ！」

祭壇のある舞台を指しながら、前にいたエレオノールが振り返る。

蒼い法衣を纏《まと》った信徒たちが、祭壇の裏側から姿を現した。ジオルヘイゼの聖歌隊だ。彼女らは、舞台に上がるや否《いな》や、大かがり火に向かい、祈りを捧《ささ》げる。

竜の素材で作られた竪琴《たてごと》が、ポロン、ポロロンッと音を鳴らした。

「神よ、《全能なる煌輝》エクエスよ、一〇〇日の後、また無事にこの日を迎えられたことを感謝いたします」

イリーナがそう言葉を発した。

聖歌隊の隊長である彼女は、聖職者としてもそれなりの地位にあるのだろう。一人だけ纏《まと》っている法衣が上等なものであった。

「古来よりジオルヘイゼには、神の思し召《おぼめ》しにより、新しい歌の風が吹く。それはあらゆる災いを打ち破り、我らジオルダルの民に恵みをもたらすもの。神が我々を常に見守ってくださる証なのです」

両手を大きく掲げ、イリーナは言った。

「来聖捧歌《らいせいほうか》。本日の歌もまた神が宿りし、聖なる調べとなるでしょう。瞳を閉じ、祈りを捧《ささ》げ、神の言葉にしばし耳を傾けなさい」

イリーナたちはくるりと反転すると、祭壇の奥に去っていった。

来聖捧歌はジオルヘイゼの外からやってきた巡礼者が歌うものだ。イリーナたち聖歌隊と入れ代わりで、その者たちがやってくるのだろう。

辺りの信徒たちは皆、彼女の言葉に従い、目を閉じて、耳を傾けている。

やがて、声が響いた。

『ジオルダルの民よ、聞きなさい』

聞き覚えのある男の声だ。

『この世界に、我らが望む神はいません。神とはただの秩序であり、我らを救う存在ではないのです。《全能なる煌輝》エクエスは、初代教皇が作り出した虚構。それが存在しないということを、現教皇ゴルロアナは今も隠蔽し続けているのです』

ざわざわと信徒たちが騒ぎ始める。

『わたしはジオルダル枢機卿《すうききょう》アヒデ・アロボ・アガーツェ。神託者として、その事実を知り、あなた方に真実を伝えに参りました。神はいません。《全能なる煌輝》エクエスは真っ赤な嘘《うそ》。その証拠に、二千年続いた来聖捧歌はここで途絶えます。神が本当にいるのでしたら、この歌が途絶えることはないはず。それをもって、この地底に神はいないことの証明といたしましょう』

近くにはいない。《思念通信《リークス》》だ。

神竜の歌声は竜鳴に似た効果がある。ジオルへイゼ一帯が竜域に覆われているようなもののため、魔力の発信源が特定し辛《づら》い。

「……来聖捧歌が途絶えるですって？」

「なにを馬鹿な。邪教に堕《お》ちた愚者の言うことなど信じるに値しない」

「ぬけぬけとまだ枢機卿《すうききょう》を名乗りおってっ」

信徒たちがそう言葉を交わす。

「……だけど、舞台に誰も現れないわ……」

「いつもなら、もうとっくに来聖歌人《らいせいかじん》がいらしているはずですが……」

「神よ、《全能なる煌輝》エクエスよ、どうか私たちをお導きください……」

「道をお示しください……」

「異端者アビデに裁きをお与えになりますよう」

信徒たちは皆、一斉に祈りを捧《ささ》げる。しかし、来聖捧歌を歌うはずの巡礼者、来聖歌人は一向に舞台に現れなかった。

「……どうしたんでしょうか………？」

後ろで、エレンが不安そうに呟《つぶや》く。

アビデの仕業だろうな。

「ふむ。エレン、共に来い。聖歌隊の隊長に事情を聞いてこよう」

「え、あ……はい」

エレンの手を握り、俺は祭壇の裏側に魔眼を向ける。地下へ続く階段が見えた。舞台にいる者以外からは死角となっているようだ。

《転移《ガトム》》の魔法を使い、俺とエレンはそこへ転移する。すぐに階段を下りていくと、しばらくしてイリーナの声が聞こえてきた。

「……異端者アビデ。来聖歌人を、エルノラ司祭をどこへやりましたっ⁉　このような暴挙、神がお許しになるはずがありませんっ」

「神がお許しにならない？　ハハハハッ、神などただの秩序、ただの現象にすぎないというのがまだおわかりになりませんか？」

反論しているのはアビデだ。ずいぶんと人が変わったように思えるのは、悪夢がいつまで経《た》っても覚めぬからか。あるいは、あれが素なのかもしれぬな。

「戯《ざ》れ言《ごと》をっ！　そのような言葉に騙《だま》される私たちとお思いですかっ⁉」

「さて、では、探してみるといいでしょうねぇ。しかし、あなた方には決して見つけることができないでしょう」

自信ありげにアヒデは笑う。

「なぜなら、エルノラ司祭はわたしなのですよ。わたしが魔法で変身していたのです。あなた方はそれに、まんまと騙《だま》されたというわけですっ！」

「……来聖歌人になりすましたのですか……？　なんという大罪を……！」

「大罪？　ハハハッ、それがどうかしましたか？　来聖捧歌《らいせいほうか》は、これで途絶えるのです。ようやく神はいないとジオルダルの誰もが悟る。さあ、そろそろいいでしょう。ここまでやれば、いい加減に夢から覚めるはず……」

アヒデが狂気に満ちた声で叫ぶ。

「……さあ、覚めろっ、覚めろっ、夢から覚めろっ！　神はいないっ‼　《全能なる煌輝》エクエスなど、この世には存在しないぃっ……‼　覚めろぉおっ……‼」

「この狂人めがぁっ……！　神の怒りを知りなさいっ！」

ガンッと殴り飛ばしたような音が響く。

「がはぁっ……‼」

階段を下り終えれば、アヒデがイリーナたち聖歌隊に取り押さえられていた。

「……なぜだぁ？　なぜここまでやっても覚めないのですかっ……‼　これは夢のはず、なぜ覚めぬぅっ……⁉　なぜ、夢が終わらないぃっ⁉　ここまでやってなぜっ？　なぜ覚めないぃぃ床を這《は》いずるアヒデを、イリーナたちが剣で縫いつけるように串刺しにした。

「がぐぅっ……」

何本もの剣で体を血に染めながらも、アヒデは狂ったように表情を歪《ゆが》ませ、虚《うつ》ろな瞳で、聖歌隊を睨《にら》む。

「なぁぁぜぇぇ、覚めぬぅぅっ……!!」

アヒデの全身に火がついて、それが聖歌隊たちに燃え移った。

「きゃああぁぁっ……!!」

四肢を剣で貫かれたままアヒデは強引に立ち上がり、口から炎を吐き出した。

「なぜっ!!? なぜなのですかぁぁぁっ……!!?」

イリーナたちの眼前に迫ったそのブレスはしかし、俺の《破滅の魔眼》であえなく消滅した。

「……な……に…………?」

「そろそろお前も気がつき始めた頃ではないか、アヒデ。これは現実だ。お前はこれまで積み重ねてきた嘘《うそ》を自ら暴露し、すべてを失ったのだ。いい加減に認めるがよい」

「……不適合者……」

ぎりっとアヒデは奥歯を噛《か》む。

「……いやっ、いやぁっ……!! これは夢ですっ! こんなことが、こんな馬鹿な現実が、あり得るわけがないのですっ……!!」

大きく口を開き、アヒデが炎を吐き出そうとする。だが、それより遙《はる》かに早く、俺は奴《やつ》に接近していた。

「ごっ……はっ……」

アヒデの土手っ腹に右腕をねじ込む。

だが、手応えがおかしい。

「……これは、夢……そうでしょう？　夢でなければ……おかしいでしょう？　そうでなければ、このわたしの、努力が報われないではないですか……せっかく手に入れた枢機卿《すうききょう》の地位も、従順な神の力も、思い通りに動くわたしの信徒たちも……どれだけの努力を積み重ね、手に入れたと思うのですかっ……！」

「嘘《うそ》で手に入れたものなど幻想にすぎぬ。ゆえに、悪夢に飲まれたのだ。お前は初めから、なに一つ持ってはいなかった」

ぐしゃり、と臓物を握り潰す。すると、奴《やつ》の体が土くれと化した。

ふむ。思った通り《根源死殺《ベブズド》》の手でも、根源がつかめなかった。

「魔法で作った偽物《にせもの》か。本体は別の場所にいる」

「大丈夫ですか、イリーナさん」

エレンが火傷《やけど》を負い倒れた彼女に手を差し出す。

イリーナはそれをつかみ、身を起こした。

「こんな傷はなんでもありません。それよりも、来聖捧歌をすぐに行わなければ……」

「しかし、隊長。来聖歌人を務められるほど歌える巡礼者を探すなど、今からではとても……」

「いえ、方法はあります。きっとこれは神の思し召《おぼめ》しでしょう」

イリーナはエレンをじっと見つめた。

「お願いいたします、エレン。あなたならば、神聖なる来聖歌人を務めることができるでしょう。どうか、私たちを助けると思って……」

「え……？」

「え……えっ？　で、でも、今からじゃ練習する時間も……」

イリーナは静かに首を振った。

「ディルヘイドと言いましたか。あなたの国の歌でいいのです。来聖捧歌は新しい歌の風をジオルヘイゼにもたらす儀式。あなたの歌を、魔王聖歌隊の歌と作法をこの地にもたらしてくれれば、それで構いません。どうか、どうかエレン、この通りです」

イリーナが深く頭を下げる。

恐る恐るといった風に、エレンが俺を見た。

「お前たちの歌が、神を信じるこの地底の民にどう響くのか、俺も見てみたいものだ」

言葉一つで、エレンの瞳から迷いが消え失《きう》せる。

「イリーナさん、わかりました。どこまでできるかはわかりませんが……」

「やってくれるのですか？」

こくり、とエレンはうなずく。

「昨日、聖歌を聴かせてもらったお礼です。今度はあたしたちの国の歌を、平和を願う魔王の歌を聴いてください」

§15.【魔王賛美歌第六番『隣人』】

神竜の霊地はざわめきに揺れていた。

どれだけ待っても、来聖捧歌《らいせいほうか》が始まらない。祈りを捧《ささ》げる信徒たちには、先のアヒデの言葉が頭によぎっていたことだろう。

二千年続いた来聖捧歌はここで途絶える。それこそが地底に神はいないことの証明なのだ。

盲信するわけではないものの、やはり不安と動揺は隠せるものではなかった。刻一刻と不安が広がるかのようにざわめきが大きくなっていき、そしてそれが最高潮に達したときだった。

祭壇のある舞台に一人の少女が姿を現す。

エレンである。彼女が手を上げると、舞台の下にいたファンユニオンの少女たちが反応した。

彼女たちには、《思念通信《リークス》》で事情を伝えてある。

「行こうっ」

「うんっ」

ファンユニオンの少女たちは舞台の上に上がり、魔王賛美歌用の隊列を組む。彼女たちの体に魔法陣が描かれると、式典用のローブが現れた。

「皆さん、お待たせしてすみません。聖歌の祭礼で、来聖歌人を務めさせていただく、ディルヘイド魔王聖歌隊のエレンです」

彼女の言葉に、信徒たちは皆ほっとしたような表情を浮かべ、改めて祈りを捧《ささ》げた。

「あたしたちの国はとても遠く、きっとジオルダルの人たちが想像もつかないぐらい遠くにあります。そこでは魔王という王が国を治めていて、人々は平和に暮らしています」

信徒たちに語りかけるように、エレンが言う。

「あたしたちがここへ来たのは、ジオルダルを知るためです。魔王は言いました。この国で生きる人々を見てくるように、と。きっと、それは皆さんがなにを信じ、どんな未来を夢見ているのか、それを見てくるようにっていうことなんだと思います」

彼女は屈託のない笑みを見せる。

「この国へ来たばかりで、まだまだ全然わからないことばかりですが、一つはっきりしたことがあります。この国の人たちは歌が好きだということです。あたしたちも同じです。そして、あたしたちの国の魔王も歌が大好きなんです」

エレンの言葉に、ファンユニオンの少女たちは晴れやかな笑みを浮かべた。彼女たちが魔法陣を描くと、そこから管弦楽器の音が溢《あふ》れ出《だ》す。《音楽演奏《シニアル》》の魔法だ。

「これは、あたしたちの国を知ってもらうため、魔王を知ってもらうための歌です。彼の君はすべてを愛する偉大な御方。あたしたちは、その大きな愛を伝えるための懸け橋。それが、ディルヘイド魔王聖歌隊です。聴いてください」

声を揃《そろ》えて、彼女たちは言う。

「「魔王賛美歌第六番『隣人』」」

格調高い弦楽器の音が流麗に響き渡る。空を思わせるその調べは、空のないこの地底の音楽とは違った趣《おもむき》があり、爽快にジオルヘイゼの街を包み込む。

竜人たちは祈りを捧《ささ》げながらも、聞き覚えのない音楽に耳を楽しませ、その洗練された音に心奪われたかのように魔力を震わせた。

これからどんな厳かな聖歌が始まるのか。

前のめりの姿勢で耳を傾けた信徒たち、その――

「あー、神様♪　こ・ん・な、世界があるなんて、知・ら・な・かったよ～～っ♪♪」

「「ク・イック、ク・イック、ク・イックウゥッウー♪」」

――出鼻を挫《くじ》くかの如《ごと》き、極限の転調とぶち込まれたサビ。

しかし、その驚きが、逆に信徒たちの心をわしづかみにしていた。その心を放さないよう、魔王聖歌隊は跳ねるようなリズムとメロディで歌い上げる。

「開けないでっ♪」

「「うっうー♪」」

「開けないでっ♪」

「「うっうー♪」」

「開けないでっ、それは禁断の門っ♪」

軽快な伴奏に合わせ、聖歌隊は愉快に歌う。こんなにも楽しげな聖歌を、地底の民は知らなかったに違いない。

皆、度肝を抜かれていた。

「教えて、神様っ♪　これはナニ♪　それはナニ♪」

「まずはノックから♪」

「優しく叩《たた》いて、なーんてダメダメッ♪」
「「「ク・イック、ク・イック、ク・イックウッウー♪」」」
「ぼ・くは隣人♪　た・だの隣人♪」
「一人ぼっちで♪　平和だった――は・ず・なのにー♪」
「いつの・まーにか、伸びてる、それはナニナニ♪」
「それは魔の手でっ♪」
「君はナニナニっ♪」
「彼は魔王でっ♪」
「あー♪　か・みさまが言ったよーっ♪」
「なーんじの隣人をあーいせよ、愛せよっ♪」
「心開いて♪　禁断の門っ♪」
「あー♪　そこは不浄のっ♪」
「誰も知らないっ♪」
「そこは不浄でっ♪」
「入らないでよっ♪」
「入らないはず、なーんて、ダメダメっ♪」
「教っえて、あっげるぅっ♪　教典になーいことぜんぶ、ぜんぶぅっっっ♪」
「「「ク・イック、ク・イック、ク・イックウッウー♪」」」
「あー、神様♪　こ・ん・な、世界があるなんて、知・ら・な・かったよ～～～っ♪♪♪」

「「「ク・イック、ク・イック、ク・イックウッウー♪」」」

軽快なリズム、弾むような音色に、粛々と祈る信徒たちの体は、けれどもうずうずと動きたそうにしている。

あるいは、ジオルダルでは厳格な聖歌しか存在しないため、このような歌に飢えていたのかもしれぬ。

ノリに乗った間奏が続く中、エレンは舞台の最前列に歩いていく。

「あたしたちの国では、聖歌隊もそれ以外の人たちもみんなで声を揃《そろ》えて楽しく歌います。どうか、ディルヘイドの歌を一緒に歌ってください」

信徒たちに届くようにと大声で彼女は語る。

「ク・イック、それは古代魔法語で、『道理なく楽しい』っていう意味です。これは、『わけがわからないけど楽しいからいいじゃん』ってことだと思います」

エレンの言葉を、信心深い信徒たちは真剣に聞いてくれている。

「国と国の難しい関係はあたしたちにはわかりません。でも、楽しいことは一緒にできるはずです。わけがわからないぐらい楽しい歌を、わけがわからないぐらい楽しく歌いましょうっ！きっと、人と人の関係はそこから始まるんだと思います。難しいことはやった後に考えましょうっ！」

どこまでも通る声で、エレンはそう訴える。

「素晴らしい曲……のように思うが……」

「ああ、しかし、これはちょっと不敬というか……？」

「だけど、これは来聖捧歌、あらゆる歌は神の思《おぼ》し召《め》しのはず」

「それにこんなに心に染《し》み入《い》る歌は、そうそうない」

「だが、この歌の解釈は？　どう捉えればいい？」

「来聖捧歌として聴くのはともかく、我々が歌うのは、どうなんだ……？」

信徒たちは価値観の相違からか、若干戸惑った様子である。

「落ちつくのだ。こういうときのため、来聖捧歌には、聖歌の専門家、ジオルヘイゼの八歌賢《はちかけん》人《じん》の方々に来ていただいている」

「おお、そうだった。八歌賢人はどんな反応を……？」

信徒たちは、最前列に設けられた特別席にいる八歌賢人たちを見た。

紺色の法衣を纏《まと》った彼らは皆、神妙な表情を浮かべている。

「反応が鈍いような」

「いや、見ろ。彼らの指先をっ！」

「……リズムをとっている……弾むように、若干走り気味の……」

「八歌賢人がリズムをとるなど、尋常なことではないぞ……」

やがて、八歌賢人の一人が口火を切った。

「古代魔法語は、神のもたらした言葉とも言われている」

すると、他の八歌賢人たちもそれに続く。

「ク・イック、異国の教えながら、素晴らしく、そして深い言葉だ」

「ときとして、我々は理屈だけで考えてしまう。しかし、神の前に理屈などなんの意味もなさない。それはただ人が決めただけのこと」

「この歌は、その原初の気持ちを、思い出させてくれる」

「それにク・イック以外にも深い意味が込められている。隣人、これは人と人の関係のみならず、国と国の関係を表しているのだろう」

「私もそう思う。見知らぬ国同士、これまでかかわり合いもなく、過ごしてきた。その禁断の門を開けるのを、私たちはいつも躊躇《ためら》ってしまう」

「魔の手に思えたものは本当に魔の手だったのか。いや、違う。私たちの曇った目が、恐れる心が、その手を、魔の手へと見せていたのだ」

「だが、不浄を恐れず、禁断の門を開き、入ってきた。入らないはず、入れないはずの門の中へ。国と国との交流が始まったのだ。すなわち、隣人を愛せよ」

「新しい世界の幕開けだ。その勇気は、禁断の門を解き放つ勇気だけは、教典にはない教え。

魔王はそれを、訴えようというのか」

「この歌を聞いただけで、彼の求める国が、そして彼が素晴らしい人物なのだということがわかる」

「ああ、なんとありがたい。それに、この音楽を聴いていると、心の底から楽しさが溢《あふ》れ出《だ》してくるようだ。この曲には神が宿っている。神が心を躍らせろと言っているのだろう」

「……さすが八歌賢人……なんて深い見識なんだ……」

絶賛であった。

「その彼らにここまで絶賛される歌、やはり心に感じた通りだった！」

八歌賢人のお墨付きを得て、信徒たちは皆、音楽に合わせ体を弾ませ始めた。

「いきますよっ～～っ！」

「『「ク、イック、ク・イック、ク・イックウッッウー♪」』」

ファンユニオンが歌い上げると、聖歌の専門家である八歌賢人は素早くそれに反応した。

『『ク・イック、ク・イック、ク・イックウッッウー♪』』

寸分違わぬメロディで、けれども野太く、力強く、八歌賢人が繰り返す。

「もう一回っ！」

今度は八歌賢人に倣《なら》い、信徒たち全員が声を上げた。

『『ク・イック、ク・イック、ク・イックウッッウー♪』』

あっという間に魔王聖歌隊の少女たちは、この場の信徒たちを熱狂の渦に巻き込んだ。

魔力に乏しく、大した魔法も使えぬ彼女たちの歌声は、しかし確かに人々の胸に響くものがあるのだろう。

会場が最高潮に高まっていく中、曲の二番が始まる。

最前列にいた八歌賢人がくるりと振り返り、信徒たちに相対した。

「入れないで♪」

『『せっ！』』

繰り出される八歌賢人の右正拳突き。

「入れないで♪」

『『せっ！』』

手を入れ替え、一糸乱れぬ今度は左の正拳突き。

「入れないで、それは禁忌の鍵♪」

『『『せっ、せっ、せっーっ!!!』』』

さすがは八歌賢人といったところか。この音楽の国にあって、最高峰の聖歌専門家、あっという間に魔王賛美歌の勘所を見抜き、完璧な振り付けを作ってみせた。

順応力が群を抜いている。

そして八歌賢人に倣《なら》うように、信徒たちもまた立ち上がった。

「教えて、魔王様っ♪」

『『『せっ！』』』

信徒全員二万人、祭壇に向かい、一糸乱れぬ正拳突き。

「これはナニ♪　それはナニ♪」

『せっ！』『せっ！』

燃えるような熱き拳。左右を入れ替え、もう一突き。弾むような歌に合わせ、彼らは声を発して演武を舞う。

歌と伴奏と演武と気勢。その奇跡のような調和が、この場の空気をどこまでも盛り上げ、

「——誰も知らないっ♪」

『『『せっ！』』』

禁断の門を突き破るが如《ごと》く、

「そこは不浄でっ♪」

『『『せっ！』』』

敬虔《けいけん》な信徒たちの、想《おも》いの丈《たけ》をぶつける二万の拳が――突いて、突いて、突きまくる。

これまで交流のなかった異国の地。

けれども、歌は国境をいとも容易《たやす》く越える。

ク・イック――わけがわからないけど楽しいからいいじゃん。

その言葉を体現するかのように、魔王聖歌隊の少女たちも、ジオルダルの信徒たちも、この来聖捧歌の舞台で、道理などすっ飛ばして、賛美歌が作り出す最高の楽しさに、ただただその身を委ねていたのだった――

§16.【預言者】

遠くから魔王賛美歌が響き渡り、まもなく歌の終わりが近づいている。その愉快な調べを背にしながら、俺はジオルヘイゼの路地を見つめた。

「アノス」

一片の雪月花が舞い降りてきて、それがアルカナに変わる。

「アヒデが現れた？」

「ああ。来聖歌人になりすましていたようだが、それも魔法で作った偽物《にせもの》だった。魔力を辿《たど》って来たが」

目の前の路地に魔法陣を描き、《魔震《ディアス》》で土を吹き飛ばす。人差し指で手招きすれば、そこに埋められていた盟珠が飛んできた。

「どうやらこれを囮《おとり》にして逃げたか」

盟珠にはアヒデの魔力が込められている。これが魔法を発動し、偽物《にせもの》の体に魔力を供給していたのだろう。

「《隠竜《ビスタ》》を《憑依召喚《アゼプト》》した《複製土人《ダガン》》の魔法。土くれから人の体を複製し、操ることができる。魔力供給は盟珠から行えても、《複製土人《ダガン》》は独立思考できない。操っているのは術者だろう」

「つまり、魔法線がつながっていたというわけか」

「そう。逃げるために切ったばかり」

アルカナが盟珠を両手で包み込む。その体が、魔力の光で目映《まばゆ》く輝く。

「切れども切れずは、深き盟約。縁はつながり、原初を辿《たど》る」

魔眼《め》を凝らせば、盟珠から一本の魔法線がすっと伸びた。再生の番神ヌテラ・ド・ヒアナの力だろう。切られた魔法線が再生したのだ。

「ふむ。しかし、対策はしてあるようだな」

盟珠から更に魔法線が四つ伸びる。みるみる数が増えていき、合計で、三三本の魔法線がつながった。

その先には、どれもアヒデの魔力を感じる。

「この三三本の魔法線の内、少なくとも三二本は盟珠につながっているのだろうな。それに自らの魔力を込め、どこにいたかを眩《くら》ましているというわけだ」

「残りの一本がアヒデだろうか？」

複数の魔法線の先をアルカナはじっと見据える。

「あるいはすべてが外れで、本人は魔力を使わずに徒歩《かち》で逃げるつもりということも考えられよう。ジオルヘイゼに響き渡る神竜の歌声は、どうも竜鳴に似た効果があるようだ。俺の魔眼も、さすがにこの街全域は見渡せぬ」

三三本の魔法線を虱潰《しらみつぶ》しに辿《たど》るのは容易《たやす》い。そう考えれば、魔法線も囮《おとり》で、魔力を使わずに逃げているというのが妥当か。

さて、どうやって捕まえてくれようか。

神竜の霊地の方向からは、一際《ひときわ》大きくエレンたちの歌声が響く。魔王賛美歌のクライマックスだった。やがて、ク・イック、ク・イックの大合唱がジオルヘイゼの空に響き渡る。

熱狂に満ちたその声は、彼女たちの歌が、この地底の民にも受け入れられた証明であろう。

なんとも喜ばしいことだ。

「ク・イック、ク・イック、ク・イック……♪」

ふと、路地の横道から、渋い歌声が響く。

「ク・イック、ク・イック、ク・イックウゥッウー……♪」

振り向けば、真紅の騎士服と鎧《よろい》を身につけた大柄な男が、魔王賛美歌を軽快に口ずさんでいた。

少々長めの髪、整えられた立派なひげ。外見年齢は四〇といったところか。だが、その佇《たたず》まいからは、悠久の時を生きてきた者特有の重みを感じさせた。

「はー、こいつはたまらんぜ」

豪放にその男は笑い、俺に視線を向ける。

「なあ。地上の歌はいいもんだな。今度、うちにも歌いに来てはくれまいか？」

ふむ。おかしな男が現れたな。

「気をつけて」

アルカナが警戒心を剝《む》き出《だ》しにし、その壮年の男を睨《にら》む。

「その竜の子は八神選定者の一人、アガハを治める剣帝《けんてい》、預言者ディードリッヒ・クレイツェン・アガハ」

「おうよ。わかっているのならば、話は早かろうて」

ディードリッヒはまっすぐ俺のもとまで歩いてきて、手を差し出す。

「同じ八神選定者だ。聖戦にて戦うこともあろうが、恨みっこなしで行くとしようや、地上の魔王さんよ」

なかなか剛胆な男だな。

「アノス・ヴォルディゴードだ」

ディードリッヒと握手を交わす。ニカッと彼は歯を見せて笑った。

「選定審判をやりに来たのなら、間が悪かったな。あいにく今はある男を追っている途中だ。挑んでくるのは構わぬが、遊んでやれる時間はない」

「なあに、今日はお前さんとやりあいに来たわけではない。用があるのはジオルダルの教皇と、それから、お前さんが追っているアヒデという男よ」

「ほう。そういえば、アヒデがアゼシオンに侵略する際、王竜とやらを持ち出してきたか。あれはアガハの国のものと聞いたが？」

「おうさ。王竜はアガハの守護竜なものでな。そいつを盗んでいったアヒデとジオルダルの教皇にゃ、一つ、落とし前というものをつけてもらわねばなるまいて」

「それは悪いことをしたな。その守護竜とやらは、俺の配下が滅ぼしてしまった」

そう口にすると、ディードリッヒは豪放に笑う。

「ガハハ、人が好《よ》いものだな、魔王よ。そいつはお前さんの責任ではあるまいて。ジオルダルの枢機卿《すうききょう》と、それを見過ごした教皇の責だ」

違いない。

「それで？　アヒデの不始末の責を教皇に取らせるため、王自らわざわざ出向いてきたのか？」

「使者を送ってもなしのつぶてにされるものでな。このまま放っておけば、民に示しがつくまいよ。下手をすれば、ジオルダルとの火種になる。さすがに、そいつはたまったものではないのでなぁ」

アガハの教えが、ジオルダルに軽んじられるということだろうからな。いらぬ火種は王として望むものではあるまい。

「ならば、俺に挨拶などしている場合ではあるまい。気にせず、教皇に会いにいくがよい」

「そうしたいところだが、ジオルダルの教皇は祈禱《きとう》に夢中のようだ。あちらさんにゃ会う気がないものでな。話が見えぬな」

「ふむ。お前さんに挨拶しておくのが、最善なのだ」

するとディードリッヒの後ろから清浄な声が響いた。

「預言者ディードリッヒは、数多《あまた》の未来を知る者。常人の目には映らぬ遠く離れた未来への因子を、彼は見通し、正しき未来を歩むことができるのです」

ディードリッヒの背後の空間がぐにゃりと歪《ゆが》み、そこへ青緑のローブを纏《まと》った女性が姿を現す。肩まである髪は藍色で、二つの目を閉ざしている。両手には透き通るような水晶玉を抱えていた。

見るからに纏《まと》っている魔力が、竜人のそれではない。アルカナと同じく、神族だろう。

「こいつは未来神ナフタ、俺を選んだ選定神だ。預言者と呼ばれているのも、ま、ナフタがいるおかげでなぁ」

ディードリッヒが言う。未来神か。ナフタが本当に未来の秩序を司《つかさど》るのならば、アヒデのときとは違い、預言者という肩書きも眉唾物ではないのだろうな。

「つまり、ここで俺に挨拶をすれば、回り回ってお前は教皇のもとへ辿《たど》り着《つ》くことができる。その未来をすでに見てきたというわけか？」

「おうよ。もう一つ預言するならば、アヒデ・アロボ・アガーツェは神竜の霊地に姿を現す」

一度、姿を現した場所に二度は行かぬ、と俺が考えるとでも思ったか？　あれだけ竜人がいる場所だ。人混みに紛れ、逃げるつもりだとしても不思議はない。

「現れる時間は？」

「もう頃合いといったところだろう」

「では、確かめてみよう」

竜域の隙間に魔眼を向ける。いけそうだな。

《転移《ガトム》》を使う。一瞬、目の前が真っ白になったかと思うと、大かがり火が見えた。

神竜の霊地だ。祭壇の前では、ジオルダル聖歌隊が聖歌を歌い上げている。辺りに視線を向け、ざっと一帯を見渡せば、祈りを捧《ささ》げる多くの信徒たちの中に、不自然に動く人影があった。

アヒデだ。

人混みをかき分け、このまま逃げようとしているのだろう。彼はそそくさと神竜の霊地から、ジオルへイゼの外を目指して歩いていく。

多少人混みが軽減されたところで、その肩を誰かがつかんだ。

ディードリッヒである。俺と同じく転移してきたのだ。

「よう、ジオルダルの元枢機卿《すうききょう》さんよ。俺のいねえ間に好き勝手なことをしてくれたではないか？」

アヒデの顔面が蒼白《そうはく》に変わる。

「……でぃ、ディードリッヒっ……!?」

「王竜の落とし前をつけてもらわねばなるまい」

「おのれぇっ……!!」

アヒデが手にした盟珠に魔法陣が積層される。《憑依召喚《アゼプト》》・《力竜《ディロ》》が発動した。

竜の力を得たアヒデは、ディードリッヒの腕をつかみ、そのまま引きはがしにかかる。だが、びくともしなかった。

アヒデは口を開き、炎を吐き出そうとする。それが予《あらかじ》めわかっていたかのようにディードリッヒは手で口を塞ぐようにわしづかみにして、反魔法を張った。

「ぐほぉぉぉっ……‼」

吐き出された炎が逆流し、愚か者の内臓を焼く。

「ク・イック、ク・イック、ク・イック……♪」

歌を口ずさむ余裕を見せながらも、アヒデが怯《ひる》んだ一瞬の隙に、そのままディードリッヒは奴《やつ》を地面に組み伏せる。

「ウッウーッ♪　てところか。大人しくしな」

屈辱に顔を染めながらも、アヒデは叫んだ。

「かっ、神はいませんっ‼　皆、目を覚ますのですっ。《全能なる煌輝》エクエスは、教皇の作り出した真っ赤な嘘《うそ》ですっ！　おかしいでしょう。神竜の歌声は響くのに、誰一人として神竜を見たことはない。そんなものはいないのですよっ！　神はいな——ごぶぅっ……」

アヒデの元へ移動した俺はその頭を踏みつけ、口を塞いでやった。

「そう騒ぐな。敬虔《けいけん》な信徒に迷惑だ」

地面に口を押しつけられながらも、呻《うめ》くように奴《やつ》は言う。

「……な、なぜっ？　なぜこれだけやってもっ……⁉︎」

「答えは教皇にでも教えてもらうがよい」

足で軽くアヒデの顔面を蹴り上げると、その後頭部をつかむ。驚いたように、信徒たちはざわめきを発しながら、俺たちをじっと見つめている。

「邪魔したな。祭礼を続けてくれ」

そう言って、アヒデの後頭部をつかんだまま、教会の方向へ歩き出す。ディードリッヒが俺に並んだ。

「この男は教団に突き出すが、それとは別に教皇との会談の機会を作ってもらうことになっていてな。手伝ってもらった礼だ。一緒に来るか？」

「そいつは重畳。魔王の厚意をありがたく賜ろうではないか」

豪快にディードリッヒは笑った。

「しかし、未来が見えるというのは妙なものだな。たとえば、俺が悪戯心《いたずらごころ》でお前の預言を外そうと思えば、連れて行かぬ未来もあったのではないか？」

「なあに、未来神ナフタのことをお前さんが知ることも含めての預言だ。お前さんは、悪戯心よりも義理を優先する男だというだけの話よ」

アヒデの居場所も、俺がディードリッヒを教皇に会わせようという気になることも、俺が悪戯心など決して起こさぬということも、すべてわかっていたか。

どうやら未来が見えるというのは、嘘《うそ》ではなさそうだ。

「予知ができるというに、なぜ王竜を盗ませた？」

「先が見えすぎるというのも、これが案外困りものなのだ。王竜を守ろうとすれば、今度は別のものが守れまいて。本来は目に見えぬ危機を、取り除かねばならぬものでなぁ」

自らの国の守護竜を捨ておく未来が、最善だったたか。

「ふむ。その預言とやらは、どのぐらい先の未来までわかっているのだ？」

「そうさなぁ」

遠くを見つめながら、ディードリッヒは言った。

「地底の終わる日ぐらいまでは、預言できるだろうよ」

§17.【教皇】

地底が暗くなった頃である。

目の前には、竜材建築の荘厳《そうごん》な建物があった。

ジオルダル大聖堂。教皇ゴルロアナの居住区であり、祈禱《きとう》を行う場所でもある。

入り口に立つのは、俺とアルカナ。アガハの剣帝ディードリッヒ、未来神ナフタ。それからここまで案内してくれた司教ミラノである。

「どうぞ、こちらでございます」

ミラノに先導されながら、俺たちは大聖堂の中へ入っていく。天井は高く、中は無数のかがり火と柱が立ち並んでいる。まっすぐ奥へと進んでいけば、やがて大きな門が見えてきた。その脇には、蒼い法衣と鎧《よろい》を纏《まと》った者たちがずらりと並び、祈りを捧《ささ》げている。

門の前で立ち止まり、司教はゆっくりと振り向く。

「この大聖門《だいせいもん》の向こうは、教皇が我が国のためにご祈禱《きとう》なさる場所、聖歌祭殿《せいかさいでん》でございます」

再びミラノは大聖門の方を向き、そこに手を触れた。

「教皇ゴルロアナ様。ディルヘイドの魔王アノス様と、アガハの剣帝ディードリッヒ様をお連れしました。ジオルダルの戒律を乱す愚者アヒデめも、ここに」

ディードリッヒとアルカナ、ナフタを同時に見たときのミラノの驚きようといったらなかったが、昨日のことでずいぶんと奇跡に慣れたようで、すぐ教皇へ伝達してくれた。

会談の場を設けてくれるという約束通り、聖歌の祭礼が終わった後に、こうして案内してくれたというわけだ。

『ご苦労でした、司教ミラノ』

大聖門から声が聞こえてくる。男とも女ともとれぬ、中性的な響きだ。

「《全能なる煌輝》の御心のままに」

そう口にして、司教は大聖門の前から退き、脇に並んでいる聖騎士たちの列に混ざる。彼は手を組み、そっと祈りを捧《ささ》げた。

『ディルヘイドの魔王アノス。アガハの剣帝ディードリッヒ。私は教皇ゴルロアナ・デロ・ジオルダル。選定の神より救済者の称号を賜りし、八神選定者の一人です』

門を開くことなく、ゴルロアナは声だけを響かせる。

『会談をご所望とうかがいましたが、目的をお聞かせ願えますでしょうか？』

ディードリッヒが俺の方を向く。

「先に述べるがいい」

そう言うと、ディードリッヒは一歩前へ出て、声を張り上げた。

「アガハの剣帝、ディードリッヒ・クレイツェン・アガハだ。教皇ゴルロアナ。ジオルダルの元枢機卿《すうききょう》アヒデが、アガハの王竜を盗んだのはすでに承知であろうか？」

『存じております』

「ならば、落とし前をつけてもらわねばなるまいて。この件に、ジオルダルは関わっていないことを示してもらおう。王竜を盗んだのはアヒデの独断であり、アガハがこの男をどう裁こうと、お前さん方はなんら関与しない、とな」

鷹揚《おうよう》にディードリッヒは笑う。

「でなけりゃ、こいつは戦争ものだぜ」

『その男、アヒデからは洗礼名を剝奪しております。教団が保護すべき聖職者ではありません。あなたの国の戒律に則《のっと》り、裁いていただいてもジオルダルの教義に反することはないと、この場で我が神に宣誓しましょう』

「そいつは重畳」

ディードリッヒには未来が見える。

アヒデがすでに洗礼名を剝奪されていることは予知していたはずだが、それでも、こうしてやってきたのは、この場でゴルロアナから誓いを聞かなければ、アヒデのことを口実につけ込まれる未来が訪れるということか。

そう考えれば、教皇もただひたすら神を信ずるだけの者ではあるまい。

「ヒャッ……」

僅かに漏れた声とともに、俺がつかんでいたアヒデの頭が揺れる。

「ヒャハッ、ヒャハハハハッ!!」

こぼれ落ちたのは、狂ったような笑い声であった。

「教皇ゴルロアナッ！　とうとう、とうとうここまでやってきましたよっ。あなたに、言葉をかけられるときがっ！　聞けっ、聞くがいいっ！　神などいないっ！　《全能なる煌輝》エクエスなど、先祖の竜人が作りあげたただの妄想なのですっ！」

辺りは静まり返り、アヒデの声だけが空《むな》しく残響した。

大聖門の横に並んでいる聖職者たちは、皆奴《やつ》を侮蔑するような視線を注ぐ。

だが、そんなことが気にならないほどに、アヒデは絶望的な表情を浮かべていた。

「……なぜ……悪夢が…………終わらない……」

彼はジオルダルの民に神がいないことを吹聴して回った。教団の長である教皇にさえ、そのことを直接伝えた。これ以上、できることなどありはしないだろう。

『アヒデ。なんの魔法をかけられたのか存じませんが、もう悟ったことでしょう。これは夢ではありません。現実でございます』

「……現……実……」

未来を失った、そんな呟《つぶや》きがぽとりと落ちた。

薄々は気がついていたことだろう。それでも、必死に目を背け続けてきたのだ。だが、最早《もはや》、これ以上の逃避はできまい。

「……これが、わたしの現実だというのですか……？　わたしの積み重ねてきた、わたしの信仰は、わたしの地位はっ……」

『神はすべてを見ています。なぜこうなったのか、ご自身の胸に聞いてみるとよろしいでしょう。なにもかも、因果応報というものでございましょう』

「……そ、んな………」

俺に後頭部をつかまれながらも、アヒデはジタバタと暴れる。放り投げてやると、床を転がり、懇願するように大聖門へすがりついた。

「教皇ゴルロアナ様、どうかっ、どうかお許しをっ！　牢獄《ろうごく》に捕らえられたとき、洗礼名などいらぬと口にした言葉、聞き及んでいるかもしれませぬが、あれは嘘《うそ》ですっ。嘘なのですっ！　すべて夢だからと思ってやったことっ！　本当は、神を信じているのですっ！　わたしは、この暴虐の魔王に騙《だま》されていた憐《あわ》れな子羊、どうか、どうかお救いをっ……わたしは悔い改めております……!!」

涙で顔をぐちゃぐちゃにしながら、アヒデは教皇に懺悔《ざんげ》した。

『アヒデ、悔い改めたなどという言葉は自ら口にするものではありません』

冷たく、ゴルロアナは言い放つ。

「……で、ですが、本当に、懺悔《ざんげ》を………」

『たとえ夢の中であろうと信徒ならばただ一心に神を信じ、祈りを捧《ささ》げ続けるべきでした。違いますか？』

「……し、しかし……すべては、この暴虐の魔王に、悪魔にそそのかされて……！」

『あなたの心は常に自由でした。よろしいですか。神を信じるというのは口先だけで行うものではありません。我々でさえも、あなたの愚かな本性が見えるというのに、神がどうしてその嘘《うそ》に気づかないとお思いでしたか』

すげなく言われ、アヒデは絶望に染まった表情を浮かべる。

「……お、お待ちくだ――」

『あなたを破門といたします。二度とこのジオルダルの地を踏むことは許しません』

呆然《ぼうぜん》とするアヒデの頭をディードリッヒがつかみあげた。

「ってことだ。お前さんにゃ、王竜を盗んだ罰として生贄《いけにえ》になってもらう」

「……馬鹿な……!! そんなっ、そのような非道な真似《まね》を、神がお許しになるは――ごふぅっ……!!」

ディードリッヒがアヒデの腹部に拳をめり込ませる。強烈な魔力に根源ごと揺さぶられたか、彼は意識を手放したように、がくりと項垂《うなだ》れた。

「神を信じてもいない輩《やから》が、言う台詞《せりふ》ではあるまいて」

邪魔だとばかりにアヒデを脇に放り投げ、ディードリッヒは再び大聖門を向いた。

「用件はもう一つあるのだ、ゴルロアナよ。せっかく話ができるのだ。ここで言わせてもらおうぞ」

堂々たる態度で、ディードリッヒは声を張る。

「代々ジオルダルの教皇に受け継がれてきた教典があろう。そいつを聞かせてはくれまいか？」

教皇の返事の代わりに不穏な空気が辺りに漂う。ジオルダルの聖騎士たちが、皆、険しい表情を浮かべていた。

『……それがどういう意味か、ご存知で口にしているのですか？　アガハの剣帝』

「おうとも。無論、ただでとは言うまいて。こっちもお前さんに、剣帝に受け継がれてきた教典、アガハの預言を教える用意がある。そいつと交換ということでどうであろうか？」

確かジオルダル、アガハ、ガデイシオラの三大国には、口伝でのみ受け継がれてきた教典があるのだったな。

しかし、読めぬ。互いに異教の教典を教え合ってどうするつもりだ？

『お話になりません。代々教皇へのみ受け継がれてきた教典は、ジオルダルの信徒たちを救済するためのもの。外に漏らせば、彼らを救うことはかなわないでしょう』

「本当にそう思ったであろうか？」

重たい口調でディードリッヒは言う。

「ジオルダルの教典に従えば、信徒は救えるものか？」

『それが《全能なる煌輝》エクエスの教えです』

唸《うな》るように息を吐き、ディードリッヒは顎に手をやる。

「そいつは、どうだろうな？　ま、ジオルダルにもジオルダルの教えがあろう。なにも、教典を直接見せろとは言うまいて。その代わり、ここを開けて話をしようではないか。地底の未来について、互いに腹を割ってな」

一瞬の沈黙の後、ゴルロアナは言った。

『アガハの剣帝ディードリッヒ。用件はわかりました。返答より先に、まずはあなたにお尋ねしましょう、魔王アノス。それとも不適合者の方がよろしいでしょうか？』

「どちらでも構わぬ」

『では、神より与えられし称号の方を。不適合者よ、あなたはこのジオルダルに何用で参ったのでしょう？』

「平たく言えば、見聞を広めにな。地底の者がなにを思い、どのように暮らしているのかを知るために来た」

そう言うと、続いて教皇が問う。

『では、私になんの用がおありでしょうか？』

「訊《き》きたいことがあってな。選定審判について、それから痕跡神リーバルシュネッドの居所だ」

『よくわかりました』

ゴルロアナは信徒に教えを伝えるかのように、厳かに言った。

『神は言われました。救世をなす者には、多くの人々が救いの手を求める。しかし、そのすべての手をとれば、神への祈りが疎《おろそ》かになり、救済はかなわない。あなた方は、あなた方のやり方でただ一人を選びなさい』

「ふむ。俺とディードリッヒ、どちらか一人の話だけを聞くので、どちらが話をするのかは、お前たちで勝手に決めろということか？」

『その通りでございます』

面倒なことを言う。

とはいえ、俺に敵意を向けてくるわけでもないことだしな。この扉をぶち破り、無理矢理話をしてやるのが一番手っ取り早いのだが、そういうわけにもいくまい。まあ、一人は話を聞いてくれるというのだから、良しとするか。

「残念だったな、ディードリッヒ。せっかくジオルダルまで来たというのに」

アガハの剣帝の方を向き、俺は続けて言う。

「まあ、アヒデのことは首尾よくいったのだ。今日のところは欲張らずに帰るがいい」

すると、ディードリッヒは豪放な笑みを覗《のぞ》かせる。

「強気な男よな、アノス。まだどちらが帰ることになるかはわかるまいて」

「お前は預言者だろう」

泰然と立つディードリッヒに、俺は言葉を投げかける。

「どんな勝負だろうと俺が選ばれることぐらいわからぬようでは、預言とは言えぬぞ」

その言葉を、ディードリッヒは豪快に笑い飛ばした。

「さあて……そいつは、どうであろうな？」

ほう。未来が見えるにもかかわらず、引く気はないか。

「ならば、選び方を決めるがよい」

「こんなところでガチンコの聖戦というわけにもいくまいて。互いに相手の選定神と戦い、長くもちこたえた方が勝ちというところでどうであろうか？」

つまり、俺がナフタと、ディードリッヒがアルカナと戦うわけだ。

神と選定者は本来、隔絶した力の差がある。アルカナを相手に長くもちこたえる自信があるということだろう。

しかし、どこまで俺の力が見えているのやら？

「構わぬ」

そう応じ、振り向けば、すでにそこに未来神ナフタがいた。

こうなる未来が見えていたのだろう。

「アルカナ」

言葉をかけると、彼女は光の如《ごと》く消え、ディードリッヒの目の前に移動した。

俺と奴《やつ》は背中合わせになり、互いの選定神と対峙《たいじ》している。

「恐らくその男は強い。全力で戦うがいい」

「あなたに従おう」

彼女は両手をすっと持ち上げ、ゆっくりと手の平を天に返す。屋内のため直接は見えぬが、地底の天蓋に《創造の月》が浮かんだ。

「魔族の王よ、予言いたします」

目を閉じた神が、両手で持った水晶を俺の方へ向ける。

「この目が開くとき、ナフタにはすべての未来が見えるでしょう。起こるべきすべての未来が、あらゆる奇跡が、未来神ナフタの手の内にある。あなたの手の隙間から、勝利という未来はこぼれ落ち、抗《あらが》う可能性すら消え果てる」

当たり前のように彼女は言う。

「風邪をこじらせて死ぬ者もいる。転んで命を落とす者もいる。あらゆる者が神のサイコロを振り、その結果この世を生きている。ナフタに挑むのならば、あなたを最悪の日が襲うでしょう」

「ほう。ではこちらも、一つ予言しておくぞ、未来を司《つかさど》る神よ」

佇《たたず》むナフタに、俺は言葉を突きつけてやる。

「その目を開いた瞬間、お前の敗北は確定するだろう」

§18. 【勝利の未来は誰が手に】

ナフタは両眼を閉じたまま、水晶玉に魔力を込める。

「未来神ナフタが前に立ちはだかりしは、咎人《とがびと》よ。ここに《未来世水晶《みらいせずいしょう》》カンダクイゾルテの裁きは下る」

水晶玉が未来神の手から離れたかと思うと、ぐにゃりとその輪郭を歪《ゆが》め、槍《やり》の形状へと変化した。

「未来の判決は下りました。あなたを串刺しの刑に処す」

判決を言い渡す裁判官が如《ごと》く、ナフタは宣告する。

「面白い。やってみるがいい」

未来神が両手をかざす。神の魔力が周囲に溢《あふ》れ出《だ》し、大聖堂を揺るがし始めた。

水晶の槍《やり》が俺に向かい、目にも止まらぬ勢いで撃ち出された。首を捻《ひね》り、それを避けようとすると、同時に避けた方向へ水晶の槍《やり》が軌道を変え、俺の顔面に押し迫る。

「ふむ。未来を読んだか」

穂先が鼻先にまで迫ったところで止まった。柄をつかみ、押さえつけたのだ。

「ナフタは未来を限局《げんきょく》します。あなたは槍《やり》をつかめなかった」

そう未来神が言葉を発した瞬間、確かにつかんだはずの水晶の槍《やり》が、俺の手をふっとすり抜ける。咄嗟《とっさ》に飛《と》び退《の》くも、《未来世水晶》カンダクイゾルテの速度が僅かに優《まさ》り、その穂先が俺の腹を抉《えぐ》った。

「限局する、か。なるほど、確かに何億回に一回ほどは、つかみ損ねることもあるやもしれぬ。《未来世水晶》とやらの力で、その未来に限ったというわけか」

「カンダクイゾルテは未来そのもの。未来に触れる術はありません」

「ほう」

多重魔法陣を描き、そこへ右手を通す。蒼白《あおじろ》く染まった《森羅万掌《イ・グネアス》》の手で、水晶の槍《やり》をつかもうとするが、しかし、柄をすり抜けてしまう。

「なかなかどうして、つかめぬようだ」

触る術のないというカンダクイゾルテの秩序。そして未来を限局する力が、俺の手をすり抜けさせるということだろう。

「その槍《やり》を抜くことはもうできません。選択は二つに一つ。このまま負けを宣言するか、カンダクイゾルテの槍《やり》に根源を貫かれるか」

目を閉じたまま、しかしまっすぐ俺の方を向き、ナフタは言い放つ。

「選ぶのはあなた」

「もっと先を見据えてみろ、未来神。《未来世水晶》とやらが台無しになるぞ？」

ナフタは表情を崩さず、水晶の槍《やり》へ向けて魔力を放つ。

「汝《なんじ》の根源を、串刺しの刑に処す」

グジュ、と音を立てて、カンダクイゾルテが俺の腹部を更に深く貫く。さりとて、俺は泰然と目の前の神を見据えたままだ。

「忠告したはずだがな」

根源を串刺しにし、俺の体を貫通した槍《やり》は、しかし穂先が黒く錆《さ》びついている。

「……な、んだ、あれはどういうことだ……？」

大聖門の前にいた聖騎士たちが不可解そうな表情を浮かべる。

「神の槍《やり》に貫かれて、あの男、なぜ生きている……？」

「未来神ナフタのカンダクイゾルテ。伝承によれば、その槍《やり》に貫かれたものは未来の可能性さえ奪われ、滅するという……」

「……その奇跡に、人の身で抗《あらが》うことができるというのかっ……!?」

驚愕《きょうがく》をあらわにする聖騎士たちをよそに、一人、うんうんとうなずいている男がいた。

誰あろう、司教ミラノである。

「今日も奇跡が起きておりますなぁ」

数歩前へ足を踏み出しながら、俺は口を開く。

「未来に触れる術がなくとも、お前が攻撃する限りは俺に触れねばならぬ」

俺を貫いているということは、その槍《やり》に触れているということだ。

「さっさと抜くことだ。根源から噴き出す魔王の血が、カンダクイゾルテを腐らせる前にな」

「《未来世水晶》カンダクイゾルテは、この世界の数多《あまた》の未来、それは世界の形に等しいでしょう。あなたの行いは、世界と自分とどちらが先に滅ぶか比べようというもの。結論は火を見るよりも明らかでしょう」

「確かに」

ボロッと水晶の穂先が崩れ落ちる。

「俺の血は世界をも腐食する」

カンダクイゾルテが真っ黒な錆《さ》びと化し、ボロボロと崩れ落ちては、辺りに霧散する。

魔王の血は、よほどの攻撃でなければ使えぬ。その滅びを受けとめるだけの威力がなくば、世界に致命的な損傷を与える。

「未来を司《つかさど》る神だけあって、お前はなかなか強い。だが、そろそろ本気を出すことだ。真剣に予知せねば、ここで滅ぶことになるかもしれぬぞ」

歩みを止めず、ナフタのもとへ向かう。そのとき、錆《さび》と化して霧散したカンダクイゾルテが、キラキラと輝く無数の水晶の破片となり、浮かび上がった。

「ナフタは宣誓します。現在がここにある限り、未来は滅びようとも何度でも蘇《よみがえ》る。《未来世水晶》を滅ぼすには、あらゆる可能性を滅ぼすしかありません」

水晶の破片がみるみる数を増して、まるで輝く砂嵐のように、この場を包み込んでいく。

「其《そ》はあり得たかもしれぬ、もう一つの世界の形。咎人《とがびと》よ、汝《なんじ》を、限局世界の刑に処す」

水晶の砂嵐が過ぎ去れば、途端に風景が変わった。

そこは見知らぬ街である。

すべての建物、すべての植物、すべての人々が、水晶で作られている。遠くに見える山や、彼方《かなた》の天蓋、流れる河川までもが水晶だった。

そして、その一つ一つから、途方もない魔力を感じる。

「カンダクイゾルテで作られた世界か。未来神の神域だな」

「ナフタは宣誓します。この世界は、すべてがあなたにとって最悪の結果になるように限局します。あなたの勝利はこの世界では選ばれません」

「面白い」

泰然と奴《やつ》を見据え、俺は言った。

「さあ、未来よ。挑んでみよ」

言葉と同時、地面という地面がパリンと砕け散った。

《飛行《フレス》》で宙に浮かぶと、大地に空いた途方もなく巨大な穴から、水晶の槍が無数に飛んできた。《四界牆壁《ベノ・イエヴン》》で穴を塞いでみたが、水晶の槍はそれを容易《たやす》くすり抜け、俺を貫く。

次の瞬間、周囲にある建物から、ぬっと水晶の槍が出現する。頭上の天蓋からも同じく水晶の槍《やり》が現れ、上下左右から一斉に撃ち放たれた。

次々と槍《やり》がこの身を削る中、目の前の時計台がそのまま切り離されたかのように宙に浮かび、鋭《とが》く尖らせた屋根ごと突っ込んでくる。無数の水晶の槍が俺の体を縛りつけ、その時計台の槍が押し潰さんばかりの勢いで突き刺さった。

全身から大量の血が滴《したた》り落《お》ちる。

「これだけの血を流すのは久方ぶりだ」

黒き魔王の血により、時計台の槍も、水晶の槍も、周囲一帯の水晶という水晶が錆《さ》びつき、ボロボロと崩れ落ちた。

そこに残ったのは黒き錆《さび》だけだ。

「すべてが俺にとって最悪の結果になると言ったな。最悪の日が、俺を襲うと」

手をかざし、多重魔法陣を描く。それを砲塔のように幾重にも重ね、ナフタへと向けた。

「なかなかどうして、凄《すさ》まじい権能だ。しかし、お前が強いならば、俺にも使える魔法がある」

黒き粒子が、魔法陣の砲塔から溢《あふ》れ出《だ》す。

「あまねく奇跡があなたを襲うでしょう。絶望の刑に処す」

再び無数の水晶の槍が俺に襲いかかる。しかし周囲に立ちこめるその黒き粒子に触れた途端、それらはボロボロと砕け散った。

火が水が、雷が大地が、樹木が、天蓋が、ありとあらゆるものが俺を襲う。

それはまるで奇跡の如《ごと》く。しかし、牙を剝《む》く世界のすべてを、俺は一切よせつけなかった。

「起源魔法にて、二千年前の暴虐の魔王アノス・ヴォルディゴードと創造神ミリティア、破壊神アベルニユーから魔力を借りた」

その上で、現在の俺自身の魔力をそこに上乗せする。

「まともな場所では使えぬ禁呪だ。俺とて、二度しか使ったことはない」

漆黒の粒子が生き物のように渦を巻き、魔法陣の砲塔に絡《から》みつく。その余波だけで、周囲の水晶という水晶が、みるみる砕け散り、粉みじんに割れていく。

ナフタの神域が、ヒビ割れ、崩壊を始めた。

「ゆえに、その神眼《め》を開き、くれぐれもうまく限局するのだな。この魔法を放ったが最後、最悪でもカンダクイゾルテの世界は滅ぶ」

言葉もなく、呆然《ぼうぜん》とこちらへ顔を向ける未来神へ、俺は言った。

「限局できねば、現実の世界ごと滅び去るぞ」

黒き粒子が砲塔を中心に七重の螺旋《らせん》を描く。

水晶の地面に底の見えぬ亀裂が入る。亀裂の先もまた見えず、それは限局世界を文字通り、二つに割っていた。

「《極獄界滅灰燼魔砲《エギル・グローネ・アングドロア》》」

魔法陣の砲塔から、終末の火が放たれる。七重螺旋《らせん》の暗黒の炎が、轟々《ごうごう》と唸《うな》りをあげて直進した。カンダクイゾルテの加護か、終末の火はナフタの体をすり抜けるように貫通していく。

それが地平線の彼方《かなた》に到達し、そして——世界の一切が炎上した。

天蓋が燃え、地平線が燃え、地面と山、あらゆるものが燃え、黒き灰に変わっていく。

《獄炎殲滅砲《ジオ・グレイズ》》を超えるこの魔法が、炎属性最上級魔法に位置づけされていないのは、炎の姿をしているだけの別物であるからだ。

燃えぬはずのものを燃やし、滅びぬはずのものを滅ぼし、あまねく天地を灰燼《かいじん》と化す。それは紛《まご》うことなき、滅びの魔法。俺が最も得意とする魔法系統である。

終末の火の前に、限局世界はそのすべてが漆黒の灰に成り果てた。

その裏側に隠されていた現実があらわになるように、灰が風にさらわれ、俺とナフタは再び大聖門の前へ戻ってきていた。

「ふむ。どうやら本気を出したか」

《未来世水晶》を両手に抱えたナフタは、その両眼を開いている。未来の秩序を支配する神として、世界の可能性を閉ざすわけにはいかぬ。

《極獄界滅灰燼魔砲《エギル・グローネ・アングドロア》》を限局するために、未来をあまさず見つめたのだろう。

「つまり、勝負は決したというわけだ」

静かにナフタはうなずく。彼女の体に亀裂が入った。

「……ナフタは敗北を宣誓します。どれだけ未来を限局しても、無は一になりません。あなたの敗北する未来は、ただの一つも存在しませんでした」

ピシィ、と未来神の体に無数のヒビが入り、彼女は崩壊していく。

どれだけ限局しようとも、俺と対峙《たいじ》する以上、彼女の未来は滅びのみ。未来の結末が、ナフタを終わりに近づけているのだ。

神は秩序に逆らえぬ。この結果を知りたくなかったがゆえに、ナフタはあえて目を開かなかったのだ。

「だから、初めに予言しただろうに」

滅紫《けしむらさき》に染まった魔眼を向け、ゆるりとナフタのもとへ歩いていく。

未来を閉ざすように、ナフタの両眼を手で覆う。その体の崩壊が、ピタリと止まった。

「幾億の奇跡を重ねようとも、俺の最悪には決して届かぬ」

§19. 【アガハの剣帝】

「な……っ……」

見物していた聖騎士の一人から、愕然《がくぜん》とした声がこぼれ落ちる。彼らは皆、あんぐりと口を開き、まさに驚愕《きょうがく》といった表情で決着の瞬間を見つめていた。

「……なんということ……人の身で未来神を凌駕《りょうが》しようとは……」

「八神選定者というのは、これほどのものだったのか……？」

「いや、そんなはずは……アヒデやガゼルは同じ八神選定者だが、とても同じ芸当ができるとは思えない……神を降ろした教皇のお力は計り知れぬが……それにしても素であそこまでの力は……」

「……では、あの男は、いったい何だというのだ……？」

動揺を隠すこともできない聖騎士たちに、司教ミラノは落ちついた声を発した。

「なにを驚くことがありましょうか、聖騎士のお歴々。そう、彼はあの天父神さえも、盟珠なしに従えるほどの御方なのですから」

「なんだと……!?　あの天父神を、秩序を生む秩序、《全能なる煌輝》エクエスの輝きに最も近き神をか!?」

「ええ、ご存知ありませんでしたか？」

「確かか、司教ミラノっ⁉　それは、確かなことなのかっ？」

「《全能なる煌輝》エクスに宣誓しましょう。私はこの目でそれを確かに見ました。ああ、しかし、この地底で一番最初に彼を知ったのが私だとすれば、他に知る者はいないのかもしれませんなぁ」

「なんという奇跡に立ち会ったものだ、貴公は……」

「だ、だとすればっ、常軌を逸しているどころではないぞっ！　なにもかもを超越しているっ⁉　あの男、本当に人かっ⁉　人の姿をした神ではないのかっ⁉　いや、いや、それどころか……」

「……ま、さ、か………彼は…………あの御方は…………？」

「はてさて、どうでしょうなぁ？　不適合者、ずいぶんと皮肉めいた称号をつけられたようですが、あるいは自身で名乗っているのかも？　我々には計り知ることさえ及ばぬ尊き存在なのかもしれませんなぁ」

感嘆するようなため息が漏れる。

互いの選定神を相手にどれだけもちこたえられるか、という勝負だったが、選定神を倒してしまえば、負けることは決してあるまい。

「はー、こいつはたまらんぜ。ナフタを負かすなんざ、お前さんの選んだ選定者は、傑物どころではあるまいて」

アルカナと対峙《たいじ》しているディードリッヒが言う。

「最初に選んだのは、わたしではない。されど、彼は代行者に誰よりも相応《ふさわ》しい。ゆえに、彼は代行者への道を選ばない」

そう声を発するアルカナは膝をつき、まっすぐアガハの剣帝を見つめている。

「ほう」

どうやら押されているか。

召喚神や召喚竜頼りの竜人にしては、素の力が並外れているな。剣帝というわりに、奴《やつ》はまだその剣さえ抜いてはいない。睨《にら》んだ通り、並の力ではない。

「冷たい氷柱《つらら》に覆われ眠れ」

雪月花がディードリッヒの周囲に吹《ふ》き荒《すさ》ぶ。それらは輝く冷気を発しながらも、鋭利な氷柱と化し、奴《やつ》に向かって一斉に撃ち出された。

「ふんっ！」

ぐっと両拳を握り、ディードリッヒは全身の筋肉を躍動させる。気合いとともに、膨大な魔力が溢《あふ》れ出《だ》し、鈍色の燐光《りんこう》を奴《やつ》は纏《まと》う。

放たれた氷柱という氷柱はディードリッヒの体に触れることなく、その燐光《りんこう》に弾《はじ》き返《かえ》された。

「面白い。それはなんだ？」

「《竜ノ逆燐《ノジアズ》》。平たく言やあ、異竜の逆鱗《げきりん》に触れたときに発せられる魔力の燐光《りんこう》だわな」

ディードリッヒが右拳を固めれば、鈍色の燐光《りんこう》がそこに集う。

「こいつで殴れば――」

地面を蹴ったディードリッヒはまっすぐアルカナに迫る。彼女は右手に雪月花を集中し、神雪剣《じんせつけん》ロコロノトを構築した。刹那、ディードリッヒの目の前から光の速度で消えたアルカナは、彼の鎧《よろい》を切り裂き、凍《い》てつかせた。

さすがの《竜ノ逆燐《ノジアズ》》も、ロコロノトまでは防げぬか。

いや——

「おっと。捕まえたぜ、選定神のお嬢ちゃんよ」

アルカナが歯を食いしばる。ディードリッヒの鎧《よろい》を切り裂いた直後、ロコロノトの剣身を彼は左手でわしづかみにしていた。そこに燐光《りんこう》の輝きが見えた。

僅かに血が滴《したた》り、手の平が凍りついているものの、意に介さず、ディードリッヒは拳を振り上げた。

「ぬおぉぉぉっ!!」

凝縮するように集めた《竜ノ逆燐《ノジアズ》》を纏《まと》わせ、奴《やつ》は思いきり神雪剣に拳を振り下ろした。その一撃で、剣身は無残に砕け散る。

「竜の逆鱗《げきりん》に触れれば、ただではすむまいて」

再び手から雪月花を出し、神雪剣を創造していくアルカナに対し、真っ向からディードリッヒは突っ込んでいく。

「雪乱れて剣となり——」

神雪剣ロコロノトが雪色に輝く。ディードリッヒはアルカナよりも遅い。その拳が彼女に届くよりも先に、ロコロノトの刃が鈍色の燐光《りんこう》を貫き、奴《やつ》の腹部を貫通した。

「——穿《うが》つあなたが凍りつく」

傷口からあっという間に冷気が広がり、ディードリッヒは氷像と化した。

だが、これで終わるようならば、アルカナは押されてはいなかっただろう。俺の予想を裏付けるように、凍《い》てついた氷の向こうから、僅かに声が響く。

「……そいつも貰《もら》うぜ……！」

鈍色の燐光《りんこう》が氷像から漏れたかと思うと、ディードリッヒが動いた。

荒れ狂う《竜ノ逆燐《ノジアズ》》が竜の顎《あぎと》を象《かたど》り、自らと、そして雪の剣に食いついた。

魔眼《め》を凝らしてみれば、《竜ノ逆燐《ノジアズ》》の牙はディードリッヒを凍《い》てつかせた氷と神雪剣を魔力に分解し、食らっているのだ。

「……魔力を食《く》らう」

アルカナが呟《つぶや》き、後退しようとする。

「おうさっ！」

食らった魔力の分だけ力が上がったか、数瞬早く、《竜ノ逆燐《ノジアズ》》を纏《まと》ったディードリッヒの右拳が、その小さな神の体に直撃した。

ドゴオォォッと激しい音を立てて、アルカナは吹き飛び、大聖門に体を打つ。

「再生の光は、傷を癒《いや》す」

再生の番神の力を使うも、しかし、彼女が全身に負った傷の治りが鈍い。

「正確にゃ、《竜ノ逆燐《ノジアズ》》は根源を食《く》らう。神といえども、魔力の源を食い破られたんじゃ、そう簡単に傷は癒《いや》せまいて」

根源を食《く》らう、か。まるで竜の胎内だな。

だが、奴《やつ》が《憑依召喚《アゼプト》》を使っている気配はない。

「アガハの剣帝は子竜《しりゅう》と聞く」

「おうよ。なんの因果か、竜から生まれ落ちた。なった。おかげさんで、分不相応な力を持つ羽目になったというものでな」

大聖門の前で膝を折ったアルカナに、ディードリッヒは無造作に近づいていく。

そうして、彼女の目前で立ち止まると、《竜ノ逆燐《ジアズ》》を消し、ニカッと笑った。

「ま、俺の負けだ」

ディードリッヒが差し出した手を、アルカナが取る。

彼女は立ち上がり、彼に言った。

「敗北を口にする必要はない。癒《いや》すのが困難な傷を負った時点で、わたしの負けなのだろう」

「あいにく、こいつは、あちらさんとの勝負なものでな。今の一撃でお前さんを殺せたなら、引き分けと言い張ってもよかったかもしれぬが、そうはいくまいて」

ディードリッヒが俺に視線をやった。

「取り決めでは、長くもちこたえた方が勝者だ。お前がアルカナに負けを認めさせたのなら、決着はつかぬ。引き分けだ」

奴《やつ》は豪快に笑った。

「誰がどう見ても、お前さんが先にナフタに勝ったであろう。取り決めだからと引き分けた顔をしていては、アガハの王として示しがつくまいて」

それに、とつけ加え、ディードリッヒは大聖門を親指でさす。

「奴《やっこ》さんも、両方と話そうという気にはなるまいよ」

　思わず、笑みがこぼれる。

「なかなか潔《いさぎよ》いことを言う。ディードリッヒ、お前の国に興味が湧いてきた」

　ニカッと笑い、奴《やつ》は言う。

「アガハに来たならば、存分にもてなそう。その代わりと言ってはなんだが、お前さんとこの聖歌隊もつれてきてはくれまいか？」

　先程もそんなことを言っていたな。

「気に入ったか？」

「ガハハッ、あれはたまらんぜ」

　清々《すがすが》しい男だな。

「約束しよう」

　ディードリッヒは脇の方で倒れ込んでいるアヒデをひょいっと担《かつ》ぎ上《あ》げる。彼に付き従うように、未来神ナフタがその横に並んだ。

「一つ尋ねよう、ディードリッヒ」

　奴《やつ》は俺を振り向いた。

「未来が見えるのならば、この勝負に勝てぬことも知っていたはずだ。選定審判もあることだ。なぜ、あえて自らの手の内を曝《さら》すような真似《まね》をした？」

　アルカナはディードリッヒと直接戦い、この場にいる全員が、奴《やつ》の《竜ノ逆燐《ノジアズ》》を見た。

　ナフタの秩序についてもそうだ。

　しかし、奴《やつ》はこんな勝負をしなくとも、未来神の力で俺の手の内を知ることができる。

「答えにくいようならば、言わずとも構わぬ」

「なあに、こいつは未来神ナフタの審判というものでな」

顎に手をやりながら、ディードリッヒは言う。

「勝たねばならぬ戦いがあったとしよう。未来を知り、決して勝てぬとわかっていたならば、さあ、どうする？」

鷹揚《おうよう》にディードリッヒが問いかける。

「挑まず逃げろというのが預言者の仕事ではあるまいよ。覆《くつがえ》らぬ預言に意味などない」

なるほど。

奴《やつ》にとっては、俺こそが決して覆《くつがえ》らぬ預言の象徴だった、か。ゆえに挑んだというわけだ。この先、自らが不利になろうとも、その未来を覆《くつがえ》そうとした。

「見事な覚悟だ、地底の王よ」

ディードリッヒが豪放に笑う。

「お前さんが気にかけていることを、一つ預言しておいてやろう」

「ほう？」

姿勢を正し、俺はまっすぐディードリッヒに視線を向ける。

「アガハの剣帝の言葉、是非聞かせてもらおう」

すると、奴《やつ》の顔から笑みが消える。真剣な口調でディードリッヒは言った。

「地上の魔王。不適合者アノス・ヴォルディゴードを選定者に選んだのは、創造神ミリティアだ」

やはり、という想《おも》いと、まさか、という想《おも》いが俺の胸中に渦を巻く。

ここで嘘《うそ》をつくような男にも見えぬ。

「もう一つ、おまけだ。こいつは俺の事情も絡《から》むがよ。ゴルロアナとやり合うんなら、お前さんにとっても、確実に滅ぼすがよかろうて。ディルヘイドを危険に曝《さら》したくなければな」

「ふむ。忠告はありがたく受け取る。だが、俺の答えはわかっていよう」

ディードリッヒはニカッと笑い、踵《きびす》を返《かえ》した。

「アガハでまた会おうや、魔王」

背中を見せ、手を上げながら、ディードリッヒはナフタとともに去っていく。

ク・イック、ク・イック、と楽しげに地上の歌を口ずさみながら――

§20.【教皇との会談】

ガタンッと背後から音が響いた。

振り向けば、大聖門がゆっくりと開かれていくのが見えた。

呆然《ぼうぜん》としていた聖騎士たちが、瞳を閉じ、両手を重ねて祈りを捧《ささ》げる。

「お入りなさい、不適合者アノス・ヴォルディゴード。あなたに、救済があらんことを」

大聖門の奥から、教皇ゴルロアナの肉声が響く。それは妙に反響して耳に届いた。

ゆるりと足を踏み出し、俺とアルカナは大聖門の中――聖歌祭殿《せいかさいでん》へと歩いていく。

室内には音叉《おんさ》のような形をした柱がいくつも立ち並んでいた。魔法具だ。一本一本が神話の時代の逸品に劣らぬ魔力を秘めている。

ガタン、と再び音が響き、大聖門が閉ざされた。

床を踏む度に、足音が大きく響き渡る。

部屋の奥、音叉《おんさ》の柱が幾重にも取り囲むその中心に、蒼い法衣を纏《まと》った竜人がいた。教皇だろう。短くも長くもない髪、男とも女とも判別のつかぬ中性的な顔立ちをしている。目鼻立ちは整っており、男ならば美青年、女ならば絶世の美女であろう。

その竜人は、跪《ひざまず》き、右手につけた選定の盟珠を覆うように左手を重ね、祈りを捧《ささ》げている。

静かに、教皇は口を開く。

「初めまして、アノス。そして選定の神アルカナ。私がジオルダルの教皇、ゴルロアナです」

声は聖歌祭殿に大きく反響する。

挨拶をする最中も、教皇は祈りの姿勢は崩さなかった。

俺はそのまま、ゴルロアナの眼前まで歩を進める。

「アノス・ヴォルディゴードだ」

そう手を差し出す。しかし、握手には応じず、教皇は両手を重ねたままだ。

「どうかお許しを。私はジオルダルの教皇。この国のため、いかなるときも祈りをやめることはかないません」

「それは非礼な挨拶をした」

ゴルロアナに視線を合わせるように跪《ひざまず》き、同じように両手を重ねる。

アルカナが俺の背後に立った。

「選定審判について、それから、痕跡神リーバルシュネッドの居所を知りたいとおっしゃいましたね」

「ああ。本命は後者だ」

するとしばし沈黙した後に、教皇は答えた。

「記録と記憶を司《つかさど》る痕跡神は、我が国ジオルダルに眠っております。其は、地底に救済をもたらす大いなる秩序。そのときが来るまで、目を覚ますことはないでしょう」

「ふむ。しかし、たまには起きて体をほぐした方がゆるりと眠れるというものだ。その方が救済も捗《はかど》ろう」

表情を変えず、ゴルロアナは言う。

「眠れる神を起こせば、どのような災いが起こるかわかりません」

「過去を振り返るだけの神の秩序など恐るるに足りぬ。多少、寝起きの機嫌が悪かろうと、なだめてやればよい」

「リーバルシュネッドは、世界の痕跡を再現できるのです。この世界に与えられた最も深き傷、その災いをかの神は起こすことができるでしょう」

「要はそれ以上の災いをもって打倒すればいいのだろう？」

俺の言葉に、一瞬教皇は黙り込んだ。

「……あなたのことは存じております。あなたが初めてエーベラストアンゼッタにいらしたとき、私も聖座の間におりました」

ジオルダルの聖騎士ガゼルもいたことだしな。アヒデと関係の深い選定者があの場にいたというのは、さして驚くことでもない。

「全能者の剣リヴァインギルマの審判を乗り越えたあなたが、神と対等以上の力を持つということも存じております」

ゴルロアナの語気が強まる。

「しかしながら、だからといって痕跡神を起こすに足る正当な理由がありましょうか？　あなたがリーバルシュネッドなど取るに足らぬとおっしゃるのならば、かの神に頼る必要もまたないでしょう。かの神に頼るというのならば、それなりの礼儀を持って接するべきではありませんか？」

「お前の言うことはもっともだ。つまり、こういうことだな。眠れるリーバルシュネッドが、納得して起きれば文句はない、と」

ゴルロアナは表情を変えない。しかし、唖然《あぜん》とした空気が伝わってきた。

「眠っている神をどうやって納得させるおつもりでしょうか？」

「それはこれから考える。少なくとも叩《たた》き起《お》こすことはせぬと約束しよう。それならば問題あるまい」

笑みを浮かべ、俺は教皇の端正な顔を見つめる。

「それで、痕跡神はどこにいる？」

僅かに、教皇は姿勢を崩し、俺の方へ顔を向ける。

「そこまで言うのならば、居場所を知っているのだろう？」

「存じております。しかしながら、痕跡神の居所は教皇にのみ受け継がれし教典によって示されるもの。ジオルダルの教義を信じていらっしゃらない者に教えることはかないません」

そう断言した後、ゴルロアナはこう続けた。

「ただし、不適合者アノス・ヴォルディゴード。あなたの神と引き換えにということでしたら、お教えいたしましょう」

背後にいたアルカナの魔力が僅かに揺れる。

「教皇以外に教えてはならぬ教典の内容を、名も知れぬ神と引き換えにするか」

「痕跡神が地底の救済をもたらす神ならば、アルカナは地底の新生に必要な神。この世界を創造した、創造神ミリティアの生まれ変わりなのです」

思わず、視線が険しくなる。

俺が壁を作った後、創造神ミリティアは神の名を捨てるために転生した。そしてアルカナとして生きてきたということか？

ならば、夢で見た俺の妹はどうなる？

わからぬが、もしゴルロアナが嘘《うそ》をついているのだとすれば、アルカナをミリティアだと謀《たばか》る理由があるのだろう。

「それをどこで知った？」

「《全能なる煌輝》エクエスより」

神に聞いたということだろうが、詳しく話すつもりもなさそうだな。

「いかがいたしましょうか？」

「あいにくアルカナと約束をしていてな。それを違えるわけにはいかぬ」

「そうおっしゃるだろうと思いました」

歌うような美しい声音でゴルロアナが言う。

「しかし、アルカナは元々ジオルダルの神。それを収奪されたままとあっては、《全能なる煌輝》エクエスも、我らに救済を与えてはくださらないでしょう」

「竜の子よ。それは違う。わたしは収奪されたのではなく、自らの意志で彼とともにいる。彼こそが、この選定審判をともに戦うに相応《ふさわ》しい」

アルカナが言う。

「彼を代行者とするのが、神の御意志というのでしょうか？」

「それは違う。わたしは彼とともに、この選定審判を終わらせるために戦っている。秩序の維持だけを目的とするこの神の儀式は間違っている。ずっと、わたしたちは間違え続けてきた。それを正さなければならない」

ゴルロアナは険しい表情を浮かべる。そして、静かに首を左右に振った。

「選定の神、アルカナよ。非礼を承知で具申しましょう。あなたは名を捨てたことで、神としての役割を忘れてしまったのでしょう。どうか、今一度お考え直しくださいますよう。その名を、記憶を取り戻すまで、そのような決断をなさるべきではありません」

「秩序に背くのがどうして罪なのだろう？　悪《あ》しき秩序をそのままにして、なにが神だというのだろう？」

即座にゴルロアナは言葉を返す。

「秩序に背くというのは、すなわち、まつろわぬ神となること。背理神ゲヌドゥヌブの手に堕《お》ちることになりましょう」

静かにアルカナは言う。

「それで誰が傷つくというのだろうか？」

「私が傷つきます。ジオルダルのすべての信徒が悲しみに暮れるでしょう」

それを聞き、アルカナは悲しげな表情を浮かべる。だが、反論はしなかった。

「教皇ゴルロアナ。お前とて子供ではないのだ。それぐらいは我慢せよ。実害がないというに、神のすることにいちいち口を出さずともよかろう」

僅かに、教皇は俺の方を向いた。

「信じているのだろう、神を」

「ええ、ですから、こうして祈り、願っているのでございます。神が地に堕《お》ちることを、嘆かぬ信徒がいるとでもお思いでしょうか」

「くだらぬ。神に泣いてすがるばかりが信仰とは聞いて呆《あき》れる。祈ってばかりではなく、たまには祈られる身になってみることだ」

ゴルロアナの言葉をそう一蹴してやる。

「神を信じぬあなたのお気持ちはよくわかります。しかし、くれぐれもお忘れなきよう。私たちは、今日に至るまで、あなたのおっしゃるそのくだらぬことに心を捧《ささ》げ、命を賭《と》してきたのでございます」

清廉な口調で教皇は言う。

「アルカナが名と記憶を取り戻すまでと言ったな。ちょうどいい。ならば、痕跡神を起こす理由ができたのではないか？」

そう問えば、ゴルロアナが考えるように黙り込む。

「そうですね。わかりました。アルカナをジオルダルに返していただけるのでしたら、その名と記憶を痕跡神の秩序で元に戻しましょう」

「わからぬ奴《やつ》だ。断ると言ったはずだ」

「不適合者。これは譲歩しているのですよ」

優しく、ゴルロアナはそう告げた。

「アルカナを俺から奪うのがか？」

「あなたの事情で、戒律を犯し、教典に触れ、痕跡神を起こす。本来であれば口にするだけでも憚《はばか》られるべきところです。アルカナをあるべき場所へ戻せば、あなたの罪を許すだけではなく、その願いも叶《かな》えようというのです。これが譲歩でなければ、なんだとおっしゃるのでしょうか？」

朗々とゴルロアナは言う。

「本気で言っているのならば正気を疑う。交渉だとしても、もう少しうまくやることだ。戻りたければアルカナは勝手に戻るだろう。自分の都合で神を思うように操ろうというのがジオルダルの教えか？」

「譲歩していると申し上げたはずでございます。他の事柄であれば、神の御心に従い、口を出すことはいたしません。しかし、あなたとアルカナは選定審判を終わらせるとおっしゃるではありませんか」

「なるほど。それが不服というわけだ」

目を開き、けれども両手は祈るように重ねたまま、ゴルロアナはじっと俺を睨《にら》む。

「選定審判は、ジオルダルにおいて、なによりも神聖な儀式。竜人が神となり、信徒たちを守っていく。代々、この地底に受け継がれてきた大いなる救済のための審判なのです」

「救済とは聞こえがいいが、そのために苦しんでいる者もいるようだぞ。終わらせたところで別段、不都合もあるまい？」

「生の苦しみがない者などおりません。選定審判がなくなれば、更に多くの者が苦しむだけでしょう」

「理由を聞かせてもらおうか。選定審判がなくとも、この地に神はいる。竜人たちの暮らしに支障はないはずだ」

静かに息を吐き、ゴルロアナは静謐《せいひつ》な声を発する。

「そう教典により受け継がれてきたからです」

「具体的には？」

「《全能なる煌輝》エクエスの御意志です」

教典の中身を話せぬだけなのか。あるいは、教典にすら根拠が示されておらぬのか。

「俺を納得させたくば、それなりの言葉を選ぶことだ」

すると、教皇は俺を睨《にら》みつける。その視線からは、怒りが感じられた。

「神の言葉を解《げ》せぬ不適合者、それでは、あなたの流儀でお話しいたしましょう」

強い口調でゴルロアナは言う。

「どうかくれぐれも心に留《とど》めておきますように。ぬくぬくと平和な地上で暮らす魔族が、地底にやってきてまで我が物顔で振る舞わないでいただきましょうか。私たちには、私たちの教えというものがございます」

「分不相応な力が手に入るとわかれば、人は狂うものだ。お前の国のアヒデもガゼルも、喜び勇んで俺を殺しにきたぞ。そのためにアゼシオンを襲い、ディルヘイドを襲った。神に祈るばかりで自らの配下さえ野放しにし、俺の国を侵略した責をどうとるつもりだ？　まさか知らなかったですますつもりではあるまいな？」

返事に窮したか、それとも取り合うつもりもないのか、教皇はすぐに口を開かなかった。

「地底だけですむことならば、好きにしているがよい。だが、ディルヘイドに害が及ぶ行為を捨てておくつもりはないぞ」

「アヒデが地上を侵略したことは、私としても遺憾なことでございました。あれは教えに必要のないこと。ジオルダルを治める教皇として、深く謝罪をいたします」

祈ったままゴルロアナは頭を下げる。

「二度とせぬとこの場で神に誓え。ジオルダルとしても業腹《ごうはら》かもしれぬが、それは俺も同様だ。お前が譲歩するのならば、こちらも選定審判のことは結論を急がぬ」

静かに息を吐き、ゴルロアナは俺を見据える。

「不適合者よ。謝罪までが、最大限の譲歩でございます。勿論《もちろん》、私たちとて、積極的に事を荒立てたいわけではありません。極力あなた方の法を犯すことのないよう最善の努力をすると誓いますっしかしながら、どうぞこれだけは何卒《なにとぞ》ご理解を。私どもにとっては、神の教えに優先するものはただの一つとてないのです」

くはは、と俺は笑い声をこぼした。

「つまり、こうか？　多少の配慮はしてやるが、ディルヘイドの法など、ジオルダルの教えとは比べる必要すらない、ちっぽけなものだと」

「そうは申し上げておりません」

「選定審判のために、ディルヘイドに害を及ぼさぬと誓えるか？」

「偉大なる神の御心を、私如《ごと》きが見通せるわけもございません」

「そのときが来れば、迷いなくディルヘイドに戦火を上げるというのだろう？　そんなものは譲歩とは言わぬ」

「では、一つ、良《い》い解決策をお持ちいたしましょう」

ゴルロアナが清廉な表情を浮かべる。

「ほう。期待はせぬが、言ってみるがよい」

「一度、ディルヘイドがジオルダルに入信なさってみてはいかがでしょうか？」

馬鹿げたこととしか思えぬが、教皇は口調も表情も大真面目だ。

「神を信じさえすれば、すべての問題は《全能なる煌輝》エクエスによって、解決できることと思っております」

「それよりも良《い》い解決策を思いついた。こういうのはどうだ？」

俺の言葉に、怪訝《けげん》そうにゴルロアナは耳を傾ける。

「ジオルダルをディルヘイドに併合させてみよ。俺の統治下に入り、魔王に従い続けるのならば、この国の憂い、この地底の一切の問題を解決してやろう」

敬虔《けいけん》な表情でゴルロアナは言った。

「それは愚かな提案というものでございます。私たちは神を信じる者。それ以外の者に従うことが、どうしてできましょうか」

「わかったか？　それはこちらとて同じことだ」

ゴルロアナは目を閉じて、祈るように言った。

「国と国、人と人が分かち合えないのは、ときに致し方ないこと。私たちはただ神を信じ、この道を行くのみです」

煙《けむ》に巻《ま》くように言っているが、神の教えに合致するなら、ディルヘイドなどいくらでも侵略するという意味だ。捨て置くことなどできぬ。

「だから、ぶち壊してやると言っているのだ。つまらぬ審判がなくなれば、地上に危害が及ぶ恐れもない」

無論、完全にその危険がなくなるわけではないだろうが、選定神の力を借りられなければ、大した脅威にもならぬ。

「恐れながら、こちらは異教の国を相手に、これでも譲歩をいたしております」

言葉に怒気を込め、教皇は言う。

「それ以上を求めるというのでしたら、相応の罰を受けていただくことになりましょう」

どうやら、結論は出たようだ。

俺は立ち上がり、ゴルロアナを見下ろした。

「立つがいい。お前の神を滅ぼしてやろう。選定審判がそれほど神聖だというのならば、そこで負ければ、少しは俺の言い分を認める気になろう」

§21. 【福音、来たれ】

跪《ひざまず》き、祈りを捧《ささ》げたまま、教皇ゴルロアナは言う。

「あなたと私はともに選定者。聖戦をお望みでしたら、お相手はいたしましょう。しかしながら、あなたの口車に乗ることはないと知りなさい。たとえどれほどの力でこの身を打とうとも、神に捧《ささ》げた信仰心を折ることはかなわないのですから」

清廉なその表情から、揺るぎのない意志が感じとれる。

「あなたが教典に、痕跡神リーバルシュネッドに辿《たど》り着《つ》くことは決してございません」

「悪いが、そう言われると是が非でも覆《くつがえ》したくなるタチでな」

奴《やつ》を見下ろし、俺は言葉を返す。

「いつまで祈っているつもりだ？　座したまま、俺と戦うつもりではあるまい」

「なにか不都合でもおありでしょうか？」

あくまで祈りの姿勢を崩さず、ゴルロアナは歌い上げるように言う。

「ほう」

「私はジオルダルの教皇、ゴルロアナ・デロ・ジオルダル。選定の神より救済者の称号を賜りし者。地底に救済が訪れるその日まで、神への祈りを欠かすことは決してございません」

跪《ひざまず》いたまま、奴《やつ》は俺を睨《にら》みつける。

「どうぞ、ご遠慮なくいらしてください。この身は神の奇跡に護《まも》られ、あらゆる苦難を討ち滅ぼすでしょう」

「面白い。ならば、遠慮なくやらせてもらうぞ」

言葉と同時、床に巨大な魔法陣を描く。

出現したのは漆黒の炎、それが鎖となりて、跪《ひざまず》くゴルロアナの体を縛りつける。

「《獄炎鎖縛魔法陣《ゾーラ・エ・ディプト》》」

獄炎鎖《ごくえんさ》が黒く燃え上がると、それは大魔法を行使するための魔法陣に早変わりする。

「汝《なんじ》よ、恐れを知りなさい。神を縛ることは、何人たりともできかねます」

ゴルロアナの選定の盟珠に、神々《こうごう》しい光が集う。

その中心に火が灯《とも》ったかと思えば、盟珠に立体魔法陣が描かれる。それは幾重にも重なり、積層されていく。みるみる膨張する魔力は、瞬《また》く間《ま》に神の域に達した。

不思議な音色が響き、音叉《おんさ》の柱が反響する。音はみるみる音量を増して、ロォン、ロォン、と聞き覚えのない調べを奏《かな》でた。

教皇の背後を覆うように、神が顕現する。

「福音、来たれ。《神座天門選定召喚《グアラ・ナーテ・フォルテオス》》」

ロォンと音が響き、姿を現したのは蒼《あお》いコートを纏《まと》った長髪の神である。

「《憑依召喚《アゼプト》》・《選定神《ドルディレッド》》」

顕現した神が、吸い込まれるようにゴルロアナの体に降りる。教皇の魔力が膨れあがり、《獄炎鎖縛魔法陣《ゾーラ・エ・ディプト》》に縛られた体が蜃気楼《しんきろう》のように揺らめき、消えた。

ロォン、という調べとともに、ゴルロアナの体が俺の背後、十メートルほど先に現れる。

「福音神ドルディレッド」

アルカナがそう言い、俺の隣に並ぶ。

「教皇ゴルロアナの選定神。音を司《つかさど》るドルディレッドの姿は、音そのもの」

「ふむ。鎖でも炎でも縛れぬというわけか。ところで」

アルカナに視線を落とす。

「ディードリッヒにやられた傷はどうだ？」

「回復した」

「ならば、二人でとっとと片付けるぞ」

魔法陣を描き、《真空地帯《バドロム》》の魔法を放つ。室内は真空と化し、音の届かぬ静寂が辺りを包んだ。

しかし、それを打ち破るように、ロォンと福音が響く。その調べが音叉《おんさ》の柱に次々と反響、共鳴されれば、室内に魔力が充満する。

福音神ドルディレッドは音の神。そのためか、あの音叉《おんさ》の柱で反響、共鳴されると、その度に魔力が倍増していく。

「復活の日、滅びた信徒たちは、福音とともに、仮初めの命を得るでしょう。おお、偉大なる神よ、あなたの奇跡に感謝いたします」

祈るように、ゴルロアナが歌い上げる。

「福音の書、第一楽章《信徒再誕《エグレド》》」

ロォン、ロォンと音が響く度《たび》、眼前にはゴルロアナと同じ蒼い法衣と音叉《おんさ》に似た剣を持った者たちが姿を現す。合計で三三人だ。

「真空でも、福音は響く。あの音が鳴る限り、ドルディレッドは不滅」

アルカナが言う。

「しかし、珍しいな。音韻魔法陣か」

福音の変化により、音の魔法陣を描き、魔法を発動しているのだろう。

音の高低、発音、調子などによって発動するそれは、一般的な魔法陣に比べれば、使い勝手が悪い。詠唱を終えなければ、魔法が行使されないからだ。

しかし、どうやら福音神の秩序で、その詠唱を一瞬で行っている。

「ご覧になるとよろしいでしょう、不適合者。彼らは、このジオルダルで神に祈りを捧《ささ》げ続けた信徒にして、歴代の教皇でございます。神の奇跡の前に、あなたはただただひれ伏すことになりましょう」

ザッと地面を蹴り、《信徒再誕《エグレド》》により蘇《よみがえ》った死者たちが、音叉《おんさ》の剣を振るい、俺へ突っ込んできた。

「吹雪《ふぶき》の夜に、すべては凍る」

アルカナが周囲に雪月花を吹雪《ふぶ》かせ、襲いかかる死者たちの下半身を冷気で凍《い》てつかせた。

「歴代の教皇が黄泉《よみ》の国より戻ってきたというのならば、礼を尽くして問おう」

動きを封じられた死者たちに、俺は言葉を投げかける。

「この国が目指すのは、ディルヘイドとの和睦か否《いな》か。各々《おのおの》の考えを述べよ」

その答えと言わんばかりに、《信徒再誕《エグレド》》の死者たちは、音叉《おんさ》の剣を響かせ、聖歌を歌う。

音韻魔法陣が強力な反魔法を響かせ、凍《い》てついた氷を粉々に割った。

なおも吹《ふ》き荒《すさ》ぶ吹雪の中を、死者たちは音叉《おんさ》の剣を振り上げ、突き進んでくる。

「自明のことを問うべからず。死者である彼らを縛るのは、今際《いまわ》の際《きわ》の悲願のみ。神への祈りと聖歌を捧《ささ》ぐこと以外、この国を思う教皇が願うわけもないでしょう」

「悲願を果たすだけの亡霊か」

漆黒の稲妻を俺は右手に纏《まと》う。それが膨れ上がり、室内を満たすかのように周囲に飛来した。

起源魔法《魔黒雷帝《ジラスド》》に撃ち抜かれ、三三人の死者たちは骨も残らず、消滅する。

「滅びた者は、すなわち不滅なり。彼らを再度滅ぼすことは、何人たりともできかねます」

ロォン、ロォンと福音が響き、再び《信徒再誕《エグレド》》の死者たちが蘇《よみがえ》る。

「二度目の再誕にて、滅びた信徒たちは、その身に神を降ろす。数多《あまた》の神がここに顕現し、暗闇を払い、世界は光に満ちるでしょう」

歴代の教皇たちが魔法陣を描くと、彼らは《憑依召喚《アゼプト》》を使う。

魔力が桁違いに上昇した。

「音の番神ミラヒ・イデ・ジズム」

三三人の教皇は、音叉《おんさ》の剣を俺たちに向ける。魔力を伴う音の塊が一斉に放たれた。

「雪は舞い降り、地上を照らす」

降り注ぐ雪月花が俺たちを護《まも》る結界となり、音の塊を遮断した。

「三三人の教皇と、三三名の神の前に、あらゆるものは膝を折り、そして頭を垂れるでしょう。信じなさい、異端の民よ。信じなさい、神の御業《みわざ》を。ただただ祈れば、あなたも救われます」

ゴルロアナが歌い上げると、教皇たちの音叉《おんさ》の剣が更に強く響き、共鳴した。福音神ドルディレッドの力で、音韻魔法陣が強化されているのだ。

「福音の書、第二楽章《聖音竜吐《ザビオズ》》」

音の塊が竜の咆吼《ほうこう》が如《ごと》く激しく劈《つんざ》き、ミシミシと雪月花の結界を押し破ろうとする。

「なかなか敬虔《けいけん》な教皇たちのようだが……しかし、果たして本当に神にすべてを捧《ささ》げていたか？」

「自明のことを問うべからず。国を思う教皇に、私利私欲などございません」

教皇ゴルロアナが言葉を返す。

「ならば、賭けるか？　今から教皇の私利私欲を暴いてやろう。俺が勝てば、痕跡神の居所を話してもらう。負けたならば、アルカナをくれてやろう」

「あなたの口車には乗らないと申し上げたはずでございます」

「俺にかすり傷一つでもつければ、お前の勝ちで構わぬ。ついでにディルヘイドもくれてやろう」

俺は《契約《ゼクト》》の魔法陣を描いた。すると、教皇は小さく息を吐き、こちらを見た。

もう一押しか。

「歌には自信があるようだな。ならば、こちらも賛美歌にまつわる戦いのみで応じるとしよう。この結界も即座に消してやる」

　すると、教皇は言った。

「《全能なる煌輝》の名にかけて、ここに宣誓いたしましょう」

　その言葉で《契約《ゼクト》》の調印が成立する。同時に、アルカナは雪月花の結界を消した。《聖音竜吐《ザビオズ》》が猛威を振るい、襲いかかったが、しかし、すでに俺の右手には《創造建築《アイリス》》で創造した魔笛があった。

「《魔笛相殺《ゴルドロス》》」

　魔力を込めれば、そこから賛美歌の曲が溢《あふ》れ出《だ》す。魔笛から奏《かな》でられた調べが、《聖音竜吐《ザビオズ》》にぶつかり、相殺《そうさい》した。

「ふむ。急ごしらえのわりにはなかなかの効果だ。やはり、音には音をぶつけるに限る」

　言いながら、その魔笛をアルカナに渡す。

「使え」

　アルカナは魔笛を手に取ると、それに口をつけ、賛美歌の曲を奏《かな》で始める。

《聖音竜吐《ザビオズ》》を阻《はば》む結界が、一段と強化された。

　彼女に光を当てるかのように、アーティエルトノアが輝き、照らす。白銀の輝きは、天井をすり抜け、天蓋から地上へ光の橋がかけられた。

　ゆっくりと《創造の月》が降りてくる。半月の光がみるみる迫ると、それは魔笛を包み込む。

「月に飲まれて雪解けを待ち、新たな姿が現れいずる」

する。

アーティエルトノアと魔笛は混ざり合い、《創造の月》の力を持った神の魔笛がそこに誕生する。

ふっとアルカナが息を吹き込むと、創造されし音楽が、三三本の音叉《おんさ》の剣が放つ《聖音竜吐《ザビオズ》》をあっという間にかき消す。なおも調べの勢いは止まらず、神の魔笛が放つ音の塊は、教皇たちを飲み込んで、消滅させた。

「次はドルディレッドだ、覚悟せよ」

アルカナが魔笛を吹く。

神々《こうごう》しくも恐ろしげな調べが響き渡り、それが福音に襲いかかる。ロォンと響く音に、魔笛の調べが干渉し、その福音が先程よりも僅かに小さくなった。

「……く……」

福音神を憑依《ひょうい》しているゴルロアナが表情を歪《ゆが》める。

「ふむ。どうやら、これは効いているようだな。まさか我が身可愛《かわい》さに祈りをやめることを、私利私欲に走っておらぬとは言うまいな？」

その返事とばかりに、歯を食いしばり、ゴルロアナはあくまで祈りを続けている。

「……滅びた者は、不滅だと申し上げたはずです……」

ロォン、ロォンと福音が響き、再び《信徒再誕《エグレド》》の死者たちが、音の番神とともに蘇《よみがえ》る。

「三度目の再誕にて、滅びた信徒たちは、神に聖歌を捧《ささ》げる。受け継がれし神聖なる調べは、災いを燃やし尽くす神の業火《ごうか》となるでしょう」

神を降ろした三三人の教皇たちは、清浄な声を響かせ、高らかに聖歌を歌い上げる。それらが共鳴し、幾重にも重なる音韻魔法陣を構築した。

俺たちの周囲を覆うように、神々《こうごう》しい炎の柱が立つ。それはアルカナの魔笛の響きを押しやるように、少しずつ範囲を狭めてくる。

「汝《なんじ》は言った。なぜそれほどまでに祈り続けられるのか。救済者は答えた。私は一人で祈っているわけではなく、これまで神を信じてきた者たち、すなわち神のもとへ赴いた彼らの祈りがここにあるのでございます。おお、救済者は歌う。かつての死者たちとともに。その神の調べこそが救済であり、神に逆らうすべてを燃やす、唱炎《しょうえん》となると」

朗々とゴルロアナは歌い上げる。そうすることで、唱炎は勢いを増し、魔笛の響きを押し潰しては、俺たちを燃やし尽くそうとする。

「ふむ。やはり音楽というのは皆で歌い、奏《かな》でるのがよい。それには同感だぞ、ゴルロアナ」

つなげた魔法線を辿《たど》り、《思念通信《リークス》》を飛ばす。

「聞こえているか、魔王聖歌隊。ちょうどいい機会が来た。愛がどれだけ神に通用するのか、ここで一つ試すとしよう」

すぐさま、八つの声が返ってくる。

『『『はいっ!!　アノス様っ!!』』』

魔王城に待機させておいたエレンたちだ。

「歌え。お前たちの愛を俺によこすがよい」

『『『はぁいぃっ!!　アノス様っ!!』』』

「《狂愛域《ガルド・アスク》》」

エレンたちの愛の深淵《しんえん》に沈み、その想《おも》いを余さず魔力に変換する魔法——それが《狂愛域《ガルド・アスク》》。

狂気に迫るほどの愛が姿を変え、漆黒の光が溢《あふ》れ出《だ》す。それは粘性を帯びたかの如《ごと》く、俺にねっとりと絡《から》みつき、渦を巻いた。

「福音の書、第三楽章《聖歌唱炎《ランレズ》》」

「ならば、こちらは」

祈りを捧《ささ》げる教皇ゴルロアナに言う。

「魔王賛美歌第六番『隣人』」

アルカナが即座に隣人の伴奏を魔笛で演奏する。《創造の月》の力を持つその笛は、見事にその調べを創り出していた。

「祈りの前にすべては儚《はかな》く、神の前に、すべてはひれ伏す。この唱炎があなたを燃やし、あなたの罪をぬぐい去ってくれるでしょう」

燃え盛る唱炎が俺とアルカナを飲み込んだ。激しく炎は天へ上り、天井を突き破っては、天蓋にさえ達する。まさにそれは神の炎。この世の一切をぬぐい去り、灰さえも残さぬ、浄化の火であった。

「おお、咎人よ。あなたの罪は唱炎とともに燃え去り——な…………!?」

ゴルロアナが目を見開く。

炎の中、《思念通信《リークス》》を辿《たど》って届けられた歌声を耳にしたのだろう。その刹那、泥のような《狂愛域《ガルド・アスク》》の光が膨張し、炎を腐らせた。

俺は火傷《やけど》の一つさえ負ってはいない。

『あー、神様♪　こ・ん・な、世界があるなんて、知・ら・な・かったよ～～っ♪♪』

「「「ぐあああああああああああああああああぁぁぁぁぁぁっっっ!!!」」」

　これまで聖歌を歌うことに集中していた教皇たちが、ただ今際《いまわ》の際の悲願を叶《かな》えようとするだけの亡霊たちが――悲鳴を上げて、吹き飛んだ。彼らは粘つく黒き光に侵され、腐っていく。

　その光景にゴルロアナは、ただただ目を見張り、耳を疑う。炎や死者さえも腐食する、恐るべきは《狂愛域《ガルド・アスク》》の腐力だ。

　それは愛ゆえに、目標だけを腐らせる。単純な腐食の力だけで言えば、魔王の血にも迫るやもしれぬ。

「……先代たちが……死者が……祈りと聖歌を忘れるほどの、歌……!?」

「納得したか？」

「……まだ、断定は……。反射的に、悲鳴を上げたに過ぎません……私利私欲とは……」

「ならば、思い知らせてやろう」

『ク・イック、ク・イック、ク・イックウッゥー♪』

「ぐうううううううぅぅぅぅぅ、神よぉぉぉぉっっっ!!!」

　さすがは現教皇といったところか。

　ゴルロアナは祈りの姿勢のまま、暴虐に襲いかかる《狂愛域《ガルド・アスク》》の光に耐え忍ぶ。そうして、唱炎で対抗すべく、聖歌を歌った。

　歴代の教皇たちも次々と祈りを捧《ささ》げては聖歌を共鳴させ、再び《聖歌唱炎《ランレズ》》を俺とアルカナにぶつける。

「お前たちの聖歌も悪くはない。だが、祈るだけではもの足りぬ。なにせ――」

アルカナが演奏する魔笛に合わせ、今、魔王賛美歌が響き渡る。

「こちらは振り付きだぞっ！」

音楽に乗るように地面を蹴る。

『開けないでっ♪』

「せっ!!!」

《狂愛域《ガルド・アスク》》を纏《まと》う俺の正拳突きが、神の唱炎を吹き飛ばす。

『開けないでっ♪』

「せっ!!!」

右を引くと同時に左、繰り出した正拳突きは、漆黒の《狂愛域《ガルド・アスク》》を束ね上げ、《信徒再誕《エグレド》》の死者たちを吹き飛ばす。

「ぐあああああああああああああああああぁぁぁあっっっ!!!」

「があああああああああああああああああぁぁぁぁあっっっっ!!!」

『開けないでっ、それは禁断の門っ♪』

「せっ!! せっ!! せえいっ!!!」

更に三撃。

魔王賛美歌の前に、彼らの聖歌が弾《はじ》け飛ぶ。

「……ばっ、馬鹿なぁぁっ、神の聖歌がぁぁっ……」

「こんなぁっ、こんな、禁断の歌にぃぃぃっ……!!?」

悲鳴を上げる死者たちを見て、ゴルロアナは驚愕《きょうがく》の表情を浮かべている。

「お……恐るるなかれ……先代たちよ。なにを恐れる必要がありましょうか。一度滅びた者は滅びることはございません。神のもとへ招かれたあなた方は最早《もはや》、不滅の――」

完全に腐り果て、消え去った一人の死者を見て、ゴルロアナは絶句する。

「……蘇……………らない……？　な、ぜ……………？」

「わからぬか」

あくまで祈るゴルロアナの前に、俺とアルカナが立っていた。

魔王聖歌隊の歌が響いている。

「ク・イック、ク・イック、ク・イックウッウーだ」

「…………わかりません…………」

「すなわち、わけがわからないけど楽しいからいいじゃん。その歌が、今際《いまわ》の際に彼らが抱いた真なる想《おも》いを呼び覚ました。成仏《じょうぶつ》したのだ」

「……成……仏……」

ありえない、といった顔でゴルロアナは俺を見つめた。

「国のためだけに、人は生きられぬ。誰しも心がある。楽しさを忘れ、ただ祈り続けるだけの存在となり、なにが人生か」

「いいえ、まさか――」

「まだ信じられぬか。彼らの禁断の門を、彼女たちがこじ開けたと」

右拳を思いきり振り上げる。

「覚悟せよ。次はお前の心に、禁忌の鍵を入れてやる」

『入れないで♪』

「ぜあっ！」

魔笛が響き、《狂愛域《ガルド・アスク》》を拳に纏《まと》う。

突き出された正拳突きが、福音神ドルディレッドを吹き飛ばす。

「がはぁっ……」

音そのものであるはずのゴルロアナの鳩尾《みぞおち》に、俺の右拳が突き刺さり、奴《やつ》の体を強引に持ち上げる。

音には音を、神には愛を。

《狂愛域《ガルド・アスク》》と魔笛、そして『隣人』の振り付けが、攻撃の通じぬ福音神を確かに腐食する。

「……やめ……なさ……福音に、そんな音を――お、おお、神が腐って……!?」

『入れないで♪』

「ぜあっ！」

左拳が再度、教皇の腹部をにめり込み、奴《やつ》の体がくの字に折れる。

「……が……はぁぁ……ふ、福音が、消え…………」

『入れないで、それは禁忌の鍵♪』

「ぜあっ！　ぜあぁっっ!!　ぜああああああぁぁぁっっっ!!!」

鳩尾《みぞおち》、喉、顔面へ、両拳に纏《まと》った《狂愛域《ガルド・アスク》》を叩《たた》きつける。弾《はじ》けるように教皇は後ろへ吹き飛び、柱を数本へし折り、壁にぶち当たって、ようやく止まった。

「福音だかなんだか知らぬがな」

福音神ドルディレッドが腐り果て、滅ぶ。

神の力を失った教皇へ俺は言った。

「振り付けもない歌が、俺に響くとでも思ったか」

§22．【痕跡神の居所】

床に伏す教皇のもとへ、ゆるりと俺は歩を進ませていく。

「ふむ」

気を失い、体はボロボロになり果ててなお、ゴルロアナの両手はまだ祈るように重なったままだ。

歴代の教皇たちは、魔王賛美歌の前に祈りを忘れたというのにな。

ゴルロアナに《総魔完全治癒《エイシェアル》》の魔法をかけてやる。瞬《また》く間《たま》に傷が癒《いや》されると、教皇ははっと気がついたように目を開いた。

「国のため、いかなるときも祈りをやめることはかなわぬ、か。口先だけではなかったようだな」

《狂愛域《ガルド・アスク》》と魔笛の魔力、両者を重ねた『隣人』の振り付けをまともに食らおうとゴルロアナは祈ることをやめなかった。

その両手で身を守らねば、神もろとも滅んでいてもおかしくなかったというに、今際《いまわ》の際まで私利私欲を捨てるとはな。

「お前の信仰に免じ、痕跡神が納得しない限り無理矢理起こしはせぬ」

ゴルロアナは身を起こし、再び祈りの姿勢をとる。

「居所を教えてもらおうか？」

調印された《契約《ゼクト》》の魔法陣が光り輝く。

「神への宣誓を違えるわけには参りません。あなたの言う通り、歴代の教皇たちはその全霊をもって国を思い、祈り続けたわけではなかったようでございます」

あるいは、ゴルロアナ自身にそれができるからこそ、気がつかなかったのかもしれぬな。

「ジオルヘイゼより西へ二〇〇キロ。その地下深く、時に隠された地下遺跡リーガロンドロルに、痕跡神は眠ると言われております。白夜《びゃくや》の頃、神竜の歌声が輪唱する処《ところ》、それがリーガロンドロルの入り口となりましょう」

「白夜《びゃくや》は地底では珍しいのか？」

アルカナを振り向くと、彼女は言った。

「地底には太陽がなく、ゆえに地上と同じ昼はない。朝を黎明《れいめい》、昼を白夜《びゃくや》、夜を極夜《きょくや》とも言う」

昼間ということか。痕跡神についてはこれで十分だろう。

「さて、ゴルロアナ」

眼前の教皇に視線をやる。

「俺の目的は、わかっていよう？」

「……この選定の盟珠は神からの預り物。これを奪うというのでしたら、先にこの私の命を」

「そんなものはいらぬ」

すると、教皇は怪訝《けげん》な表情を浮かべた。

「なにを驚いている？」

「あなたは聖戦に勝利した。私の選定神を滅ぼしただけで、終わりにするおつもりではないでしょう」

「ふむ。話が見えぬが？」

「……なぜ福音神を供物《くもつ》に捧《ささ》げないのですか？」

選定審判では、選定神は他の神を食《く》らうことができる。

アルカナはかつて、聖騎士ガゼルの神を取り込み、その秩序を我がものとした。同じことを、福音神にしないのが、不思議でならぬというわけか。

「言ったはずだ。俺の目的は選定審判を滅ぼすことだと」

「ならば、なおのこと、神の奇跡が必要なのではないでしょうか？」

「選定審判において、神は神を食《く》らうことができる。聖戦以外にも決着のつけようはあるにはあるが、どうにもこの儀式は選定者同士を争わせたいように思えてならぬ」

俺の言葉に、ゴルロアナは不可解そうな反応を見せる。

「なにをおっしゃりたいのでしょうか？」

「選定審判を勝ち抜くには、敵の神を倒し、食《く》らうのが定石だろう。つまり、この審判を生みだした存在、地底の教えでは《全能なる煌輝》エクエスというのだろうが、エクエスは神に神を食わせたいのだ」

ただ秩序を維持するために、果たしてその仕組みが必要なのか？

「複数の秩序を有する強大な神を作ることで、秩序がより強固になるか、あるいは他に理由があるのか。いずれにしても、意図的なものを感じる。これを企《たくら》んだ何者かがいるのだとすれば、その思惑を外してやろうと思ったまでだ」

なによりわざわざ神を食わせるまでもなく、この身一つで事足りる。

「……では、私を殺すのが目的でしょうか？」

「お前の命に興味はない」

「それではいったい、なにが目的だというのでしょう？」

「無論、先程の話の続きだ」

すると、教皇はその端正な顔を歪《ゆが》める。

「理解できかねます。あなたが勝利したのでしたら、ただ私を殺せば、それで済むことでしょう。選定審判による結果を咎《とが》める者は、ジオルダルにはおりません」

「そちらはディルヘイドの魔王としての事情だ。お前が圧政を敷く暴君であったり、無能だというのならば話は別だったが……少なくとも、お前はジオルダルのために祈り、この国を平穏無事に治めている。お前が死ねば国が荒れるだろう。アガハやガデイシオラに侵略されるかもしれぬ」

「地上の国には、なんら関係のないことでしょう」

「無関係と口にするには、この国に生きる民の幸せは大きすぎる。多くの笑顔が悲しみに染まるのは忍びない」

魔王学院の生徒たちとともにジオルヘイゼを見て回った。まだまだわからぬことは多いが、しかし、はっきりしているのは、ここで生きる地底の民は、皆つつがなく暮らしてるということだ。

来聖捧歌《らいせいほうか》を楽しげに歌い、神事である聖歌の祭礼の成功を一心に祈っていた。文化の違いはあれど、ディルヘイドとなにも変わらぬ。

「敵意を持つならば容赦はせぬ。だが、そうでなければ、手を取り合おう」

ゴルロアナは俺の真意を探るように、じっと視線を向けてくる。

そうして、鋭く言った。

「我が選定の神を滅ぼした方のおっしゃる台詞《せりふ》でしょうか？」

「くははっ。ただ理想を口にしても意味はあるまい。お前が逆立ちしても敵《かな》わぬと知ってこそ、初めて俺の言葉が届く。俺を止めるならば、力よりも言葉だと痛感してこそ、対話が成立するというものだ」

「……傲慢なことをおっしゃるものです」

俺はニヤリと笑う。

「ようやく一つ、理解してもらえたようだな。そう、俺は傲慢だ。敵国を滅ぼすだけでは飽きたらぬ。平和が欲しいのだ。本当の平和がな」

ゴルロアナは閉口する。返す言葉もないといった顔つきだ。

「自分の胸に聞いてみよ。先程よりは俺の言葉がその心に届いていよう」

短く教皇は息を吐く。

あるいは、それは肯定だったのかもしれぬ。

「二千年前、地上でも大きな戦いがあった。地底の三大国が争うように、神族、魔族、人間、精霊が殺し合ったのだ。多くの兵が死に、民が死んだ。俺は最後に望みを賭け、力と対話をもって敵国に挑んだ」

黙って耳を傾ける教皇に、俺は続ける。

「世界は平和になった。少なくとも二千年前よりは。だが、今でも思う。もっと早く、彼らと話すことができたのならば、もっと多くの死者が救われたはずだ」

偽りのない想《おも》いを、俺は確かに言葉に込める。

「その過《あやま》ちを繰り返すわけにはいかぬ。殴り合いながらでも、俺は対話を続けよう。お前たちが根負けするまで、この拳で語り、言葉で殴りつけよう」

「……どうしろとおっしゃるのですか？」

「譲歩せよ。お前たちの信仰は尊重しよう。だが、ディルヘイドに危害を加えるな。国と国で盟約を交わそうではないか」

ゴルロアナが否定するように首を左右に振る。

「先程申し上げた以上の譲歩はできかねます。ジオルダルは神の国、教えに逆らうことはできません」

「では、教えに逆らわず、ディルヘイドに危害を加えぬ方法を考えよ」

ゴルロアナはその美しい顔を困惑に染めた。

「あまり賢い考えとは思えませんが。先程と、なんら変わってはおりません。私たちも、もとより、ジオルダルの教えなく地上に害を与えようとは思っておりません」

「俺とて、初めからすべては望まぬ。お前たちが馬鹿をやらかすのならば、その度に思い知らせてやり、対話の席を設けよう」

目を閉じ、数秒ほど神に祈りを捧《ささ》げた後、ゴルロアナは再び俺を見据えた。

「過酷な地底世界で生きるには、神とその使いである竜の力が不可欠でした。私たちは信仰なくしては生きていくことができなかったのです。自らの力で暮らすことのできた地上の者たちとは、決してわかり合うことはできないでしょう」

「知らぬからこそ、俺たちは互いに相手を恐怖するのだ。知らぬからこそ、滅ぼすことを厭《いと》わず、ゆえに互いが悪鬼羅刹《あっきらせつ》のように見える」

そして、いつしか憎しみの連鎖が積み重なり、手の施しようのない泥沼の戦争に誰も彼もが沈められていく。

「まずは知ることから始めるべきとは思わぬか？　どうしてもわかり合えぬと気がついたなら、そのときは仕方あるまいがな」

「あなたが神聖なる選定審判を滅ぼそうというのを、私は黙って見てはいないでしょう。ジオルダルの民も、それを許すことはございません」

「俺の力がまだわからぬというのならば、好きにするがよい。何度でも、その身に教えてやろう。世界には神以上に怒りを買ってはならぬ存在がいることをな。否《いや》が応《おう》でも、お前たちの教典は変わらざるを得まい」

一歩も引かず、そうジオルダルの教皇に言葉を投げる。

「きっと、あなたには、わからないことでしょうが」

そう前置きすると、ゴルロアナはこれまで見せたことのない、憂いの表情を浮かべる。

「私たちのこの両手は、神へ祈りを捧《ささ》げるためのものなのです。決して、地上の者のように手を取り合うことはできません」

繰り返すように、教皇は言う。

「あなたがここへやってきたとき、差し出したその手を、私はとらなかった。それがすべてです。あなた方と手を取り合う日は決して訪れはしないでしょう」

「飢えた者が神に祈るのは、食べ物がないからだろう。果樹がそこにあるのに手を伸ばさず、祈り続けるものはいまい」

ゴルロアナは表情を崩さず、黙って俺の言葉に耳を傾けている。

「祈るだけでは救えぬこともある。なにかをつかむために手を伸ばさねばならぬときが、お前にも必ず訪れるだろう。歴代の教皇とてそうだった。だから、あの賛美歌に反応したのだ」

そう言って、俺は踵《きびす》を返《かえ》す。

「結論は急がぬ。お前たちの万策尽きるまで、いくらでもつき合ってやろう」

アルカナとともに聖歌祭殿を後にした。

§23．【名もなき神の欲得】

ジオルヘイゼ竜着き場。魔王城。

最下層奥にある木造の部屋に俺たちはいた。寝室だ。

外は暗く、今は極夜である。地下遺跡リーガロンドロルへ行くには白夜《びゃくや》でなければならぬ。明日の昼を待つ必要があった。

「――痕跡神は目前だが、まあ、夢の続きを見ておいて損はあるまい。教皇が嘘《うそ》をついていないにしても、リーガロンドロルから痕跡神はとうに姿を消しているということも考えられる」

「それは正しい」

寝室のベッドに俺は仰向けになる。

その上にアルカナが乗ってきた。額と額をつけようとして、しかし、彼女は途中で止まる。

アルカナは俺の顔を間近で覗《のぞ》き込《こ》んだ。

「尋ねてもいいのだろうか？」

「よい」

「あなたは、救済者ゴルロアナを見逃した。ディードリッヒの預言によれば、彼はディルヘイドを危険に曝《さら》す。なぜ滅ぼさなかったのだろう？」

迷わず、俺は答えた。

「預言が確実だろうと、未来はまだきていないのだ。これから罪を犯すのだと決めつけられ、裁かれてはたまったものではあるまい」

静かにうなずき、アルカナは言う。

「それは正しい」

「教皇にも言った通りだ。奴《やつ》が死ねば、ジオルダルが荒れる。この国に生きる者たちの笑顔を曇らせることになろう。ゴルロアナが圧政を敷き、ただ民を苦しめるだけの愚かな王であれば、話は違ったがな」

脳裏には、来聖捧歌《らいせいほうか》の歌声や笑顔が蘇《よみがえ》る。

「どうやらそう単純ではないようだ。あの者はディルヘイドにとって敵なのかもしれぬが、それでもこの国の民にとっては王であろう」

「真の平和が欲しいとあなたは言った」

「ディルヘイドだけの平和など容易《たやす》い。それ以外の世界のすべてを滅ぼし尽くせばいいのだからな」

アルカナは真剣に耳を傾けている。

「だが、そんな世界が優しいはずもない」

「優しい世界をあなたは求めているのだろうか？」

「古い約束があってな。俺はその者に証明せねばならぬ」

じっとアルカナは俺の瞳を覗《のぞ》く。

「なにをだろう？」

「この世界は温かく、愛と希望に満ちている」

　アルカナはその透明な表情を綻ばせた。

「あなたはわたしに贖罪《しょくざい》の機会をくれた。あなたは神に許しを与え、歯向かうものさえ救おうとしている」

「そんな大層なものではない。俺が思っていることは一つだ」

「それがなにか、わたしはたぶん、知りたいと思っているのだろう」

　神ゆえか、自分の感情を探るように、アルカナが言う。

「俺の思い通りにならぬ世界が気に入らぬ」

　アルカナが目を丸くした。

「傲慢だと言ったはずだ」

「思ったことがある」

　ぽつり、と彼女は呟《つぶや》いた。

「わたしは名もなき神となってから、一人だった。神が神と手を取り合うことはあまりない。人は神にすがる手を向けるが、救いの手を差し伸べることはないだろう。なぜなら、彼らは人であり、わたしが神だからである」

　ごく一部の例外を除けば、神というのは超常の存在だ。信仰と崇拝の対象にしかならぬ。

「同じく選定者であったアヒデも、それは同じ」

　あいつは他の者よりも、質《たち》が悪かっただろうがな。

「初めて、わたしは誰かとともに、同じものを見て、事を為《な》そうとしている。同じ目的を抱いている。肩を並べて」

清浄なその声音には、アルカナの温かい感情が宿っている。それを探るように彼女は言った。

「この感情に名をつけるのならば、なんと言えばいいのだろう？」

「お前はどう思う？」

「わたしは……」

言葉を切り、考えた後に、アルカナは言った。

「わたしは嬉《うれ》しいのだと思う。恐らく、嬉《うれ》しいのだろう。あなたに会えて。たぶん、わたしは救われたのだろう」

「そう結論を急《せ》くな」

「違うのだろうか？」

アルカナが疑問を向ける。

「そのようなささやかなものを、救いとは呼ぶまい」

「ささやかだろうか……」

不思議そうに彼女は呟《つぶや》く。

「ああ、ささやかにもほどがある。もっと強く求め、望むがいい。自らの救済を」

「この身は神であるがゆえに、欲はない。神の欲得は罪となる。ただ救いだけが、わたしを満たしてくれるもの」

透明な言葉を発するアルカナに、俺は笑いかける。

「心があれば、欲も出る。欲得は俺に向けるがよい。それで誰も損はせぬ」

「あなたには、わたしの欲得が必要か？」

「そうだ。人の心を知らねば、人は救えぬ。それがわからぬから、多くの神族が地上で人間や魔族を冒瀆《ぼうとく》した。盟約により神の力を借りてきたこの地底とて、さほど大きな違いがあるとも思えぬ」

かつての罪を思い出したか、アルカナは憂いに満ちた表情を浮かべる。長く考え込むように口を閉ざし、彼女は目を伏せる。

しばらくして、アルカナはまた俺を見た。

「……あの夢の続きを、わたしは見たいと思っているのだろう……」

「俺とお前の記憶を辿《たど》る夢か？」

「そう。あの夢は、とても心地が良かった。夢の中のアルカナは、一人ではなかった。いつも、兄が守ってくれていた」

夢の記憶に思いを馳《は》せ、アルカナが穏やかな表情を浮かべた。

「あなたが……わたしを……守ってくれていた……」

一言、一言、思い出を噛《か》みしめるように、彼女は言った。

「それが真実であるならば……夢のように、アルカナがわたしならば、わたしの兄が、あなただというのならば、わたしにとって、それはこの上ない救いなのだろう」

俺の胸にアルカナの白い指先が触れる。

「それがわたしの欲得」

「兄が欲しいのか？」

アルカナがうなずく。

「一人ではなかったのだと思いたい。わたしを気にかけてくれている者がいた。わたしを気遣い、心配してくれる者が、一人でもいたのだと。それだけで、わたしはこの救いの道を力強く歩むことができる」

「そうか」

不安そうにアルカナが尋ねる。

「この身には、欲張りがすぎるだろうか？」

「なにを言う。依然としてささやかすぎて、涙が出るほどだ」

一瞬口を噤《つぐ》み、それからアルカナは言った。

「わたしがあの夢の中のアルカナだとして、どうしてわたしたちは別れることになってしまったのだろう？」

「さてな。二千年前は望まぬ別れが多かったが」

アルカナが今、名もなき神となっていることが関わっているのかもしれぬ。

「わたしは知りたい」

飾らぬ言葉でアルカナは言う。

「わたしのことを」

まっすぐ、その真摯な言葉を俺に向けて、

「あなたのことを」

神ゆえに、抑えられてきたその欲得を、彼女はあらわにする。

「もしも、わたしがあなたの妹ならば、あなたに言いたいことがある」

「なんだ？」

「……お兄ちゃん、と……」

ほんの僅か、羞恥心を持って、少女の姿をした神は囁《ささや》く。

「また会えたね、と言いたいのだと思う」

「ならば、来い。今宵《こよい》も夢の続きを見るとしよう」

アルカナが俺の額に額を重ね、魔法陣で二人の体を包み込む。

そのときだった。

「ねっ、ねえっ！」

椅子の方から、慌てたような声が響く。

「さっきから、わたしたちがいること忘れてないっ？」

サーシャが言う。その隣でミーシャがこくこくとうなずいていた。

「なにを言っている？　早く来るがいい。今日も夢までともをしてくれるのだろう」

「そうだけど……そういうことじゃないんだけど……」

ぶつぶつ言いながら、サーシャは俺の隣に入ってくる。

「でも、妹だし……妹だしね……」

自分に言い聞かせるように、サーシャは何度も呟《つぶや》く。

「サーシャ。あなたはわたしを、彼の妹と認めるのか？」

「えっ？　あ、うん……そ、そうね、だって、夢の中だと妹っぽいでしょ？　妹だといいなって思うし……」

戸惑いながらも、サーシャはそう答える。

「あなたは、わたしを警戒していると思った」

「……それは、まあ、ちょっとはね……」

「ありがとう」

そう礼を述べられ、気まずそうにサーシャは視線を逸《そ》らす。

「……ど、どういたしまして……」

言いながら、ぴたりとサーシャが俺にくっつく。反対側にはミーシャがいる。

アルカナは俺たちの衣服を脱がそうと、魔法陣を展開する。纏《まと》った服が光り輝き、収納魔法に収められていく。

「ちょっ、だ、だから、あのっ……布団《ふとん》をっ……」

サーシャが声を上げたその瞬間、ガチャッと寝室のドアが開いた。

二つの人影が入ってきた。

「アノス君、サーシャちゃん、加勢に来たぞっ！」

「……ゼシアも、夢で戦いますっ……！」

満面の笑みで現れたのはエレオノールとゼシアだ。彼女の視界には、一糸まとわぬ姿の俺たちが映る。

「……わーおっ……！」

「……真《ま》っ裸《ぱだか》……です……」

数瞬遅れ、ふわっと雪月花で作られた薄い布団《ふとん》がかけられる。

さすがのエレオノールも驚いているようで、その場に固まっていた。

「ふむ。加勢とはどういうことだ、エレオノール？」

「んー……？　んーと、ほら、昨日サーシャちゃんとミーシャちゃんが、アノス君のところに遊びに行ってたから、なにしてたのかって聞いたら、夢で戦ってたみたいなことを言ってたんだよね」

「……ゼシアたちも……一緒に戦い、したかったです……」

そういうことか。

「夢の番神の力を借りて、俺の記憶を思い出すところでな」

「あー、わかったぞ。裸が一番魔法効果を発揮するんだ。《根源母胎《エレオノール》》の魔法と同じだっ」

同じ条件の魔法だけあって理解が早い。

「別段、夢に危険があるわけではないが、まあ、お前も心配ならば見ておくか？」

「うんうんっ、仲間外れは嫌だぞっ」

エレオノールが自分とゼシアの体に魔法陣を描くと、ミーシャが咄嗟《とっさ》に照明を消し、ランプだけの薄明かりにした。

二人は夢の番神が最も効果を発揮できる姿となり、布団《ふとん》の中に潜り込んでくる。

「んー、狭いぞ」

「ていうか、このベッドそんなに大きくないし、全員入ったら、さすがに寝られないわ」

サーシャが困ったように言う。

「くすくすっ、そんなときのために、良《い》い魔法があるんだぞっ」

エレオノールが魔法陣を描くと、俺たち全員の体を包み込むような水の球がそこに現れた。

水中に浮かぶ俺を中心として、左にサーシャ、右にミーシャ、背後にエレオノールとゼシアが来て、正面にはアルカナがいた。

「……なに、この魔法……？」

「《水球寝台《リライム》》の魔法だぞっ。体の負担を水の浮力でなくして、ぐっすり快眠なんだっ」

「人間の魔法って、変なのあるわね……」

珍しそうにサーシャは《水球寝台《リライム》》の魔法を見ている。

「でも、気持ちよくないかな？」

「……うーん、言われてみれば、なんか体が楽だけど……」

「でしょっ」

エレオノールが両手を俺の首に回して、ぴたりとくっついてくる。

ふと俺は平和の存在を背中越しに強く感じていた。

「どお？　アノス君も気持ちいーい？」

「ちょ、ちょっと、なにしているのよ、エレオノール」

サーシャが慌てたように言う。

「なにって？　どーしたんだっ？」

「……だって……それっ、それっ」

「くすくすっ、いいんだぞ。サーシャちゃんも、くっつきたかったら、くっついて。ね、アノス君？」

　エレオノールが俺の背後から顔を寄せてくる。

「接触せねば、同じ夢には入れぬ。遠慮はするな」

「そ、そう……」

　恥ずかしそうにサーシャは顔を赤らめ、さっきよりもほんの少しだけ、俺に体を寄せた。

「待たせたな。準備ができたようだ」

　すると、アルカナは提案するように言った。

「ここにいる者たちの魔力を集めてみたい」

「夢の続きが見やすくなるか？」

「そう。夢の番神の力を高める。眠りが深くなれば、より夢に沈み、記憶の深淵《しんえん》に潜り込める」

　やってみる価値はあるな。

「どうすればいい？」

「魔力をつなぎ、根源を重ねて」

　アルカナの魔法陣が《水球寝台《リライム》》を覆う。俺たちは魔力と魔力をつなぎ、根源を重ね合わせる。

　目で合図した後、アルカナは言った。

「夜は訪れ、眠りへ誘《いざな》い、たゆたう記憶は、夢を重ねて、水面に浮かぶ」

　以前と同様、全員の体が、淡く透明な光に包まれる。誘うような眠気が訪れ、すうっと意識が遠のいていった。

§24.【見知らぬ来訪者】

それは、夢の続きだった――

雪が解け、天気の良《い》い午後。

アルカナは椅子に座り、本を読んでいた。

一羽《わ》のフクロウが飛んできて、一鳴きすると、窓に手紙を挟んでいった。アルカナは不思議そうな表情を浮かべ、窓を開ける。以前よりも暖かくはなったが、まだ空気は肌寒い。

素早く手紙を回収して、彼女は窓を閉めた。

視線を落としてみれば、それには『ミッドヘイズ城からの招待状』と記されていた。世間知らずのアルカナだったが、ミッドヘイズがディルヘイドで一番大きな都であることぐらいはわかっている。

宛名は、アノスのものになっていた。

「お兄ちゃんっ」

彼女は暖炉の近くで眠っている兄に声をかける。アノスはむくりと起きて、アルカナの方を見た。

「どうかしたか？」

「お城から招待状が届いたよっ。フクロウさんが持ってきたの」

「ふむ。また来たか」

アノスが伸ばした手に、アルカナは招待状を載せた。彼はすぐにそれを暖炉の火の中にくべる。

アルカナが驚いたように、目を見開く。

「もっ、燃やしちゃうのっ？」

「いつも書いてあることは同じだからな」

「なんて書いてあるの？」

興味津々《きょうみしんしん》といった風に、アルカナは兄の顔を覗《のぞ》く。

「城へ来い、とな。少し前に、ミッドヘイズで一暴れしたことがあってな。どうもそのときに目をつけられたようだ」

「だ、大丈夫……？」

「なに、城の兵士などには捕まらぬ。それに俺が赴けば、もれなく竜がついてくるからな。あちらとしても迷惑というものだ」

「……そっか」

アルカナはほっとしたように胸を撫《な》で下《お》ろす。

「もう一眠りする。なにかあれば、起こせ」

「うん。ごめんねっ」

「それから、俺の魔眼《めがん》の届かぬ場所へは行くな」

釘《くぎ》を刺すようにアノスは言う。

慌ててアルカナはぶるぶると首を振った。

「そ、そんなことしないもんっ」

「なら、いいがな」

そう口にして、アノスはまた目を閉じた。すぐに寝息が聞こえてくる。アルカナは恐る恐るといった風に、その寝顔を人差し指でつつく。まるで起きる気配がなかった。

「もう寝ちゃった」

彼女は椅子に戻ると、読んでいた本を棚に戻した。そうして、玄関の方へ行き、静かにドアを開ける。

外の空気を吸いながら、ぐーっと伸びをすると、そのまま森の中を散歩していく。勿論《もちろん》、兄に言いつけられた通り、彼の魔眼が届く範囲内である。

植物たちが芽を出し始めているのをのんびりと見物しながら歩いていると、上空からフクロウが飛び降りてきた。

先程、招待状を持ってきたフクロウだ。地面すれすれまで降下すると、光に包まれ、フクロウから黒猫の姿へ変化した。

「わ」

と、声を上げ、アルカナは黒猫をじっと見た。まるでついて来いと言わんばかりに、その黒猫はアルカナを見返し、ゆっくりと森の中を歩き出した。

「待ってっ」

アルカナは一瞬、家を振り返った。兄の魔眼《め》が届く範囲なら大丈夫だろうと考えたか、すぐに黒猫の後を追っていく。しばらく歩くと、見慣れない光景が、彼女の目に映った。人が、木の根っこに腰かけ、背をもたれかけているのだ。

紫の髪と、蒼《あお》い瞳。外套《がいとう》を纏《まと》った男であった。彼のもとへ黒猫は駆けていき、ぴょんとその膝に乗った。

猫の頭を撫《な》でながら、男はアルカナの方を向いた。

「やあ、アルカナ」

男の声に、アルカナはびくっと体を震わせる。

「そう脅《おび》えなくてもいい。君に危害を加えるつもりはないよ」

善良そうな表情、優しげな口調であった。

「眠っているとはいえ、この先へ足を踏み入れれば、彼に見つかってしまうからね」

アルカナと男のちょうど間が、言いつけられたアノスの魔眼が届く範囲だ。それを彼は簡単に見抜いていた。

「どうして……わたしの名前を知ってるの？　あなたはだあれ？」

「もっと小さい頃に会ったことがあるんだよ。君は覚えていないだろうけどね。僕はセリス。アルカナ、君に頼みがあるんだ」

警戒しながらも、アルカナは口を開く。

「……なあに？」

「アノスにこれを渡してほしい」

セリスは手紙を取り出し、それを指で弾く。ふわふわと宙を飛び、手紙はアルカナの手の中に収まった。先程、アノスが処分した招待状と同じものだ。

「おっ、お兄ちゃんを捕まえに来たの？」

「捕まえる？　なぜ？」

アルカナは言《い》い淀《よど》む。

「……だって……お兄ちゃんが、ミッドヘイズで一暴れしたって……」

「ああ。確かに一暴れには違いないよ。彼の魔力は、幼い身で尋常ではないからね。その絶大な力を、今はまだ持て余しているだろう。制御を誤れば、国を焼いてしまうほどだ。彼は強すぎる力を持つがゆえに、まだ魔法を自由には操れない」

邪気のない笑顔でセリスは言った。

「僕は彼を迎えに来たんだ。彼はこのディルヘイドの王となる器だよ。しかるべき場所で、その力を存分に振るってもらいたい」

不思議そうに、アルカナはセリスを見た。目の前の男が嘘《うそ》を言っているようにも思えなかったが、かといって兄が自分に嘘をつくとは考えられなかったのだろう。

「アノスもそれを、望んでいるんだと思うよ。彼が夜遅くまでなにをしているか、君は知っているかい？」

「……魔法のお勉強でしょ」

「そう、この辺境の地で、よくもまあ、あそこまで魔法の研究ができるものだよ。だけど、どうやら少し行き詰まっているようだ」

セリスはじっとアルカナを見つめる。けれども、その蒼《あお》い瞳はなにも見ていないようにも感じられる。

「無理もないことだろうね。子供一人で、しかも類を見ないほど強い魔力を持った彼は、先人の知恵がそのまま当てはまらない。独学で魔法の深淵《しんえん》に迫ろうというのは、極めて困難なことだよ。けれども恐らく、きっかけ一つさえあれば、彼は瞬《また》く間《ま》に誰にも届かない領域まで潜ってしまうだろうね」

褒めるでもなく、恐れるでもなく、ただ淡々と事実を述べるように、セリスは言う。

「そして、そのきっかけを、僕ならば与えることができる」

「……お兄ちゃんは、竜に狙われているから。お城の人たちに迷惑がかかるって」

アルカナがそう言うと、セリスは合点《がてん》がいったようにうなずいた。

「ああ、なるほど。そういうことか」

不思議そうな表情をアルカナは浮かべる。

「なあに？」

「君は嘘つきドーラの話を知っているかい？」

こくりとアルカナがうなずく。

「ドーラはなぜあんなにも嘘をつき続けたんだと思う？　嘘をついたところで彼女には、なんの得もなかったはずだ」

「……楽しかったから？」

「そうかもしれないね。でも、彼女は田舎で退屈そうにしている村人たちを、ただ楽しませたかっただけなのかもしれない」

「ドーラは優しい嘘をついたの？」

兄の言葉を思い出しながら、アルカナは尋ねた。

「僕はそうだと思うよ。君はどうだい？」

「でも、優しい嘘をついたんなら、幸せにならなきゃだめだよ。ドーラは誰にも信じてもらえずに、一人寂しく死んじゃったんだよ」

アルカナの言葉に、セリスはうなずいた。

「つまりは、そういうことなんだろうね。優しい嘘《うそ》をついても、救われるとは限らない。彼がそんな風にならないことを、祈りたいものだ」

家の方角へ視線を向けて、彼は意味深に言った。

「アルカナ。どうだろう？　彼を説得してくれたら、君の願いを叶《かな》えてあげるよ」

「わたしの願い……？」

「そう、願いだ。どんな願いも叶《かな》えてあげよう。ずっとここで、辺境の土地で暮らしているんだ。街に行きたくはないかい？」

アルカナは一瞬考え、首を横に振った。

「……お兄ちゃんが寂しがるから行かない。言いつけだもん……」

「それじゃ、なにかしたいことはないのかい？」

「したいこと……」

アルカナは俯《うつむ》いてしばらく考える。やがて、彼女は顔をあげて言った。

「……わたしも、お兄ちゃんみたいな魔法が使えるかな……？」

怖《お》ず怖《お》ずとアルカナは言った。

「あのね……いつも、お兄ちゃんは竜と戦っていて、可哀相《かわいそう》だから。わたしが、魔法を使えるようになったら、お兄ちゃんの代わりに、竜を倒してあげられるからっ。お家《うち》を作ってあげられるし、火もおこせるようになるし」

「君は優しいね、アルカナ」

セリスが微笑《ほほえ》むと、アルカナは嬉《うれ》しそうに笑った。

「君が魔法を使えないのは、魔力が漏れないように封印がしてあるからだろうね」

「封印……？」

「ここまで来れば、それを解いてあげられるよ」

アルカナはじっと考える。

「三秒で終わるよ。彼に知られる心配はない」

「……うん……」

アルカナは意を決したように、そっとセリスのもとまで歩いていく。

すると、彼はアルカナの体に魔法陣を描いた。それは、彼女に行使されていた封印魔法を妨げる術式である。光がすうっとアルカナの中に入っていき、次の瞬間、彼女の根源から魔力の粒子が溢《あふ》れ出《だ》した。

「わ……」

「魔法術式を覚えたことはあるかい？」

アルカナがうなずく。

「でも、使えなかったんだよ」

「今なら大丈夫だよ。やってみるといい」

アルカナが溢《あふ》れた魔力を使って魔法陣を描いてみる。彼女の思考通りに術式が構成されていき、そこから炎が溢《あふ》れ出《だ》した。

《火炎《グレガ》》の魔法だ。しかし、それにしては莫大《ばくだい》である。大木を燃やし尽くすほど膨れあがった炎を、セリスは反魔法でかき消した。

「ほら、できた」

こくりとアルカナが嬉《うれ》しそうにうなずく。

「もしも、君が望むのなら、竜から逃れる魔法を教えてあげるよ」

「……そんな魔法あるの？」

「勿論《もちろん》だよ。その代わり、魔法を教えたら、アノスを説得してくれるかい？」

「うんっ。竜が襲ってこなくなったら、きっとお兄ちゃんも、お城に行くって言うと思うよ。お兄ちゃんは魔法が大好きなんだもんっ」

「それはよかった。僕も助かるよ」

ほっとしたようにセリスは笑う。人の良さが滲《にじ》み出たかのような表情であった。

「準備してから、明日またこの時間にここへ来る。それまでは封印を戻しておくよ」

セリスはアルカナに描いた魔法陣を解除する。すると、彼女の封印が再び働き出し、魔力が抑制された。

「ああ、そうだ。その招待状、アノスにとって、とても重大なことが書かれているからね。絶対に見てはいけないよ」

「え……？」

「約束できるかい？」

「……うん」

「それじゃ、また明日」

セリスは《飛行《フレス》》の魔法を使う。ふっと体が浮き上がり、その場から飛び立っていった。

§25.【地下遺跡の入り口】

その翌日――

地底の昼である白夜《びゃくや》の頃、俺たちはジオルヘイゼ西の荒野にやってきた。

辺りには草木の一本すら見当たらない。生き物の気配がまるでしないその場所に、ただ神竜の歌声だけが響いていた。

ともに来たのは、アルカナ、レイとミサ。ミーシャ、サーシャ、エレオノールとゼシアである。シンやエールドメードには、生徒たちの面倒を見るように伝えてある。

「知らない間に、また大暴れしてきたって？」

神竜の歌声に耳をすましながら、レイが言う。

「なに、アガハの剣帝とやらと一勝負し、ジオルダルの教皇を揉《も》んでやったぐらいだ。誰も殺してはおらぬ」

「あはは……じゃ、エレンたちが、狂ったように隣の部屋で『隣人』を歌ってたのって？」

問いながらも、ミサは大体察しがついているといった風である。

「彼女たちの愛をあまさず魔力に変換する愛魔法、《狂愛域《ガルド・アスク》》を開発してな。それで、教皇の選定神を滅ぼした。睨《にら》んだとおり、やはり愛は神族に有効だ」

「完全に大暴れだわ……」

サーシャがぼやく。隣でミーシャはこくこくとうなずいていた。

「そういうレイ君とミサちゃんも自由行動のとき見なかったけど、な〜にしてたんだっ？」

エレオノールが含みのある笑みで、ミサの顔を覗《のぞ》く。彼女はか〜っと頬を朱に染めた。

「ご、ご想像にお任せします……」

「んー？　そんなこと言うと、すっごいこと想像しちゃうんだぞっ！」

「……ゼシアも……想像します……」

ゼシアがぐっと両拳を握る。

「……すっごい、美味《おい》しい御飯を……食べていました……羨ましい……です……」

想像力の限界であった。

「ちょっと愛魔法の特訓をね。神族を相手にすることも増えそうだし」

爽やかにレイは言う。

「すました顔で言ってるけど、あれでしょ？　人目を憚《はばか》らずにイチャイチャしてるだけなんでしょ？」

白けた視線で、じとーっとサーシャはレイを見る。

「ところで、ここ二日ほど、君たちはアノスの部屋に行ってるみたいだけど、なにをしてるんだい？」

「なっ……」

思わぬ反撃だったか、一瞬で茹《ゆ》だったかのように、サーシャの顔は真っ赤になった。

「なっ、なっ、なにって……別になにも。ねっ、ミーシャ」

ミーシャは考えるように小首をかしげる。

「ご想像にお任せする？」

「馬鹿なのっ！」

ふふっとミーシャは笑う。

「言ってみただけ」

「もう……」

前を歩いていたアルカナが、ぴたりと足を止めて振り返った。

「歌が輪唱する地」

俺たちは彼女の近くまで歩いていき、耳をすます。

「確かに、輪唱して聞こえてるわね。どういう仕組みなのかしら？」

「神竜が二匹いる？」

サーシャとミーシャが言う。

「でも、三重に聞こえる場所もありません？　この辺りとか？」

ミサが歩いていき、耳をすましている。確かにそこでは、三重唱での輪唱となっている。

「痕跡神の眠る地に、神竜の歌声が多重に木霊《こだま》するか。ただリーガロンドロルへの入り口を表しているだけではなさそうだな」

アルカナに視線を向けると、彼女はうなずいた。

「それは正しいと思う。あるいは、リーバルシュネッドが神界に帰らず、この地底に留まる理由なのだろう」

「んー、どういうことだ？」

エレオノールが頭に疑問を浮かべている。

「神竜はすでに滅びた。されど、痕跡神は記録と記憶の秩序。かの神が、神竜亡《な》き後、このジオルダルの地に、歌声の痕跡を残し続け、響き渡らせている」

「あー、そっか。歌声を再生しなきゃいけないから、ずっとジオルダルにいるってことだ」

納得したようにエレオノールは声を上げた。

「神竜の歌声は竜域と同じ。それは外敵を阻《はば》むための国の鎧《よろい》となるだろう」

神竜の歌声が響いていれば、《転移《ガトム》》や《思念通信《リークス》》が使いづらく、魔眼で国を見渡すことが困難となる。侵略しようにも、情報の入手が難しい。

「痕跡神は、地底の守り神とも言われている」

「今のところ守っているのは、ジオルダルだけのようだがな」

周囲一帯に魔眼を向け、歌声が最も多重に輪唱する地点を見つける。

「ふむ。この下が一番、神竜の歌声が響くようだな」

アルカナが雪月花と化してふっと消えたかと思うと、俺の前に姿を現した。

「ただし、地下遺跡らしきものは見えぬ。神竜の歌声で邪魔されているとはいえ、それぐらいはわかりそうなものだが？」

「恐らく、地下遺跡は現在には存在しないもの。痕跡神の秩序により、かつての神殿が今へとつながるのだろう」

「リーガロンドロルは過去にあるということか？」

「そう」

アルカナが手をかざせば、天蓋に《創造の月》が浮かぶ。

「大地が凍りて、氷は溶けゆく」

白銀の光がアルカナを中心に、大地へと降り注ぐ。その輝きは彼女の周囲を円形に凍《い》てつかせた。

薄氷が割れるかのようにパリンッと氷が砕け散り、地面に広大な円形の穴ができる。魔眼で見た通り、その先はやはり空洞でしかない。

「過去に続く橋をかければ、地下遺跡へ渡れるだろう」

「ふむ。つまり、こういうことか」

その空洞に向けて、俺は魔法陣を描く。

使ったのは《時間操作《レバイド》》だ。空間の時間を過去へ遡らせていくと、それが土へと戻り、そして、石へと変化する。目の前に巨大な建物が現れ始めた。

「わおっ！　おっきい遺跡だぞっ！」

「……神殿……ぽいです……」

エレオノールとゼシアが驚きの声を発する。

「戻せるのは、この辺りが限界のようだ」

穴の中には、全貌が見渡せぬほど巨大な石造りの遺跡が現れた。

「あそこが入り口か」

塔のようになっている遺跡の頂上に俺たちは飛び降りる。円形の床は、よく見れば巨大な門であった。

「どうやって開けるのかしら？」

サーシャがその門にじっと視線を凝らす。

「なに、こういうものはこじ開けると相場が決まっている。蹴飛ばせばいい」

「……魔王の常識で言われてもね……」

「浮いていろ。開いた瞬間に落ちるぞ」

足を軽く上げ、門を踏みつけようとしたが、しかし、目の端にあるものがよぎった。

「どうしたの？」

サーシャが疑問を向けてくる。

「見よ」

俺が踏みつけようとした床扉の近くに、足形の破壊跡がつけられていた。

「この遺跡自体が過去のもののため、少々、判別が難しいが――」

「まだ新しい？」

ミーシャが俺の後ろから、その足跡を覗《のぞ》く。

「ちょっと待って。ってことは……？」

「先に誰かが入ったか、それとも入れず断念したか。いずれにしても、ここまで来た者が他にいるようだな」

「そのようだ」

そう口にした瞬間だ。複数の魔力を、頭上に感じた。

見上げれば、アルカナが空けた穴の縁に、人影があった。兵士だ。人数は十数人。竜を彷彿《ほうふつ》させる深緑の全身甲冑《かっちゅう》を纏《まと》い、隠蔽の魔法具を身につけているのか、その魔力が判別し辛《づら》い。

彼らは敵意をありありと浮かべ、眼下の遺跡にいる俺たちを睨《にら》んでいる。

「名乗るがいい。何用だ？」

問いかけるが、返事はない。

奴《やつ》らは魔法陣から弓を取り出し、矢をつがえた。

「……一度だけ、見たことがある」

アルカナが言った。

「ガデイシオラの名もなき騎士団。いつからか、幻名《げんめい》騎士団と呼ばれるようになった。公には存在が明らかにされていないが、覇王直属と噂《うわさ》される部隊。闇から闇へとガデイシオラに敵対する者を屠《ほふ》る」

ガデイシオラか。アヒデに手を貸していたのならば、ジオルダルにいたとしても不思議はないな。

「貴様たちも痕跡神が狙いか？」

問いと同時に、騎士たちはつがえた矢を放つ。それは夥《おびただ》しい魔力の粒子を纏《まと》い、俺たちへ降り注いだ。

「肯定だな」

騎士の数だけ魔法陣を描き、その砲門から漆黒の太陽を射出する。向かってくる魔力の矢を飲み込み、《獄炎殲滅砲《ジオ・グレイズ》》は深緑の全身甲冑《かっちゅう》ごと奴《やつ》らを炎上させた。

だが——

「ほう」

黒き太陽を奴《やつ》らは、反魔法で振り払う。幻名騎士団の一人として、傷を負ってはいなかった。

「アヒデの部隊とは比べものにならぬな。それだけの力ならば、遺跡の中へ入れなかったということはあるまい」

恐らくは、別働隊が中に入っている。こいつらは外を見張っていたといったところか。

「アノス」

レイが言う。

「とりあえず、ここは僕たちがやっておくよ。先に痕跡神を滅ぼされでもしたら、無駄足だからね」

彼の隣にミサが並び、静かに手を上げる。暗黒が溢《あふ》れ出《だ》し、彼女の身を包んだかと思えば、大精霊の真体が姿を現した。

「行ってちょうだいな」

「では任せる」

足を上げ、その床扉を勢いよく踏みつける。ドッゴオォォンッとけたたましい音が響き、円形の扉がこじ開けられた。

レイとミサを入り口に残し、俺たちは扉の奥へ落下していく。

「……んー、深いぞぉ」

エレオノールが下に視線を向ける。十数秒ほど落下した後、ようやく床が見えた。着地すると同時に、サーシャが叫んだ。

「アノスッ、後ろっ!!」

暗闇から姿を現し、深緑の全身甲冑《かっちゅう》を纏《まと》った兵士が俺の背後に立った。

白刃《はくじん》がゆらめく。だが、それよりも早く、漆黒に染まった《根源死殺《ベブズド》》の手が、甲冑《かっちゅう》を貫き、そいつの根源をつかんでいた。

「不意をついたつもりだったか？」

「……………食ら………え…………」

騎士の根源から、まるで自爆するような勢いで魔力が溢《あふ》れ出《だ》す。俺もろとも飲み込むように、騎士の体から溢《あふ》れ出《だ》したのは漆黒の太陽である。それが、みるみる膨れあがっていく。

ゴオオオォォォォッと激しい音を立て、その騎士は自らの根源ごと、黒き炎に飲まれ、灰へと変わった。

だが、命を賭《と》して放ったその黒き太陽は、まだ俺を包み込み、激しく燃えている。

「……このっ……!!」

サーシャが《破滅の魔眼》で一睨《にら》みすると、俺にまとわりついていた炎がかき消された。

僅かに人差し指が、火傷《やけど》している。

「俺にかすり傷を負わせるとはなかなかの力だ。しかし、《獄炎殲滅砲《ジオ・グレイズ》》か」

騎士の体は灰と化している。その中にあった燃え尽きる寸前の根源を俺は見据える。深淵《しんえん》を覗《のぞ》けば、はっきりと正体がわかった。

「どうやら、こいつらは竜人ではなく、魔族のようだな」

§26．【遡航《そこう》回廊】

地下遺跡リーガロンドロルの回廊を俺たちは進んでいた。

魔眼を使い、注意深く石畳を観察すれば、所々に肉眼では見えぬほど極小の傷がついている。歩いた際についたものだ。まだ比較的新しい。

「ふむ。すでに誰かが通ったような跡があるな。警戒せよ、待ち伏せしているやもしれぬ」

周囲に気を配りながらも、極力速度は落とさず進んでいく。リーガロンドロルは広大で、回廊一つとってもかなりの大きさだ。

「やっぱり、その幻名騎士団っていうのが先へ入ったのかしら？」

サーシャが言う。

「そう考えて間違いあるまい」

「でも、どうして地底の国に魔族がいるんだ？　アルカナちゃん知ってる？」

エレオノールが人差し指を立て、彼女に尋ねる。

「わからない。少なくとも幻名騎士団は、ガデイシオラの建国からまもなく、その存在を噂《うわさ》されている。その頃はまだ名も知られていなかったが、正体不明の騎士たちが、ガデイシオラに味方していたのは確か」

「俺の《獄炎殲滅砲《ジオ・グレイズ》》を食らっても、意に介さぬ相手だ。あの深緑の全身甲冑《かっちゅう》には恐らく竜の力が宿っているのだろうが、それを差し引いても弱くはない。神話の時代の者たちだろう」

「二千年前に、地底に来ていた？」

ミーシャが問う。

「恐らくな」

地底ができてまもなく、それに気がつき、降りてきたと考えるのが妥当か。

「だけど、なにをしに？」

サーシャが不思議そうに言った。

「わからぬ。ガデイシオラは確か、まつろわぬ神を祀《まつ》っているのだったな？」

尋ねると、アルカナは答えた。

「そう。まつろわぬ神と共に、秩序たる神に背く者たち。それがガデイシオラの民。ジオルダル、アガハに比べれば小国ではあったものの、強き竜人たちが集まり、神の力に依存し続けることの危険性を訴えた」

「それって普通に考えると、わたしたちの味方っぽくない？　魔族だし、神族と敵対してるんだし」

「でも、いきなり襲ってくるような人たちだぞっ？」

エレオノールが指摘すると、うーん、とサーシャは頭を悩ませる。

「二千年前の魔族なら、アノスを知っているはず」

ミーシャが言う。

「あー、ほんとだぞっ。アノス君の顔や魔力がわかるはずだよねっ。隠してないんだし」

「……アノスだと……わかってて、襲いましたか？」

ゼシアが少し怒り気味の表情を浮かべた。

「そうだろう。俺を恐れもせぬとは、名も知れぬ者たちとは思えぬが、しかし、二千年前の大戦で、強者が息を潜めていなかったとも限らぬ」

俺が壁を作り、転生した後に、一部の魔族たちが地底に降りた。その後は一度も地上に戻らず、地底の存在を知らせずに来たと考えれば、辻褄《つじつま》は合うか。一人や二人、組織を抜ける者がいてもおかしくはないが、ずいぶんと統率が取れているものだな。

「ガデイシオラは得体の知れない国。ジオルダルやアガハとは違い、簡単に入国することはできない。一度入れば、特別な者以外は外に出ることはできないと言われている」

「……なにそれ？　まともな国とは思えないんだけど？」

サーシャの言葉に、アルカナがうなずく。

「そう。ガデイシオラは、他国との交流を持たない。信仰を失った者が行き着く国。神を信じぬ者たちへの唯一の救いの場である。ゆえにわたしも詳しくは知らない」

神を信じぬ国だ。まつろわぬ神でなければ歓迎されないだろうしな。

「幻名騎士団がなにを目的に地底に降りてきて、そしてなぜ今もなお留まっているか、それはわからぬ。だが、ここを訪れた以上、奴《やつ》らの目的は痕跡神だろう。秩序に背く者たちということならば、それを滅ぼそうとしていると見た方がよい」

「それは正しい」

アルカナが言った。

あるいは、俺の失われた記憶に関係している者という可能性もなくはないか。記憶を取り戻されては、都合が悪いと考えているのやもしれぬ。

「んー……？」

エレオノールが声を上げる。

俺たちはそこで立ち止まった。

「なんか、水が変な風に流れてるぞ？」

目の前にあるのは、T字路である。その回廊は坂になっているのだが、あろうことか、水は坂を上っている。逆行して流れているのだ。魔法の効果によるものか、水はこちら側に流れ込んでくることはない。

「見て」

ミーシャが指をさす。そこに石版があった。

「なんて書いてあるの？」

祈禱《きとう》文字のため、サーシャには読めない。俺はそれを読み上げた。

「遡航《そこう》回廊は、過去へ遡る唯一の道。されど、回廊は三日の過去のみを受けつけ、それ以外を拒絶する。地下遺跡リーガロンドロル内部の時の流れは、常に遡行《そこう》する方向を向きながら停滞している。鍵を持ちて、扉を開き、船で時の流れを遡航《そこう》せよ。三三日間の後、リーガロンドロルの最深部、この世のあらゆる痕跡がそこに待ち受ける」

サーシャは首を捻《ひね》った。

「……扉は、ここにあるわよね？」

石版の横に、扉があり、そこには魔法陣と鍵穴がついている。

「この魔法陣を使うのかしら……？」

「試してみるか」

魔法陣に触れ、魔力を送ると、目の前に鍵が創造された。それを扉に差し入れ、回してみるが、しかしまるで手応えがない。

「ふむ。開かぬな」

「んー、壊せばいい気がするぞ。アノス君の力で、ドカンッて」

エレオノールが人差し指を立てて言った。

「そう単純ならばいいが」

ぐっと拳を握り、勢いよくその扉に叩《たた》きつけた。しかし、扉が壊れるどころか、音さえもならない。

「時の流れが違うのだろう。この扉は過去の痕跡」

アルカナが言う。

「遡航《そこう》回廊は三三日の過去を受けつける。すなわち、三三日前の鍵を持って、この扉を開けるという意味なのだろう」

「んー、三三日前の鍵ってなんだ？　時間を遡ったら、この鍵は消えちゃうぞ？」

エレオノールは頭を捻《ひね》る。その疑問にサーシャが答えた。

「あれよね？　このリーガロンドロルにいる間、時間は停滞しているって考えるわけでしょ。だから、遺跡の外に出れば、中と比べてどんどん時間が進むってことじゃない。この中の時の流れは、遡行《そこう》する方向を向きってあるから、過去が未来で、未来が過去になるって意味。つまり、外に出て一日経《た》ったら、この遺跡の中では一日過去に行ったってことになるんじゃない？」

「あー、頭が痛くなってきたぞっ……!?」

「とにかく、この鍵を持って、外に三三日いた後、戻ってくれば、この鍵は三三日前の鍵になるって考えればいいわ。そうしたら、扉が開くんじゃないかしら？」

「恐らく、それは正しい」

アルカナが同意した。

「んーと、じゃ、それでこの扉の中に船があるから、それも外に出して三三日待って、その船で三三日かけて、最深部に行くってことだ？」

「合計で……九九日、かかります」

エレオノールとゼシアが言い、サーシャが頭を押さえる。

「あらゆる痕跡がそこにあるってことは、最深部に痕跡神がいるってことで、間違いないわよね……？」

こくりとミーシャがうなずく。

「だけど、先に行った幻名騎士団に追いつけない」

「そうよね、なんとか他の方法を――」

ガチャ、と俺は扉を開ける。

室内の床には魔法陣が描かれていた。

「――って、いきなり、なにしたのっ⁉」

「三三日待たねばならぬからといって、一瞬でできぬと思ったか」

そう言ってやれば、ようやく気がついたか、サーシャははっとした。

「……そっか。そうよね……《時間操作《レバイド》》で三三日鍵の時間を早めれば、三三日過去の鍵になるってことだわ……」

床の魔法陣を踏み、魔力を込めると、そこに船が現れる。二人乗りのカヌーだ。

六人いるため、もう二艘《そう》、船を造り、それらに《時間操作《レバイド》》をかけ、三三日時間を早めた。

すなわち、このリーガロンドロルでは、三三日過去の船となる。

俺はカヌーをかつぎ、室内の外へ出した。

「では、行くとしよう」

遡航《そこう》回廊にカヌーを浮かべ、それに乗り込む。俺とアルカナ、サーシャとミーシャ、エレオノールとゼシアの組み合わせだ。

すぐにカヌーは、昇ってくる水の流れに逆行するように、遡航《そこう》回廊の坂を下り始めた。

「かなり短縮できたけど、これでも、最下層まで行くのに三三日かかるのよね……？」

サーシャの懸念《けねん》通り、まともに考えれば、先に船を出した方が最深部に到達するのは否《いな》めないだろう。

「船の速度は上げられる？」

ミーシャが問う。

「オールも備わっていない。見たところ、この船は時の流れに乗ることしかできぬようだ」

「《時間操作《レバイド》》で時の流れを早くできるだろうか？」

アルカナが俺に問う。

「多少はできるだろうが、鍵や船と違い、この水の流れは痕跡神の秩序そのものだ。向こうの分野でやり合うには少々分が悪いな」

「少し速くなったぐらいで間に合うかしら？」

「心配するな。先程の鍵をもう一本作っておいた。これで最深部への扉を開ければよい」

俺は扉の魔法陣で造った鍵を見せる。すると、アルカナは疑問の表情を浮かべた。

「……どういうことだろう？」

「最深部への扉なんてどこにあるの？」

サーシャは、ミーシャの方を向く。彼女はふるふると首を横に振った。

「遡《そ》航《こう》回廊は三三日の過去を受けつける」

俺は思いきり、その鍵を振りかぶると、回廊の床へ叩《たた》きつける。同時にその鍵自体と、投げつけた鍵の運動を《時間操作《レバイド》》で三三日加速させた。

投げつけられた鍵の時間だけが加速するということは、すなわち、その速度が三三日分速くなる。光をも超え、キランッと鍵が一瞬の煌《きら》めきを発した、その次の瞬間である。

　ドッゴオオオオオォォォォンッと地響きがし、船が加速した。投げつけた鍵が回廊の坂に大穴を空け、そこから勢いよく水が噴出している。

「見よ、扉は開いた」

「扉っていうか、穴なんだけどぉぉっ……!?」

　奈落へ迫る船の中でサーシャが叫ぶ。

「くははっ。些末《さまつ》なことを言うな。扉だろうと穴だろうと、入れることには違いあるまい」

　大穴から激しく噴き上げる噴水の流れとは反対に、カヌーは奈落に吸い込まれるように、みるみる遡航《そこう》していく。

「きゃっ、きゃあああああああああああああああぁぁぁぁあっつっ！」

　サーシャの悲鳴とともに、俺たちを乗せたカヌーは、まっすぐ真下へ、リーガロンドロルの最深部を目指して時の水流に乗った。

§27.【痕跡神の座す場所】

　大穴の中、激しく噴水が立ち上る。

　遡航《そこう》する三艘《そう》のカヌーはみるみる加速していき、ひたすら下へ下へと突っ込んでいく。

「わーおっ、なにか星みたいなものが見えるぞっ」

「……船……沢山です……」

エレオノールとゼシアが言った。俺たちとは逆向きに、噴水の流れに沿って、上昇していく星々がある。それらを注意深く覗《のぞ》いてみれば、瞬いているのはカヌーだった。

鎧《よろい》を纏《まと》った者、法衣を着た者、老若男女《ろうにゃくなんにょ》、様々な竜人たちが船に乗り、俺たちの横を過ぎ去っていく。

「ここを訪れた者の記録なのだろう」

アルカナが言った。かつてこの地下遺跡リーガロンドロルの最深部を目指した者たちの姿が、この水に痕跡として刻みつけられているということか。

「見て」

ミーシャの視線の方向、そこに蒼い法衣を纏《まと》った中性的な顔立ちの者がいた。麗《うるわ》しきその聖職者は、教皇ゴルロアナである。

奴《やつ》もまた教典に従い、リーガロンドロルを訪れたのだろう。

「これって進めば進むほど、時の流れを遡行《そこう》しているってことでしょ？　最深部っていったい、いつなのかしら？」

サーシャが疑問を浮かべた顔で、隣のカヌーに乗っていたアルカナを見る。

「すべての痕跡は、時の始まりに戻るだろう。それこそが、痕跡神の座す場所」

「……つまり、世界が始まった頃まで時間を遡るってこと？」

アルカナはうなずいた。

「それは正しい」

「頭がおかしくなりそうだわ」

「問題はない。すべてはこのリーガロンドロルだけのこと。時の秩序は保たれ、時間が狂うことはない。ここだけが、痕跡の秩序が溢るる、リーバルシュネッドの懐《ふところ》」

頭に手をやって、サーシャは危惧するように言う。

「もし、教皇が言う通り、痕跡神を起こして怒らせたら、この遺跡の中って危険にもほどがあるんじゃないかしら……？」

「くはは。眠っておきながら、これだけの時間遡行《そこう》を容易《たやす》く実現する秩序が相手だ。万物をただの痕跡に変えてしまうぐらいは、わけもなさそうだ」

「……なんで、そんな状況で笑ってるのよ？　それに、先に行った幻名騎士団のことだってあるし……」

心配そうに、サーシャは頭を悩ませている。

「大丈夫」

ミーシャが言う。

「アノスがいるから」

「それはわかってるけど……相手が強かったら、アノスの流れ弾避けるのだって大変じゃない。むしろ、そっちの方が大変だわ」

サーシャの言葉に、思わず俺は笑い声をこぼした。

「心配するな。俺の配下はそうやわではない」

うまく避けろという意味だと悟ったか、サーシャは呆《あき》れた表情で俺を見た。

「はいはい、仰《おお》せのままに」

「衝撃に備えよ。そろそろ終着だ」

俺の魔眼に、水流の終わりが映る。そうかと思えば、カヌーはぐんと速度を増し、大穴を抜けた。途端に噴水が途切れ、カヌーは宙に投げ出された。

辺りは広大な空間であり、床には蒼《あお》く薄い水がどこまでも続く。部屋の周囲では、幾本もの滝が逆流していた。けれども、水面が荒れることはなく、ただ一つの大きな波紋だけが、ゆらゆらと揺らめいている。

やがて、カヌーが水面に落下する。思ったほどの衝撃はなく、その水に勢いを吸収されるように、すうっとカヌーは停止した。

「ここが最深部か」

カヌーから下りてみれば、水は浅く、簡単に足がつく。探すまでもなく、桁違いの魔力が室内に溢《あふ》れていた。

その源は、ある一点、水面に立った巨大な波紋の中心である。まっすぐそこへ向かい、歩を進ませていくと——

「相も変わらず、予想だにせぬ登場をするものよ」

聞き覚えのある声が耳朶《じだ》を叩《たた》く。

目の前に黒い靄《もや》がうっすらと漂い始めたかと思うと、そこから二人の魔族が姿を現した。

一人は、紅《あか》い魔槍を手にし、顔の半分ほどを覆う眼帯をつけている。

四邪王族が一人、冥王イージェス。

もう一人は、頭から六本の角を生やした男。同じく四邪王族が一人、詛王《そおう》カイヒラム・ジステである。

「ほう。冥王、詛王。また珍しい場所で会ったものだな。お前たちは、いつから幻名騎士団とやらに入ったのだ？」

その問いに、冥王イージェスは槍《やり》を構えて答えた。

「去るがいい、魔王。そなたとの押し問答は時間の無駄というものよ」

「お前も同じか、カイヒラム？　それとも今はまだジステか？」

詛王は静かに口を開く。

「ごめんね、アノス様。カイヒラム様のお願いなのよ。この前は助けて貰《もら》ったんだけど……」

詛王は二つの人格を持つ。詛王カイヒラムとその恋人ジステだ。どうやら今はジステのようだが、この様子ではカイヒラムが出てくるのも時間の問題といったところか。

「アノス」

ミーシャがそう言って、水面に立つ巨大な波紋の中心を見つめる。力尽くで通れなくはないだろうが、ここで派手に暴れれば、痕跡神が目覚めるやもしれぬ。

「わかっている」

足を踏み出し、まっすぐ波紋の中心へ向かう。イージェスとジステが俺の前に立ちはだかった。

「なにが目的だ？」

「知れたことよ。痕跡神はここで滅ぼす。目を覚まさぬ内にな」

「悪いが先に用事がある。それまで待つがよい」

イージェスはどっしりと腰を落とす。その隻眼に殺気を込め、紅血魔槍《こうけつまそう》ディヒッドアテムの穂先を、俺の左胸に向けた。

「余の忠告忘れたか。神族を見くびれば、アヴォス・ディルヘヴィアの二の舞ぞ」

「ふむ。彼女なら、今は外でお前たちの仲間を相手にしているが、なにか問題でもあったか？」

「あってからでは遅かろう。起きる前にその芽を摘めということよ」

「もったいないことをする。綺麗《きれい》な花が咲くやもしれぬぞ」

イージェスの隻眼がギラリと光る。

「やはり、無駄な問答よ」

ディヒッドアテムが煌《きら》めき、突き出される。ぐにゃりと空間が歪《ゆが》み、槍の前半分が消える。

それは次元を超え、俺の目前に出現した。

《森羅万掌《イ・グネアス》》の手でその槍の柄をつかむ。

「ぬんっ!!」

ぐぅっとイージェスは槍を振り上げる。槍の柄ごと俺の体は、宙に持ち上げられた。

「ほう。しばらく見ぬ内に力をつけたな」

「遊んでいたわけではないと言うたはずだっ！」

ディヒッドアテムは更に次元を超え、俺を遙《はる》か上方へ突き上げていく。咄嗟《とっさ》に手を離したが、しかし、紅血魔槍から溢《あふ》れた血が、俺の体を球体で覆った。

「次元の果てまで、飛ぶがよかろうて」

ディヒッドアテムから、夥《おびただ》しい量の血が溢《あふ》れ出《だ》す。それは禍々《まがまが》しき魔力を発し、俺の体に干渉する。言葉通り、次元の果てに、飛ばそうというのだろう。

刹那、イージェスは槍を引き、後方へ飛んだ。エレオノールの放った《聖域熾光砲《テオ・トライアス》》が、彼のいた場所に着弾し、水飛沫《みずしぶき》を立たせた。

「小賢《こざか》しいことを」

「動いたら、死ぬわよ」

着地したイージェスの背中に、サーシャが《根源死殺《ベブズド》》の指先を突きつけていた。

「氷の檻《おり》」

創造した氷でミーシャはジステを閉じ込めていく。彼女は黒い靄《もや》を放ち、現れた氷を飲み込むが、しかし、ミーシャの創造する速度の方が速い。

次から次へと氷は創られ、十重《とえ》二十重《はたえ》と檻《おり》が重ねられていく。

ミーシャが言った。

「アノス」

「ああ、来い、アルカナ。先に痕跡神を押さえる」

イージェスが槍を引いたことで、血の球体は弾《はじ》けて消えた。《飛行《フレス》》で落下を制御し、まっすぐ波紋の中心を目指す。

雪月花と化したアルカナが、次の瞬間には俺の隣に現れる。そのまま二人で、痕跡神の座す場所へ飛び込んでいく。

最中、声が響いた。

「見上げたものよ。四邪王族二人を相手に、死を賭《と》して、時間を稼ぐつもりか」

背中に《根源死殺《ベブズド》》の指先を当てられながらも、冥王はまるで意に介さず、俺とアルカナに視線を配っている。

サーシャが相手ならば、どうとでもできると言わんばかりだ。

「後者は正解だけど、前者は外れだわ」

《破滅の魔眼》を浮かべながら、サーシャは堂々と言葉を発する。

「四邪王族がどれだけのものか知らないけど、わたしは魔王様の配下だもの」

イージェスが眼光鋭く、俺に殺気を放つ。奴《やつ》は身を翻《ひるがえ》し、閃光《せんこう》の如《ごと》く、真紅の魔槍を走らせた。その呼吸を察知し、サーシャは《根源死殺《ベブズド》》の指先で、槍を持つ冥王の腕を貫こうとする。

交錯する両者。放たれたディヒッドアテムは、僅かに狙いを外し、俺の頬をかすめていく。

「よくやった」

波紋の中心に足をつく。

ザブンッと水音がし、俺たちは水中へ沈んだ。浅い水たまりだったはずが、いつのまにか、周囲がすべて水に変わっていた。

どれだけ魔眼《め]》を凝らしても、水底は見えない。

「アルカナ」

「神の魔力を感じる。恐らく、これが痕跡神リーバルシュネッド。眠っている今は、形を持たないのだろう」

この水すべてが、痕跡神というわけか。

「あなたは痕跡神に納得してから起きてもらうと言った」

「夢の中ならば、起こさずに話しかけることができよう。話が通じるようなら、そのまま記憶を呼び覚ませるのではないか？」

「それは正しい。ただし、痕跡神は夢の番神よりも、広く記憶を司《つかさど》る秩序。かの神を夢に落とすには、相当の魔力が必要。成功しても、短時間だろう」

「やってみるしかあるまい。俺の魔力も使え」

アルカナはうなずき、俺の体に触れる。魔法陣を描けば、衣服が光と化して消えていく。

彼女はその額を俺の額につけた。

「夜は訪れ、眠りへ誘い、たゆたう記憶は、夢を重ねて、水面に浮かぶ」

過去の痕跡に沈みながら、俺たちは静かに夢へと落ちていく――

§28.【等しき魔眼を持つ者】

見覚えのない場所だった。

荒野だ。生き物の臭いのしない、果てない大地が延々と続いている。空には天蓋があり、時は極夜、暗黒に閉ざされた地底なのだろう。

隣には、アルカナがいる。俺も彼女も服を着ていた。

つまり、ここは痕跡神の夢の中か？

「我の夢であり、彼女の夢である。我は痕跡神リーバルシュネッド。この世のあらゆる記録と記憶を、この身に刻む痕跡の秩序なり」

響いた声とともに、荒野の地面がせり上がる。

それは天蓋に達するほどの巨大な本棚だ。果てしない荒野に延々と途方もない数の本棚が現れていく。

気がつけば、眼前に一人の男が立っていた。純白の本を手にし、厳かな服を纏《まと》った神である。

「我は来るべき日を待ち、この時の果て、リーガロンドロルの最深部にて眠り続けている。何用だ、不適合者、そして名もなき神アルカナよ」

アルカナが一歩前へ出て、リーバルシュネッドに言った。

「失った記憶と神の名を取り戻したい。あなたの秩序にそれは刻まれているはず」

「記憶は痛みであり、忘却は救いなり。我はこの世の痛みを背負う神。取り戻した記憶は、汝《なんじ》を苛《さいな》み、苦しめ、傷つけるであろう」

「犯した罪は、わたしのもの。それが痛みだというなら、癒《いや》されるべきではなかった。わたしの傷痕を、もう一度この身に刻みたい」

「ここは、すべての記憶と記録が辿《たど》り着《つ》く地。今は名もなき神、アルカナよ。汝《なんじ》が記憶の深淵《しんえん》を見つめるがよい。その魔眼《め》を背けず、真《まこと》に願うならば、記憶は取り戻せるであろう」

荒野に延々と続く膨大な数の本棚から、音もなく無数の本が落下する。それが宙で開かれると、本のページが次々と切り離され、紙吹雪のように、荒野の空に舞う。

幾千幾億、数え切れないほどのページこそ、この世の記憶と記録であり、その痕跡なのだろう。

その内の一枚が、彼女の求める記憶だ。アルカナが宙に舞う無数のページに魔眼《め》を凝らす。

そのときだった。

耳を劈《つんざ》くが如《ごと》く、雷鳴が轟《とどろ》いた。紫の雷が無数に落ちてきては、宙を舞う本を撃ち抜く。ゴオォッと無数のページが燃え始めた。その火は本棚に燃え移り、瞬《また》く間《ま》に夢の世界が炎上する。

「むう……」

困惑した様子でリーバルシュネッドが眉をひそめる。彼の体にもまた紫の雷がまとわりついている。

「招かれざる者、まつろわぬ神を崇拝する愚者どもめが、眠りし我の体に稲妻を放っておる」

「ふむ。痕跡神の気が逸《そ》れる隙を窺《うかが》っていたか」

この紫電の魔力は、イージェスのものでも、カイヒラムのものでもない。二人だけではないだろうと思っていたが、やはりまだ幻名騎士団がいたようだな。

「目を覚ます？」

「いや、この火は俺が止めてこよう。お前は時間が許す限り、記憶を探せ」

「あなたの言う通りにしよう」

アルカナは俺の体に魔法陣を描いた。

「雪の雫《しずく》に、夢から覚めて、彼は現《うつつ》に帰っていく」

一片の雪月花が俺の頬に落ちる。

瞬間、目の前から荒野が消えた。腕の中には、一糸まとわぬアルカナがいる。

水中には無数の紫電が走り、痕跡神を蝕《むしば》んでいた。俺は魔法陣を描き、白服を纏《まと》うと、薄布でアルカナをくるんだ。

そうして、雷光を《破滅の魔眼》で睨《にら》む。一睨《にら》みで消せたのは、三割程度か。かなりの魔力だ。更に魔眼で睨《にら》み続け、その紫電を消し去っていく。

粗方掃除を終えたところで、俺は周囲を探った。深海の如《ごと》き暗闇の中に潜む人影を、俺の魔眼が捉えた。

「見つけたぞ。何者だ？」

多重魔法陣を描き、そこに手を通す。

蒼白《あおじろ》き《森羅万掌《イ・グネアス》》の手で、潜んでいる人影をつかみ上げた。すると、左肩に抵抗を覚えた。目に見えぬ手がそこをぐっとわしづかみにしている。《森羅万掌《イ・グネアス》》か。地上の魔法だ。恐らくは、こいつも魔族だろう。

「悪いが、ここで暴れさせるわけにはいかぬ」

《森羅万掌《イ・グネアス》》でそいつを捕まえたまま、俺は水面を目指し、一気に飛び上がった。

ザバァンッと水音が鳴り、滝の流れる部屋に戻ってくる。

一瞬、室内にいた者たちが、俺の方に視線を向けた。現況は、四邪王族二人と俺の配下による、まさに乱戦の最中だった。

「……誰だ、ジステ。君をこんなところに閉じ込めたのは……」

怒気のこもった呟《つぶや》きが漏れる。氷の檻《おり》に閉じ込められた、ジステの体からだ。根源から溢《あふ》れる魔力が桁違いに跳ね上がっていた。

人格が切り替わるとともに、その根源さえも変化する特異体質。今の奴《やつ》は、正真正銘の四邪王族、詛王カイヒラムだ。

「そうか……」

黒い靄《もや》が彼の目の前に集い、魔法陣を描いた。

「許さん……」

憎しみが溢《あふ》れ出《だ》す。立ち上る魔力の勢いで、氷の檻《おり》が砕け散った。

「許さんぞぉおっ、貴様らぁぁぁっ!!!」

魔法陣に手を入れ、奴《やつ》が取り出したのは禍々《まがまが》しき弓である。

「ふむ。気をつけろ、ミーシャ。あの矢は呪った者の狙いを外さぬ、魔弓《まきゅう》ネテロアウヴス。ジステに手を出した時点ですでにお前は呪われている」

瞬間、サーシャと対峙《たいじ》していたイージェスが動いた。

「ぬあっ!!」

ディヒッドアテムが閃《ひらめ》き、サーシャの腹部を抉《えぐ》る。《不死鳥《ふしちょう》の法衣《ほうい》》の炎に包まれ、傷を癒《いや》しながらも、彼女は飛《と》び退《の》き、ミーシャに手を伸ばした。

「ミーシャ」

「ん」

互いに描いた半円の魔法陣をつなげる。

「『《分離融合転生《ディノ・ジクセス》》』」

二人の体は溶けて交わり、一つに戻る。銀髪の少女アイシャは、その魔眼を詛王カイヒラムに向けた。

「消《き》え失《う》せるがいいっ！」

カイヒラムの怒声とともに、魔弓ネテロアウヴスから矢が放たれる。刹那、それはアイシャの視界から消え、彼女の左胸に突き刺さっていた。

「俺様のジステに手を出した報いだ。呪われ果てろ」

詛王がそう口にした瞬間、アイシャに刺さった矢は氷と化して砕け散った。

「おあいにくさま、二重人格の変人さん？」『氷細工の矢は、当たっても平気』

サーシャとミーシャが言う。矢が皮膚に刺さった瞬間、《創滅の魔眼》で、脆《もろ》い氷細工に造り替えたのだ。

カイヒラムは、憎悪《ぞうお》を燃やし、目を剝《む》いて二人を凝視した。ジステが絡《から》むと、奴《やつ》は短気だ。今はまともに話も通じまい。

「一気に仕留めてあげるわ」『《創滅の魔眼》』

アイシャが、イージェスとカイヒラムを睨《にら》む。その《創滅の魔眼》が、彼らの反魔法を突破し、魔弓と魔槍に干渉する。

「……おのれぇ……」

「……話に違わぬ、凄《すさ》まじい魔眼よ……」

ディヒッドアテムとネテロアウヴスは瞬《また》く間《ま》に氷の結晶へと変わる。その魔眼から逃れるように、冥王と詛王は飛び退《との》いた。

「逃がさないわ」『離れても視界にいる限り同じ』

アイシャが追撃するように《創滅の魔眼》に魔力を込め、二人を睨《にら》みつける。そのとき、俺をつかんでいた《森羅万掌《イ・グネアス》》の手応えが消えた。

アイシャの視界を遮るように、紫色の巨大な稲妻がけたたましい音を立てながら、降り注いだ。

「思った通りだ」

軽やかな声が響く。イージェスのものでも、カイヒラムのものでもない。

「それは《背理の魔眼》だね」

紫電の中心に人影が見える。

ふっと、その紫色の雷光が霧散すると、そこにいたのは一人の男だ。紫の髪と蒼《あお》い瞳。外套《がいとう》を纏《まと》っている。

夢で見た——アルカナと話していたあの魔族だ。

名は確か、セリスといったか。

「久しいね、背理神ゲヌドゥヌブ。生まれ変わったようだけれど、僕のことは覚えているのかい？」

アイシャがキッと奴《やつ》を睨《にら》む。

「全然知らないわよっ！」

放たれた《創滅の魔眼》を、しかし、その男は真っ向から睨《にら》み返した。蒼《あお》い瞳が、滅紫《けしむらさき》に染まった魔眼と化す。

「効かない……？」

「……アノスの魔眼に似てる……？」

驚いたように、サーシャとミーシャが呟《つぶや》く。

「それは語弊があるね、背理神」

善良そうな笑みを浮かべ、そいつは言った。

「彼の魔眼《め》が僕に似たんだよ。僕は、セリス・ヴォルディゴード。簡単に言えば、そう、彼の父親だよ」

「ほう」

アイシャの前に出て、俺は同じく滅紫に染まった魔眼で、セリスを見据えた。

「それは初耳だな」

ふんわりとセリスは笑い、そうして言った。

「君は忘れてしまっただけだよ、アノス。すべては創造神ミリティアの仕業だ。彼女は、君から僕の記憶を奪った。そして、偽《にせ》の記憶を創造したんだ」

ミリティアが敵だと言わんばかりの物言いだな。

「ありえぬとは言わぬ。だが、なんのためにだ？」

「それを口にしたところで、君が信じるとは思えない。そうでなければ、僕はとっくの昔に君の前に姿を現し、すべてを打ち明けていたよ」

もっともらしいことを言うが、事実とは限らぬ。

「腑《ふ》に落ちぬな。俺に記憶を思い出させたいのなら、痕跡神を滅ぼそうとしたのはなぜだ？」

「君の記憶が戻るまで待てば、痕跡神には逃げられてしまいそうだからね」

セリスが手を掲げ、そこに多重魔法陣を描いた。途端に、空気が異質なものに変わった。

穏やかだった水面が激しく波打つ。ここは時の始まり。溜《た》まっている水は、一滴一滴がこの世に刻みつけられた痕跡だ。

その秩序が、まだ発動すらしていないセリスの魔法に、激しく歪《ゆが》められていた。

「なかなかどうして、凄《すさ》まじい大魔法だな」

「そこをどくといいよ。死にはしないだろうけれど、怪我《けが》をするかもしれない」

魔眼を俺に向け、セリスはさも親切そうに言った。

「どかしてみよ」

「へえ。僕に逆らえるつもりかい？」

「お前が俺の親だというのならば、容易《たやす》いはずだ」

「やれやれ、聞き分けのない」

セリスの前に構築された多重魔法陣が、球体と化す。それに奴《やつ》が手をかざした、そのときだ。魔力の余波で激しく波打っていた水面が、途端になだらかになり、波紋さえなくなった。すうっと水が透明になっていき、そして、消える。

この場に存在していた膨大な魔力とともに。

「どうやら、君の神の仕業のようだね。痕跡神を目覚めさせたみたいだよ」

ふっと力を抜き、セリスは球状の魔法陣を消す。地下遺跡の震動が、ぴたりと収まった。

振り向けば、薄布に包まれたアルカナが立っていた。水がなくなり、ここまで浮上したのだろう。

彼女は言った。

「リーバルシュネッドを逃がした。その魔族は、なにかを庇《かば》いながら、戦える相手ではないだろう」

まあ、確かに、あのままではリーバルシュネッドだけではなく、寝ているアルカナも守る必要があった。

「別段、構わなかったがな。ちょうどいいハンデだ」

「足枷《あしかせ》になるわけにはいかない。わたしは神なのだから」

そう言うだろうとは思っていた。

「記憶は思い出せたか？」

セリスを警戒しながらも、アルカナに視線を向ける。

彼女は暗い表情を浮かべた。

「……わたしは…………」

きゅっとアルカナは唇を嚙《か》む。そうして、絞り出すように、ぽつりと呟《つぶや》く。

「…………思い出せなかった……」

「なに、そう悲観することはない。お前は自身の願いよりも、他者に手を差し伸べることを優先した。それでこそ、俺が選んだ神だ」

アルカナは薄布をストンと足元に落とすと、自らに魔法陣を描き、いつもの衣服を纏《まと》った。

そうして、眼前にいるセリスたちを見据える。

　男は、邪気のない顔で笑った。

「話をしないかい？」

「ほう」

「僕は幻名騎士団の騎士団長を務めている。ガデイシオラは、神族と戦っているんだ。君も神族をよく思ってはいないだろう。その上、僕は君の父親だ。今回は利害が一致しなかったようだけど、そもそも僕たちが戦う理由はどこにもない」

　屈託のない顔で彼は言った。

「手を取り合えるはずだ」

　争わずに済むのならば、それに越したことはないはずなのだがな。どうにもこいつを見ていると、ここで滅ぼした方が世のためだと思えてならぬ。

　アイシャに視線をやれば、彼女は小さく首を横に振っている。

「……見えない……」

　呟《つぶや》いた声は、ミーシャのものだ。セリスの心中が、まるで覗《のぞ》けぬということだろう。

「俺に対して、争いよりも対話を試みるのはなかなかどうして、悪くない選択だ。話さぬ内から実力行使に出る愚か者が多いものでな」

「本当に、世の中には悪人が多くて困るね。よくわかるよ。できるなら、話し合いですべてが終わるに越したことはない。平和が一番だからね」

　善良そうな笑みを奴《やつ》は浮かべる。

「もっともだ。しかしな、ただの悪党など可愛《かわい》いものだぞ」

「へえ、どうして？」

「最も醜悪な下衆《げす》は、まるで善人のような顔をしてやってくるのだからな」

「それは恐《こわ》いね。僕も気をつけるとするよ」

特に動じる素振りもなく、奴《やつ》はそう口にした。

「答えは急がないよ。もしも、話を聞きたくなったら、ガエラヘスタへ来るといい。しばらくはそこにいる。エーベラストアンゼッタの聖座の間で待っているよ」

セリスが魔法陣を描く。その横に、冥王と詛王が並んだ。

「セリス」

奴《やつ》らが《転移《ガトム》》で転移する直前、俺は言った。

「肝に銘じておけ。お前が俺の実の父であろうとそうでなかろうと、舐《な》めた真似《まね》をするつもりならば、ただでは済まさぬ」

俺の警告に、奴《やつ》はただ笑みで応じると、この場から転移していった。

§29. 【神の堕落】

ジオルヘイゼの竜着き場。魔王城。

その最下層にある奥の部屋に、俺たちは戻ってきていた。

「──では、お前たちが相手にしたあの騎士どもも魔族だったわけか」

レイの報告を聞き、俺は言った。

「霊神人剣を妙に警戒していたからね。鎧《よろい》を破壊して確かめたよ。魔族の魔力に間違いなかった。全員かはわからないけど」

涼しげに微笑《ほほえ》みながら、彼は答えた。

その傍《かたわ》らにいたミサが口を開く。

「それに、すごく強かったですよね。けっこう本気でやりましたけど、滅びる前に逃げていきましたから」

滅ぼすことが目的ではなかったとはいえ、ミサの真体とレイを相手に、無事に逃げおおせるというのは、やはり並の魔族ではない。

「四邪王族の配下なのかしら？　それとも、あのセリスっていう魔族の？」

サーシャが首をかしげる。

「どちらも可能性はあるがな」

「そのセリスっていう魔族が、アノスの父親を名乗ったっていうけど、本当かな？」

信じがたいといった風に、レイは言った。

「魔王の父親がいたなんて話は聞いたこともないけどね。アノスの記憶が不完全だとしても、僕の記憶にまで影響があるとは思えない。もしそうなら、相当な事態だよ」

「まあ、木の股から生まれるわけではない。父親はいたのだろう。表舞台に出ていなかったのなら、人間が知らずとも不思議はあるまい。魔眼というのは、子孫に遺伝しやすいものだしな」

とはいえ、必ず遺伝するものでもない。特に強力な魔眼は、相応の根源でなければ発現しない。この時代に俺の子孫は多いが、《破滅の魔眼》をサーシャしか持たぬのは、そのためだ。

もっともサーシャの場合は、俺からの遺伝ではないやもしれぬが。

「……あいつ、融合したわたしたちのことを背理神だって言ってたわね……」

ミーシャがうなずく。

「《創滅の魔眼》は、《背理の魔眼》だって」

以前にアルカナと話したときに、その可能性があるのはわかっていた。あの男の言うことを、どこまで信じていいかはわからぬがな。

「ミーシャ、あいつの心を見たな？」

こくりと彼女はうなずく。

「でも、見えなかった。彼の心は虚無。なにもない、空っぽの人」

覗《のぞ》いた心の深淵《しんえん》を思い出すように、ミーシャは言う。けれどもすぐに頭を振った。

「……ただ見えなかっただけかもしれない……」

「んー、ボクはあんまり好きじゃないぞ」

エレオノールが言う。

「好き嫌いの話じゃないと思うんだけど……」

と、サーシャがぼやいた。

「なんていうのかな？　ほら、手を取り合おうって言ってたけど、なんだか得体が知れなくて、少し恐《こわ》いぞ」

「得体が知れぬというのは同感だ。ガデイシオラに属しているのならば、これまで神族に敵対してきたのは本当なのだろうが、それが真の目的とも限らぬ」

「冥王は少なくとも、昔から神を嫌ってはいたけどね」

微笑《ほほえ》みながら、レイが言った。

「眠っている痕跡神を滅ぼそうとしたことからも、セリスは神に容赦するつもりはないようだ。そこが冥王とは馬があったのだろう」

とはいえ、あまり冥王が仕えるようなタイプの男にも見えなかったがな。部下になってはいるものの、あくまで形式上のことで、実際は同盟に近いのかもしれぬ。

「それと、あいつって、アノスとアルカナの夢に出てきたわよね？」

サーシャの問いに、俺はうなずく。

夢の中で、アルカナは竜に狙われていた。俺はそれを隠していたようだが、あの男はその事実を彼女に知らせようとしている風だった。

あの先がわからぬようでは、まだ確証はないが。

「全然アノスとアルカナの父親って感じじゃなかったわ」

「まともな親とも限らぬ。愛ゆえに生まれる子ばかりではない。特に二千年前はな」

「……それは、そうね………」

サーシャは考え込む。セリスに対する嫌悪《けんお》感が、表情に滲《にじ》んでいた。

「今一度、夢を見るか。セリスのことが思い出せれば、奴《やつ》との話し合いの鍵となるかもしれぬ。

向こうは俺がすっかり記憶を忘れていると思っているようだからな」

思い出したことを知らずに奴《やつ》が嘘《うそ》をつくなら、その思惑もわかるというものだ。あるいはあいつが、俺の記憶を奪ったということも考えられる。

「……また、みんなでお休み……です……」

ゼシアが嬉《うれ》しそうに言って、アルカナを見る。

だが、彼女の瞳は虚空《こくう》を見つめていた。いつもは透明なその表情が、今は暗く淀《よど》んでいるように見える。

心ここにあらずといった様子だ。

とことことミーシャが俺のもとへやってきて、小さく耳打ちをした。

「休ませてあげて」

ふむ。それがいいか。差し迫ったことがあるわけでもない。

「セリスに話は聞きにいくが、その前に少々考える。お前たちも、今日は休め」

「ん」

ミーシャはそう言って、サーシャと一緒に部屋を出ていく。レイやエレオノールたちも立ち上がり、自分たちの部屋へ戻っていった。

残されたのは、俺とアルカナの二人だけだ。彼女はじっと口を閉ざしている。

「魔力を使いすぎて、疲れたか？」

彼女のもとに歩み寄り、そう声をかける。

「魔力は使いすぎた。しかし、それは問題ではない」

神族だからな。よほどのことでもなければ、魔力が枯渇《こかつ》することはあるまい。

「では、なにをそんなに落ち込んでいる？」

問えば、ようやくアルカナが俺の方を向いた。

「わたしは、落ち込んでいるだろうか？」

「俺の目には、そう見える」

「そう……」

俯《うつむ》き、アルカナはじっとなにかを考えている。

彼女が口を開くまで、俺はそのまま待つことにした。

「時間はあった」

ぽつりとアルカナは言った。

「痕跡神の夢の中にわたしはいた。あなたは、わたしの記憶を取り戻させるために、夢から覚めて時間を作ってくれた。痕跡神がセリスの魔法に狙われ、彼の神を逃がすまでの間、僅かながら時間はあった」

自戒を込めるように、アルカナは繰り返す。

「夢の中に舞っていた、痕跡の書物。数多《あまた》あるその世界の痕跡から、わたしは、わたしの記憶のページを見つけられなかった。わたしは、目を背けたのだろう」

淡々とアルカナは言葉を続ける。

「思い出すことが、わたしの償いであるにもかかわらず、わたしには恐怖があった。その瞬間になって、怖《お》じ気《け》づいたのだろう。今のわたしが、なくなることに。わたしは、また、罪を犯してしまった」

「意図的に目を背けたわけでもあるまい」

否定も肯定もせず、アルカナはじっと俺を見つめる。

「痕跡神を逃がす判断は正しかったのだろうか？　あなたは何者にも負けない。ならば、あなたを信じ、わたしは夢を見続けるべきだったのだろう。彼の神を救うフリをして、わたしは逃げたのかもしれない」

一旦口を噤《つぐ》み、それからアルカナはもう一度言った。

「救いを言い訳にして」

「さてな。俺の魔法はなにかを守るにはいささか不向きだ。セリスの力の底を見ていない以上、お前が間違えたとも言いきれぬ」

口を開こうとし、けれどもアルカナは押し黙った。

「恐れるなとは言わぬ。お前が自ら、その名を捨てたならば、思い出すことに恐怖があるのは当然だ」

「神が恐れては、人々は不安に思う」

「恐怖も解せぬ神に、なにがわかる？　人の心を知らねば、人は救えぬ」

ほんの僅かに、アルカナの目に光が戻る。

「あなたは昨日も同じことを言った」

うなずき、アルカナに問う。

「優しさが欲しかったのだろう？」

「……そう。それだけは、確かなこと」

「それがお前の求めたものだ。お前はなにも間違えてなどいない」

俺の瞳に、アルカナの視線がすっと吸い込まれていく。

「恐怖が、優しさなのだろうか？」

「人は弱いものだ。そして、その弱さに手を差し伸べることが、優しさだ。ならば、弱さを知らねばならぬ」

なににも染まらぬ透明な表情を浮かべる彼女に、俺は笑いかけた。

「人の弱さを口にするお前が、俺にはとても心地よい」

「……どういうことだろうか？」

「それが俺にとっては救いだということだ」

驚いたようにアルカナは俺を見返した。

「……どうすればいいのだろう？」

「恐《こわ》いのならば、そう言えばよい。取り繕わずにこの手を取れ」

アルカナは俺の顔を見つめたまま、じっと何事かを考えている。

そうして、どのぐらい経《た》ったか、彼女は言葉をこぼした。

「……今のわたしに、眠りは遠い……」

だけど、とアルカナは言った。

「あのときのように、兄が寝かしつけてくれれば、きっと、眠りが訪れるのだと思う」

初めて見た妹との夢を、俺は思い出す。

「それが、わたしの弱さ」

「仕方のない」

そのときと同じように言って、俺はアルカナに手を差し伸べる。

彼女がその手を取ると、俺たちは寝室へ入った。ベッドに横になれば、夢と同じようにアルカナが布団《ふとん》に入ってくる。

「欲得を知った」

俺の体に、彼女はすがるように抱きついてくる。

「弱さを知った」

俺の胸で顔を隠すようにしながら、アルカナは独り言のように呟《つぶや》く。

「神の身でありながら、わたしは堕落してしまう」

「くはは、神だからといって、堕落せぬと思ったか？」

「あなたが魔王と呼ばれる意味が、わたしはわかったような気がする。暴虐なまでに、あなたは、恐れをぬぐい去る」

ぎゅっと抱きつきながら、アルカナは俺と自身に魔法陣を描く。

「あなたが、わたしの兄であれば、恐《こわ》いものはなにもないのだろう。きっと」

光とともに、衣服が消え去り、俺たちは一糸まとわぬ姿になる。

顔を近づけ、アルカナは言う。

「……夢のように、呼んでもいい？」

「好きにせよ」

ほんの少し、はにかみながら、アルカナは透明な声を発する。

「……お兄ちゃん……」

「どうした？」

「今日はもう少しだけ、堕落してもいいのだろうか」

「許す」

すると、俺の目を見つめ、彼女は言った。

「おまじないで、寝かせてほしい」

アルカナの頭に手を回し、あの夢のように、額に優しく口づけをした。透明な光に俺たちの体は、包まれ、誘うような眠りが訪れる。

「おやすみ、アルカナ」

「……おやすみ……お兄ちゃん……」

§30.【夢で交わした約束】

夢の中――

アルカナは森を歩いていた。

いつも楽しげな少女の表情が、今日はどこか思い詰めた風である。

草木をかき分けるようにして、アルカナはぐんぐんと森の中を進んでいき、兄の魔眼が届く範囲から出る。そうして、彼女の目の前に、一人の男の姿が見えてきた。

紫の髪と外套《がいとう》を纏《まと》った魔族、セリスである。

「やあ。来たね」

善良そうな顔で、セリスはアルカナを迎えた。

「……あのっ……」

アルカナはすぐに言葉を切り出した。

「魔法を教えてっ。竜から逃げられる魔法、あるんだよね？」

いったい、なにがあったのか。昨日よりもアルカナは、切実そうにその魔法を求めた。

「勿論《もちろん》、そのつもりだよ。ただし、それはここじゃ難しくてね」

セリスはアルカナに手を差し出す。

「しばらくの間、アノスと別れることになるけど、大丈夫かい？」

アルカナは一瞬、躊躇《ちゅうちょ》する。けれども、すぐに決意を固め、その手を取った。

満足そうにセリスは微笑《ほほえ》む。

「行こうか」

魔法陣が描かれ、二人の体が浮き上がる。

目にも止まらぬ速度でセリスは空を飛び抜けていく。

しばらくして、二人の前に高い山が見えてきた。その中腹にセリスが手を伸ばすと、魔法陣が現れる。魔法陣の中心へセリスは向かっていき、そこをすっとすり抜けた。

山の内部に入ったはずが、辿《たど》り着《つ》いたのは石造りの室内である。広い。終わりが見えないほど広い、建物の中である。

立ち並ぶ柱と、無数のかがり火。その中心に一際目《ひときわ》を引く銀の炎があった。

アルカナはそれを見て、恐怖に体を震わせる。室内は、途方もない熱さで、その炎に近づく毎《ごと》に温度を増した。

「これはね、審判の篝火《かがりび》というものだよ。この銀の炎に身を投げ、幾千の苦痛に耐えきることができれば、その者は強い力を得られると言われている」

審判の篝火《かがりび》を見つめながら、セリスは当たり前のように言う。

「その力があれば、竜から逃げるどころか、皆殺しにすることだって容易《たやす》いだろうね」

「……だけど……死んじゃうよ……？」

「大丈夫。まずは竜から逃れる魔法を教えてあげるよ」

セリスがアルカナの首にネックレスをかけた。透明の石がついていた。

「これは、なあに？」

「魔法が成功するおまじないだよ」

セリスは目の前に魔法陣を描く。

「さあ、やってみようか」

言われた通り、アルカナは魔法陣を描いてみるが、しかし、うまくいかない様子である。

「手伝ってあげるよ」

セリスはアルカナが構築する魔法陣に手をかざす。彼女の魔力を使い、ネックレスの水晶にある魔法陣を描いていく。

《使役召喚《リテルデ》》だった。

その石――盟珠の内側に、魔法陣が次々と描かれ、積層されていく。途端に、アルカナの背後に巨大な炎が立ち上った。

内部では、竜の影がゆらり、ゆらりと揺れている。

「グオオオオオオオオオオオオオオオオオオオオオオオオオォォォッッ!!!」

けたたましい咆吼《ほうこう》とともに、召喚の炎が消え去り、現れたのは黄金に輝く異竜である。

「え……ぁ……………やだ…………」

アルカナが脅《おび》えたように後ずさり、そして、尻餅をついた。

「脅《おび》えることはないよ、アルカナ。君は竜に食われても、その胎内で生まれ変わることができる竜核《りゅうかく》だからね。竜は産み落とす子の核となるべき根源を求める。それで君はこれまでずっと竜に狙われていたんだよ」

驚いたような表情で、アルカナはセリスの顔を見た。

「あの招待状を見たんだろう？　そろそろ思い出さないかい？　アノスが君から奪い去った記憶を。彼がついた嘘《うそ》を」

「……わたしは…………」

わからないといった風にアルカナは首を左右に振る。

「子竜になれば、忘却の魔法も解ける。すぐに思い出すよ。彼は竜に狙われる君を不憫《ふびん》に思って、逃げ続けてきたけれど、特に意味はなかったんだよ。竜に食われても、君はただ生まれ変わるだけだからね」

「…………やめ、て……」

脅《おび》えた表情で、アルカナはかろうじて声を絞り出した。だが、セリスは善良そうな表情をしたまま、首を捻《ひね》った。

「やめる？　どうして？　僕は嘘《うそ》をついてはいないよ。この命を賭けてもいい。生まれ変われば、君は竜に狙われることはなくなる。逃げ続けなくてもよくなるんだ。それを望んでいたんじゃないか」

自分の善意を疑いすらせず、セリスはこともなげに言った。

「……だって……た、食べられたら、痛いよ……」

「ああ。確かに、竜の胎内で根源が混ぜ合わされ、一つになるのは想像を絶する苦痛だよ。この竜は召喚されたばかりで、まだ一つも根源を食べていない。そうだね、たぶん、千人ほど食べれば、君は生まれ変わるだろう。痛いのは、たかだかそれまでの辛抱だよ」

まるで話の通じないセリスに、アルカナの表情が絶望に染まっていく。

「……助……けて……」

にっこりとセリスは笑う。

「わかっているよ。大丈夫。これから君を助けてあげるよ。もう竜に脅《おび》える生活はお仕舞いだ」

「……助けて、お兄ちゃ――」

「ガアアアアアアアアアアアアアアアアアアアアアアアアアアァァァッッッ!!!」

アルカナの叫びは、竜の唸《うな》り声にかき消され、その顎《あぎと》が幼い体を飲み込んだ。

少女を食《は》む黄金の異竜を、セリスは満足そうに眺めている。

「アノスには、ここはわからないよ。それに、審判の篝火《かがりび》に比べれば、竜に食われる苦痛は大したことがないんだ。これは神族が下す審判の地へとつながっていてね。この世のものではない苦痛を与えられる。その予行練習だと思えばちょうどいい」

にっこりとセリスは笑う。

「君は、そうなるべくして生まれたんだ」

「──ふむ。人の妹によくもまあ好き勝手なことを言ったものだな」

視線を鋭くして、セリスが振り向く。

ピシ、と空間が軋《きし》む音が聞こえ、彼の目の前が真っ黒に炎上した。魔法の扉をぶち破ってきた漆黒の太陽、《獄炎殲滅砲《ジオ・グレイズ》》がそのままセリスに直撃する。

「へえ」

セリスは反魔法を張り巡らし、目の前を睨《にら》む。黒く燃え盛る炎の中から、姿を現したのはアノスだった。

「なかなか強い魔法を使えるようになったじゃないか。だけど、相手の力量を見極める魔眼はまだまだだよ」

至近距離から放つアノスの《獄炎殲滅砲《ジオ・グレイズ》》を、セリスは平然と反魔法で防いでいる。

「君に彼女は救えない。だから、僕が救ってあげるよ」

セリスは左手をアノスに向け、《紫電《ヴエーラ》》の魔法を放つ。紫の稲妻が彼の反魔法を打ち破り、その身を引き裂いた。

アノスの表情が険しく歪《ゆが》む。

「いいかい？　なにも心配する必要はないんだ、アノス。彼女は生まれ変わる。こうして諍《いさか》いを続けるのは無駄というものだよ」

「…………け……」

その魔眼で、アノスがセリスを睨《にら》みつける。怒りに染まり、憎悪《ぞうお》に満ちたそんな表情で。

「なんだい？」

「……どけと言っているのだ……！」

魔力がアノスの魔眼に集中する。眠っていた根源の一端が覚醒するかのように、彼の瞳が滅紫《けしむらさき》に染まった。

途端にアノスの魔力が増大し、巨大な魔法陣が描かれる。その中心から《獄炎殲滅砲《ジオ・グレイズ》》が射出され、セリスの体をぐっと押し出した。

僅かにその男は、目を見開いた。

「へえ。僕を力尽くで押しやるなんてね。さすがじゃないか。だけど、わかっているだろう？　君の《獄炎殲滅砲《ジオ・グレイズ》》じゃ、僕には及ばな――」

「ようやく気がついたか、マヌケめ」

押し出されたセリスの背後には、審判の篝火《かがりび》があった。

「……やれやれ。そんな手が通じるとでも――」

漆黒の太陽を振り払い、セリスが空中へ身を躱《かわ》す。

刹那――

「ガアアアアアアアアアアアアアアアアアアアアアァァァァッッッ!!!」

狙いすましたように黄金の異竜が頭から突進してきて、セリスを弾《はじ》き飛《と》ばした。

「な――」

「ここしばらく、竜と鬼ごっこを楽しんだものでな。奴《やつ》らの気を引く術は嫌と言うほど学んだ」

セリスは《飛行《フレス》》で姿勢を制御しようとしたが、しかし、アノスがだめ押しにもう一発、《獄炎殲滅砲《ジオ・グレイズ》》をぶち込んだ。

「どこの誰だか知らぬが、そんなに審判の地とやらが好きならば、一人で行ってくるがよい」

ゴオォォッとセリスの体に火がついた瞬間、彼は審判の篝火《かがりび》に飲み込まれていく。

「やれやれ」

一度入った以上は出られないと悟ったか、セリスはその銀の炎の中で立ちつくし、だらりと両腕を下げた。

「まあ、いいか。これはこれで悪くない結果だ」

そう言うと、彼の体は完全に銀の炎に包まれ、この場から消え去った。

「グウゥウウゥウウッッ!」

重低音の唸《うな》り声が響き、黄金の異竜の瞳がギロリとアノスを睨《にら》む。

「吠《ほ》えるな。今楽にしてやる」

描かれた魔法陣とともに、アノスの右手が漆黒に染まる。

「《根源死殺《ベブズド》》」

「ヴォォオオオオオオオオオオオオオオオオオオオオオオオオォォォッッッ!!!」

吐き出された黄金のブレスを、その身に浴びながら、アノスは異竜の懐《ふところ》に飛び込み、その胸に黒き《根源死殺《ベブズド》》を突き刺した。

「返せ」

グジュウッと頑強な鱗《うろこ》も強靭《きょうじん》な皮膚も貫き、アノスは竜の胎内に手を伸ばす。

そうして確かに、それをつかんだ。

「俺の妹を、トカゲ如《ごと》きに食わせると思ったか」

ぐんっ、とアノスが手を引き抜く。

断末魔の叫びとともに、異竜の体から夥《おびただ》しい量の血が溢《あふ》れ出《だ》した。ぐらり、と竜の巨体が傾き、大きな音を立てて、その場に伏す。

アノスの手の中には、ボロボロになったアルカナがいた。《抗魔治癒《エンシエル》》の魔法を使い、彼女の体を光で包む。

だが、アノスの視線が、険しさを増した。

傷が癒える気配がないのだ。生まれ変わる途中で無理矢理胎内から取り出したからか、刻一刻とアルカナの根源が蝕《むしば》まれていく。

アノスは魔眼でじっとアルカナの全身を見つめた。

「……どうして、わかったの……？」

うっすらとアルカナが目を開け、兄に言った。

「出かけるときに、これを置いていっただろう」

アノスは魔法陣から、アルカナが書いた便箋を取り出す。

そこには、『明日の誕生日、お兄ちゃんが一番欲しいものをプレゼントするから、期待して待っててね』と書いてあった。

回復魔法を続け、魔眼で彼女を癒《いや》す方法を探しながら、アノスは言う。

「なにやら無茶をするのではないかと思ってな。どこへ行ってもわかるように魔法で印をつけておいた」

案の定、魔眼の範囲から消えたため、すぐに追いかけてきたのだ。

「ごめんね、お兄ちゃん……」

気にするな、と言わんばかりにアノスは彼女の頭を撫《な》でる。

「大丈夫だ、アルカナ。必ず助けてやる」

アノスが、妹に全魔力を注ぐ勢いで、《抗魔治癒《エンシエル》》の魔法を使う。みるみる彼は消耗していくが、妹の傷は一向に癒《いや》されない。その根源はやはり、少しずつ蝕《むしば》まれていった。

彼は奥歯を噛《か》み、更に魔法に魔力を込める。

刻一刻と、幼い顔に焦燥が募っていく。

「……もう、大丈夫だよ、お兄ちゃん。わたし、元気になったよ……」

力なく、しかし精一杯気丈に振る舞いながら、アルカナが言う。アノスが、かなりの無理をしていることが見ていてわかったのだろう。

「相変わらず、下手な嘘《うそ》をつくものだ」

自らの根源を削るほどの魔力をアノスは使っている。そしてその力を一瞬たりとも緩めようとはしなかった。

「……わたし、ずっと気がつかなかった……」

「喋《しゃべ》るな。傷に障《さわ》る」

アノスの忠告に、しかしアルカナは悲しそうに笑った。

「……竜に追われていたのはお兄ちゃんじゃなくて、わたしだったんだね。お兄ちゃんはずっとわたしを守ってくれてた……」

体から力が抜けていく中、アルカナは必死に訴える。終わりが近いと悟っているかのように。

「……わたし、強くなりたかったんだよ……一人で竜から逃げられるようになったら、そうしたら、お兄ちゃんは、もうわたしのことを気にしなくてもよくなるから……」

悲しげな瞳でアルカナは兄を見据えた。

「……わたし、知ってるんだ。お兄ちゃんは本当は魔法のお勉強がしたいんだって。わたしのせいで、お城に行けないから……一人でお勉強するしかなくて……だから、だからね……」

目に涙を溜《た》めて、彼女は言う。

「もう大丈夫だよって……わたしは一人で大丈夫だから行ってきてって、言いたかったんだよ……お兄ちゃんに、プレゼントをあげたかった……」

はらり、と瞳から涙がこぼれる。

「だけど、わたしは……嘘《うそ》つきだった……」

「そんなものはいらぬ。可愛《かわい》い妹がいてくれれば、それでいい」

「だって……！」

ぽたぽたと涙の雫《しずく》がアルカナの目からこぼれ落ちる。

「……だって、わたしは、お兄ちゃんの妹じゃないのにっ……」

それも、アルカナが盗み見た招待状に載っていたこと。彼女の背中を押した、絶望だったのだろう。

「……本当は……お兄ちゃんじゃないのに……」

「アルカナ」

静かに、アノスは言った。

「許せ。力が及ばぬようだ。お前を助けてやることができぬ」

「……………うん……」

「《転生《シリカ》》の魔法を使う。だが、根源魔法はまだ不得手でな。竜の胎内でお前の根源は変質してしまっている。どこでいつなにに生まれ変わるのか、記憶が残るかも定《さだ》かではない。いや、成功するかもわからぬ」

アルカナは覚悟を決めたようにうなずく。そうして、涙をぐっと堪えながら、精一杯笑ったのだった。

「いいよ。だって、そうしたら、お兄ちゃんはようやく自由になれるもんね。わたしは大丈夫。一人だって、恐《こわ》くないよ」

「最後にプレゼントをもらおう」

「……なにが欲しいの………？」

不思議そうにアルカナが問う。

「俺の妹になってくれ」

堪えた涙が、アルカナの瞳からまたポタポタとこぼれ落ちた。

「忘れるなとは言わぬ。思い出せ。必ず、思い出せ。お前は俺の妹だ。確かに血はつながっていない。それでも、お前と過ごした日々は偽りなどでは決してなかった」

泣きじゃくるアルカナをぎゅっと抱きしめ、アノスは《転生《シリカ》》の魔法陣を描く。

「……お兄ちゃん……」

振り絞るように、アルカナが声を上げる。

「今度は、今度生まれ変わったらね……絶対、今度は絶対、わたし、強くなるからっ。強くなって、お兄ちゃんの力になるから……だって、お兄ちゃんの妹なのに、強くないと嘘《うそ》だよねっ。会いに行くからねっ。今度は嘘《うそ》じゃないから、絶対、嘘《うそ》じゃないから……」

不安そうに、アルカナは怖《お》ず怖《お》ずと兄に言葉を向ける。

「信じて、くれる……？」

「ああ、信じている」

《転生《シリカ》》の魔法が発動し、彼女は光とともに消えていく。

「必ず会いに来い。たとえ何者に生まれ変わろうと、お前は俺のたった一人の大切な妹だ」

アルカナが伸ばした手を、アノスがつかむ。その手はすっとすり抜け、彼女は光の粒となって完全に消えた。

その虚空《こくう》に、彼は悲しい目を向けた。

「……今度は、泣かせはせぬ……」

悔しさと決意を滲《にじ》ませ、アノスは消えていった妹に誓う。

「なにがあろうと失わぬほど、強くなってお前を待とう。アルカナ」

§31. 【記憶の齟齬《そご》】

朝――

目を覚ませば、綺麗《きれい》に切《き》り揃《そろ》えられた白銀の髪が視界に映る。その寝顔はあどけなく、容姿は違えど、どこかに夢の中で見た妹の面影が残っている。

「……未《いま》だ実感は乏しいが、必ず会いに来いと言っておきながら、俺が忘れたのでは申し訳が立たぬな」

ぽつりと呟《つぶや》き、そっとアルカナの頭を撫《な》でてやる。記憶はなくとも、彼女は確かに俺のもとへやってきた。

心のどこかで、根源の片隅で、あの約束を覚えていたのだろうか？

「……ん………」

小さく声を漏らし、アルカナは目を開ける。その金の瞳が、ぼんやりと俺の顔に向けられた。

「……ありがとう……」

アルカナは、そう俺に言った。

「それは、なんの礼だ？」

「あなたのおかげで昨日は眠れた」

アルカナは立ち上がると、自らに魔法陣を描く。彼女の体が光に包まれ、衣服を纏《まと》う。

俺も身を起こし、ベッドから降りると、同じようにして、白服を身につける。

「夢は見たのだな？」

「見た」

「あの後、お前は神に生まれ変わったのだと思うか？」

じっとアルカナは考え込む。その表情は、僅かに沈んでいるようにも思えた。

「……《転生《シリカ》》の魔法を使っても、魔族が神に生まれ変わることはない」

「確かにな。今の俺とて、神に転生させるのは不可能だ。とはいえ、夢の中のアルカナは一度竜の胎内に飲み込まれ、その根源に異常を来していた。元より、彼女は竜に狙われる……竜核といったか？　普通の存在ではなかったようだ。可能性がまるでないというわけでもあるまい」

しかし、もしも、そうならば、奇跡的な偶然がいくつも重なった結果だろう。断定するには、まるで情報が足りない。

「教皇ゴルロアナは、わたしのことをミリティアと呼んだ」

「それが事実ならば、お前は二千年前の時点で俺に会いに来たことになる」

「…………真実かは、まだわからない…………」

不安そうにアルカナは言う。

「確かめてみるか？」

「……方法があるのだろうか？」

「お前がミリティアかどうかを確かめる術ならばな。記憶は戻らぬ。中途半端《ちゅうとはんぱ》に知る覚悟があるのなら、やってみる価値はあるだろう」

「……確かめたいと……わたしは思っているのだろう……」

呟《つぶや》き、それからアルカナは頭を振った。

「確かめたいと思っている」

はっきりとアルカナは言い直した。

「では来い」

そう口にして、部屋を後にした。アルカナは俺の横に並び、ついてきている。階段を上りながら、俺はミーシャたちに《思念通信《リークス》》を送る。

『今日の大魔王教練は中止だ。ガエラヘスタへ行く。各々《おのおの》準備をした後に、魔王城の訓練場へ来るがいい』

しばらく進めば、目の前に両開きの扉が見えた。それを開くと、中はだだっ広い一室だ。訓練場である。それなりの規模の魔法や魔剣にも耐えられる構造になっている。

中央まで歩み出ると、俺はアルカナを振り向いた。

「起源魔法は、魔力を借りた起源そのものに影響を与えることはできぬ。俺が創造神ミリティアを起源として、起源魔法を放てば、お前がミリティアかそうでないかがはっきりする」

「名を捨てた神でも影響はまったくないだろうか？」

「そこが難点だ。神の名を失ったお前は、かつてミリティアだったとしても、今は完全に同一とは見なされないかもしれぬ。影響が出ることもあろう。だが、《創造の月》が使えるということは、つながりが完全に切れているわけでもあるまい」

「起源魔法による影響の度合いから、判定を行う？」

俺はうなずく。

「起源の対象によって、行使できる魔法は異なる。創造神ミリティアを起源にした場合、魔法の制御が至難を極めるものでな。あいにくと攻撃魔法しかまともに放てぬ」

簡単に言えば、借りてきた魔力が暴走状態と化す。それを力尽くでねじ伏せ、放つのだ。

「大丈夫。あなたの思う通りしてくれればいい」

アルカナは俺から少し離れた位置に移動する。そして常時纏《まと》っている反魔法を消した。

「行くぞ」

創造神ミリティアを起源に、魔法陣を描く。漆黒の稲妻がバチバチと音を立てて、俺の右腕にまとわりつく。

起源魔法《魔黒雷帝《ジラスド》》。膨大に膨れあがっていく黒き雷光が、激しい雷鳴を轟《とどろ》かせながら、訓練場を覆いつくす。次の瞬間、俺の予想を遥《はる》かに超えて増大した漆黒の雷が、訓練場を吹き飛ばす勢いで暴発した。

ギギギギギギギギッと大気を劈《つんざ》き、瓦礫《がれき》の山が周囲に散乱する。ぎりぎりのところで押さえつけたため、アルカナは無傷だった。

「どうしたのだろう？」

不思議そうに、アルカナは俺に視線を向けてきた。

「ふむ。失敗したようだ」

起源魔法は起源となる存在のことを正しく知らなければ、制御が困難だ。神を起源とする場合、更に制御が難しく、番神クラスであっても魔力が荒れやすい。魔法を成立させるのは至難だ。

創造神ミリティアともなれば尚更《なおさら》だが、通常、俺は暴走したその魔力を更に荒れさせることで、魔法を成立させている。

《極獄界滅灰燼魔砲《エギル・グローネ・アングドロア》》が良い例《い》だ。起源にした創造神、破壊神の魔力を際限なく暴走させていくことで、ある種の安定状態を作り出す。

だが、《魔黒雷帝《ジラスド》》まで威力を落とすとなれば、細心の魔力制御が必要となり、安定させるのは至難を極める。それでも、ミリティアの起源を正しく知ってさえいれば、問題はなかったはずだ。

その証拠に、二千年前は可能だった。

つまり――

「……忘れていることがあるのか、それとも覚え違いをしているらしいな……」

「創造神のことを？」

「ああ。この条件では、お前をミリティアかどうか判別できぬ」

アルカナは一瞬口を噤《つぐ》み、それから言った。

「仕方がない」

「俺が覚えているミリティアと、現実に齟齬《そご》があることがわかったのは、収穫と言えば収穫だが……」


しかし、なにを忘れているのか？

「痕跡神を見つければ、きっと思い出せるはず」

「居場所はわかるか？」

「わからない」

これまで地底に留まり続けた神だ。神界に帰ってはいまい。

「……うわ、なによこれ？　ボロボロなんだけど……？」

訓練場に入ってきたサーシャが言う。

「《魔黒雷帝《ジラスド》》？」

隣でミーシャが小首をかしげていた。

「お待たせっ、いつでも行けるぞっ」

「準備……万端……です」

エレオノールとゼシアが言った。その後ろに、レイとミサもいる。

「穏便に話し合いで済めばいいんだけどね」

「あははー、ですね……なんだか、そんな気は全然しないのが、困っちゃいますけど……」

コツン、と杖《つえ》をつく音が響く。

「カカカカ、しかし、またずいぶんと面白そうなことになったではないか。詛王と冥王が地底に来ているとはな。いやいや、どこでなにをしているかと思えば、魔王に弓を引く準備とはっ！」

愉快そうにエールドメードが言う。

「剣呑《けんのん》、剣呑、剣呑だっ。そうは思わないか、シン先生？」

「私が思うのは一つ。ただ愚か、と」

彼の隣にいたシンが言う。

「そう、そう、そうだ、愚かだ。だからこそ、面白い。賢くては魔王には逆らえないではないかっ！」

微妙な反逆の言葉を口にし、エールドメードは喉を押さえて楽しげに呼吸困難に陥った。

「なあ、アノス・ヴォルディゴード。オマエの配下を集めるほどの相手というわけだろうっ？」

「セリスという魔族は、俺の父親だそうだ。油断はするな」

「な・る・ほ・どぉ」

嬉《うれ》しそうにエールドメードは唇を歪《ゆが》めた。

「まあ、肉親か否《いな》かはどちらでも構わぬ。問題はあの男が、なにを企《たくら》んでいるかということだ。昨夜、アルカナと共に夢を見たが、なんとも善悪の基準が狂っているような考えをしていた」

その上、冥王、詛王と手を結び、痕跡神を滅ぼせるだけの魔力を有している。

「ガデイシオラの者だ。まつろわぬ神、背理神についても知っていよう」

サーシャが表情を険しくし、ミーシャは彼女の手をぎゅっと握る。二人を指して、セリスは背理神ゲヌドゥヌブと断じた。

「ひとまずは話を聞く。愚かならば、そこで滅ぼす」

聞いたところでまともな答えが返ってくるとも思えぬが、とはいえ、夢には不可解な点があったのも事実だ。確かめる必要はあるだろう。

「行くぞ」

俺は《転移《ガトム》》の魔法陣を描く。それを見て、全員が《転移《ガトム》》の魔法陣を描いた。

魔法を行使し、俺たちは転移する。視界が真っ白に染まった次の瞬間、目の前には神代の学府エーベラストアンゼッタが姿を現した。

アルカナが手をかざせば、その正門が開かれる。中へ入り、まっすぐエーベラストアンゼッタの中央まで歩いていく。

通路を抜け、扉を開ける。

そこは円形の空間だった。均等に八つの座具が設置された、聖座の間である。

「やあ、来たね」

待っていたのは、セリス。

その傍《かたわ》らには、冥王イージェス、詛王カイヒラムがいる。

「問おう」

開口一番、俺はセリスに言葉を投げかける。

「お前の目的はなんだ？」

「一言で口にするのは難しいけれど、そうだね」

善良そうな表情で彼はさらりと言った。

「とりあえず、今日はジオルダルを滅ぼそうと思っているよ」

§32.【裏切りと偽りの神】

セリスに気負った様子はまるでなく、まるで古くなった椅子を処分するだけと言わんばかりの気軽さだ。

脅しにも、ハッタリにも見えぬ。本気でジオルダルを滅ぼすつもりでいるのだろう。

「また性急なことだな。それとも、今日まで準備をしてきたか？」

「困ったことに、君のことは想定外なんだよ、アノス」

まったく困ったようには見えぬ調子でセリスは言った。

「僕たちが準備をしてきたのは、痕跡神リーバルシュネッドを滅ぼすことでね。本来なら、昨日の時点でそれは達成できているはずだった」

「神族に敵意を持つのは無理からぬことだがな。しかし、一口に神といっても様々だ。リーバルシュネッドは眠り続けていた。なにか滅ぼす理由があったか？」

「神であること」

こともなげにセリスは言う。

「それだけで滅ぼす理由は十分だとは思わないかい？」

「思わぬ。眠っているのならば害はあるまい。寝かしておけばよい」

「じゃ、こう言い替えてもいい」

彼はすぐさま言葉を返す。

「痕跡神リーバルシュネッドは地底の守り神だよ。地底と地上はどうしたって相容《あいい》れない。彼らはいつか、あの天蓋の向こうを侵略するよ。その準備は今、この瞬間にも進んでいる。僕も魔族だ。故郷を守りたいからね」

愛国心を見せるような顔をしながらも、その言葉はどこまでも軽く、信念が見えぬ。地上が滅ぼうと地底が滅ぼうと、一向に気にせぬとも思えるほどに。

「ジオルダルを滅ぼそうとすれば、きっとリーバルシュネッドがそれを守るために姿を現すよ。諸共《もろとも》滅ぼしてしまえば、地上へ害をなすものが二つ消える」

セリスは指を二本立てる。

「お前は争いが好きなようだな」

「まさか。争わずに済むのなら、それに越したことはないよ。ただ向こうはそう思っていない。難しいね、平和というのは」

いかにも人の良さそうな笑顔を貼りつけ、セリスは言った。

「君も今やディルヘイドの王だ。アノス、故郷を守るために、僕と手を取り合わないかい？」

「ならば俺に従え。ジオルダルもリーバルシュネッドも滅ぼすことなく、ディルヘイドを守ってやろう」

嘆息し、セリスは呆《あき》れたように笑う。

「やれやれ。聞き分けのない子だね。僕の息子とは思えないよ」

「お前こそ、俺の親とは思えぬほど弱い男だ」

その言葉に、セリスは興味深そうに目を見開く。

「俺の父を名乗りたくば、力でそれを証明せよ。罪なき民を滅ぼさねば、故郷一つ守れぬほどの弱者が、よくもまあ魔王の父親を名乗るものだ」

「君は甘いよ、アノス。といっても、まだ子供だからね。仕方がないと言えば仕方のないことではある」

「甘い？　お前の度量が足りぬのだ。確かに血のつながりはあるのかもしれぬがな。俺の本当の父は、お前よりも遙《はる》かに広い器を持っているぞ」

　すると、奴《やつ》は目を細め、こう言った。

「しょうがないね。せっかくの再会だ。僕もあまり大人気ないことはしたくない。もう少し親子の親睦を深めようか」

「ほう」

「賭けをしないかい？　今日中に君があの国を滅ぼしたくなれば、僕の勝ちだ。そのときは、僕がジオルダルとリーバルシュネッドを滅ぼすのに目をつむる」

「面白い。俺がジオルダルを滅ぼす気にならなければ、ジオルダルとリーバルシュネッドからは手を引け」

《契約《ゼクト》》の魔法陣を描くと、迷わずセリスはそれに調印した。

　俺がジオルダルを滅ぼしたくなるほどの真実でも知っているのか？　頭のおかしそうな男だ。奴《やつ》にとってはただの遊戯にすぎぬということも考えられよう。

「ところで、アノス。君はまつろわぬ神をつれているね」

なに食わぬ顔で、唐突にセリスはそんなことを口にする。

「やっぱり君の考えは、ガデイシオラの教えに似ていると思うよ」

セリスは、サーシャとミーシャに視線を向けた。

「背理神ゲヌドゥヌブ、まさか二つに分かれ、地上に転生しているとは思わなかったよ。地底のどこを探しても、見つからないわけだね」

「あいにく、この二人は俺の配下でな。元々が背理神であったから、つれているわけではない。それも本当かは、定《さだ》かでないがな」

セリスを睨《にら》み、奴《やつ》の真意を探るように俺は言う。

「なにせ、他ならぬお前の言葉だ」

「君は背理神のことをどこまで知っているんだい？」

動じず、セリスは俺に問いを投げかけた。

「まつろわぬ神、神に敵対する神なのだろう？　この地底ではろくな扱いを受けていないというのは知っている。ガデイシオラのことは、アルカナも詳しくないのでな」

すると、セリスは親切そうな表情で言った。

「秩序に反した秩序。自らの秩序にさえ歯向かい、神々と人々を欺き、背いた。偽りと裏切りの神、それが背理神ゲヌドゥヌブだよ」

それを聞き、サーシャが視線を険しくする。彼女の手をミーシャが優しくとり、ぎゅっと握り締めた。

「ゲヌドゥヌブは、ジオルダルの神であったと言われていてね。敬虔《けいけん》な信徒を従え、彼らと共に地底で行われた最初の選定審判を戦ったという伝承がある。地底に恵みをもたらすために。そうして勝利した結果、この荒れ果てた大地に盟珠という恵みがもたらされた。ジオルダルは強国となり、他国を属国として、長く繁栄するはずだった」

ゲヌドゥヌブは、最初の選定審判に参加した選定神か。選定審判の秩序に従ったということは、その時点では背理神とは呼ばれていなかったのだろうな。

「だけど、ゲヌドゥヌブはジオルダルを裏切り、アガハに盟珠の半分を持ち去ってしまったんだ。元々、彼の神はアガハの神であったようでね。ジオルダルの教皇を騙《だま》していたんだよ。それにより、力をつけたアガハは、盟珠を取り返そうとするジオルダルと戦った。双方に多くの死者が出たよ。疲弊した両国は衝突を避け、宗教的な対立をしながらも、表だった戦争はなりを潜める」

淡々とセリスは説明を続ける。

「しばらくは平穏な日々が続いた。過酷な地底を、召喚竜と召喚神の力で竜人たちは生きていた。けれど、ゲヌドゥヌブは、今度はアガハを裏切った。いや、アガハだけではない。神が、秩序が間違っていると、ゲヌドゥヌブは竜人のみならず、神々にすら反逆し、まつろわぬ神、背理神と呼ばれるようになった」

秩序が間違っているというのは、理解できぬことでもないが。

「神々と敵対する背理神ゲヌドゥヌブのもとに、やがてジオルダルやアガハ、その他の小国から、神を信じられなくなった竜人たちが集い始めてね。背理神は彼らを率いて、神々と戦ったよ。神々を有するジオルダルやアガハともね。やがて、それは国と呼べるほどの集団となり、覇竜の国ガデイシオラが誕生したんだ」

神と戦う神のもとへ、神を信じぬ者たちが集ったか。

幻名騎士団の魔族たちも、そうなのだろう。少なくとも表向きは。

「しかし、背理神ゲヌドゥヌブは、自ら集めたガデイシオラの民すら裏切った。神々との戦いが続く中、背理神は背中から味方を撃ったんだよ。結局、ガデイシオラの民に、背理神は殺された。討ち取った者は覇王と呼ばれた。だけど、背理神がいなくなったことにより、ガデイシオラは甚大《じんだい》な打撃を受けることになった」

「わからぬな。ガデイシオラはその裏切った背理神を未《いま》だ祀《まつ》っているのだろう？　まつろわぬ神を信じているはずだ」

「そうだね。ゲヌドゥヌブは偽りと裏切りの神。決して信じてはならない神として、ガデイシオラに祀《まつ》られている。彼らは神を信じてはいないからね。しかし、地底で生きる限りは神の力は必要だ。だから、背理神を信じないという教えによって、つまりはゲヌドゥヌブが必ず裏切ると信じることにより、ガデイシオラの民は生きているんだよ」

ややこしいことだが、神を信じぬ生き方と、神の力を借りねばならぬ地底の環境があり、両者にうまく辻褄《つじつま》を合わせたのだろう。

「要は、絶対に嘘《うそ》をつく神は、正直者と同じということか？」

「そういうことだね。だから、もしも、君がその小さな配下に信頼を寄せているのだとしたら、気をつけた方がいい」

忠告するようにセリスは言う。

「背理神は必ず、君を裏切るだろうからね」

キッとサーシャがセリスを睨《にら》みつける。

「おあいにくさま。わたしが背理神だったとしても、それだけは絶対にないわ」

「わたしたちはアノスの味方」

ミーシャが淡々と、けれども強い意志を込めて言った。

「彼の勝利をいつだって願っている」

セリスは嬉《うれ》しそうに微笑《ほほえ》んだ。

「昨日、彼は言っていたね。最も醜悪な下衆《げす》は、まるで善人のような顔をしてやってくる、だったかな？」

サーシャが犬歯を剥《む》き出《だ》しにして、セリスに対する敵意をあらわにする。今にも飛びかかろうとする彼女を手で制し、俺は奴《やつ》に告げる。

「ありえぬ」

「そう思うのは無理もないことだよ。人は見たいものを見る。現実から目を背けてまでね。魔王と呼ばれる君も、それは同じなんじゃないかい？」

「目を背けるのは力が及ばぬからだろう。都合の悪い現実などは睨《にら》みつけて滅ぼしてやり、理想に変えればいいだけのことだ」

肩をすくめ、セリスは言った。

「背理神は必ず裏切る。君の理想さえも、裏切ってしまうよ。ゲヌドゥヌブは偽りと裏切りの神。かつて誰もがその神を信じ、そして誰もが騙《だま》され、裏切られた。その意味を、君はいつかいやというほど理解することになる。そう遠くない未来にね」

セリスは人の良さそうな表情を浮かべる。

その笑みが、無性に胡散臭《うさんくさ》くてならぬ。

「アノス。僕はね、君が心配なんだよ。君は力があれば、どんな理想にも手が届くと思っている。厳しいけれど、増長してしまった子供に現実を教えてあげるのは親の役目だからね」

「それで？」

目を細め、俺を迎えるようにセリスは両手を広げた。

「……今は受け入れがたいとは思うけどね。短いけれど、僕たちには親子として過ごした楽しい日々もあったんだよ。それを思い出せば、きっと君にも僕の言葉が届くはずだ」

「妄想も大概にせよ」

数歩奴《やつ》に向かって足を踏み出す。アルカナが俺の隣についてきた。

迎え撃つように冥王と詛王が身構えるも、セリスは軽く手を上げてそれを制した。

「彼女を知っているか？」

アルカナに軽く視線を向け、俺は言う。

「君が盟約を交わした選定神かな。名もなき神、ジオルダルの教皇は創造神ミリティアだと言っていたけど、僕にも正解はわからないよ」

「父親ぶりたいのならば、俺の妹ぐらいは覚えておくことだ」

俺に記憶がないと確信している奴《やつ》に揺さぶりをかけるように、堂々と言った。

「一つ思い出してな。いつだったか、貴様とは楽しい火遊びをしたな」

まっすぐこちらを見返す蒼《あお》い瞳に、俺は笑いかけた。その心の動きを見逃さぬよう、深淵《しんえん》を見据える。

「審判の篝火《かがりび》は楽しかったか？　セリス」

§33.【天を衝《つ》く炎】

「思い出した……か」

独り言のようにセリスは呟《つぶや》き、改めて言った。

「本当にそうかな？」

余裕の表情を崩さず、セリスはまっすぐ俺を見据える。

動揺は見られぬ。これまでと同じく、気負わぬ口調で奴《やつ》は言った。

「僕はね、君の妹には会ったことがないんだ。勿論《もちろん》、君に妹がいたという話も初耳だよ。どういうことかわかるかい？」

「一つは、お前が嘘《うそ》をついている」

目を細め、セリスは俺に言葉を返す。

「そしてもう一つは、思い出した君の記憶が間違っているんだ」

ゆるりと奴《やつ》は、俺を指さす。

「創造神ミリティアは君の記憶に、二重三重の仕掛けを施した。忘れていた記憶を思い出せば、それが本当だと錯覚するのが心理だよ。だから、君が記憶を思い出そうとしたときのために、偽《にせ》の記憶を用意しておいたんだ」

この胡散臭《うさんくさ》い男が、馬鹿正直に真実を述べるとは思えぬ。

だが、俺が信じぬと見越して、あえて真実を述べ、そこから目を背けさせるといったことも考えられよう。

少なくとも、俺の記憶が正しくない可能性がある以上は、絶対にありえぬ話ではない。

「そう考えれば、君が盟約を交わした名もなき神アルカナは、創造神ということも考えられる。なにを企《たくら》んでいるのだろうね？」

セリスはアルカナに視線をやる。

「わたしは救いを求める。ただそれだけの神」

「本当にそうだろうか？」

その問いにアルカナが答えるよりも早く、セリスは次の言葉を発する。

「審判の篝火《かがりび》と言ったね。昔の記憶を思い出したということは、君はそれを地上で見たということかい？」

「ああ」

「それなら、面白いものを見せてあげるよ。ついてくるといい」

セリスは《転移《ガトム》》の魔法を使う。その術式を魔眼で見抜き、《思念通信《リークス》》でサーシャたちに伝える。

すぐに冥王と詛王も転移していった。後を追い、俺たちも《転移《ガトム》》を使った。

視界が白く染まり、やってきたのはエーベラストアンゼッタの中ほどの階だ。そこは広く、そう、終わりが見えないほど広い空間である。

立ち並ぶ柱と、無数のかがり火。その中心に一際《ひときわ》目を引く銀の炎があった。セリスたちは、その炎の前に立っていた。

「これは、審判の篝火《かがりび》だよ」

手を掲げ、彼は言う。

「このエーベラストアンゼッタの中にしかない、神のもたらした審判の火。それがどうして、地上にあったのか、よく考えてみるといい」

審判の篝火《かがりび》も、この空間も、確かに夢で見たそのままだ。

「エーベラストアンゼッタが、地上にあったのか。だが、デルゾゲードほどの立体魔法陣を有した城がディルヘイドにあって、果たしてその姿を、アノス、君や、あの時代の魔族たちの魔眼から隠しきれるものか？」

確かに、見落とすとは思えぬな。子供の頃ならばいざしらず、俺が成長した後は尚更《なおさら》だ。俺だけではなく、多くの者がその存在を知っていなければおかしい。

俺の記憶を封じただけでは、辻褄《つじつま》が合わなくなるだろう。

「アルカナが君の妹だというのが本当だとしよう。つまりはこういうことだ。かつて君は妹と別れを余儀なくされ、彼女は神となり、そうして、この地底で再会を果たした。ああ、なんとも感動的な話だ。涙が出るね」

まるで感慨もなく、セリスはつらつらと言う。

「そんな都合の良《い》い偶然が、世の中にあると思うかい？　神は秩序だよ。秩序だということは、すべてが必然に彩《いろど》られている。君が思い出した記憶と今のこの現実、本当に辻褄《つじつま》を合わせられるのかな？」

確かに、話が合わぬこともある。

地底における最初の選定審判を経て、代行者は生まれ、盟珠がもたらされた。

先程、セリスが言った通りでもあるし、それはエーベラストアンゼッタの石碑にも刻まれていた歴史だ。

地底ができたのは、約二千年前。俺が転生した後だろう。そうでなければ、竜を殲滅《せんめつ》しようとした際に、その存在に気がつかなければおかしい。

ならば、なぜ俺の子供の頃に、盟珠がすでにあった？　家に押し入ってきたあの三人の竜人らしき者たちは、明らかに竜を《憑依召喚《アゼプト》》していた。

「どうにか辻褄《つじつま》は合わせられるかもしれないよ。けれど、そのために、いったいいくつの奇跡がいる？」

盟珠は二千年前、地上にあったものと考えよう。それは秘匿され続け、ついには誰にも知られることなく、盟珠を使った召喚魔法は地上では広まらなかった。

アルカナが、偶然神になった。偶然神になり、偶然名を捨てた。

そして偶然にも俺と再会を果たし、偶然にも盟約を交わした。それらは確かに、奇跡といっても差し支えのないことかもしれぬ。

「奇跡が起きたところで問題はないけれどね。しかし、奇跡が起きたということは、それは神の思惑かもしれない」

「それがどうした？」

「僕は忘れてしまった君の過去を知っているよ。君の記憶の空白を埋めることができるだろう。決して、嘘《うそ》をつかない方法で」

《契約《ゼクト》》の魔法陣を、セリスは描いた。

「知りたいかい？」

「ただではあるまい」

セリスは片手を上げる。すると、その審判の篝火《かがりび》に魔法陣が描かれる。

《遠隔透視《リムネト》》の魔法だ。その炎に映し出されたのは、ジオルダルの遠景であった。ジオルヘイゼの街並みが、そして豆粒ほどの大きさの大聖堂がそこに見える。

「潜伏させていた僕の騎士から、報告があってね。神竜の歌声が大きくなった、と」

セリスが指を鳴らす。すると今度は、《遠隔透視《リムネト》》から音が聞こえてきた。

ジオルダルに常に響く神竜の歌声。小川のせせらぎのようだったその微《かす》かな調べが、今は大きく国中に響き渡っていた。

次の瞬間、ジオルダルの大聖堂から炎が上がった。

唱炎だ。それは教皇ゴルロアナと戦ったときより遙《はる》かに巨大に膨れあがり、勢いよく上方へと放たれた。

天を衝《つ》くは浄化の火。燃え盛るその炎が、天蓋を溶かし、穴を穿《うが》つ。

そして、なおも勢いは衰えず、唱炎はどこまでも天蓋を上へ上へと突き進んでいく。

「あれって……？」

サーシャが驚きの表情を浮かべる。

「ミッドヘイズの方角」

ミーシャが呟《つぶや》く。

唱炎が収まる。破壊された天蓋から、ガラガラと無数の土や岩が地底へ降り注いできた。

「第一射は、地下に張り巡らされた魔法結界が受けとめたようだよ。神竜の歌声のせいで、よくは見えないけど、まあ、君が構築した結界なら、あの唱炎でも半分ぐらいの損耗で済んだんじゃないかい？」

ミッドヘイズの地下ダンジョンに張り巡らせた魔法結界はやわではない。

とはいえ、あれだけの威力の唱炎。俺が不在の都市では、そう何度も受けとめられるものではない。

「もって後一度か。三射目は結界がもたぬな」

「神竜の歌声を大きく響かせているのは、《転移《ガトム》》を封じ、唱炎の射手のもとへ行かせないためだろうね」

確かに、これだけ大きく神竜の歌声が響くとなれば、《転移《ガトム》》どころか、魔眼で状況を確認することもできぬ。

「さあ、わかったところで提案だよ、アノス。僕は今からジオルヘイゼを滅ぼす魔法を撃つ。黒幕は教皇だろうからね」

「射点がジオルヘイゼとはいえ、あそこにいるとは限らぬ」

「そうだよ。だから、大聖堂ではなく、ジオルヘイゼを滅ぼすんだ。わかるかい？　守るべき国を失えば、救済すべき信徒がいなくなれば、教皇には戦う理由がなくなるんだ。ジオルヘイゼを滅ぼしてだめなら、ジオルダルごと滅ぼしてしまえばいい」

当たり前の顔をしながら、セリスは言う。

「そうすれば、ディルヘイドを簡単に守れる。君に手を汚せとは言わないよ。ディルヘイドに弓を引くあいつらを僕が滅ぼすのを、ただ見逃すだけでいいんだ。勿論《もちろん》、あそこにいる君の配下が逃げるまでは待つ。そうすれば、嘘《うそ》偽りのない君の過去を話そう」

セリスが《契約《ゼクト》》に条件を加えた。

「調印すれば、ディルヘイドの敵は滅び、国は守られ、そして君は、失った記憶を知ることができる。もう痕跡神にこだわる理由もなくなるんじゃないかい？」

「確かにそれが賢い判断だろうな」

セリスは目を細めた。

「だが、理想にはほど遠い」

魔眼で外を睨《にら》み、神竜の歌声が届かぬ場所、ぎりぎり《転移《ガトム》》で跳べるところを探す。

「《契約《ゼクト》》の通りだ、セリス。俺はジオルダルを滅ぼすつもりはない。ジオルダルとリーバルシュネッドから手を引け」

「今日中に、という話だからね。まだ気が変わるかもしれない」

「ありえぬ」

断言し、《転移《ガトム》》の魔法陣を描く。少々難易度の高い転移だ。手を伸ばし、俺はミーシャたち配下と手をつないだ。

「シン、エールドメード、奴《やつ》らを見張っておけ。《契約《ゼクト》》を交わしたのはセリスだけだ。目を離せば、ジオルへイゼを撃つ方法はいくらでもあろう」

「御意」

シンが数歩前へ出て、魔法陣から略奪剣ギリオノジェスと断絶剣デルトロズを引き抜く。

平然とそれを眺め、セリスは言う。

「二人でいいのかい？　《契約《ゼクト》》のおかげで今はジオルダルを撃つことはできないけれど、彼らは別だよ。君がここに残り、配下に唱炎を止めさせた方がいいかもしれないね」

さも厚意と言わんばかりに、セリスは笑った。

「でないと、後悔することになるかもしれないよ」

「甘く見ぬことだ。シンは俺の右腕、貴様が国を滅ぼす力を持っていようとひけは取らぬ」

ニヤニヤと後ろで笑っている熾死王に、俺は軽く視線をやる。

「その男、熾死王を滅ぼすのも、なかなかどうして厄介だぞ」

熾死王は否定するように、手を横に振っている。

「熾死王と敵対していたとき、俺にはそいつを滅ぼす力も、機会もあった。だが、結局のところ、今こうして何食わぬ顔でそこに立っている。せいぜい術中にハマらぬことだな」

コツン、とエールドメードが床を杖《つえ》で叩《たた》く。それを合図にシンが魔力を魔剣に込めた瞬間、セリスたちの注意が彼に向いた。

「身動きなさらぬことです。その首が胴と別れることになるでしょう」

シンがそう口にすれば、すでに俺たちはこの場から姿を消していた。ジオルダル近くへ転移したのだ。

「いかな魔王の右腕と、熾死王とて、我ら三人を二人で足止めできるつもりならば、それは傲慢というものよ」

二本の魔剣を構えるシンと対峙《たいじ》するように、冥王イージェスは真紅の魔槍を彼に向けた。

「ジステ……見ていてくれ……君を傷つけた奴《やつ》らを、許しはしない……！」

詛王カイヒラムが、魔法陣から魔弓ネテロアウヴスを引き出し、三本の矢を同時につがえる。

「やれやれ」

嘆息すると、セリスは手を掲げ、多重魔法陣を描いた。ただ術式を構築していくだけにもかかわらず、大気が震え、エーベラストアンゼッタが震撼《しんかん》する。バチバチと紫の電光が周囲に漏れたかと思うと、セリスの正面には、球体の魔法陣が現れていた。

そうして、セリスたちとシンは睨《にら》み合《あ》い、まさに一触即発のときであった。

「カッカッカ、まさか、地底でこんな同窓会が待っているとは思いも寄らないではないか！」

無造作にエールドメードが歩き出し、武器と魔法を構える彼らに身を曝《さら》す。

「懐《なつ》かしいものだ。冥王、相変わらず堅物だな。詛王、オマエはいつにもまして狂ったな。後はあの研究馬鹿の緋碑王《ひひおう》でもいれば、話も弾んだのだが、まあ、代わりもいることだしな」

エールドメードが杖《つえ》を突き、両手にぐっと体重を乗せる。

「なあ、セリス・ヴォルディゴード。魔王の敵となりそうな者ならば、この熾死王、草の根を分けてまで探したものだが、なるほどなるほど、オマエがそうだったか」

含みを持たせて熾死王が笑う。さも、セリスのことを知っていると言わんばかりだ。

「なにが言いたいんだい？」

「いやいや、むしろ、言いたくはないのだ。だが、このままではうっかり口がすべってしまいそうでなぁ。しかし、三対二、国を滅ぼせるほどの相手。こちらは分が悪い。オマエが隠していることを誰にも明かさぬという条件で、時間を稼げるならば、《契約《ゼクト》》をしてやってもいいのだがなぁ？」

愉快そうにエールドメードが言う。

「なあ。ここでオマエの計画がバレてしまってはつまらぬではないか。せっかくの敵なのだ。せめて敵らしく振る舞えねば、面白くないだろう」

「君は面白いね」

動じず、セリスは笑みで応じた。

「もちろん、隠しごとはあるよ。子供が知る必要のないことはね。だけど、どうだろうね？　君がそれを知っているとは限らない」

「そう、そう、その通りだ。だが、万が一、知っているかもしれない。このオレはお喋《しゃべ》りだからな。早い内に口を封じておいた方がいい。思いも寄らぬことが、オマエの計画を瓦解《がかい》させるかもしれないではないか」

薄く微笑《ほほえ》むセリスに対して、エールドメードはニタリと笑う。

「一〇分だ。オマエが一〇分待つならば、その情報は命にかけて口外せぬと《契約《ゼクト》》してやってもいい」

突きつけるように燼死王は言う。

本当に知っているのか、ただのブラフなのかはわからぬ。だが、なにか知っているのならば、奴《やつ》はこれ幸いと考えただろうな。

強大な敵を相手に、情報を引き換えにして時間を稼ぐ。俺に逆らったとも言い難《がた》く、それでいて俺の敵を育てる危険性を孕《はら》んでいる。

「むしろ、《契約《ゼクト》》させてくれ」

そう愉快そうに、燼死王は嘆願した。

§34. 【神の力と魔族の力】

審判の篝火《かがりび》が、轟々《ごうごう》と燃えている。

セリスたち三人と、シン、エールドメードは対峙《たいじ》したまま、睨《にら》み合《あ》いを続けている。

その緊張を打ち破るように、燼死王は言った。

「カカカ、どうした、セリス・ヴォルディゴード。《契約《ゼクト》》しないのならば、早くこの口を封じてくれ。それともなにか？　また魔王が蹂躙《じゅうりん》するだけのつまらん戦いにしたいのか？　ん？」

自然体を崩さず、平然と二人を見据えるセリスに、エールドメードは続けて言った。

「あるいは今ここで、オレがあのことをぶちまけることさえ、オマエの計画の内か？」

「言ってごらんよ。それでわかるんじゃないかい？」

動じぬセリスの言葉に、カッカッカとエールドメードが笑う。

「そう、そう、それが正解だ。慌てふためき、《契約《ゼクト》》に応じるようならば、心当たりがあると言ってるようなものだからな。さすがは魔王の敵となろうという男、そうこなくてはなっ！　では、遠慮なく言ってやるぞ。オマエは――がふぅっ……!!」

エールドメードの喉に、真紅の魔槍が突き刺さっていた。

「相も変わらず、油断の多い男よ。そなたの考えは、あの魔王よりも理解に遠いぞ」

次元を超え、離れた距離から冥王はディヒッドアテムを押し出す。勢いよく、その穂先は熾死王の喉を貫通した。

だが、血まみれになりながらもなお、エールドメードは笑みを見せる。

「オレが油断したから刺したのか、それとも喋《しゃべ》られてはまずいから刺したのか？」

「戯《ざ》れ言《ごと》を」

イージェスがそのまま槍《やり》を振り下ろそうとするも、熾死王はその先端の柄をぐっとつかみ上げる。

「俺様の矢に、射抜かれ果てろ」

カイヒラムが、魔弓ネテロアウヴスから三本の矢を放つ。ディヒッドアテムに貫かれたままの熾死王には逃れる術もなく、脳天、心臓、腹部を矢に串刺しにされた。

「その身を呪え、ネテロアウヴス」

カイヒラムの言葉とともに、矢の刺さった傷口に黒い靄《もや》が立ちこめる。体を蝕《むしば》む呪い。魔力と筋力にかけられる、魔弓の重りだ。

「ぬんっ！」

イージェスの槍《やり》に押され、熾死王の体からまた鮮血が散った。

「よいのか、千剣。団長殿を警戒するばかりでは、仲間が死ぬというものぞ」

イージェスの言葉に、しかし、シンは泰然と構え、セリスを見据えたまま動こうとしない。

「どうぞ、そのままとどめを。今は同じ配下とはいえ、熾死王はいずれ我が君に仇《あだ》なす輩《やから》。ここで始末できるのならば、私としても幸いです」

冷たくシンが言い放つ。

機先を制するようなその鋭い殺気を前に、セリスも不用意には動こうとしない。熾死王が倒れれば三対一、待ちに徹するだけで戦況が有利になると考えたか。

「しかし冥王、あなたこそ油断なきように。無策で刃に身を曝《さら》すような愚か者ならば、彼はとうの昔に我が君に屠《ほふ》られています」

シンの言葉に、ニヤリと熾死王が笑う。

「天に唾を吐く愚か者よ。秩序に背いた罰を受けろ。神の姿を仰ぎ見よ」

奇跡を起こす神の言葉がエールドメードの口からこぼれる。その体が光に包まれ、魔力が桁外れに膨れあがった。

「カカカカッ!!」

エールドメードの体が変化していく。

髪は黄金に、魔眼《めい》は燃えるような赤い輝きを、その背には魔力の粒子が集い、光の翼を象っていく。

けたたましい地響きを立て、エーベラストアンゼッタが震撼《しんかん》する。膨大な魔力を有した真なる神の存在が、空気を爆《は》ぜさせ、世界をも揺るがす。

奴《やつ》の神体が放つ圧倒的な反魔法と魔法障壁の前に、ディヒッドアテムが折れ、ネテロアウヴスの矢が砕け散った。

「……むうっ……貴様……」

すぐさま冥王は自らの左胸を手で突き刺し、血を使って魔槍を作る。その隻眼の魔眼にて、じっと熾死王の深淵《しんえん》を覗《のぞ》いた。

「カカカ、わかるかね、冥王。二千年前から狙っていたものをようやく手に入れたのだ」

シルクハットを外し、熾死王はそれをお手玉する。手の中で弾む度に、その数が増えていく。

「しかし、実のところ、神体にまだあまり慣れていないのだ。どの神が出るかは、サイコロの目次第。さてさて、なにが出るのやら？」

一〇に増えたシルクハットをエールドメードは宙へ投げる。

「天父神の秩序に従い、熾死王エールドメードが命ずる。生まれたまえ、一〇の秩序、理を守護せし番神よ」

一〇個のシルクハットから、紙吹雪とリボンのような光がキラキラと大量に降り注ぐ。まるで手品のように、それらが番神の体を象《かたど》り始めた。

現れたのは白い手袋をはめ、真っ白なフード付きローブを纏《まと》った顔の見えぬ番神。《時神《ときがみ》の大鎌》を携えた、一〇名のエウゴ・ラ・ラヴィアズがそこに顕現していた。

「これはこれは、まさかまさかっ！　時間を稼ぎたいこのときに、時の番神が一〇体とは。まるでイカサマでもしているようではないかっ！」

ナーヤと盟約を交わし、彼女が召喚することで、エールドメードはいつでも神体を現せられるようになった。

俺に気取られぬよう、秩序の使い方を試行錯誤していたのだろう。

「さてさて。では、時神の庭へ行こうではないか」

途端に世界が白く染め上げられる。

床も天井も壁も、審判の篝火《かがりび》さえも真っ白に変わった。時神の庭――エウゴ・ラ・ラヴィアズが時間の秩序を調整するため、異分子を排除する際に構築する神域である。

「オマエたちならば、知っているだろう。世界の時から隔離したこの庭からは、エウゴ・ラ・ラヴィアズを倒してしまえば、元の時間に戻ることはできず、数時間先に着いてしまう。その頃にはすべてが終わっているとは思うが、どうだ？」

エールドメードが、セリスに問う。

「そろそろ《契約《ゼクト》》を交わす気になったのではないか？　大人しく一〇分待てば、このオレの口を封じるのみならず、ここから出してやってもいいぞ。出血大サービスだぁっ！」

「やれやれ。秩序に背くガデイシオラが、番神如《ごと》きに屈すると思ったかい？」

球体の魔法陣にセリスは片手をかざす。そこから、紫電が無数に溢《あふ》れ出《だ》し、天地双方に落雷する。

「《紫電雷光《ガヴエスト》》」

純白に染まった世界に、紫の雷が無数に走り、更に数倍に膨れ上がった。

時が停止している時神の庭を、無理矢理叩《たた》き動かすが如《ごと》く、禍々《まがまが》しき雷鳴を轟《とどろ》かせ、それは白の世界を、暗紫に染める。

床が、壁が、天井が雷によって裂かれ、時神の庭が消し飛んでいく。世界は色を取り戻し、エウゴ・ラ・ラヴィアズを倒さぬまま、彼らは元の世界に戻ってきた。

「ご覧の通りだよ」

「素晴らしいではないか！」

時の番神の秩序を容易《たやす》く一蹴したセリスを、燼死王は拍手でもって褒《ほ》め称《たた》え、愉快そうに唇を吊《つ》り上《あ》げる。

「だが、秩序に背けばそのツケは回ってくるものだ。完全に元の時間に戻れてはいない。先程よりも一分経《た》ってしまったぞ」

時の番神たちは、再びその場に真っ白な空間を作り上げていく。

「それが限界ではないのはわかっているぞ。本気を出せ、セリス・ヴォルディゴード。さもなくば、《契約《ゼクト》》に応じたまえっ！」

セリスは即座に《紫電雷光《ガヴエスト》》を放ち、時神の庭を破壊する。

「これで二分だ。《契約《ゼクト》》ならたった一〇分で済むが、さてさて、このままいけば、どこまで時間を稼げるのやら？」

「二分で仕舞いよ」

冥王の言葉と同時、一〇体のエウゴ・ラ・ラヴィアズが真紅の槍《やり》に貫かれた。

「紅血魔槍、秘奥《ひおう》が壱――」

イージェスが、静かに呟《つぶや》く。

「《次元衝《じげんしょう》》」

一〇体の番神に穴が穿《うが》たれる。

その穴の中に、エウゴ・ラ・ラヴィアズは吸い込まれ、消滅した。体の時が止まり、傷つくことのない時の番神はしかし、イージェスの秘奥《ひおう》によって、時空の彼方《かなた》に飛ばされたのだ。

「神の力を手に入れたからといって、あまり調子に乗らぬことよ」

「冥王、オマエには、神剣ロードユイエの審判を下そうではないか」

熾死王の手から、黄金の炎が噴出する。それは黄金の剣となりて、イージェスへ射出された。

「ぬんっ!!」

神剣ロードユイエをディヒッドアテムが打ち払うも、しかし、その剣はひとりでに宙を舞い、冥王に斬りかかる。かつて、シンの剣をもってすら劣勢に追い込んだその黄金の剣が、怒濤《どとう》の如《ごと》く眼帯の魔族を襲う。

「紅血魔槍、秘奥《ひおう》が弐――《次元閃《じげんせん》》」

紅《あか》き槍閃《そうせん》が走り、神剣ロードユイエが、時空の彼方《かなた》へ飛んでいった。

「カッカッカ、さすがは冥王。なかなかやるものだ。ならば、こちらもアンコールにお応えしようではないかっ!」

周囲には黄金の炎の柱がいくつもできており、その半数がロードユイエに変わる。数十本もの神剣は、勢いよく冥王に射出された。

身構えるイージェスの目の前に、黒い靄《もや》が漂う。ロードユイエがそれを貫通した――

「が……う……」

その黄金の剣が貫いたのは、詛王カイヒラムの体だ。一本の剣が彼に突き刺さると、すべての神剣は誘導されるように、カイヒラムの体を次々と貫いていく。

「……あ………ぁぁ…………!!」

血は流れず、傷口は黒い靄《もや》と化している。それは禍々《まがまが》しい呪いのように、ロードユイエを包み込む。

「……俺様を……傷つけたな、熾死王……許さんぞぉぉ……」

怨嗟《えんさ》の声が響き渡る。

それと同時に黒い靄《もや》が魔法陣を象《かたど》り、魔法が行使された。《自傷呪縛《デグデド》》。魔力で受けた傷を媒介に、その魔力の持ち主を呪い、魔法などを自らに引き寄せる呪い。

「カッカッカ、相変わらずのマゾヒストではないか、カイヒラム。構わん、構わん、構わんぞっ。この熾死王が、貴様のプレイにつき合ってやろうっ！」

エールドメードが杖《つえ》で円を描く。放出された黄金の炎が、更に神剣ロードユイエを作り出す。

それらは磁石のように引き寄せられ、次々とカイヒラムに突き刺さった。

穿《うが》てば、傷口は黒い靄《もや》に変わる。カイヒラムの体は、その殆《ほとん》どが真っ黒になっていた。

「知っているぞ、カイヒラム。全身が靄《もや》になれば、《自傷呪縛《デグデド》》は解ける。そう魔王は言っていた！」

「それまで待つと思うたか、熾死王」

刹那、夥《おびただ》しい鮮血が散った。

エールドメードの内部から、無数の紅《あか》い魔槍が突き出されていた。奴《やつ》の体を内側から貫いたのだ。

「紅血魔槍、秘奥《ひおう》が参《さん》――《身中牙衝《しんちゅうがしょう》》」

穂先のないディヒッドアテムを、イージェスが回転させる。体内から突き出されたその槍《やり》が、エールドメードの体を食い破るが如《ごと》く、ズタズタに引き裂いていく。

魔力を込めたあらゆる攻撃魔法、回復魔法は、《自傷呪縛《デグデド》》の呪いにより、すべてカイヒラムのもとへ引き寄せられる。

回復することも、反撃することも今の熾死王には不可能――そう、冥王は思ったことだろう。

「これで、仕舞いよ――」

とどめとばかりに勢いよく回転させたディヒッドアテムが、しかし、イージェスの手から離れ、あさっての方向へ飛んでいく。

「……かっ………!?」

全身の力が抜けたように、イージェスが膝をつく。

「…………こ、れ、は…………」

最後の気力を振り絞るように、冥王はその隻眼で、周囲を見つめた。エールドメードが撒《ま》き散《ち》らした黄金の炎によって、床が燃えている。

そこに紛れ、《熾死の砂時計》が四四個置いてあった。内部の砂は、すべて落ちきっている。呪いが発動し、冥王の命を奪い去ったのだ。

「カッカッカ、天父神の秩序は簒奪《さんだつ》したもの。カイヒラムに呪われたのは、そちらの方だけで、このオレの魔力は自由に使える」

エールドメードは自らの魔力で、《総魔完全治癒《エイ・シェアル》》を使い、傷を癒《いや》していく。それができることを悟られぬよう、彼は呪いが発動するまで無防備に冥王の秘奥《ひおう》を受け続けたのだ。

「……不覚…………」

イージェスがその場に崩れ落ちる。《蘇生《インガル》》の魔法を使ってはいるが、《燼死の砂時計》が発動している限り、蘇生《そせい》しては即死を繰り返すのみだ。

コツン、と杖《つえ》をつき、熾死王は笑う。

「神族を甘く見るなと口を酸《す》っぱくしてオマエは言うが、この熾死王の力を甘く見過ぎたのではないか、なあ、冥王」

§35.【虚実の戦い】

冥王が倒れたその直後、セリスは彼を蘇生《そせい》しようともせず、指先をエールドメードへ向けていた。

「《紫電雷光《ガヴエスト》》」

セリスの声が響き、けたたましい雷鳴とともに荒れ狂う紫電が放たれた。それは熾死王が反応できぬほどの速さで彼を貫き、その神体を容赦なく削る。

「カカカ、ようやくやる気になったな。遊んでもらおうではないか、魔王の父、セリス・ヴォルディゴードッ!!」

刹那、セリスは熾死王の眼前に接近を果たしていた。その手が、ぬっと伸びてきて、奴《やつ》の顔面をわしづかみにする。

人の良さそうな顔で、セリスは言う。

「お遊びは終わりだよ」

「ようやく隙を見せましたね」

白刃《はくじん》が煌《きら》めく。セリスが踏み込む呼吸を読み、シンはこれ以上ないといったタイミングで、略奪剣ギリオノジェスを、奴《やつ》が展開し続けている球体の魔法陣へ一閃《いっせん》した。

「見せた覚えはないよ」

紫電が瞬《また》たく。ガガガガガッと激しい音を鳴り響かせ、放たれた《紫電雷光《ガヴエスト》》はシンの略奪剣を叩《たた》き折った。

いとも容易《たやす》くギリオノジェスが折れたのは、その瞬間、シンの魔力が無と化していたからだ。

「断絶剣、秘奥《ひおう》が弐――」

魔力を吸う呪いの魔剣、断絶剣デルトロズが冷たく、美麗な刃と化す。一撃のもとに敵を断絶するその秘奥《ひおう》が、閃光《せんこう》より素早く走った。

「《斬《ざん》》」

「《迅雷剛斧《ガルヴエドウール》》」

恐るべき秘奥《ひおう》の刃を前に、セリスは一歩も退かず、真っ向から右腕を振り上げた。

球体の魔法陣から溢《あふ》れ出《だ》す紫電が、彼の右腕に纏《まと》うように集い、攻防一体の巨大な戦斧《せんぷ》と化す。迅雷の如《ごと》く、断絶剣デルトロズを迎え撃った。

断絶の刃と迅雷の斧《おの》が衝突し、ジジジジジッと耳を劈《つんざ》く爆音が鳴り響く。セリスの《迅雷剛斧《ガルヴエドウール》》は真っ二つに折れ、そして、シンのデルトロズは黒こげに焼かれた。

「もう一度試してみるかい？」

セリスが魔力を手に集中すれば、折れた《迅雷剛斧《ガルヴエドウール》》が再生していく。

「カッカッカ、素晴らしいではないか。シン・レグリアの剣をそこまでできる者は、そうそういるものではないぞっ！」

セリスの背後に立ったエールドメードが、黄金の炎を手から立ち上らせる。

「さあ、更なる力を見せたまえっ！」

神剣ロードユイエが勢いよく射出された。しかし、それはセリスに斬りかからず、あさっての方向へ飛んでいく。

「カイヒラムの《自傷呪縛《デグデド》》は続いているよ」

「おかげで渡す手間が省けるというものだ。なあ、シン・レグリア」

カイヒラムに向かって飛んだロードユイエを、シンがつかんだ。

「オマエならば、使えるだろう」

その神剣の主を一瞬で自らに書き換え、シンはセリスへ向かって前進した。彼を押し潰すが如く、セリスが上段から《迅雷剛斧《ガルヴエドウール》》を振り下ろす。

重さと速さを兼ね備えた稲妻の戦斧《せんぷ》と、シンはロードユイエにて切り結ぶ。三度の衝突。先刻同様、凄《すさ》まじい轟音《ごうおん》が鳴り響くも、今度は双方の刃は、共に無傷。

流れるような技法で鍔《つば》迫り合《あ》いの形に持ち込んだシンは、次の瞬間いなすように、その戦斧《せんぷ》を打ち払った。

《迅雷剛斧《ガルヴエドウール》》は強力なれど、剣技ではやはりシンが勝る。懐《ふところ》に入るや否《いな》や、彼はロードユイエを一閃《いっせん》した。《迅雷剛斧《ガルヴエドウール》》を纏《まと》っていない右腕の付け根を狙い澄まし、そして斬り落とす。

血が飛び散り、セリスの右腕が宙を舞った。

「へぇ」

後退するセリスを追いかけるように、シンはロードユイエを彼の心臓に突き出す。

ズドンッ、とそこへ振り下ろされたのは、《迅雷剛斧《ガルヴエドウール》》だ。切り離された右腕が独立した生き物のように動き、その紫電の斧《おの》で、シンのロードユイエを握った右腕を斬り落としていた。

セリスは左手で右腕をつかむと、それを無理矢理自らの体に接合する。

「ようやく隙を見せた、と思ったかい？」

微笑《ほほえ》んだセリスは、しかし、なにかに気がついたように、地面に落ちたシンの腕を見た。

それが霧に変わった。

腕だけではない、シンの体もまた霧と化していく。そうして、彼は二人に増えた。

セリスが不可解そうに視線を向ける。視覚と魔眼を欺く魔法はいくらでもある。だが、どれだけ深淵《しんえん》を覗《のぞ》いても、彼の体に魔法陣は展開されていなかった。

「きゃははっ」

子供のような甲高い笑い声が響く。

「外れ外れっ」

「剣のオジサンじゃないよっ」

「常識常識っ」

そこに姿を現したのは羽を生やした小さな妖精、ティティである。彼女たちは二人のシンの周りを飛び回っている。

足音が響き、セリスは背後に視線をやった。

「私の国の子供たちですよ。未知の地底へ行くという話をしましたら、どうしてもついてくるとせがまれましてね」

離れた場所に三人目のシンの姿が現れる。《迅雷剛斧《ガルヴエドゥール》》に切られる寸前、同じくついてきていた隠狼《いんろう》ジェンヌルによって神隠しの空間に逃れ、ティティと入れ替わったのだ。

「新しい悪戯《いたずら》」

「覚えたよ」

「本物は」

「だーれ？」

ティティたちの姿が霧と化し、この場を覆いつくす。三人のシンたちも一度霧に溶け、そうしてその霧が二二人のシンの姿に変わった。

魔眼を凝らしてみても、どれが本物なのか、まるで見当がつかない。

「アハルトヘルンの精霊たち、か……」

「ええ。長らく地底にいたせいか、精霊のことはあまり詳しくないようですね」

シンと偽者《にせもの》のシンたちが同じ言葉を発する。

「それがどうかしたかい？　見分けがつかなければ、すべてを吹き飛ばすまでだよ」

球体の魔法陣に、セリスは手を突っ込んだ。そこに直接魔力を注げば、魔法陣は紫電に染まり、バチバチと周囲に雷光を撒《ま》き散《ち》らす。

「さあ――」

ぐっとセリスが拳を握ると、魔法陣が圧縮されるように、彼の右手に凝縮された紫電が集う。感じるのは、圧倒的な破壊の力。それをもって、痕跡神を、そしてジオルダルを滅ぼそうとしていたのだろう。

「――なにもかも灰燼《かいじん》と化してしまえ」

瞬間、世界が白く染まった。

セリスの魔法ではない。彼は魔眼《め》を鋭くしていた。

「時神の庭……」

カッカッカ、と嘲笑《あざわら》うようにエールドメードの声が響く。

「一〇体の番神を生んだとは言ったが、一体でなかったとは言っていないぞ」

セリスがその魔眼で注意深く周囲を見回していく。だが、時の番神の姿はどこにも見当たらない。

「種も仕掛けもありはしない。悪戯《いたずら》好きの妖精ティティたちが、彼の神を隠し、そして今、シン・レグリアの姿に化けさせているのだ」

二二人のシンが、油断のない歩法で、セリスの周囲を取り囲んだ。

ニヤリ、とエールメードが笑う。

「さてさて。当たりが一つ、外れが二〇、残り一つの大外れを引いたならば、めでたく数時間後の世界へ飛ばされるだろう」

セリスは空いている左手で魔法陣を描いた。

「《紫電雷光《ガヴエスト》》」

紫電が天地に落雷し、時神の庭を壊していく。同時に地面を蹴り、接近したシンが、セリスの顔面をロードユイエで強襲した。

寸前のところで、奴《やつ》はそれを避ける。だが、完全には避けきれず、その首筋から血が飛び散った。

「そこだよ」

時神の庭が破壊されたことで、僅かに反応を見せた二一人の内の一人。それが、エウゴ・ラ・ラヴィアズだと判断し、奴《やつ》は《紫電雷光《ガヴエスト》》で撃ち抜いた。

「こんな子供騙《こどもだま》しじゃ――」

そう言おうとして、奴《やつ》は周囲に魔眼を向ける。

そこは、まだ真っ白な世界。時神の庭の中であった。

「カッカッカ、一体生んだとは言ったが――」

愉快千万といった風に、エールドメードは唇を吊《つ》り上《あ》げる。

「――本当は一二体でなかったとは言っていないぞ」

もう一体、シンの姿に化けたエウゴ・ラ・ラヴィアズがいるのだろう。

いや、果たして本当にもう一体だけなのか？　セリスは疑念に駆られているに違いない。

「親子というだけあって、オマエはあの魔王と似ている。その力が巨大すぎるがゆえに、本気を出せば不必要なものまで破壊してしまうのだ。その右手の魔法、使えば確かにこの時神の庭を何重に重ねていようとも、吹き飛ばせよう。だが、そうすれば時の番神を巻き込んでしまう」

番神を滅ぼしてしまえば、時神の庭から出たときに、数時間が経過してしまう。

それでは、賭けが終わっているだろう。

「無論、《紫電雷光《ガヴエスト》》で一つずつ庭を壊していってもいいが、さて、このオレがあといくつ番神を生んだのか、把握しているか？」

その問いも、熾死王はあえて本質を伏せている。覚えていたとしても、いざとなれば、シンが番神を斬ってしまえば、それでセリスは数時間後に飛ばされてしまう。

どれがシンで、どれが番神かわからぬ以上、セリスに防ぐ術はあるまい。そして、防ぐ術があったとしても、まだ熾死王は奥の手を隠している。そう匂わせているのだ。

「そこで《契約《ゼクト》》だ。一〇分大人しくするのと引き換えに、オレの口を封じておけ。そうそう、エウゴ・ラ・ラヴィアズを生めるのならば、過去へ遡り、なにがあったかを確かめることも容易《たやす》い。ついでにその辺りも一通り封じさせてやろう。悪い条件ではないのではないか？」

エールドメードが《契約《ゼクト》》の魔法陣を描く。

「ここから力尽くで出ようとせずとも、一〇分待てば出られるのだ。ならば、《契約《ゼクト》》に応じたからといって、オマエにどうしても隠しておきたい秘密があるとも限らない。良《い》い大義名分ができたはずだ」

周囲にいるシンとその偽者《にせもの》たちを睨《にら》み、セリスはふうとため息をついた。

「やれやれ。仕方がないね。アノスが言った通り、君は厄介な男だよ」

右手の魔法陣を消し、セリスは《契約《ゼクト》》に調印する。ともすれば、エールドメードは利用できる。そう考えたのかもしれぬ。

「カッカッカ、交渉成立ではないか。いやいや、この男は強敵だ。危ないところだったぞ、魔王。まあ、理想に届かせるためだ。オマエにとって有用な情報と引き換えに、時間稼ぎをせざるを得なかった」

いったい、セリスのなにを知っているのか。愉快痛快とばかりにエールドメードは、そんな《思念通信《リークス》》を送ってきた。

§36．【神竜の正体】

シンとエールドメードがセリスたちと対峙《たいじ》した頃――

神竜の歌声が届かぬぎりぎり外、天蓋の付近に俺たちは転移した。

眼前に見えたのは、ジオルダルから唱炎が立ち上る光景だ。燃え盛る浄化の火は、天蓋を衝《つ》く槍《やり》が如《ごと》く、ミッドヘイズを貫こうとする。

増設した地下ダンジョンの結界があるとはいえ、これで二発目。次の唱炎には耐えられまい。

「先に行くぞ」

天蓋に覆われた地底の空を、光の如《ごと》く一瞬で飛び抜ける。俺の飛行速度に、かろうじてついて来られたのはアルカナ一人だ。

地底の大地に魔眼を向ければ、三射目の炎が、チラリと瞬《またた》いた。勢いよく燃え盛り、三度《みたび》立ち上った唱炎を、俺は《破滅の魔眼》で凝視する。

「滅びよ」

押し迫る唱炎は、俺の体に迫る毎《ごと》にその火勢を弱めていき、やがて消滅した。

「二射目と三射目の射点が違う」

追いついてきたアルカナが言う。

「そのようだな。ミッドヘイズを狙った魔法砲撃は《聖歌唱炎《ランレズ》》か、それに類する魔法。あのときよりも数段強いということは、《信徒再誕《エグレド》》で多くの死者を蘇《よみがえ》らせたのかもしれぬ」

「選定審判にて滅びた神は、それが終わるまで蘇《よみがえ》ることはない。《信徒再誕《エグレド》》は福音神ドルディレッドの権能なしに使える魔法ではないはず」

「確かに滅ぼしたがな」

あの至近距離で、この魔眼《め》で見たのだ。見間違えるはずもない。

「《聖歌唱炎《ランレズ》》って、音韻魔法陣なのよね？　ジオルダルには信徒が沢山いるんだし、人数をかき集めて歌えば、今ぐらいの威力にならないかしら？」

そう口にしたのはサーシャだ。彼女は飛行速度を増すため、ミーシャと融合し、アイシャになっている。

ミサもアヴォス・ディルヘヴィアの真体を現し、レイとともに、追いついてきている。

「不可能ではなさそうだな。《信徒再誕《エグレド》》が使えぬならば、それが妥当か」

神竜の歌声のせいで、この距離ではジオルダルの街にいる竜人たちの姿までは見えぬ。

「あるいはこのために、地上の存在をジオルダルの民に伝えなかったのかもしれぬ」

天蓋の上に国があり、自分たちと同じように人が住んでいると知っていれば、いかに敬虔《けいけん》な信徒といえども、躊躇《ためら》う者が出てくるだろう。

神への疑心を抱かせず、迷いなく天蓋を撃てるように真実を隠したか？

「……なぜ教皇は、地上を撃つのだろう？」

アルカナが俺に疑問を向ける。

「さてな。国を撃ったところで、俺が選定審判を終わらせるのをやめるわけでもなし。いたずらに火種を大きくする理由などないはずだが」

ミッドヘイズを滅ぼして、どうするつもりなのか。魔族の国を撃てば、俺の怒りを買うだけというのが、わからぬわけでもあるまい。

「やることは、教皇に宣言した通りだ。この魔法砲撃を止め、奴《やつ》の万策を封じ、その上で事情を聞き出す」

俺たちはじっと眼下に視線を凝らす。

「……んー？　撃ってこなくなったぞ？」

エレオノールが不思議そうな表情を浮かべる。

「……弾切れ……ですか？」

ゼシアの問いに、エレオノールはうーんと頭を悩ませた。この程度で魔力が尽きるようなら、初めから撃ってはこなかっただろう。

「僕たちがここにいる以上、撃っても仕方がないって考えてるんじゃないかな？」

レイが言う。

「その可能性はあろう。どこから撃とうと地底からミッドヘイズを狙うには、この空域を通らねばならぬ。撃てば射手の位置がわかり、俺たちに潰される。第一射から第三射の間隔と射点からいって、最低でも唱炎を放てる部隊は三個。千人規模の大隊といったところか」

十中八九、それ以外にも部隊がいるだろう。

「撃ってこないのは、砲撃済みの大隊を大急ぎで移動させているのだろう。先程の射点には、最早《もはや》奴《やつ》らはいまい」

迂闊《うかつ》に降りれば、守りが手薄になった隙に、別の場所から砲撃される恐れもある。

「普段なら、根比べしたいところだけどね」

困ったように、レイは微笑《ほほえ》む。

「こちらに限れば得策だが、シンとエールドメードはどうだろうな？　幻名騎士団があの三人だけとも限らぬ。奴《やつ》らに介入されては、穏便に済むものも済まぬだろう」

セリスの力の底がわからぬとはいえ、あの二人ならば、時間稼ぎはできるだろう。

だが、互いに全力でぶつかるとなれば、勝敗は読めぬ。セリスたちの動きを封じている今の内に、この魔法砲撃を根本から断つしかあるまい。さもなくば、セリスはこの戦況をかき乱し、俺がジオルダルを滅ぼすしかなくなるところまで持っていこうとするに違いない。

「アルカナ一人を残し、他の者はジオルダルの各地で唱炎を歌う信徒たちを索敵、撃破する」

「あの唱炎を防ぐことはできる。ただし、限度もある」

アルカナが冷静に言った。

「それが狙いだ。撃つメリットがあるのならば撃ってくるだろう。そうすれば、射点がわかる。今度は移動する前に潰せばよい。奴《やつ》らがアルカナの護《まも》りを突破するより先に、こちらがすべての部隊を無力化する」

一瞬考え、アルカナは言った。

「わたしにあなたの国の命運を預けていいのだろうか？」

「お前が一番適任だ。神が立ち塞がれば、信徒たちも砲撃を躊躇《ためら》おう」

「……代わりがいるのならば、別の者に……あなたの国は、この身が背負うには重すぎる。それは、もっとも信頼できる者がやるべきこと」

一理あるがな。

しかし、どこか妙だ。リーガロンドロルから戻ってきてからか。アルカナの心には、これまでになかった迷いが見え始めた。

思い出せなかった、と彼女は言った。しかし、それでも、なにも見えなかったわけではないのかもしれぬ。

「アルカナ。お前の願いはなんだった？」

「救いを」

彼女は静謐《せいひつ》な声で、確かに言った。

「どうか人々が、救われますように。それが、わたしの願い」

「ならば、お前以上に適任はいない。守り通せ、お前の背中にあるのが、その願いだ」

アルカナはじっと俺の目を見た後、こくりとうなずいた。

「……あなたの言う通りにしよう……」

「行くぞ。レイは東、ミサは西、アイシャは北、エレオノールとゼシアは南、俺は中央に降りる。魔法砲撃が放たれたなら、射点から一番近い者がそこへ向かえ」

俺たちは目配せをして、すぐさまジオルダルの大地へ降下していく。なにかしらの方法で奴《やつ》らはここを見ているだろう。一定以上天蓋から離れれば、撃ってくるはずだ。

大地がみるみる迫る。竜着き場はすぐそこだ。東の方角が光ったかと思うと、そこから唱炎が立ち上った。

『雪は舞い降り、空を照らす』

《創造の月》アーティエルトノアが地底の空に浮かぶ。それはキラキラと光る雪月花を降らせ、天蓋を守る白銀の結界を作り出した。

ゴォオオオオオッと地底から立ち上った唱炎が、雪月花の結界と衝突し、しのぎを削る。火の粉と雪の欠片《かけら》が、幻想的にジオルダルの大地へ降り注いだ。

『行ってくるよ』

レイが魔法砲撃の射点へ向かう。

すぐさま、唱炎が上る。今度は西からだった。

「片付けてきますわ」

ミサがそこへ向かうと、また二箇所から唱炎の魔法砲撃が放たれた。

「ゼシアたちの……出番……です……」

「死なない程度にぶっ殺しちゃうぞっ」

ゼシアとエレオノールが南側へ向かう。

「やっぱり、音韻魔法陣を構築しているのは、信徒みたいね」『……全員で一〇二名……』

サーシャとミーシャが言い、北側の射点へ向かった。

ジオルヘイゼの竜着き場に俺は降りる。見れば、魔王城の入り口付近に魔王学院の生徒たちがいた。いったい何事かという顔をしながら、立ち上る唱炎と、それを阻《はば》む白銀の月を見上げている。

「あっ……！　アノス様っ！」

エレンが俺に気がつくと、ファンユニオンの少女たち全員がこちらを振り向く。

続いて魔王学院の生徒たちも俺に視線を向けた。

「城に入っているがいい。少々、ミッドヘイズが撃たれていてな。ここは戦場になるやもしれぬ。他の者にもそう伝えよ」

「わ、わかりましたっ……！」

彼女たちは飛ぶような勢いで、魔王城の中へ入っていく。

さて、近くで唱炎が上がらぬようなら、教皇を探すか。大聖堂にいればいいのだがな。

それにしても、妙なことをするものだ。こちらの誘いだとわかっていただろうに、四個大隊を使って一気に唱炎を上げるとはな。

まだ伏兵が多くいるということか？　だが、あれだけの大魔法だ。ジオルダルの竜人たちの魔力を考えれば、そこまで多くの戦力が残っているとも思えぬ。

にもかかわらず、貴重な戦力を惜しみなく投入した。まるでさっさと見つけてくれと言わんばかりに。

確かに、アルカナ一人の護《まも》りではある。うまくいけば、唱炎の集中砲火で突破できようが、最善手とも思えぬ。

派手に撃ってきたのは陽動か？　ならば、本命は別にあるはずだ。

「トモッ、ダメだよっ……！　お城に帰ろっ！」

クゥルルッと可愛《かわい》らしい鳴き声が響く。

視線をやれば、小さな竜トモグイが、ナーヤと追いかけっこをしていた。

ナーヤはなんとかトモグイを捕まえ、ぎゅっと胸に抱く。

「も、申し訳ございませんっ。この子、すぐ竜を食べようとして、外に出たがるんです……」

「今は竜はいないようだがな」

「あれ……？」

ナーヤが竜着き場を見渡す。いつも何匹かいる竜が、今は一匹もいなかった。

「クゥルルッ」

トモグイが鳴くと、竜着き場に巨大な魔力球が現れた。それは、次第に小さくなりボールほどの大きさまで縮む。魔力の球が、トモグイのそばまで飛んでくると、キュウッとひと鳴きし、ぱくりと飲み込んだ。

途端に、音が止まった。

うるさいほどに鳴っていた神竜の歌声が、綺麗《きれい》に消えたのだ。

「と、トモ？　なにを食べたの……？」

不思議そうに、ナーヤはトモグイを見る。一瞬、その小さな竜が消えたかと思うと、クゥルルッ、クゥルルッという鳴き声だけが響き出した。

「トモッ？　どこっ？　出てきてよっ。お城に戻ろうっ」

ナーヤが心配そうに言うと、クゥルルッとまたトモグイの鳴き声が聞こえた。小さな竜はどこにもいっておらず、ナーヤの肩に止まっていた。

「……あれ？」

「ふむ。こいつは、食らった竜の特性を身につけられるのかもしれぬな」

「え……？」

ナーヤが疑問の表情を浮かべた。竜のみを食べるトモグイが、この歌声を食べた。

つまりは、そういうことなのだろう。

ジオルダルに響く歌声は、神竜が発している。だが、神竜を見た者はどこにもいない、とアヒデは言っていた。

それは半分正解で、半分は誤りだ。神竜は常にこの地にあった。誰もがそれに触れていた。

なぜならば、それは目には見えない音の竜。すなわち、この歌声そのものだ。

ジオルダルは、ずっと巨大な音の竜の体内にあったのだ。

§37.【一五〇〇年の祈り】

微《かす》かに、歌声が聞こえた。

みるみる音は大きくなり、神竜の歌声が先程と同じように響き始めた。トモグイが食べたのは神竜の一部、ジオルダル全域を覆う竜だとすれば、かすり傷にすぎぬだろう。

きょとんとするナーヤに俺は言った。

「外は危険だ。魔王城に戻るといい」

「はっ、はい。申し訳ございません。行こっ、トモ。今度は大人しくしててね」

トモグイがクゥルルッと返事をする。

竜を胸に抱きながら、ナーヤは魔王城の中へ入っていった。

俺は《飛行《フレス》》で飛び上がり、宙からジオルダルを見渡した。

四方に立ち上っていた唱炎はすうっと消えていく。そうかと思えば、再び東西南北同じ箇所から、炎の柱が立ち上った。

唱炎はアルカナが天蓋に作り出した《創造の月》、そしてそれが降らせる雪月花の結界と激しく衝突し、火花を散らせる。

《魔王軍《ガイズ》》でつないだ魔法線を辿《たど》り、レイたちの視界に魔眼を向ければ、すでに全員が唱炎で地上を砲撃するジオルダル教団の部隊と交戦中だった。敵は一個大隊、一瞬で聖歌を止めることはできないだろうが、制圧するのは時間の問題といったところか。

神竜の歌声は、魔眼を妨げ、大部隊すら隠す。

派手に砲撃している部隊を陽動に使い、恐らくはまだ数個大隊の伏兵が潜んでいるはずだ。

そのどこかに、全隊を指揮する教皇ゴルロアナはいる。唱炎にて、地上を撃ち抜く好機を虎《こ》視《し》眈《たん》々《たん》と狙っている——そう、俺に思わせたいのだ。

だから、ミッドヘイズを撃った。

俺の意識が嫌でもそちらに傾くように、ディルヘイドで最も国民の多い都を。奴《やつ》は俺に、唱炎を警戒させたいのだ。

真の狙いは、神竜の歌声。これはジオルダルの部隊を隠蔽するだけのものと思わせるために、堂々と音を鳴らしている。

だが恐らく、歌声は、隠しきることができないのだ。音の竜である神竜が活動するとき、魔法で隠蔽しようとしたところで、音が大きく鳴り響いてしまうのだろう。

それを不自然と思わせないために、魔法砲撃を行った。

神竜の歌声は竜域に似た性質を持つ。だが、これが音の竜だというなら、あくまで鳴き声、副産物にすぎぬ。本当に竜ならば竜域を生み出す以外のことができるはずだ。

それが、教皇の目的である可能性は高い。

俺はジオルダル中へ魔眼を向ける。魔眼の働きは阻害されているが、しかし、それだけに歌声が最も強く響いている場所を見つけることは難しくない。

逆に魔力が見えない場所を見つければいい。

国を見渡せば、西の方に、ほんの僅かも魔力の見えない地点があった。

ここから二〇〇キロ、地下遺跡リーガロンドロルだ。

魔力の消耗を惜しまず、全速力の《飛行《フレス》》で西へ飛んだ。瞬く間《またたくま》にその場所、リーガロンドロルの上空に到着する。

耳を劈《つんざ》くほどの大音量で、神竜の歌声が多重に輪唱していた。

そのまま降下し、扉をぶち破って、地下遺跡の内部に俺は突入する。下へ下へと降りていくが、昨日来たときと違い、終わりが見えぬ。

やがて、遺跡に入ったはずが、目の前に空が現れた。天蓋が頭上を覆っている。痕跡神の夢の中で見た、あの本の荒野だ。

果てなき大地には、どこまでも遠く巨大な棚が並び、そびえ立つ。その中心に立っていたのは、純白の本を手にし、厳かな衣装を纏《まと》った神族。

痕跡神リーバルシュネッド。

そして、傍《かたわ》らに跪《ひざまず》き、祈りを捧《ささ》げるのは、教皇ゴルロアナである。

俺は荒野の大地に着地すると、まっすぐ視線を二人に向けた。

「痕跡神リーバルシュネッドは、お前とすでに盟約を交わしていたというわけか」

言葉を投げかけると、ゴルロアナは静かに口を開く。

「ええ。痕跡神は歴代の教皇に受け継がれてきたジオルダルの守り神。選定の神、福音神ドルディレッドに選ばれる以前より、私はリーバルシュネッドと盟約を交わしております」

地底は神の力により支えられてきた。あり得る話だ。

「神竜の歌声は、音の竜。更に深淵《しんえん》を覗《のぞ》けば、それは音韻魔法陣を成している」

音韻魔法陣が絶えず生み出しているのが神竜、すなわち音の竜だ。

祈る手を崩さず、跪《ひざまず》いたまま、教皇は目を開いた。

奴《やつ》に向かい、続けて俺は言った。

「かつて地底のどこかで使われた音韻魔法陣。その痕跡を拾い、組み合わせ、幾度となく繰り返し再生することで、ジオルダル全域に及ぶ音韻魔法陣を歴代の教皇たちは響き渡らせてきた。痕跡神リーバルシュネッドを引き継ぎ、教典を引き継ぎ、来《きた》るべき日に向けて」

恐らくは、それが今日なのだろう。

「いつから神竜の歌声が響いているか知らぬが、少なく見積もっても千年以上は絶やさずその音韻魔法陣を奏《かな》で続けてきた。痕跡神の秩序を用いたそれだけの大魔法、奇跡すら容易《たやす》く起こせるやもしれぬ」

敬虔《けいけん》な顔をしたまま、ゴルロアナは厳かに言う。

「アヒデが教えに背かなければ、あなたは今、ここに立ってはいなかったでしょうに」

もはや、隠すつもりもないのだろう。

ゴルロアナを生かしておけば、ディルヘイドを危険に曝《さら》すとアガハの預言者ディードリッヒは言った。教皇が最後までシラを切り通そうとしなかったのも、地上への砲撃で俺を足止めしたかったのも、その預言があったからに違いあるまい。

「ミッドヘイズどころか、狙いはディルヘイド。いや、この音韻魔法陣の規模から考えれば、地上のすべて、といったところか」

祈りを捧《ささ》げ続けるゴルロアナに、俺は言葉を投げかけた。

「あの天蓋を吹き飛ばすのが神の教えか、ジオルダルの教皇よ」

「竜の胎内にて、人を子竜に転生させる王竜がアガハの教えならば、ジオルダルは竜の胎内にて、世界を生まれ変わらせる神竜こそが教え」

ゴルロアナは厳かに教えを説く。

「世界を飲み込み、胎内《はら》に孕み、正しく創生し直す。地底と地上の境を、あの天蓋を天空に変える神の使い、それこそが神竜なのです。生まれ変わった天空からは恵みの雨が降り注ぎ、この地底は楽園に生まれ変わるでしょう」

「天蓋を空に変えるというのは、つまり、地上を灰燼《かいじん》に帰すということだろう」

「境をなくし、世界を転生させるのみです。どうかご安心を。地上に生きる者が死ぬことはありません。国は違えど、ともにこの世界に生きるあなた方への神の慈悲です」

「話にならぬ。地上を失い、地底で生きろと？　今の暮らしが消《き》え失《う》せるも同然だ。罪なき地上の民の幸せを奪ってまで、そんなに楽園が欲しいか、ゴルロアナ」

「手を取り合うことはできないと申し上げたはずでございます。私たちは、同じ地底の民ですら、ジオルダル、アガハ、ガデイシオラと分断され、わかり合うことはできておりません。ましてや地上の民とは到底不可能というものでしょう」

俺の話に教皇が応じているのは、音韻魔法陣である神竜が発動するのに時間が必要だからだろう。話せばその分だけ、時間が稼げる。

「情けないことを言うものだ」

「地上の王よ。世界は分けられているのです。地上と地底の間に設けられたあの境は、この隔たりは、なにがあろうとも決して埋められるものではありません」

揺るぎのない決意を込めて、ゴルロアナは俺を睨《にら》む。

「ここに来るまでの一面の荒野をあなたはご覧になったでしょう」

静謐《せいひつ》な声で教皇は言う。

「召喚竜と召喚神の恵みにより、地底の民は生きております。逆に言えば、それがなければ生きてはいけません。地上にもたらされた秩序の恵みに比べ、我々に与えられる恵みはあまりにも小さい。なぜ罪を犯してはいない地底の民が、地上の民よりも恵まれないのでしょうか？」

教皇は問いかけ、そして言った。

「境が人の幸福を隔ててはならない。ならば、境をなくすほかありません。生きとし生ける者を平等に。誰もが抱く理想郷を、神は実現なさるのです」

「これまで地上で暮らしていたものが、恵みの雨が降ったからといって、地底で暮らしていけると思うか？　結局は不公平しか生まぬ。神に言ってやれ。遅きに失したとな。初めから境を作るべきではなかったのだ」

俺は教皇をまっすぐ睨《にら》み、力強く声を発した。

「神が犯した失敗のツケを、なぜ地上の者が払わねばならぬ？」

「今は不公平が生まれようとも、すべては未来のため。たとえ今叶《かな》わずとも、百年後のために祈りを続けるのが、この国を思う教皇の務めです」

「急激な変化がもたらすのは、争いだけだ。本質的な平等がこの地に生まれようと、人々の意識はままならぬ。どんな綺麗事《きれいごと》を吐こうとも、所詮は奪った者と奪われた者だ。千年続く恨みの連鎖に民を縛りつけるつもりか」

それがわからぬ愚者とも思えぬ。なにかに囚《とら》われているのだろう。

「世界を変えたくば、ゆるりと変えていくほかない。今日よりも明日の暮らしをよくするように努める以外に、近道などないぞ」

「ならば、あなたが地底の王だとしても、同じことをおっしゃいましたか？」

「ならば、地底の民に真実を話せ」

言葉を突きつけると、一瞬、リーガロンドロルに静寂が訪れる。

「天蓋の上には魔族や人間、精霊たちが、地底の民と同じように暮らしている。その恵みを奪い、我らのものにするのだとな」

「これは教典に伝えられたジオルダルの教え。罪を背負うべくは、代々の教皇のみ。地底の民の罪を、この身に背負い、祈りを捧《ささ》げるのがこの国の教皇たる私の務めなのです」

目を閉じ、ゴルロアナは深く神に祈りを捧《ささ》げる。

「生まれた場所の違いで、なぜ不遇を味わわねばならぬのか。お前の意見はわからぬでもないがな。それだけの想《おも》いがあるのならば、世界の理想を目指すというのならば、神に祈らず、この手を取るがいい」

奴《やつ》の目の前まで歩いていき、俺は手を差し伸べた。

「俺だけではない。アガハやガデイシオラ、その他多くの国と、手を取りあってみよ。約束しよう。この愚かな選択よりも、幾分かマシな未来に辿《たど》り着《つ》ける」

差し伸べた手に視線をやりながらも、ゴルロアナは祈り続けている。

「天蓋を撃ち抜くのは、俺が約束を違えてからでも遅くはあるまい？」

その言葉に、ゴルロアナは数秒口を閉ざし、祈るように考え込む。そうして、目を開いたかと思えば、俺を射抜くように見据え、言ったのだ。

「……残念ながら、遅すぎました。もうすでにそれを考えることすら遅いのです。今日このときが、神竜が真の大空に羽ばたく唯一の日。二度目はありません。私が信じるのは《全能なる煌輝》エクエス。神こそが唯一、この地底に救いをお与えくださる」

古くからジオルダルに響く神竜の歌声、その音韻魔法陣が効果を発揮するのが、今日このときのみということなのだろう。

「私の父も、祖父も、そのまた父も、皆、救済を祈り、そしてこの地に果てた。天啓が下った日より今日《こんにち》に至るまで代々の教皇に受け継がれてきたこの教え。一五〇〇年にわたるこの祈りは、いかなる巡り合わせか、私に託されました。彼らの祈りを、その悲願を、今ここで無に帰すわけにはいきません」

一寸たりとも譲歩するつもりはないというように、教皇は声を上げた。

「私はすでに選定審判から降りた身、されど救済者として最後の務めを果たしましょう。不適合者、選定審判を滅ぼそうというあなたの意志は間違っています。あなたの神を否定し、あなたを選定者の聖座から降ろし、そしてあなたを救済します」

「ほう」

「アノス・ヴォルディゴード。私が正しいことを、この一五〇〇年の祈りとともに、その身に教えて差し上げましょう」

「ふむ。やってみるがいい」

魔法陣を描き、両手を黒き《根源死殺《ベブズド》》に染めた。

「祈った年月に目が眩《くら》み、お前たちは誰もがそれを正しいと思い込んでしまった。一五〇〇年、もはや簡単にやり直すとは言えぬ時間だ。それでも、お前が本当にやらねばならなかったのは、勇気を持って間違いを認めることだ」

ゴルロアナとその傍《かたわ》らに佇《たたず》む痕跡神を睨《にら》む。

「お前たちの祈りも、お前たちの神も、なにもかもを打ち砕き、この国に教えてやろう。お前たちの一五〇〇年は徒労だったのだ」

§38.【痕跡の大地】

立ち上る魔力の粒子。

俺とゴルロアナの体から溢《あふ》れたそれは、互いを押しやるように交わり、開戦の火花が散った。

漆黒に染まった《根源死殺《ベブズド》》の右手を、ゴルロアナに突き出す。

相も変わらず跪《ひざまず》き、祈ったままの奴《やつ》は、鼻先に迫ったその一撃を避ける気配すらない。

容赦なく、黒き指先が教皇の顔面を吹き飛ばした。

その根源を八つ裂きにされ、奴《やつ》の体は塵《ちり》と化す。

「ここは地下遺跡リーガロンドロル。すべての過去が刻まれし痕跡の大地なり」

厳かに痕跡神リーバルシュネッドが言った。

視線を横にやれば、教皇ゴルロアナが祈ったままの姿勢で姿を現す。確かに八つ裂きにしたはずの根源は、しかし何事もなかったかのようだ。

「時を歪《ゆが》めたか」

魔眼《め》を凝らし、その深淵《しんえん》を見つめながら、俺は言った。

「然り。痕跡の大地では、未来には辿《たど》り着《つ》かぬ。我が信徒、ゴルロアナの命は過去に刻まれたまま、決して滅ぶことはない」

「お前を先に片付ければいいわけだろう」

「然り。されど、我もまた不滅なり。この身は、痕跡の秩序。万物の過去なのだ。時を何度塗り替えようと、そこにあったという事実は変わらぬ」

すでに過ぎ去った存在、記録と記憶が痕跡神の秩序。滅ぼすには、過去を改変するのが望ましいだろうが、その秩序を司《つかさど》る神を相手に時間魔法で挑んでも勝ち目はあるまい。

奴《やつ》は確かにここにいた。その事実は、なにがどうあろうと変わりはしない。そして、それこそが過去である痕跡神が不滅だという所以《ゆえん》である。

セリスが眠っている内に痕跡神を滅ぼそうとしたのがわかるというものだ。

「問おう、リーバルシュネッド。天蓋を神竜の胎内に飲み込むのが、お前の目的か？」

「我は記録と記憶を刻みつける秩序。代々の教皇の祈りを、痛みを、その願いを、ただひたすら刻みつけてきた。選ぶのは我ではなく、盟約を交わした教皇ゴルロアナ。我はただ彼らが歩んだ道を、世界の歴史を、この身に刻みつけるのみ」

神族らしい答えだな。

あくまで神竜の歌声は、盟約を交わした歴代の教皇の意志か。

「おお、不適合者たる、地上の魔王」

歌うようにゴルロアナが言う。

「あなたに試練が訪れる、大いなる光の刃に、その身は切り裂かれるでしょう。痕跡の書、第一節《試練再臨《アズベフ》》」

リーバルシュネッドは、その手に持った純白の本を開く。それが痕跡の書なのだろう。光に包まれ、本が宙に浮かんだかと思うと、それは一振りの聖剣に変わった。

霊神人剣エヴァンスマナだ。

リーバルシュネッドはそれを手にした。

すでに俺は、奴《やつ》の剣の間合いの内側にいる。構わず一歩を踏み出し、《根源死殺《ベブズド》》の指先でリーバルシュネッドを貫く。

心臓をぐしゃりと握りつぶし、根源諸共《もろとも》破壊した。

「今を滅ぼそうと、過去は滅びぬ」

瞬く間《またたくま》に体を再生したリーバルシュネッドが、霊神人剣を振りかぶる。《四界牆壁《ベノ・イエヴン》》を左手に纏《まと》わせ、その刃を受けとめようとした俺は、刹那、目を見張った。

「痕跡が刃――」

まるでいつかの再現だった。痕跡神はレイと同じように、その聖剣を振り下ろす。

「《天牙刃断《てんがはだん》》」

エヴァンスマナに純白の光が集い、目映《まばゆ》い光線が発せられた。

一呼吸の間に、無数の剣閃《けんせん》が、俺の体を斬り裂く。

振り下ろすよりも早く、その剣撃を打ち込み、宿命を断ち切る。霊神人剣、秘奥《ひおう》が壱、《天牙刃断》。

その刃が悉く《ことごと》、俺の根源に傷痕を残す。攻撃を腐食する魔王の血も、唯一、魔王を滅ぼすために生まれた聖剣には、効果が乏しい。

《四界牆壁《ベノ・イエヴン》》を全身に纏《まと》い、霊神人剣の剣撃を凌《しの》ぎきる。そうして、反撃に転じようとしたその瞬間――

「痕跡が刃――《天牙刃断》」

再び、リーバルシュネッドが霊神人剣の秘奥《ひおう》を放つ。《天牙刃断》が幾度となく、この身を切り裂き、根源を削る。

たとえレイでも、ここまで霊神人剣の秘奥《ひおう》を連発することはできぬだろう。痕跡神は、その魔力と体力さえ無尽蔵と言わんばかりに、絶えることなく剣閃《けんせん》を瞬《またた》かせた。

「世界の痕跡から、あなたを滅ぼす刃を選んだ。あなたが認めた敵、勇者カノンが繰り出す、それは終わりなき試練《試練再臨《アズベフ》》。あなたが痕跡と化すまで、その刃は繰り返される」

ゴルロアナが朗々と声を発する。

「ふむ。確かにレイの剣には違いない」

《森羅万掌《イ・グネアス》》に《四界牆壁《ベノ・イエヴン》》を重ねがけし、無数に放たれたその剣撃のすべてをつかみとった。

「だが、同時に、これはレイの剣ではない」

「……ぬぅ……」

痕跡神が唸《うな》り声を発する。

上段から振り下ろされた霊神人剣の本体を、俺の右手が確かにつかんでいた。

「お前は過去の痕跡を再現できる。この《天牙刃断》は、いつかレイが放ったものと相違ない」

聖剣をつかまれたまま、痕跡神が《天牙刃断》を繰り出す。光の剣閃《けんせん》を、俺は《森羅万掌《イ・グネアス》》と《四界牆壁《ベノ・イエヴン》》でつかみとり、封じ込めた。

「あの男の剣は振るう度に成長する、未来へ向かう刃だ。一太刀毎《ごと》に過去を超えるからこそ、予測がつかぬ。お前の剣はただ過去をなぞるのみだ」

痕跡神であるがゆえに、奴《やつ》は新たな剣を振るうことができぬ。

それは決してレイの剣ではない。

「紛《まが》い物《もの》の勇者の一撃が、この身に届くと思ったか」

痕跡神の右腕を《根源死殺《ベブズド》》の手刀で斬り落とす。奴《やつ》の腹部に漆黒の右腕をねじ込んだ。

「《魔呪壊死滅《デグズゼグド》》」

リーバルシュネッドの体に黒い蛇の痣《あざ》が浮かぶと、それが奴《やつ》を食い破らんが如《ごと》く激しく暴れ出す。相手の魔力を暴走させ、死に至らしめる呪い。

神の魔力が暴れ出し、体が朽ち果てていく。根源に描いたその魔法陣を俺は無理矢理引き剝がすようにして、右腕を引き抜く。

体外に取り出したそれをぐしゃりと潰した。瞬間、痕跡神の体は完全に朽ち果て、風化した。

無論一時しのぎだ。これで滅ぶならば苦労はない。

「大凡《おおよそ》からくりは見えた。お前を滅ぼすには、まず先にこの痕跡の大地を滅ぼさねばならぬようだな」

ここは時の秩序の狂った世界。

ならば、多少の本気を出しても問題あるまい。

手をかざし、多重魔法陣を描く。それを砲塔のように幾重にも重ね、リーバルシュネッドへ向けた。

黒き粒子が、魔法陣の砲塔から溢《あふ》れ出《だ》す。暴虐の魔王アノス・ヴォルディゴードと創造神ミリティア、破壊神アベルニユーから力を借りる起源魔法、《極獄界滅灰燼魔砲《エギル・グローネ・アングドロア》》。

「不適合者よ」

声とともに、リーバルシュネッドが離れた位置に姿を現す。

手にはやはり、痕跡の書を持っている。

「あらゆる痕跡は我の味方である。汝《なんじ》の切り札たる起源魔法は、痕跡の秩序を相手には使えぬ」

魔法陣の砲塔から溢《あふ》れた黒き粒子が、ふっと霧散する。過去から借りたはずの魔力が、みるみる消失していった。

「おお、不適合者たる、地上の魔王。過去はあなたに味方しない。されど、この大地は未来の閉ざされし場所」

再び歌うようにゴルロアナが言った。

「あなたに最大の試練が訪れる、この世で最も大きな滅びが、あなたの身に降り注ぐ。痕跡の書、第六節《世界崩壊《アザエル》》」

リーバルシュネッドの痕跡の書が開かれ、それが魔法陣に変化する。描かれたのは砲塔の形、そこから黒き粒子が溢《あふ》れ出《だ》す。荒れ狂う魔力の欠片《かけら》が、生き物のように渦を巻き、魔法陣の砲塔に絡《から》みついた。

その余波だけで、痕跡の大地が震撼《しんかん》し、天を衝《つ》く巨大な棚からは、ガラガラと無数の本が落ちてきては、空に舞う。

「ほう。《極獄界滅灰燼魔砲《エギル・グローネ・アングドロア》》か」

「不適合者よ。起源魔法は、魔力を借りた相手には効かないとお思いでしょう。されど、あらゆる過去は、痕跡神リーバルシュネッドに味方するのです」

この身にも効くか。痕跡神の秩序から考えれば、ハッタリではあるまい。

魔法陣の砲塔が、ゆるりと俺に照準を定めた。

「懺悔《ざんげ》する機会を差し上げましょう。神に祈りを捧《ささ》げ、悔い改めなさい。あなたはそれで救われます。さもなくば、世界の滅びを一身に受けることになるでしょう」

「さて、うまく俺に当たればいいが、外せばこの痕跡の大地は消《き》え失《う》せるやもしれぬぞ」

迷わずゴルロアナは言った。

「《全能なる煌輝》の御心のままに」

黒き粒子がその砲塔を中心に七重の螺旋《らせん》を描く。痕跡の大地に底の見えぬ亀裂が入り、それはこの世界を二つに割った。

「滅びの痕跡――《極獄界滅灰燼魔砲《エギル・グローネ・アングドロア》》」

リーバルシュネッドが重低音の声を発し、魔法陣の砲塔から終末の火が出現する。

その暗黒の炎は七重螺旋《らせん》を描き、轟音《ごうおん》とともに撃ち出された。

瞬間、四肢に抵抗を覚えた。

「束縛の痕跡――《由縁縛鎖《ギチエルジエ》》」

どこからともなく現れた透明の鎖が、俺の四肢を縛り上げる。

否、すでに縛られていた。過去が改変されたかの如《ごと》く、この瞬間より以前に、俺の体は《由縁縛鎖《ギチエルジエ》》につながれていたのだ。

それを引きちぎるよりも先に、終末の火が俺の体に迫り、そして燃え上がった。世界を滅ぼす炎に焼かれ、俺の根源が終わりに近づく。

だが、その反面、みるみる魔力が膨れ上がった。

「リーバルシュネッドとこの大地が不滅なのは、それが万物の過去であり、つまりは万物の痕跡であるからだ」

終末の火に焼かれる俺を見据えながら、ゴルロアナが目を見開く。

「……なぜ…………？」

俺が一瞬で滅びぬのが不可解とばかりに、奴《やつ》は言葉をこぼす。

「どれだけ過去に遡ろうとも消えぬ、不滅の足跡だろう」

俺は大地にできた自分の足跡に視線をやる。

「この大地に足跡を刻むことはできるが、決して消すことはできない。ならばどうやってそれを滅ぼす？」

リーバルシュネッドが呆然《ぼうぜん》と、滅びゆくはずの俺を見つめている。

「答えはこうだ」

軽く足を上げ、再び地面を踏む。

すると、周囲にあった足跡が影も形もなくなった。魔力を伴った俺の足踏みが、この大地すら覆うほどの巨大な足跡に変わったのだ。

「この大地よりも大きな足形をつけてやればいい。元の痕跡は踏みつぶされて消え、新たにつけられた足跡は、この大地に収まりきらぬ。つまり、痕跡の秩序が乱れるというわけだ」

「不可能なり。ここは世界のすべてがあまさず収まる痕跡の大地。時の始まりより、今日にいたるまでの痕跡は七億年。それを一〇〇度繰り返すだけの器が、すわなち、この大地の広さなり。それよりも大きな痕跡など、この天地に存在せぬ」

リーバルシュネッドが厳かに声を発する。

「それは過去の話だろう？」

滅びゆこうとする自らの根源に、魔法陣を描く。

世界を滅ぼす終末の火を、俺はその身に取り込んでいた。

「悪いが俺は未来へ向かっている」

ぎりぎりだが、間に合ったようだ。

《極獄界滅灰燼魔砲《エギル・グローネ・アングドロア》》により、俺の根源が滅びに近づく。それは久しく感じていない終わりの気配。終焉《しゅうえん》の時。

すなわち、灯滅せんとして光を増し、その光をもちて灯滅を克す。あらゆる根源に適用される理なれど、滅びの根源を持つ俺は更にその力が強い。

滅びに近づけば近づくほど、より強くなり、ついにはその滅びを克服する。

《極獄界滅灰燼魔砲《エギル・グローネ・アングドロア》》を受けられる機会など、本来はありえぬ。

ゆえに俺はあえてそれに身を曝《さら》した。

「貴様の痕跡に刻まれていない、たった今生まれた魔法だ」

体内に飲み込まれた滅びの力が溢《あふ》れ出《だ》す。七重螺旋《らせん》の黒き炎が俺の全身にまとわりついていた。

静かに、俺はその魔法を唱える。

「《涅槃七歩征服《ギリエリアム・ナヴィエム》》」

根源で凝縮した滅びの魔力を、一歩ごとに解放し、俺の力を瞬間的に底上げする深化魔法。

痕跡神に向かい、ゆるりと足を踏み出した。

《涅槃七歩征服《ギリエリアム・ナヴィエム》》にて、今回俺が行ったのは、ただ歩くのみ――

一歩目――大地に立ち並ぶ巨大な本棚という本棚がすべて崩れ、世界の痕跡を記した書物が悉《ことごと》く宙へ投げ出された。

次々と開かれたページはこの世界の痕跡。荒野には無数の人々の影が姿を現していく。そして次の瞬間、俺の一歩によって踏みつぶされ、形もなく滅び去った。

二歩目――宙を舞うありとあらゆる書物がバラバラになり、無数のページが飛び散る。

水には生き物の群れが、空には鳥や竜が影となって出現する。それらの痕跡が、俺の足に踏みつぶされ、すべての生き物が滅び去った。

三歩目――大地が震撼《しんかん》し、飛び散った無数のページが弾《はじ》け散る。天蓋が消え、大空が現れると、太陽と星々、月の痕跡が浮かぶ。その影が、俺の一歩に踏みつぶされ、空の彼方《かなた》に滅び去った。

四歩目――散り散りになったページの欠片《かけら》、痕跡の破片が更に霧散した。大地が粉々に割れていき、湖が枯渇《こかつ》し、あらゆる草木が枯れ果て、滅び去った。

五歩目――破壊の痕跡が刻まれるが如《ごと》く、再び大地に数多《あまた》の本棚がせり上がってくる。それらが大きく揺れたかと思うと、踏み付けられたが如《ごと》く一瞬で砕け散る。大空が俺の一歩に踏みつぶされ、粉々になった天が頭上で明滅する。

六歩目――最早《もはや》、なにもない痕跡の大地が、ただただ踏み付けられ激しく揺れる。唯一残った目の前の光が俺の一歩に踏み付けられ、世界は暗闇に閉ざされた。

七歩目――歩を刻みつけようとしたところで、俺はぴたりと動きを止めた。

痕跡の大地が消えており、周囲は石畳の床に戻っている。この七歩目を床についていれば、危うく世界が一〇〇〇度滅びてお釣りが来るところだ。

「ふむ。七歩歩けば、痕跡の大地すら征服する魔法ということで作ったが、なかなかどうして、失敗だ。七歩歩いてしまえば、無しか残らぬ」

六歩目までで、あらん限りの滅びの痕跡を刻みつけられ、痕跡の大地は許容量を超えた。その神域が耐えきれなくなり、崩壊したのである。

《涅槃七歩征服《ギリエリアム・ナヴィエム》》を解除して、俺は床に足をつく。

「……そ、ん、な……………ことが…………」

その目で見ていながら、なおも信じられないといったように、ゴルロアナは目を丸くし、ガタガタと体を震わせている。

「……痕跡の大地が……神が作りし、無辺なる世界が…………」

呆然《ぼうぜん》と呟《つぶや》くゴルロアナに、俺は言った。

「七〇〇億年の痕跡を刻む大地も、俺の七歩には耐えられなかったな」

§39.【神の見た夢】

歌が響いていた。

神竜の歌声が、リーガロンドロルに木霊《こだま》している。

「……あなたは、こうおっしゃりたいのでしょうか……？　あなたが即興で作った魔法が、神の世界を滅ぼした……すなわち、先人たちの古い知恵よりも、自ら考えた新しい知恵が勝るのだと……」

　それを笑い飛ばすように俺は言った。

「即興で作ったからといって、一瞬で生まれたと思ったか」

ゴルロアナは、困惑の表情を浮かべた。

「過去は固執するものではなく、積み重ねていくものだ。過去の積み重ねが、その数多《あまた》の痕跡が、俺に新たな一歩を踏み出させ、《涅槃七歩征服《ギリエリアム・ナヴイエム》》が生まれた」

壊れるはずのない痕跡の大地。それを踏みつぶしてみせた俺の言葉をゴルロアナは無視できないでいた。

「お前がただ祈り続ける限り、リーバルシュネッドの力はただの痕跡、過去の遺物だ。先人たちが積み重ねてきた数多《あまた》の答え――その解答の更に先にある、より正しき解には辿《たど》り着けぬ」

無言で耳を傾けるゴルロアナに、俺は言い放つ。

「過《あやま》ちを認めず、誤りを正さず、なにが分け隔てのない世界か。お前の考えに、その思考に、一五〇〇年の祈りという時の境がないと言いきれるか？」

教皇はぐっと奥歯を噛《か》みしめる。

「天の蓋を外す前に、己の境を取り払え」

右手をぐっと握り締め、そこに魔力を込める。

「できぬというのなら、次はその神を滅ぼしてやろう」

「……もう、遅いと言ったはずです……」

選定の盟珠を握り締めるように、ゴルロアナは左手で右手をぐっと強く握り、一心に祈った。

「あなたが痕跡の大地を踏みつぶしている間に、リーバルシュネッドはもう役目を終えました。今更、我が神を滅ぼしても無駄なこと。神竜の歌声はこのまま天へ上り、そして、神の竜が天蓋を孕《はら》む。世界は隔たりをなくし、生まれ変わるのです。それこそが、最後の福音、《神竜懐胎《ベヘロム》》」

揺るぎない決意を込めて、ゴルロアナは俺を睨《にら》む。

「あなたの力は凄《すさ》まじいまでの滅び。それゆえに、もう遅かったのです。なにを滅ぼしても、あの天蓋をあなたは守ることができかねます」

「確かに、お前の言う通り、《神竜懐胎《ベヘロム》》の音韻魔法陣を滅ぼそうとすれば、地上がただでは済まぬだろう」

良くて、地形ががらりと変わる。悪ければ、地上は壊滅だ。

「俺の力だけならばな」

《思念通信《リークス》》を使い、俺は言った。

「アルカナ、聞いていたな？　《神竜懐胎《ベヘロム》》を止める術は最早《もはや》ないが、守る方法はある」

すぐに彼女の声が返ってくる。

『……どうすればいい？』

「全能者の剣リヴァインギルマを使い、天蓋を永久不変の大地とする。リヴァインギルマの審判中ならば、《神竜懐胎《ベヘロム》》だろうと役には立たぬ」

永久不変となったアヒデには、俺の攻撃も、《羈束首輪夢現《ネドネリアズ》》も通じなかった。害を為《な》すあらゆる魔法をはね除《の》けるだろう。

『……リヴァインギルマが永久不変とするのは、わたしと盟約を交わした者のみ。あなた以外を永久不変とすることはできない……』

「ならば、その理を滅ぼしてやる」

右手に集めた魔力を上方へ飛ばす。それは天蓋付近にまで達し、アルカナのいる場所へ魔法陣を描いた。

「《魔王城召喚《デルゾゲード》》」

描かれた魔法陣から、黒き粒子が立ち上り、そこに魔王城デルゾゲードが出現する。その正門に黒く輝くのは、理滅剣《りめつけん》ヴェヌズドノアだ。

「その魔剣を《創造の月》と融合させ、リヴァインギルマにせよ。姿を変えようと、永久不変とする対象を変えるぐらいのことはできよう」

アルカナは宙を飛び、理滅剣のもとへ移動していく。

それを確認しつつ、俺はゴルロアナに視線をやった。

「記憶を取り戻すのに協力するならば、痕跡神を生かしておいてやっても構わぬが、どうだ?」

「……では、一つお尋ねしますが……」

含みを持たせて、ゴルロアナは俺に問いかける。

「あなたが知りたいと思っているのは、どちらでしょうか……?」

「ふむ。どちらとは、どういうことだ?」

静かに奴《やつ》は言った。

「アルカナがすでに取り戻した方の記憶ですか? それとも、まだ取り戻していない残りの記憶ですか?」

俺の答えを待つより早く、ゴルロアナは続けて言う。

「彼女はすでに、一度このリーガロンドロルを訪れたとき、痕跡神の夢の中で、自らの記憶の一端を見つけました。それを選定者であるあなたに話していないのは、なぜだと思いますか?」

　問いかけるように言い、ゴルロアナは言葉を続けた。

「これは痕跡神の秩序により、もたらされた事実。嘘《うそ》偽りであったならば、この命を神へお返ししましょう」

《契約《ゼクト》》の魔法陣を描き、奴《やつ》はそれに調印する。そして、はっきりと言ったのだ。

「彼女は裏切りと偽りの神、背理神ゲヌドゥヌブ。その名に従い、アルカナはいずれあなたを裏切るでしょう。それは今、このときかもしれません」

《契約《ゼクト》》の効果は確かに働いている。ゴルロアナが生きているということは、つまり、そういうことだ。

「あなたは夢の番神の力で、記憶を辿《たど》ったつもりでした。しかし、あれはただの嘘、あなたにはアルカナという義理の妹はいませんでした。すべては真っ赤な嘘なのです」

《契約《ゼクト》》は破棄されておらず、そしてゴルロアナは生きている。

　俺が見たあの夢は偽り。それが事実だ。

「確かに、彼女は記憶を忘れてはいました。しかし、自らが背理神だということを思い出しても、あなたに打ち明けることはなかった。あなたに真実を話さず、無意味にまた二人で夢を見て、あなたの妹であり続けようとした。いったい、なんのために嘘をつく必要があったのでしょうか？」

　次々とゴルロアナは真実を告げる。

「なんのために、偽りの妹になろうとしてきたのでしょうか？」

　それは、一つのことを明らかにしようとしていた。

「すべてはこの瞬間、あなたを裏切るために」

敬虔《けいけん》な表情で、信徒を諭すように教皇は言った。

「不適合者よ、よくお考えなさい。地上の命運を、あなたが守りたいものを、本当にあの背理神に託してもいいのでしょうか？　あの裏切りの神に。彼女が地上を一掃しないと言い切ることができますか？」

このときを、このタイミングを、教皇は待っていたのだろう。

痕跡の秩序で過去を見て、俺がどう出るかを読み通した。考える時間を奪い、話し合う時間を奪い、俺から妥協を引き出すために。

勝てぬのは最初から承知の上。辛抱強く道化を演じ続け、全身全霊でこの一手に賭けた。

「《神竜懐胎《ベヘロム》》では、地上の民から命を奪うことはないと神に宣誓いたしましょう。ただ境が消えるだけのこと。あなたがそれだけの力を持っているのならば、境があろうとなかろうと、大した違いはないのではありませんか？」

それは、確かに事実ではある。

生きてさえいるのならば、滅んでさえいなければ、また何度でもやり直すことができる。

天蓋がなくなり、暮らす場所が変わったところで、舞い込んできたすべての悲劇を、踏みつぶしてやればよい。

「ですが、背理神の手にすべてを委ねれば、多くの魔族と人間が滅びるかもしれません。あなたは本当にあなたの神を信じることができますか？　神を信じていないあなたが、妹ですらなかった彼女に、この選択を託すことができるのでしょうか？」

矢継ぎ早に教皇は問う。

「妥協なさい。譲歩いたしなさい。過去に固執するなとあなたは申しましたが、あなたには、あなたとあなたの神には、積み重ねてきた過去さえなかった。偽りの記憶、偽りの夢、そんな泡沫《うたかた》の絆《きずな》が、この一五〇〇年の祈りに届くはずもありません」

厳かに教皇が告げ、頭上を見上げた。

リーガロンドロルの扉は開いており、遠くには天蓋が見える。

「どうぞ、あなたの神にお確かめください。《神竜懐胎《ベヘロム》》まで、まだ今しばらく猶予がございます」

彼方《かなた》の天蓋に浮かぶ、アルカナに魔眼《め›》を向ける。魔法線を通せば、彼女の表情もよく見ることができた。

『……アノス………』

あのときと同じだ。リーガロンドロルで痕跡神の夢から覚めたときと同じく、暗い表情をしながら、アルカナはぽつりと呟《つぶや》いた。

『その竜の子の言う通り。わたしは思い出していた。わたしは背理神ゲヌドゥヌブ。秩序に反する、偽りと裏切りの神。アノス、わたしを――』

唇を噛《か》み、沈み込んだ表情で、それでも彼女は打ち明けた。

『決して信じてはならない』

身を引き裂くような、悲しい響きだった。

ポロポロと涙がこぼれ、彼女の口からは言葉にならない、声が漏れる。けれども、代わりにその心を、魔法線を通して、俺に届けた。

——あのとき、痕跡神の夢の中で、わたしはわたしの記憶を見つけた。

——思い出したのは、わたしが背理神ゲヌドゥヌブであるということ。

——身を焼くような、根源を燃やし尽くすような、

——底知れぬ怒りが渦巻いていたということ。

——わたしは、結局、優しい神にはなれなかった。

——その証拠にあなたを騙《だま》し続けた。

——思い出した記憶を口にせず、あなたの妹であり続けようとした。

——そうであれば、どれだけ幸せだろうと、私は思ったのだ。

——今なら、わかる。

——あれは確かに、わたしの夢だった。

——記憶なんかじゃない。

——わたしの願った、ただの夢だったのだ。

——わたしは、そう、追われていた。

——小さな頃から竜に襲われていた。この地底の大地で迫害され、竜人たちに追われた。

——誰も彼もがわたしの敵で、誰一人、守ってくれる人はいなかったのだ。

——だから、兄がいればいいと思った。

——わたしが竜に襲われたとき、

――竜人たちが生贄《いけにえ》に捧《ささ》げると、家に押し入ってきたとき、
――竜の体内に飲み込まれていったとき、
――わたしは、助け出してくれる兄がいたらいいなと思っていたのだろう。
――最後まで、記憶を直視することができず、わたしは目を逸《そ》らしてしまった。
――あなたに打ち明けることができず、わたしは口を噤《つぐ》んでしまった。
――まだ、もう少しだけ、あの夢を見たかったのだ。
――せめて、夢の中でだけは、愚かな神であることを、忘れられるようにと。
――すべてが嘘、すべてが偽り。
――わたしは虚飾に塗り固められた神。
――きっと、あなたを裏切るのだろう。きっと、あなたを傷つけるのだろう。
――この感情さえ、人々を救いたいという気持ちさえ、
――わたしが《創造の月》で創った偽物《にせもの》にすぎないのだから……
――時がきて、すべての記憶と心が戻ったとき、
――わたしは自分さえも裏切り、目的を果たすのだ――
――だから、アノス、その前にこの身を滅ぼしてほしい。
――わたしはあなたの妹なんかじゃなかった――
――自分自身にさえ嘘をつき、その嘘を本当のことだと思い込んでいた。
――愚かで、孤独な、まつろわぬ神……

――わたしは、嘘《うそ》つきドーラだった――

目の前の教皇から、声が響いた。

「これをもって、あなたへの救済といたします。あなたはまつろわぬ神に裏切られることはないでしょう」

祈りを捧《ささ》げるように、ゴルロアナが目を閉じる。

「すべては、《全能なる煌輝》の御心のままに」

「ゴルロアナ」

静かに俺は言った。

「痕跡神の力を使ってまで、やりたかったのがこれか？」

目を開けて、奴《やつ》は俺を見た。

「だとしたら、アテが外れたようだ」

不可解そうに、教皇は眉をひそめる。

「なにを……？」

「俺の妹は、決して俺を裏切らぬ」

「……なにを馬鹿なことを……？　彼女はあなたの妹ではありません。すべては、泡沫《うたかた》の嘘《ゆめ》だったのです」

「ああ、そうだ。だから叶《かな》えるのだ。願《ゆめ》いは叶《かな》えるものだぞ。過去が見えても、人の心は見えなかったか、教皇よ」

「彼女は裏切りと偽りの背理神、人ではありませんっ！　あなたを騙《だま》そうとしたからこそ、夢を見せ続けた、嘘をつき続けたのでしょうっ！　アルカナが自身で口にした通りですっ！」

「愚かな。嘘と願いの違いもわからぬか。まさしく、あれは彼女の夢だった。アルカナは、兄を希《こいねが》った。誰にも信じられなかった神は、自分を信じ続けてくれる兄をひたすらに求めた」

背理神という過去に囚《とら》われた男に、俺は言う。

「その孤独が、その悲しみの痕跡が、貴様には見えなかったか、ゴルロアナ」

『……アノス………』

アルカナの声が響く。涙に染まった、悲しい響きだ。

「約束を覚えているか、アルカナ」

彼女に伝わるようにと、俺は言葉を発した。

できる限りの優しい響きで。

「必ず、思い出せと言ったはずだ。お前は俺の妹だ。確かに血はつながっていない。それでも、お前は俺の妹だ」

『……あなたと過ごした日々は、偽りだった……その約束も……』

「それでも、お前と共に見たあの願い《ゆめ》は、偽りなどでは決してなかった」

アルカナのその瞳から、ポタポタと涙がこぼれ落ちる。

まるでそれは、夢で見たときと同じように。

「生まれ変わったら、強くなるのだろう？　俺の力になってくれると言ったはずだ。ならば、その弱い心を今ここで克服せよ。強くなれ。背理神だろうが、裏切りと偽りの神だろうが構わぬ。今度は嘘じゃないとお前は夢で俺に言った」

彼女の願いが誰にも届かなかったのならば、この俺が叶《かな》えてやろう。

「夢だからといって、現実にならぬと思ったか」

『……わたしは、あなたを……』

「裏切りはせぬ。なにがあろうと、力尽くでも裏切らせはせぬ」

教皇が懇願するように祈りを捧《ささ》げる。

神竜の歌声が一際《ひときわ》大きく、地底の空に響き渡った。まもなく、天蓋が生まれ変わるのだ。

「――福音の書、最終楽章《神竜懐胎《ベヘロム》》」

天が激しく瞬《またた》き、直視できぬほどの光に包まれた。

「俺の神の言葉を、俺の妹の願いを、俺は最後まで信じている。それで足りぬなら、今一度言おう」

心を込めて、彼女へ願う。

「俺の妹になってくれ」

一瞬の空白、その涙で大気が震えた。

『……お……兄……ちゃん……』

アルカナが手を伸ばし、理滅剣ヴェヌズドノアをつかむ。

《創造の月》がそれと交わり、融合していく。

ゴルロアナが血相を変えた。

「……背理神を信じるなど、どこまでも愚かなことをっ……!!　罪深き者を、この世の災いを、滅ぼしたまえ、リーバルシュネッドッ……!!」

痕跡神が、純白の本を開き、俺に手をかざす。直後、ズゴオォォォンッと地下遺跡に破壊音が響き渡り、頭上から神剣が降ってきた。

全能者の剣リヴァインギルマ。理滅剣と《創造の月》で創られたその剣を、俺は鞘《さや》に収めたまま持ち上げ、柄に手をやった。

「痕跡が刃――」

波の如《ごと》く、ゆらゆらと俺の体と魔力がブレる。

「《天牙刃断》」

リーバルシュネッドが放ったその無数の剣閃《けんせん》が、この身を襲う。真っ向から迎え撃つため、俺は前方へ大きく足を踏み出した。

「《波身蓋然顕現《ヴェネジアラ》》」

体が交錯し、その位置を入れ替える。

一瞬の静寂。ぐらりと痕跡神リーバルシュネッドの体がズレる。

その神体が真っ二つに割れていた。リヴァインギルマは鞘《さや》に収めたまま、その可能性の刃が《天牙刃断》と目の前の敵を切り裂いたのだ。

秩序に反する秩序、背理神ゲヌドゥヌブの権能たる剣を前にしては、痕跡神といえども、滅びは免《まぬが》れられぬ。

「……教皇よ……ここに、そなたらの祈りを残す……」

次の瞬間、彼の神は粉々に砕け散る。ただ一つ、手にしていた純白の本だけを、微《かす》かな痕跡の如《ごと》く、そこに残して……。

俺は、ゆるりと天蓋を見上げる。

《神竜懐胎《ベヘロム》》は発動した。だが、天蓋――すなわち地上はなにも変わらず、そこにあった。

全能者の剣リヴァインギルマが、それを永久不滅に造り替え、《神竜懐胎《ベヘロム》》の力を退けたのだ。

耳をすませば、常に聞こえていた神竜の歌声の代わりに、アルカナの泣き声が静かに地底の空に響いていたのだった。

§40. 【身中に潜む竜】

天蓋が、白銀に輝いていた。

その光が地底に降り注ぎ、地下遺跡リーガロンドロルを照らし出す。

跪《ひざまず》き、祈りを捧《ささ》げていたゴルロアナが、思わず頭上を見上げた。

「……一五〇〇年の……祈りが……」

呆然《ぼうぜん》とした言葉が、こぼれ落ちる。

神竜の歌声は消えた。音韻魔法陣が途絶え、痕跡神が滅んだ今、もう一度、《神竜懐胎《ベヘロム》》を使うことは不可能だろう。

俺は床に落ちた痕跡の書を拾いあげると、ゴルロアナのもとへ歩いていった。

「……これが、答えですか……」

自嘲するかのように、ゴルロアナは言う。虚《うつ》ろな瞳で天蓋を見つめたまま。

「私の祈りも、神も、《神竜懐胎《ベヘロム》》も打ち砕かれました。あなたを裏切るはずの背理神は、あなたを裏切らず、天蓋は今もなお、私たちを隔てている……」

ゴルロアナは奥歯を噛《か》みしめる。

その虚《うつ》ろな瞳から、うっすらと涙が滲《にじ》んだ。

「神は、《全能なる煌輝》エクエスは、正しき道へ導いてくださる。されど、私が歩むこの道に、もう先はありません。祈りと神を失い、これまでのジオルダルのすべてを失いました……」

眼前に佇《たたず》む俺に、ゴルロアナは視線を向ける。

「あなたの言う通り、我々はただ一五〇〇年の積み重ねを、この意味なき徒労を、意味のある教えだと、思い込み続けてきただけだったのでしょうか……？」

教皇は俺に問いかける。

その祈りのすべてが一瞬で水泡に帰したからか、まるで新たな希望にすがるように。

「……聖歌祭殿《せいかさいでん》での聖戦の後、祈りをやめ、あなたの手を取っていれば、私は、私たちは、今日この日、救われていたのでしょうか？」

「知らぬ」

予想外の言葉だったか、ゴルロアナの表情が驚きに染まる。

「俺が否定したのは、地上を丸ごと転生させるという馬鹿げた侵略行為だけだ。それだけが徒労であり、それ以外のことは知らぬ。この国の、地底の救済を願い続けた、お前たちの心までは否定しておらぬ」

考えが追いつかないのか、ゴルロアナはただ呆然《ぼうぜん》と俺を見つめた。

ここでもっともらしいことを言えば、奴《やつ》は俺を崇拝するようになるかもしれぬ。

一五〇〇年の祈りが水泡に帰した今、より大きな奇跡を見せた俺を、神として崇《あが》め、すがりたくもなるだろう。ディルヘイドとジオルダルはより強い絆《きずな》で結ばれよう。

だが、ご免だな。

それでは祈る対象が変わるだけだ。

「ジオルダルは地上へ侵略し、ディルヘイドの王である俺はそれを阻止した。この戦いに、それ以上の意味などないぞ」

祈り続けたが、救われなかった。

戦争を挑み、ただ敗れた。

俺が突きつけたのは、その事実のみだ。

「この国に対する俺の要求は二つだ。侵略するな。そして、できる限り、民の幸福を守れ」

奴《やつ》は諦めたような表情で、ゆっくりと首を左右に振った。

「……残念ながら、私には、最早《もはや》それをお約束する資格がありません……」

ゴルロアナは脱力したように祈りの手を解く。

そして、魔法陣を描いた。

「教皇には生涯で一度だけ、祈りを休むことが許されております」

　魔法陣の中心に手を入れ、その中からゴルロアナは短剣を取り出した。

「ご安心を。これは懺悔《ざんげ》の剣。道を誤った教皇が、その命をもって罪を懺悔《ざんげ》し、神に許しを請うためのもの。一五〇〇年の祈りは届かず、救済はならなかった。すべては私の罪。この祈りが足りなかったのでしょう」

　懺悔《ざんげ》の剣を喉元に当て、ゴルロアナはその柄をぐっと握る。

　奴《やつ》は自らの魔力を極限まで無に近づけた。自害するためだ。

「この罪深き魂を神のもとへ。我が血をもって罪を洗い流し、どうか、ジオルダルを、我らを正しき道へ導きたまえ」

　鮮血が散り、大量の血が懺悔《ざんげ》の剣を伝い、滴《したた》り落《お》ちる。

「……か、はぁ………」

　言葉にならぬ声が漏れる。

　死の激痛がゴルロアナを苛《さいな》み、その表情が苦悶《くもん》に満ちる。そうしながらも、奴《やつ》は最後とばかりに再び手を組み、祈りを捧《ささ》げた。

　ゴルロアナはその懺悔《ざんげ》の剣に対して、あらゆる抵抗を抑制している。回復魔法も使わなければ、ものの数秒で死に至るだろう。

　本来であれば。

「……う……ぁ……な……ぁ……な、ぜ……？」

　驚愕《きょうがく》し、恐れ戦《おのの》くように教皇は疑問を浮かべた。

「……なぜ、私は生きて……」

「《仮死《インドル》》の魔法をかけた。どんな状態になろうと、死ぬことはない」

「……な……」

教皇の顔が悲哀に染まる。

「教皇が祈りを休むのは生涯で一度きり。これでお前はもうその罪を洗い流すことはできぬ」

祈りを捧《ささ》げるその手が、わなわなと震えていた。

「地上の民の命は奪わず、ただ境をなくすだけ。お前は敵である俺たちに慈悲をかけた。ゆえに俺がお前から奪うのは、その懺悔《ざんげ》だけで許してやろう」

「……あな、たは……ああ、ああ、なんということを……!! 魔法を解きなさいっ……! 今すぐにっ！」

「断る」

俺は手を伸ばし、奴《やつ》の喉元から懺悔《ざんげ》の剣を引き抜く。

「……がはぁっ……！」

ゴルロアナの体を光の魔法が包む。《治癒《エント》》でその傷を癒《いや》してやった。

「死にたければ、もう一度短剣を手にすることだ。教えに背いてな」

それはできない、と言わんばかりにゴルロアナは奥歯を噛《か》む。

「……一五〇〇年の祈りを、成し遂げることのできなかったこの魂は、穢《けが》れています……この命を返さなければ、ジオルダルは、罪を洗い流すことすらできないまま、滅びの一途を辿《たど》ることになりましょう……！」

「では穢《けが》れたまま、罪を背負ったまま、懺悔《ざんげ》を成し遂げられなかった最初の教皇として、生き恥を曝《さら》すことだ」

ゴルロアナが絶望的な表情を浮かべる。

教えに従い、死ぬことのできなかった教皇。いったい、どれだけの信徒から、後ろ指を指されることになるか。

「苦しみ、苛《さいな》まれ、そして生きながらに、自らの頭で償いの手段を考えよ。それに気がついたならば、存外、思うやもしれぬぞ。果たして、ここで取るに足らぬ血を流した程度のことで、罪を洗い流せていたのか、と」

これから自らを待ち受ける運命に、ゴルロアナは全身を震わせた。

「死んで償えるほど、罪というものは軽くない。たまには神に頼らず、自らの手で後始末をつけるがよい」

魔眼に魔力を込め、ゴルロアナの収納魔法陣を、力尽くで開く。そこへ懺悔《ざんげ》の剣とリーバルシュネッドが持っていた痕跡の書を返してやった。

不可解そうに、ゴルロアナが表情を歪《ゆが》める。

「……あなたは、あなたの神も、過去の記憶を求めているはず……。痕跡神なき今、痕跡の書の力は限定的といえど、これは記憶の手がかりになるはずです。なぜ、それを私に返すのですか……？」

「痕跡神の最期《さいご》の言葉を忘れたか」

ここに、そなたらの祈りを残す、とあの神は言った。

「この書物には、お前たち歴代の教皇が国へ捧《ささ》げた一五〇〇年分の願いが詰まっている。多少の物忘れを恐れ、これに手をつけるようでは、平和を口にする資格などあるまい」

俺が《時神の大鎌》を使えば、壊してしまう。

痕跡の書も同じだろう。

「……なにがお望みなのですか？」

「要求は先に述べた二つだ。それを守るならば、神を信じようと信じまいと、それはお前たちの行く道だ。口は出さぬ」

片手を上げ、軽く一度、それを握る。

「だが、いつの日か、手を取り合える日が来ると信じている。ディルヘイドとジオルダルだけではない。アガハもガデイシオラもアゼシオンも」

「……地上のことは存じませんが、地底の争いは根が深い。教えを異にする者同士が、わかり合うときが来るとは到底思えません……」

「俺も二千年前の大戦ではそう思っていた。人間と手を取り合うことなどできぬ、とな」

困惑しているゴルロアナに、俺は言った。

「神も祈りも途絶えたばかり。大罪を背負い、お前も考えることが山ほどあろう。今は手を差し出しはせぬ。だが、次に会う機会までに心を整理しておくことだ」

《飛行《フレス》》の魔法陣を描き、魔力を込める。

「一つだけ問おう」

飛び立つ前に、俺は言った。

「アルカナが背理神なのは疑う余地があるまい。しかし、お前は以前、彼女を創造神ミリティアだと口にした」

教皇は俺の言葉に耳を傾け、まっすぐこちらを見つめている。

「あれは、俺を謀《たばか》るための嘘《うそ》だったか？　それとも、彼女は創造神でもあったのか？」

背理神は、正確には神の名ではない。秩序に背き、裏切りを重ねた神を、地底の民がそう呼んだだけのこと。

ならば、ゲヌドゥヌブは、元々の神の名を持っているはずだ。それが創造神ミリティアだったとしても不思議はない。

「あれは……」

ゴルロアナが小さな声で呟《つぶや》く。

視線を向ければ、選定の盟珠をつけた奴《やつ》の右腕が黒く変色していた。

「それは、なんの真似《まね》だ？」

「……なんのことでしょうか？」

ゴルロアナが疑問を顔に浮かべる。嘘《うそ》には見えぬな。

だが、魔眼《めめ》を凝らしてみれば、右腕から発せられる魔力が、異常なほど上昇していた。

「ふむ。なにかがお前の身中に潜んでいるぞ」

言葉と同時、リヴァインギルマで、ゴルロアナの右手を斬り落とした。

「……ぐぅっ……ぁ……！」

すると、右腕の切断面から、紫色の竜の顔だけがぬっと姿を現す。こちらに向かってくると警戒したが、そいつは、ゴルロアナの右手を食らった。

蒼《あお》い火が二つ、魔眼にちらついた。食らいたかったのは、選定の盟珠、滅びたことでそこに宿った痕跡神と福音神か。

「どの者の神だ？　名乗るがいい」

《波身蓋然顕現《ヴェネジアラ》》でリヴァインギルマを一閃《いっせん》する。竜の頭はぽとりと落ちた。

「……ぐっ……がああああああぁぁぁっ……‼」

ゴルロアナから悲鳴が上がる。

どうやら、奴《やつ》の体に寄生していたか。痛みも共有しているのだろう。

「……は……覇竜……ガデイシオラの覇王か……がはぁっ…………」

ゴルロアナは呻《うめ》きながらも言う。その体を突き破り、一対の竜の翼が奴《やつ》の背に生える。

「……愚かな異教徒め……この体は神に捧《ささ》げたもの、あなた方の自由にさせるとお思いですかっ……‼」

教皇が描いた魔法陣から、巨大な槍《やり》が現れる。奴《やつ》はそれを《飛行《フレス》》で飛ばし、自らの胸に突き刺し、床に体を縫い付けた。

「ごっ……！」

「よい。そのまま離すな」

リヴァインギルマにて、その竜の翼を斬り落とす。

「……がっ、うがぁぁぁぁぁ……！」

「少々痛むぞ。耐えろ」

《根源死殺《ベブズド》》の指先で教皇の体を貫く。根源に寄生している覇竜とやらをわしづかみし、無理矢理引きちぎった。

「ギエエエエエエエエエエエエエェェェェェェェッッッ!!」

竜の悲鳴が耳を劈《つんざ》く。

右腕を引き抜く毎《ごと》にゴルロアナの体から、巨大な竜の体が抜けていく。

「ふむ。こんな馬鹿でかい竜が潜んでいようとはな」

巨大な覇竜を持ち上げ、床に思いきり叩《たた》きつけた。

だが、それでも怯《ひる》まず、顎を開き、俺を食らわんが如《ごと》く、紫の竜は突進してきた。リヴァインギルマにて、それを両断する。真っ二つに切り裂かれた竜の根源は消滅した。

だが、次の瞬間、二つに切り裂かれた竜の体がぐにゃりと歪《ゆが》み、それが二匹の竜に変わっていく。

床を蹴り、左右から飛びかかってきたその二体も、一瞬のもとに斬り捨てた。

二つの根源が確かに消滅した。だが、今度はその肉片が四体の竜に変わる。

「ぐあああっ……！」

ゴルロアナの悲鳴に、視線をやれば、奴《やつ》の体が半分竜に変化していた。

ゴルロアナが頭上へ飛び上がる。

俺のもとに四匹の竜が飛びかかったが、それをリヴァインギルマで斬り捨てる。今度は肉片が八体の竜に変わる。同時に襲いかかってきたそいつらを斬り捨てた瞬間、ゴルロアナは口を開き、そこから俺めがけ、紫の炎を吐き出そうとしている。

刹那、今度は一六体の竜が俺の目の前に立ち塞がった。そいつらを斬り捨て、眼前を睨《にら》むと、すでにゴルロアナの姿は消えていた。

「……逃げたか」

ゴルロアナの中にあった竜の根源は確かに引きちぎり、合計で三一匹を滅ぼした。となれば、覇竜は複数の竜の集合体なのか。それともレイと同じく、根源が複数あるかのどちらかだろう。

ガデイシオラの目的は最初から、ゴルロアナだったようだな。

奴《やつ》が神の力を失い、抵抗できなくなるのを待ち構えていたのだ。

己の身に潜んでいることは、痕跡神が見抜けそうなものだがな。それをさせぬというのが、覇竜の力か？

あわよくば、消耗した俺も始末したかったのかもしれぬが、挑んで来なかったところを見るに、力の差がわからぬ馬鹿ではなさそうだ。

セリスのこともある。ガデイシオラの覇王には挨拶をせねばと思っていた。わざわざゴルロアナを殺さずに連れていったのなら、しばらく生かしておくに違いない。

会いに行く口実ができたというものだ。

§エピローグ【～天の隔たり～】

《転移《ガトム》》を使い、俺はジオルヘイゼの竜着き場に戻ってきた。

「あー、アノス君おかえり。おつかれさま」

魔王城の正門前にいたエレオノールが、こちらを向いてにっこりと笑う。

「ゼシアたちが一番……です……」

ぴっと人差し指を立てて、ゼシアは最初に戻ってきたことをアピールしている。

「よくやった」

褒めてやると、彼女はとことこと俺のもとへ歩いてきた。こちらを見上げると、地面に人差し指を向け、上下させている。しゃがめということだろう。

「どうした？」

俺はその場にしゃがみ、ゼシアと目線を等しくした。

「……一番のご褒美《ほうび》は……」

ゼシアが顔を寄せ、くりくりとした瞳を俺に向ける。

「……アノシュ……です……！」

ふむ。配下の働きに、応えぬわけにはいくまい。

自らの体に魔法陣を描き、《逆成長《クルスラ》》で六歳相当に身を縮めた。

「これでいいのか？」

　すると、ゼシアは満足そうに笑みを浮かべた。そうして、まるで俺を守るようにくるりと身を翻《ひるがえ》し、えっへんと胸を張る。

「……ゼシアは……守りました……！」

「よしよし、偉いぞ、ゼシア。それでこそ、魔王様の配下だっ」

　エレオノールがゼシアの頭を撫《な》でる。ついでとばかりに、反対の手で俺の頭も撫《な》でてきた。

「アノシュ君も偉いぞ。ディルヘイドも地上も守れたね」

「当然だ」

　くすくすと笑い、エレオノールは俺の頭をぐしゃぐしゃにする。

「その大きさで言うと、ちょっぴり生意気だぞ？」

　目の前に二つの魔法陣が浮かび上がり、そこにレイとミサが姿を現した。

「ですけど、ミッドヘイズどころか、地上そのものが狙われているとは思いませんでしたわ」

　教皇との会話は、《魔王軍《ガイズ》》の魔法線を通して彼女たちにも伝わっている。

「地底に来てなかったら、危うく気がつかない内に地上がなくなるところだったね」

　爽やかにレイが微笑《ほほえ》む。

「縁起でもないわ」

　サーシャの声だ。ミーシャとともに、彼女たちも転移してきた。

「きっと、アノスが守った」

　ミーシャが呟《つぶや》き、俺の方を見た。

「さて、どうだろうな。運が良かったのは確かだ」

《神竜懐胎《ベヘロム》》が発動する間際《まぎわ》は、神竜の歌声が大きく響き渡り、地上にも魔法の影響が及んでいただろう。気がつきさえすれば、リヴァインギルマでどうにかなったかもしれぬが。

「でも、あれよね？　せっかく勝ったんだし、ジオルダルともうちょっと交渉できるかと思ったら、教皇はさらわれるし、なんていうか徒労だわ」

そうサーシャがぼやく。

「カッカッカ、なにを言っている、破滅の魔女。一五〇〇年もかけた大魔法を防ぎ、地上を守れたのだ。これ以上の成果はないのではないか？」

エールドメードとシンが戻ってくる。

「その上、こちらはなにも失ってはいない。まさに完勝といったところだ！　それどころか、魔王が新たな力を手に入れたではないかっ！」

両手を広げ、奴《やつ》はぐっと拳を握る。

「《涅槃七歩征服《ギリエリアム・ナヴイエム》》ッ!!　なんだあの魔法はっ!!　万物の痕跡で構成された世界を、踏みつぶしたっ!!　カカカカ、カーッカッカ、魔王、魔王、まさに暴虐の魔王ではないかっ!!」

「ところで」

笑い呆《ほう》けている熾死王に、俺は問う。

「セリスの計画についてだが、お前は本当になにか知っていたのか？」

「いやいや、まさかまさか。ただのブラフ、そう、ブラフに決まっているではないか。このオレが、あんな強そうな男のなにを知っているというのか。わかっていれば、どうにかしてオマエに伝えたものだが、カカカカ、残念極まりない」

《契約《ゼクト》》により、エールドメードはセリスにとって不利になることは口にできぬ。本当にブラフだとすれば、ブラフと言うだろう。そうでなくとも、ブラフと言うだろう。

「うまくやったものだ」

「カッカッカ、暴虐の魔王の期待通りに、術中にハメてやったのだ」

いずれにせよ、リスクなく時間は稼げた。セリスの力の底がまだ見えぬ以上、最善の策ではあったろうがな。

「そうそう、セリス・ヴォルディゴードから伝言だ。お前も聞いていたかもしれないが」

エールドメードが、ニヤリと笑う。

「『想定外だった。今日は僕の負けのようだから、大人しく帰るとするよ』とのことだ」

想定外、か。

「さて、どこまで本当のことを口にしているのやら？」

「……わたしたちが背理神ゲヌドゥヌブだって言ってたけど、あれはわかっていて嘘《うそ》をついたのかしら……？」

サーシャが考え込むような表情で、俺に訊《き》く。

「そうだろうな。背理神ゲヌドゥヌブを祀《まつ》るガデイシオラの者だ。あるいは、アルカナが背理神だということも知っていたのやもしれぬ」

知っていて、教皇の思惑もわかっていて、アイシャを背理神ゲヌドゥヌブと口にした。

なにが目的かはわからぬ。

「奴《やつ》にとっては、他愛もない悪戯《いたずら》だったのやもしれぬ」

「我が君の記憶が、目的ということも」

シンがそう口にした。

リーバルシュネッドは滅び、痕跡の書を持つ教皇はガデイシオラにさらわれた。確かに、俺に記憶を取り戻させぬようにしているともとれる。

「ねえねえ、アルカナちゃんは、どうしたんだ？」

エレオノールが周囲を見回す。しかし、彼女の姿はここにない。

「あそこにいる」

ミーシャが天蓋を見上げた。

ミッドヘイズの方角、唱炎を防いでいたときと変わらず同じ場所にアルカナはいた。

「んー、遠すぎて全然見えないぞ」

手を眉の辺りにかざし、エレオノールは目を細くして天を見つめる。彼女の魔眼では、アルカナの姿が映らぬようだ。

「どうして……戻ってきませんか……？」

ゼシアが不思議そうに言った。

「確かに妙だな」

アルカナに、《思念通信《リークス》》を飛ばす。

「なにかあったか？」

しばらくの沈黙の後、彼女から返答があった。

『……なにもない……。後で行く……』

なるほど。

「なにを恥ずかしがっている？　早く来い」

『……わたしは、恥ずかしがっているのだろうか……？』

「そうでなければ来ればよい」

また沈黙が続き、アルカナが言った。

『神が恥ずかしさを覚えても、良《い》いのだと、きっとあなたは言うだろう』

「無論だ」

『……だから、わたしは行かない。顔向けできない気持ちとは、こういうことを言うのだろう』

「くはは。ずいぶんと人の弱さを学んだようだな。しかし、アルカナ、それは許さぬ」

《成長《クルスト》》の魔法でまたアノスの姿に戻ると、魔法陣に収納してあった盟珠の指輪が、俺の指に現れる。

「弱さを克服するのが勇気だ。ついでに覚えておけ。《神座天門選定召喚《グアラ・ナーテ・フォルテオス》》」

盟珠の指輪に魔法陣が積層されていき、目の前に光が集中する。それが人型を象《かたど》ったかと思うと、恥ずかしそうに俯《うつむ》くアルカナが現れた。

「……これだけのために、《神座天門選定召喚《グアラ・ナーテ・フォルテオス》》を使うのは……どうなのだろう……」

僅かにアルカナは不服を訴える。俺の目を、彼女は見ようとしない。

「恥ずかしがり屋の妹を引っ張り出すには、ちょうどいい魔法だ」

俯《うつむ》く彼女の顔を、俺はじっと見つめる。

「皆に申し訳が立たぬと思っているのだろう？」

　こくり、とアルカナはうなずく。

「そんなことは気にするな。裏切りと偽りの神、それがどうした？　過《あやま》ちを犯さぬ者などおらぬ。現に俺の配下は皆、過《あやま》ちを犯しながらともにここまで歩んできた」

　俯《うつむ》いたまま、まるで盗み見るようにアルカナは俺に視線を向けた。

「今でこそ忠実な配下の顔をしているサーシャは、会ったときはいきなりこの俺に因縁をつけてきてな。あまつさえ配下になった後も、ミーシャを刺すなどして裏切ったのだ」

「ちょっ、む、昔の話でしょっ！」

　サーシャがあわを食って叫んだ。

「ミーシャはミーシャで足掻《あが》きもせず、簡単に死を受け入れようとしてな。俺が暴虐の魔王であることも、すぐには信じることができなかった」

　ぱちぱちとミーシャが瞬《まばた》きをする。

「…………反省……」

「レイなどは大嘘《うそ》つきもいいところだ。あろうことか、暴虐の魔王に成り代わり、勝手にディルヘイドとアゼシオンの戦争を引き起こした」

　困ったようにレイが笑う。

「……耳が痛いね……」

「その結果、生まれたアヴォス・ディルヘヴィア、すなわち俺の偽者《にせもの》がミサだ。魔王を滅ぼす秩序であった彼女は、魔族たちを洗脳し、この俺に戦いを挑んだ」

不服そうに、ミサが唇を尖《とが》らせる。

「そういう噂《うわさ》と伝承で生まれたのですもの。ぜんぶ、天父神が悪いんですわ」

「俺を裏切るぐらいならば、いかにも命を絶ちそうなシンでさえ、俺に刃を向けたことがある」

恥じ入るようにシンは顔を背ける。

「慚愧《ざんき》に堪えません」

「エールドメードに至っては、今まさにどう裏切ろうかと画策してやまぬ」

カッカッカ、と熾死王が笑い声を上げげた。

「暴虐の魔王を裏切るなど、滅相もないことではないか！」

「わかったか？」

アルカナは恥ずかしそうに、けれどもまっすぐ俺に顔を向ける。

「お前が背理神ゲヌドゥヌブだろうと構わぬ。過去にお前がなにを偽り、誰を裏切ってきたか、そんな些末《さまつ》なことはどうでもいい。重要なことは一つだけだ」

「……それは、なに？」

「俺がお前の兄で、お前は俺の妹だということだ」

うっすらとアルカナは瞳に涙を溜《た》める。震えるその肩を、俺は優しく抱きしめてやった。

「いつだったか、ミーシャがお前を指して、水のない砂漠を永遠にさまよい続けているようだと言ったことがある」

俺の胸に抱かれながら、小さな神は、ぽろぽろと涙の粒をこぼした。

「心細かったか？」

「……記憶はなかった……」

ぽつり、とアルカナが呟《つぶや》く。

「だけど、理由のわからない、寂しさがあった……空《むな》しさだけがわたしにあった……背理神だと思い出し、それが悲しみの傷痕だったのだと、わたしは知った……」

「もう心配することはない。いかなる寂しさ、いかなる悲しみを思い出したとて、お前のそばにはこの兄がいる」

細い体をぎゅっと抱きしめる。

「忘れるな。なにを思い出しても、とるに足らぬ」

「……この心さえ、偽りだとしても……？」

「些末《さまつ》なことだ。偽りのお前も愛おしく思う」

アルカナが俺の体に手を回し、ぎゅっとくっついてきた。

「……お兄……ちゃん……」

僅かに嗚咽《おえつ》をもらしながら、彼女は俺の胸で泣いた。枯れ果てた砂漠に泉が溢《あふ》れるように、とめどなく、その金の瞳から、涙が次々とこぼれ落ちる。

その姿を、皆微笑《ほほえ》ましく見守ってくれている。

アルカナは、なかなか俺から離れようとはしなかった。

数分が経《た》ち、やがて、ぼそっとサーシャが言った。

「……ちょっと、長くない……？」

彼女の背中から、ひょっこりとミーシャが顔を出す。

「やきもち？」

「ち、違うわよっ」

すぐさま否定し、サーシャが独り言のように呟《つぶや》く。

「大体、妹なんだし、アルカナは妹になりたかったんだしね」

うん、とうなずき、サーシャは拳を握った。

「か、勝ったわ」

ふふっとミーシャが微笑《ほほえ》んだ。

「アルカナ」

俺が呼ぶと、彼女は静かに体を離し、泣き腫らした目で俺を見上げた。

「一度、地上に戻るとしよう」

魔法陣からリヴァインギルマを引き抜き、アルカナに差し出す。

天蓋が全能者の剣の恩恵を受けた状態では、いかなる破壊も通じない。あのままでは、魔法で穴を掘ることもできぬ。

「わかった」

彼女は両手で捧《ささ》げるようにその剣を手にすると、僅かに膝を折った。雪月花が彼女の周囲に舞い散り、光が溢《あふ》れる。

「月は昇りて、剣は落ち、次なる審判のときを待つ」

全能者の剣リヴァインギルマが一際《ひときわ》大きく瞬《またた》いた。《創造の月》アーティエルトノアの光が周囲を照らす。

そして——

「あれ……？」

光が収まった後、エレオノールが不思議そうな顔をした。

アルカナの両手には変わらず、全能者の剣リヴァインギルマが置かれていたのだ。

「……えっと、終わったの？」

サーシャの疑問に、アルカナが首を左右に振った。

「戻せない」

「……戻せないって、どうして……？」

「わからない。この身に何者かの制約がかけられている」

アルカナの体を、俺は魔眼で見つめた。

「記憶を失う前、名もなき神になる以前にかけられたものか？」

「恐らく、そう。あるいは、背理神であるわたし自身がかけたのかもしれない」

自らも偽り、裏切る背理神、か。

アルカナが思い詰めたような表情で、天を見上げた。

「リヴァインギルマを持つ者以外、通ることはできない」

彼女は、危惧するように言う。

「あの天蓋は、永久不滅の隔たりと化した」

了

あとがき

昔からゲームが好きで、最近は時間がなく離れておりますが、子供の頃は一日一六時間ぐらいはプレイしていたように思います。一人でやるなら、やっぱりRPGが一番好きで、新しい街に行ったときのワクワクする気持ちは今も忘れられません。本巻では、未知の地底世界、未知の国へ行くということもあり、子供の頃ゲームで感じたようなワクワクする気持ちを詰め込めたらと思って執筆しました。楽しんでいただけたなら嬉《うれ》しいです。

話は変わりますが、本作のアニメは四月放送予定となっております。私は過度な心配性なので書籍のときも本当に店頭に並ぶか心配しましたが、今回も例によって、本当に放送されるのかと未《いま》だに思っていたりします。

アニメ化作業について原作者の監修は多岐にわたりますが、一番大変なのがシナリオの打ち合わせです。シナリオをいただいてから、チェックを行い、その後打ち合わせという流れなのですが、チェックを行う時間はご配慮いただき、十分にいただけております。これは具体的に、どんな問題があるか、どう修正するのかという赤字を入れます。時間があればあるだけ使ってしまう質なので、打ち合わせぎりぎりまで赤字を増やし続けてしまい、逆にご迷惑をおかけしていないか心配になっています。

私は正直、アニメの事情に詳しくありませんが、原作通りのアニメ、原作とは別物のアニメ、どちらも良《い》い部分があるとお聞きしました。今回のアニメ化については、打ち合わせの結果、原作通りにする方向で取り組むこととなりました。とはいえ尺が短く、媒体が違うので、構成がまったく同じ、台詞《せりふ》が一言一句同じということをしてしまうと、いくら原作通りでもアニメとしては面白くないという結果になってしまいます。

アニメという媒体に合わせ、構成、台詞《せりふ》の調整は必須です。勿論《もちろん》、様々な問題点が浮上しますので、それを原作の伏線や設定、キャラ、そのシーンのテーマなどに即したものにするといった意味で赤字を入れるのが監修です。赤字は概《おおむ》ね採用されますので、私がしくじっていない限りは原作通りのものに仕上がっていると思います。まだぜんぶは完成していないのですが、この調子でいけば良いものになるような予感がしています。

原作を知っていることでの違和感が生じるといったことは、読み込んでいる人なら多少あるかもしれませんが、核となる部分、魔王学院らしさを大事にという読者の皆様の期待に応えるべく、引き続き取り組んで参ります。あと一ヶ月、楽しみにお待ちいただければ幸いです。

それでは、次巻も楽しんでいただけますよう頑張って改稿を行いますので、何卒《なにとぞ》よろしくお願い申し上げます

二〇二〇年　一月一五日　秋《しゅう》

●秋著作リスト

「魔王学院の不適合者 ～史上最強の魔王の始祖、転生して子孫たちの学校へ通う～」（電撃文庫）
「魔王学院の不適合者2 ～史上最強の魔王の始祖、転生して子孫たちの学校へ通う～」（同）
「魔王学院の不適合者3 ～史上最強の魔王の始祖、転生して子孫たちの学校へ通う～」（同）
「魔王学院の不適合者4〈上〉 ～史上最強の魔王の始祖、転生して子孫たちの学校へ通う～」（同）
「魔王学院の不適合者4〈下〉 ～史上最強の魔王の始祖、転生して子孫たちの学校へ通う～」（同）
「魔王学院の不適合者5 ～史上最強の魔王の始祖、転生して子孫たちの学校へ通う～」（同）
「魔王学院の不適合者6 ～史上最強の魔王の始祖、転生して子孫たちの学校へ通う～」（同）

本書に対するご意見、ご感想をお寄せください。

ファンレターあて先
〒102-8177　東京都千代田区富士見 2-13-3
電撃文庫編集部
「秋先生」係
「しずましのり先生」係

本書はインターネット上に掲載されていたものに加筆、修正しています。

電撃文庫

魔王学院《まおうがくいん》の不適合者《ふてきごうしゃ》6
～史上最強《しじょうさいきょう》の魔王《まおう》の始祖《しそ》、転生《てんせい》して子孫《しそん》たちの学校《がっこう》へ通《かよ》う～

秋《しゅう》

2020年3月10日　初版発行

発行者　郡司 聡
発行　株式会社KADOKAWA
〒102-8177　東京都千代田区富士見2-13-3
0570-06-4008（ナビダイヤル）
装丁者　荻窪裕司（META＋MANIERA）
印刷　株式会社暁印刷
製本　株式会社ビルディング・ブックセンター

ISBN978-4-04-913074-4　C0193　Printed in Japan

電撃文庫　https://dengekibunko.jp/

電撃文庫創刊に際して

文庫は、我が国にとどまらず、世界の書籍の流れのなかで〝小さな巨人〟としての地位を築いてきた。古今東西の名著を、廉価で手に入りやすい形で提供してきたからこそ、人は文庫を自分の師として、また青春の想い出として、語りついできたのである。

その源を、文化的にはドイツのレクラム文庫に求めるにせよ、規模の上でイギリスのペンギンブックスに求めるにせよ、いま文庫は知識人の層の多様化に従って、ますますその意義を大きくしていると言ってよい。

文庫出版の意味するものは、激動の現代のみならず将来にわたって、大きくなることはあっても、小さくなることはないだろう。

「電撃文庫」は、そのように多様化した対象に応え、歴史に耐えうる作品を収録するのはもちろん、新しい世紀を迎えるにあたって、既成の枠をこえる新鮮で強烈なアイ・オープナーたりたい。

その特異さ故に、この存在は、かつて文庫がはじめて出版世界に登場したときと、同じ戸惑いを読書人に与えるかもしれない。

しかし、〈Changing Times,Changing Publishing〉時代は変わって、出版も変わる。時を重ねるなかで、精神の糧として、心の一隅を占めるものとして、次なる文化の担い手の若者たちに確かな評価を得られると信じて、ここに「電撃文庫」を出版する。

1993年6月10日
角川歴彦

電撃文庫DIGEST　3月の新刊

発売日2020年3月10日

★第26回電撃小説大賞《金賞》受賞作!

豚のレバーは加熱しろ

【著】境居卓真　【イラスト】遠坂あさぎ

異世界に転生したら、ただの豚だった!　そんな俺をお世話するのは、人の心を読めるという心優しい少女ジェス。これは俺たちのブヒブヒな大冒険……のはずだったんだが、なあ、ジェス、なんで命を狙われているんだ?

★第26回電撃小説大賞《銀賞》受賞作!

こわれたせかいの むこうがわ

～少女たちのディストピア生存術～

【著】陸道烈夏　【イラスト】カーミン@よどみない

大戦の末、ただ一つ残ったヒトの国・チオウ。その外れで生きる天涯孤独の勤勉少女・フウはある日、ジャンク屋で古いラジオを手に入れる。唯一聞こえる前世紀の教育番組から、彼女は《生きる知識》を学んでいくが——

魔王学院の不適合者6

～史上最強の魔王の始祖、転生して子孫たちの学校へ通う～

【著】秋　【イラスト】しずまよしのり

神を信奉する竜人が住まう、地底世界の大国《ジオルダル》。アノスたちディルヘイドの民にとって、その出会いは福音か災厄か——第六章《神竜の国ジオルダル編》!!
暴虐の魔王が新時代に刻む覇道の軌跡、第6弾!

数字で救う!　弱小国家5

勝利する者を描け。ただし敵は自軍より精鋭と大軍であるものとする。

【著】長田信織　【イラスト】紅緒

同盟軍本隊の敗退により、泥沼の戦争に引きずり込まれたソアラ率いるファヴェール王国軍。宰相ナオキは起死回生の策を練るも、運に見放された王国軍は分断され、ついにナオキ自身が凶弾に倒れる——!!

やがて君になる 佐伯沙弥香について(3)

【著】入間人間　【原作・イラスト】仲谷 鳰

『だってわたし、今、あなたのことが好きだもの』　それは何年ぶりの『出会い』だっただろうか。大学二年生の半ば。私は、女の子に告白された——。沙弥香の恋を描くスピンオフ、完結編。

アポカリプス・ウィッチ②

飽食時代の【最強】たちへ

【著】鎌池和馬　【イラスト】Mika Pikazo

『難問排除』を倒したカルタ達は洋上水晶魔法学園グリモノアを再建し、失った学校生活を取り戻す。しかしそれをバラバラに粉砕しようとする者が現れる。なんと彼女はかつての最強、アナスタシアの……妹!?

リベリオ・マキナ3

—《白檀式改》桜花の到達点—

【著】ミサキナギ　【イラスト】れい亜

仮初めの平和が終焉した。宿敵・ハウエルズの策略で首都・イエッセルは一変。街を支配する軍事用オートマタ、弾圧される吸血鬼たち。反抗作戦に挑む水無月たちだったが、唐突に大公家からカノンの婚姻が告げられ——。

蒼空はるかな最果て図書館

光の勇者と愛した歌姫

【著】冬月いろり　【イラスト】Namie

《最果て図書館》館長の座をめぐる戦いにも決着がつき、平和をとりもどした図書館に、またも奇妙な来客が……?
どこか寂しくどこまでも優しい【誰にも語り継がれないお伽噺】すべての謎が明らかになる最終章!

ワールドエンドの探索指南《あるきかた》3

【著】夏海公司　【イラスト】ぼや野

探索を続けるタイキとヤヒロは、世界への違和感を強くしながら、高層ビルの立ち並ぶ繁華街へとたどり着いた。無数の落書きに迎えられ、どうやらここは2つの勢力が縄張り争いをする、戦場の真っただ中のようで——。

淫らで緋色なノロイの女王:Re

【著】岩田洋季　【イラスト】鍋島テツヒロ

街の呪いを消滅させる日々を過ごす禊とミコ。そんなある日、凶悪な呪いを次々に振りまいている《夕焼けの女王》たちの噂を耳にする。しかも、彼女たちは幼き頃のミコの姿をしているらしく——。

二月 公
イラスト／さばみぞれ
声優ラジオのウラオモテ
#01 夕陽とやすみは隠しきれない？
オモテは元気＆清楚なアイドル声優／
ウラはギャル＆根暗地味子な女子高生!?
プロ根性で世界をダマせ！
バレたらアウトの声優ラジオ
Now On Air!!
第26回
電撃小説大賞
大賞
受賞
電撃文庫

春——。名門キンバリー魔法学校に、今年も新入生がやってくる。黒いローブを身に纏い、腰に白杖と杖剣を一振りずつ。胸には誇りと使命を秘めて。魔法使いの卵たちを迎えるのは、満開の桜と魔法生物のパレード。喧噪の中、周囲の新入生たちと交誼を結ぶオリバーは、一人に少女に目を留める。腰に日本刀を提げたサムライ少女、ナナオ。二人の、魔剣を巡る物語が、今始まる——。

電撃文庫

幼なじみが絶対に負けないラブコメ
OSANANAJIMI GA ZETTAI NI MAKENAI LOVE COMEDY
〔著〕二丸修一
SHUICHI NIMARU
〔絵〕しぐれうい
『幼なじみ』VS『初恋の少女』
先の読めない
最先端ラブコメ開幕!!
STORY
高校２年生の丸末晴は、幼なじみの少女・志田黒羽からの好意を知りながらも、初恋の相手である可知白草に一途な恋心を抱いていた。だがそんな矢先、白草に彼氏がいることが発覚！
末晴は深い絶望の末、黒羽と手を組んで、男の純情を踏みにじった白草に"最高の復讐"をすることを決意する!!
電撃文庫

〝行商人〟と〝賢狼〟の旅を描いた
剣も魔法も登場しない、経済ファンタジー。
狼と香辛料
支倉凍砂
イラスト／文倉十
行商人ロレンスが旅の途中に出会ったのは、狼の耳と尻尾を有した
美しい娘ホロだった。彼女は、ロレンスに
生まれ故郷のヨイツへの道案内を頼むのだが——。
電撃文庫

『狼と香辛料』新シリーズ！
主人公はホロとロレンスの娘ミューリ!!
新説 狼と香辛料
狼と羊皮紙
支倉凍砂
イラスト／文倉十
青年コルは聖職者を志し、ロレンスが営む湯屋を旅立つ。
そんなコルの荷物には、狼の耳と尻尾を持つミューリが潜んでおり!?
『狼』と『羊皮紙』。いつの日にか世界を変える、
二人の旅物語が始まる──。
電撃文庫